소름

김　명　남

KAIST 화학과를 졸업하고 서울대 환경대학원에서 환경 정책을 공부했다. 인터넷 서점 알라딘 편집팀장을 지냈고, 지금은 전문 번역가로 활동하고 있다. 옮긴 책으로는 『문학은 어떻게 내 삶을 구했는가』, 『우리 본성의 선한 천사』, 『세상에서 가장 재미있는 진화』, 『블러디 머더 — 추리 소설에서 범죄 소설로의 역사』, 『우리는 언젠가 죽는다』 등이 있다.

THE CHILL
by Ross Macdonald

Korean translation copyright ⓒ 2015 by Elixir, an Imprint of Munhakdongne Publishing Corp.
Korean translation rights arranged with Harold Ober Associates Incorporated New York, NY through EYA (Eric Yang Agency).

이 책의 한국어판 저작권은 EYA(Eric Yang Agency)를 통해
Harold Ober Associates Incorporated와 독점 계약한 엘릭시르(주)문학동네에 있습니다.
저작권법에 의하여 한국 내에서 보호를 받는 저작물이므로 무단 전재와 무단 복제를 금합니다.

이 도서의 국립중앙도서관 출판예정도서목록(CIP)은 서지정보유통지원시스템 홈페이지(http://seoji.nl.go.kr)와
국가자료공동목록시스템(http://www.nl.go.kr/kolisnet)에서 이용하실 수 있습니다.
(CIP제어번호 : CIP2015008698)

The Chill

소름

로스 맥도널드

김명남 옮김

LEW ARCHER,
A PRIVATE DETECTIVE,
LOOKED LIKE
A GHOST FROM
THE PRESENT
HAUNTING A BLOODY
MOMENT IN THE PAST,
HEARING THE WHISPERING
GHOST OF THE PAST

엉망이 된 그림자들

엘릭시르

차
례

The Chill

The Chill

Ross Macdonald

법정 창문에 드리운 붉은 무늬의 두꺼운 커튼은 제대로 닫혀 있지 않았다. 노란 햇살이 틈새로 흘러들어 높은 천장의 전구를 침침하게 만들었다. 햇살은 법정 안을 여기저기 아무렇게나 비추었다. 배심원석 맞은편 벽에 세워진 유리 냉수기, 타자기를 연주하는 속기사의 연지색 매니큐어 바른 손가락 끝, 피고석에 앉아 나를 바라보는 페린 부인의 노련한 눈길을.

페린 부인의 재판 둘째 날이자 마지막날 정오가 가까워지고 있었다. 나는 변호인 측 최후 증인이었다. 페린 부인의 변호사가 내게 질문을 마쳤다. 지방 검사보가 반대 신문을 포기하자 배심원 몇 명이 어리둥절한 듯 얼굴을 찌푸리며 그를 쳐다보았다. 판사가 내게 내려가도 좋다고 말했다.

증인석에 앉아 있을 때, 방청석 맨 앞줄의 젊은 남자가 눈에 들어왔다. 그는 남들의 고충을 들으며 할 일 없는 오전을 보내는 주부나 은퇴한 노인 같은 단골 방청객이 아니었다. 그 청년은 자신만의 고충이 있었다. 그의 우울한 푸른 눈이 내 얼굴에 머물렀다. 그가 고충을 나와 나누려 할지 모른다는 불길한 예감이 들었다.

증인석에서 내려와 나가려는데 그가 자리에서 일어나 문간에서 나를 붙잡았다.

"아처 씨, 말씀 좀 드려도 되겠습니까?"

"그러시죠."

집행관이 문을 열며 다급히 손짓했다.

"나가서 하세요, 두 분. 재판이 아직 진행중입니다."

우리는 복도로 나왔다. 청년이 저절로 닫히는 문을 쏘아보았다.

"누가 나한테 이래라저래라 하는 것은 질색입니다."

"이게 무슨 이래라저래라 하는 일이라고. 왜 그렇게 속이 상했습니까?"

그렇게 묻지 말았어야 했다. 성큼성큼 걸어나가 차를 몰고 로스앤젤레스로 가버렸어야 했다. 그러나 짧게 올려 깎은 머리카락에 깔끔한 옷차림이 전형적인 미국 청년의 눈동자에는 고통이 어른거리고 있었다.

"방금 보안관 사무실에서 쫓겨났습니다. 그전에도 다른 관계자들한테 두어 차례 퇴짜를 맞았는데, 나는 이런 대접에 익숙지 않습니다.”

“그 사람들이 무슨 감정이 있어서 그런 건 아닐 겁니다.”

“선생님은 탐정 일에 경험이 많으시죠? 증인석에서 말씀하는 것을 보고 알았습니다. 딴말이지만 페린 부인에게 큰 도움이 되셨더군요. 배심원들이 틀림없이 부인을 방면할 겁니다.”

“두고 봐야죠. 배심원들은 절대로 모르는 법입니다.”

나는 그의 칭찬을 믿지 않았다. 그것은 아마도 나에게 무언가 더 큰 도움을 원한다는 뜻일 것이다. 나는 방금 증언을 마친 재판으로 길고 따분했던 사건을 끝낸 참이었고 라파스로 낚시 여행을 떠날 계획이었다.

“하고 싶은 말이 그겁니까?”

“드릴 말씀이 많습니다. 들어주시기만 한다면요. 그러니까, 저와 아내에게 문제가 생겼습니다. 아내가 저를 떠났습니다.”

“그런 이야기라면, 나는 보통 이혼 사건은 맡지 않습니다.”

“이혼요?” 그는 소리도 없이 한 번 공허하게 웃었다. “우리는 결혼한 지 겨우 하루 됐습니다. 하루도 안 됐죠. 저희 아버지를 포함해서 다들 결혼을 취소하라고 말합니다만, 저는 취소나 이혼을 원하지 않습니다. 아내가 돌아오기를 바랍니다.”

“아내분은 지금 어디에 있습니까?”

“모릅니다.” 그는 떨리는 손으로 담뱃불을 붙였다. “돌리는 주말 신혼여행 도중에 사라졌습니다. 결혼한 다음날요. 어쩌면 안 좋은 일을 당했을지도 모릅니다."

"아니면 결혼이 싫어졌을지도 모르죠. 당신하고 결혼하기 싫어진 것일지도 모르고. 노상 있는 일입니다."

"경찰도 그렇게 말하더군요, 노상 있는 일이라고. 그게 무슨 위로나 되는 것처럼! 아무튼 저는 그렇지 않다는 걸 압니다. 돌리는 나를 사랑했고, 나도 돌리를 사랑했습니다. 사랑합니다."

그는 자신의 천성에서 비롯된 힘을 모조리 실어서 아주 열렬하게 말했다. 나는 그의 천성을 모르지만 거기에는 예민한 감정이 엿보였다. 그가 주체하기 힘들 만큼 많은 감정이 있었다.

"내게 이름을 알려주지 않았지요."

"죄송합니다. 킨케이드라고 합니다. 앨릭스 킨케이드입니다."

"무슨 일을 합니까?"

"요즘은 일을 별로 못 하고 있습니다. 돌리가 그렇게 되고는, 그러니까 사건이 벌어진 뒤로는요. 원래는 채널오일이라는 회사에서 일합니다. 아버지가 그 회사의 롱비치 사무소를 운영하십니다. 프레더릭 킨케이드라고 못 들어보셨습니까?"

들어보지 못한 이름이었다. 그때 법정 문을 열고 나온 집행관이 문을 붙잡고 섰다. 재판은 점심시간을 맞아 휴정했고, 배심원들이 집행관을 지나쳐 복도로 쏟아져 나왔다. 그들의 움직임은 재판 의식의 일부인 양 엄숙했다. 앨릭스 킨케이드는 그들이 자신을 심판

하려고 나온 사람들인 것처럼 바라보았다.

"여기서는 말을 못 하겠습니다. 제가 점심을 사면 어떨까요."

그가 말했다.

"점심을 같이 먹기는 하겠습니다. 계산은 각자 하고."

나는 빚을 지고 싶지 않았다. 적어도 이야기를 다 들을 때까지는.

길 건너편에 식당이 있었다. 홀은 담배 연기와 시끄러운 말소리로 가득했다. 빨간 체크무늬 식탁보가 깔린 탁자들은 꽉 찼는데, 주로 법정 사람, 변호사, 보안관 사무소 사람, 보호관찰관 들이었다. 퍼시픽포인트는 내 활동 영역에서 남쪽으로 팔십 킬로미터 이상 떨어진 곳인데도 아는 얼굴이 열두어 명이나 되었다.

앨릭스와 나는 바로 갔다. 침침한 구석에 등받이 없는 의자가 둘 비어 있었다. 앨릭스는 스카치를 온더록스 더블로 주문했다. 나도 같은 것으로 주문했다. 그는 자기 술을 약 마시듯이 털어넣고 바로 두 번째 잔을 주문하려고 했다.

"속도가 꽤 빠르군요. 천천히 마셔요."

"저한테 명령하시는 겁니까?"

그가 불쾌한 기색으로 또박또박 말했다.

"당신 이야기를 들어보기로 했으니까 당신이 말을 잘할 수 있었으면 하는 거요."

"저를 알코올중독자 나부랭이로 생각하시는 겁니까?"

"신경이 곤두서 있다고 생각하는 거요. 신경이 곤두선 데 술을 들이부으면 보통 일이 꼬이지. 충고하는 김에 덧붙이면 시비조 태도는 치우는 게 좋을 겁니다. 누군가 옳다구나 하고 당신과 싸우려 들지도 모르니까."

그는 고개를 숙인 채 한참 있었다. 얼굴이 형광등 불빛처럼 창백해졌고 희미한 웅얼거림과 함께 몸이 한 번 부르르 떨렸다.

"저는 지금 제정신이 아니에요. 인정합니다. 세상에 정말로 이런 일이 일어나는 줄은 몰랐습니다."

"이제 어떤 일인지 말해보십시오. 맨 처음부터 시작하면 어떻겠습니까."

"아내가 호텔을 떠났을 때부터요?"

"좋아요. 호텔에서부터 이야기합시다."

"우리는 서프하우스에 묵고 있었습니다. 여기 퍼시픽포인트에 있는 호텔입니다. 사실 제 지갑 사정으로는 힘든 곳입니다만 돌리가 한번 묵어보고 싶다고 했습니다. 그런 곳에 가본 적이 한 번도 없다면서. 저는 주말에 사흘 묵는다고 설마 파산까지 하겠느냐고 생각했습니다. 노동절 낀 주말로 일정을 잡았어요. 제가 휴가를 이미 써버렸기 때문에 신혼여행을 최소한 사흘은 갈 수 있도록 토요일에 식을 올렸습니다."

"결혼식은 어디에서 했습니까?"

"롱비치에서요. 판사 앞에서."

"즉흥적인 결혼이었던 것처럼 들리는군요."

"어떤 면에서는 그랬습니다. 서로 안 지 오래되지 않았거든요. 당장 결혼하고 싶어 했던 사람은 돌리였습니다. 제가 심드렁했다는 건 아닙니다. 저도 간절했습니다. 저희 부모님은 좀더 기다렸다가 집도 구하고 가구도 들이고 뭐 그런 다음에 해야 한다고 생각하셨죠. 부모님은 교회 결혼식을 바라셨을 겁니다. 하지만 돌리가 판사 앞에서 결혼하고 싶어 했습니다."

"그녀의 부모님은?"

"돌아가셨습니다. 돌리는 살아 있는 친척이 아무도 없어요." 그가 천천히 고개를 돌려 내 눈을 보았다. "어쩌면 돌리가 그냥 그렇다고 말한 것일지도 모르죠."

"당신도 의심이 드는 모양이군요."

"그런 건 아닙니다만 부모님에 대해 물을 때마다 돌리가 몹시 심란해해서요. 저는 당연히 그분들을 만나고 싶어 했지만 돌리는 그걸 자기 뒤를 캐려는 것으로 받아들였습니다. 그러다 결국 온 가족이 교통사고로 한꺼번에 죽었다고 말해주더군요."

"어디에서?"

"어딘지는 모르겠습니다. 솔직히 말하면 저도 아내에 대해 많이는 모릅니다. 멋진 여자라는 것 외에는." 그는 술기운과 함께 충실한 감정이 북받치는지 얼른 덧붙였다. "돌리는 아름답고 지적이고 선량합니다. 돌리는 절 사랑합니다." 그는 주문을 읊다시피 말했다. 희망 어린 생각이나 주문만으로 현실을 돌려놓을 수 있다는 듯이.

"처녀 적 성은 뭐였습니까?"

"돌리 맥기. 진짜 이름은 도러시입니다. 돌리가 대학 도서관에서 일할 때 제가 경영학 여름 강좌를 들으러 갔다가……."

"올여름에요?"

"맞습니다." 그가 침을 삼켰다. 목구멍 속에서 목젖이 고통처럼 불룩였다. "우리는 만난 지 육 주, 육 주 반 만에 결혼했습니다. 그 육 주 반 동안에 매일같이 만났습니다."

"만나서 뭘 했습니까?"

"그게 왜 중요한지 모르겠군요."

"중요할지도 모르죠. 그녀의 개인적인 습관을 알려는 겁니다."

"무슨 생각을 하시는지 모르겠지만 돌리는 나쁜 습관은 없었습니다. 함께 있을 때 제가 술 마시는 것도 허락하지 않는걸요. 커피숍도 썩 내켜하지 않고 극장도 그랬습니다. 돌리는 아주 진지한 여성이었…… 여성입니다. 우리는 주로 대화를 했습니다. 이야기를 나누며 걸었습니다. 아마 로스앤젤레스 서부는 거의 다 다녔을 겁니다."

"무슨 이야기를 했습니까?"

"인생의 의미에 대해서요." 그는 당연한 것 아니냐는 듯이 대답했다. "우리는 인생 계획을 세우려고 했습니다. 결혼과 자식에 관한 원칙들 말이죠. 돌리에게 제일 중요한 것은 아이였어요. 돌리는 자식을 올바른 인간으로 키우고 싶어 했습니다. 보장된 앞날이나 세속적인 재물 따위보다는 정직한 인간이 되는 게 훨씬 중요하다고 생각했죠. 이런 얘기는 지루하실 테지만."

"지루하지 않습니다. 완벽하게 성실한 사람이었다는 말이군요?"

"돌리보다 성실한 사람은 없을 겁니다. 정말입니다. 돌리는 심지어 제가 직장을 그만두고 학교로 돌아가서 석사 공부를 마치기를 바랐습니다. 하지만 제가 가족에게 돈을 받아서는 안 된다고 생각했어요. 제가 학업을 마칠 때까지 자기가 기꺼이 일하겠다고 했습니다. 결혼을 결정했을 때 그 계획은 포기하기로 했지만요."

"사정상 부득이 하는 결혼은 아니었습니까?"

그가 냉엄하게 나를 보았다.

"우리 사이에 그런 일은 전혀 없었습니다. 솔직히 말하면 우리는 아직, 그러니까, 첫날밤에도 저는 돌리에게 손대지 않았습니다. 돌리는 서프하우스에, 퍼시픽포인트에 와 있다는 점 때문에 신경이 예민한 것 같았습니다. 오고 싶어 했으면서 말이죠. 그래서 육체적인 문제는 미루기로 했습니다. 요즘은 그런 부부가 많습니다."

"돌리는 섹스에 대해 어떻게 생각했습니까?"

"좋게 생각했습니다. 우리는 그런 이야기도 솔직하게 나눴죠. 돌리가 그게 겁나서 사라진 거라고 생각하신다면 한참 잘못 짚으셨습니다. 돌리는 다정한 사람입니다."

"그녀가 왜 당신을 떠났을까요, 앨릭스?"

간신히 사라졌나 싶었던 고통이 되살아나는지 그의 눈동자가 흐려졌다.

"아무리 생각해봐도 모르겠습니다. 저와 돌리 사이의 일 때문은 아닙니다. 그건 확실합니다. 턱수염 기른 남자와 상관있는 게 분명합니다."

"그 남자가 이 이야기와 무슨 관계가 있습니까?"

"그날 오후, 돌리가 사라진 날 오후에 남자가 호텔로 찾아왔습니다. 저는 해변으로 내려가서 수영을 하다가 일광욕을 하면서 낮잠을 잤습니다. 두 시간쯤 방을 비웠나 그랬죠. 방으로 돌아가보니 돌리가 사라졌고, 가방도 짐도 없더군요. 데스크 직원에게 물으니 돌리가 떠나기 전에 그 손님이 왔었답니다. 희끗희끗한 턱수염을 짧게 기른 남자가 한 시간쯤 방에 있었다고 하더군요."

"이름은 모르고?"

"말하지 않았답니다."

"그 남자와 당신 부인이 함께 나갔답니까?"

"데스크 직원 말로는 그건 아닙니다. 남자가 먼저 떠났다고 했습니다. 그 뒤에 돌리가 택시를 타고 버스 정류장으로 갔는데, 제가 알아본 바로는 표를 사진 않았습니다. 기차표나 비행기표도 안 샀습니다. 그래서 저는 돌리가 아직 여기 퍼시픽포인트에 있다고 생각합니다. 고속도로를 걸어서 갔을 리는 없으니까요."

"히치하이킹을 할 수도 있지요."

"돌리는 그러지 않습니다."

"결혼하기 전에 부인은 어디에서 살았습니까?"

"웨스트우드의 가구 딸린 아파트에서요. 토요일 아침에 그곳을 나와서 타자기며 소지품 따위를 함께 제 아파트로 옮겼습니다. 물건은 아직 전부 제 아파트에 있는데 제가 걱정되는 또 한 가지 이유가 그것 때문입니다. 제가 단서를 찾으려고 이잡듯이 물건들을 뒤져봤지만 돌리는 아무것도 남겨두지 않았더군요. 정말 개인적인 것은 아무것도 없었습니다."

"그녀가 당신과 결혼한 뒤에 떠나려고 계획했던 것 같지는 않습니까?"

"그렇게는 생각하지 않습니다. 뭐하러 그러겠습니까?"

"여러 가능성이 있지요. 예를 들어, 당신 앞으로 보험이 많이 들어 있습니까?"

"제법 있습니다. 제가 태어났을 때 아버지가 들어놓으셨죠. 하지만 아직 수령인이 아버지인걸요."

"집안에 돈이 좀 있습니까?"

"그렇게 많진 않습니다. 아버지는 풍족하게 살고 계시지만 일해서 버는 돈이죠. 아무튼 지금 암시하신 가능성들은 생각할 것도 없습니다. 돌리는 정말로 정직하고, 애초에 돈은 신경쓰지 않는 사람입니다."

"그러면 뭘 신경씁니까?"

"저한테 신경쓴다고 생각했습니다." 그가 고개를 숙였다. "지금도 그렇다고 믿습니다. 뭔가 사고가 벌어진 겁니다. 잠깐 정신이 나갔는지도 모릅니다."

"정신적으로 불안했습니까?"

그는 질문을 곰곰이 생각한 뒤에 대답했다.

"그건 아닌 것 같습니다. 더러 우울해할 때는 있었습니다. 대부분의 사람들이 그렇지 않나요. 제가 말을 너무 함부로 하고 있군요."

"계속 편하게 말해요. 뭐가 중요할지는 모르는 일입니다. 당연히 수색은 해보았겠지요?"

"제가 할 수 있는 한은 찾아보았습니다. 하지만 혼자서는, 경찰의 협조 없이는 제대로 할 수 없습니다. 경찰은 제가 하는 말을 종이쪽에 적은 뒤 서랍에 집어넣고는 딱하다는 표정을 짓더군요. 돌리가 첫날밤에 저에 대해 뭔가 남부끄러운 사실을 발견했다고 생각하는 것 같았습니다."

"혹시 그게 사실이 아닙니까?"

"전혀요! 우리는 서로에게 푹 빠져 있었습니다. 오늘 아침에도 보안관에게 그렇게 설명하려고 했습니다. 보안관은 다 안다는 듯한 눈길을 던지고는 치안방해의 징후가 없으면 자신이 행동에 나설 수 없다고 말하더군요. 여성이 실종된 게 그런 징후가 아니냐고 했더니 보안관은 아니라고 대답했습니다. 돌리는 자유의 몸이고 스물한 살인데다 자기 발로 저를 떠났으니까 제게는 그녀가 돌아오도록 강제할 권리가 없다는 겁니다. 저한테 결혼을 취소하라고 조언하더군요. 화나서 그런 조언은 집어치우라고 했더니 보안관이 장정 둘을 불러서 저를 사무실 밖으로 내동댕이쳤습니다. 저는 지방 검사보가 법정에 있다는 이야기를 듣고 불만을 접수하려고 기다렸습니다. 그때 증인석에서 선생님을 본 겁니다."

"누구의 추천을 받아서 온 건 아니군요?"

"아닙니다. 하지만 제 신원보증인은 댈 수 있습니다. 아버지가……."

"아버지에 대해서는 이미 말했으니 됐습니다. 그분도 당신이 결혼 취소 신청을 했으면 하신다고요."

앨릭스는 애절하게 고개를 끄덕였다.

"제가 그럴 만한 가치가 없는 여자에게 시간을 낭비한다고 생각하십니다."

"그 생각이 옳을지도 모릅니다."

"그 생각은 완전히 틀렸습니다. 돌리는 제가 유일하게 사랑한 사람이고 앞으로도 유일하게 사랑할 사람입니다. 선생님이 절 돕지 않겠다면 다른 사람을 찾아보죠!"

나는 그의 고집이 마음에 들었다.

"나는 비쌉니다. 일당 백 달러에 경비는 별도."

"적어도 일주일 치는 충분히 낼 수 있습니다." 그가 지갑을 꺼내

탕 하고 카운터에 내려놓았다. 어찌나 세게 내리쳤던지 바텐더가 수상하게 쳐다보았다. "현금으로 선불입니까?"

"서두를 건 없습니다. 돌리의 사진이 있습니까?"

그는 지갑에서 꼬깃꼬깃 접힌 신문지 조각을 꺼낸 뒤 그것이 돈보다 더 소중하다는 듯 약간 주저하며 내게 건넸다. 수없이 접었다 폈다 한 그 종이는 신문에서 오려낸 사진이었다.

'서프하우스의 행복한 신혼부부, 롱비치에서 온 앨릭스 킨케이드 씨와 부인.' 사진 설명에 그렇게 적혀 있었다. 앨릭스와 신부가 탁한 빛 속에서 내게 미소 짓고 있었다. 그녀는 계란형의 얼굴에 나름대로 사랑스러웠으며, 눈에 깃든 총기는 살짝 감추고 입가에 달콤쌉쌀한 유머 감각을 품은 듯했다.

"언제 찍은 겁니까?"

"삼 주 전 토요일에, 서프하우스에 도착했을 땝니다. 숙박객 모두에게 찍어줍니다. 그게 일요일 조간신문에 실렸기에 제가 오려뒀습니다. 그러길 잘했습니다. 제가 갖고 있는 유일한 돌리의 사진이니까요."

"복사본을 얻을 수 있잖소."

"어디에서요?"

"누군지 몰라도 찍은 사람에게서."

"그 생각은 미처 못 했습니다. 호텔에서 사진사를 찾아보겠습니다. 몇 장이나 부탁해야 할까요?"

"이삼십 장은 돼야겠지요. 모자라는 것보다 많은 게 나으니까."

"돈이 꽤 들겠네요."

"물론. 나도 돈이 꽤 듭니다."

"그런 말로 발을 빼시려는 겁니까?"

"나는 이 일이 꼭 필요하진 않아요. 쉬면 그만이니까."

"그렇담 관두십시오."

그가 얄팍한 사진을 내 손가락에서 잡아챘다. 사진 한가운데가 찢어졌다. 우리는 행복한 신혼부부의 한쪽씩을 손에 쥔 채 적처럼 노려보고 서 있었다.

앨릭스가 울음을 터뜨렸다.

점심을 먹으면서 나는 앨릭스의 아내 찾는 일을 돕기로 약속했다. 내 약속과 치킨 포트파이가 그를 진정시켰다. 그는 언제 마지막으로 밥을 먹었는지 모르겠다면서 게걸스럽게 먹었다.

우리는 각자 차를 몰고 서프하우스로 갔다. 도시 끝자락의 바닷가에 있는 호텔로, 스페인풍 정원에 하룻밤에 백 달러짜리 별채가 듬성듬성 서 있는 푸에블로풍 호텔이었다. 본관 앞 테라스의 널찍한 계단식 경사면은 호텔 전용 정박지로 이어졌다. 정박지에는 요트들과 론치들이 까딱거리고 있었다. 더 멀리, 퍼시픽포인트라는 이름의 유래가 된 곳을 돌아 나간 먼바다에서는 흰 돛들이 낮게 깔린 회색 안개를 벽 삼아 기대어 있었다.

아이비리그 스타일 정장을 입은 데스크 직원은 무척 정중했지만 내가 관심이 있는 일요일에 근무했던 사람은 아니었다. 당시의 직원은 여름 한철만 일한 대학생이라 동부의 학교로 돌아갔다고 했다. 안타깝게도 자신은 킨케이드 부인을 찾아온 수염 난 손님이나 부인의 퇴실에 대해서는 아무것도 모른다고 했다.

"호텔 사진사와 이야기해보고 싶습니다. 오늘도 나왔습니까?"

"물론입니다. 아마 수영장에 나가 있을 겁니다."

우리는 사진사를 찾아냈다. 카메라를 평생 짊어져야 할 형벌처럼 목에 걸고 있는 마르고 팔팔한 남자였다. 알록달록한 해변용 옷가지와 수영복 사이에서 검은 양복을 입은 그는 장의사처럼 보였다. 그는 통 어울리지 않는 비키니를 입은 웬 중년 여성을 참으로 꾸밈없이 찍어주고 있었다. 여자의 배꼽이 눈알 없는 눈구멍처럼 카메라를 힐끗 보았다.

사진사는 고약한 작업을 마친 뒤 앨릭스를 돌아보며 웃었다.

"안녕하세요. 부인은 잘 있습니까?"

"최근에는 못 봤습니다."

앨릭스가 무뚝뚝하게 대답했다.

"두 주쯤 전에 신혼여행을 오지 않았나요? 내가 사진을 찍었을 텐데?"

앨릭스는 대답하지 않았다. 대신 인간이었을 때의 기억을 되살리려고 노력하는 유령처럼, 수영장 주변을 거니는 사람들을 둘러보았다. 내가 대답했다.

"그때 찍으셨던 사진을 복사하고 싶습니다. 킨케이드 부인이 실종됐습니다. 나는 사설탐정 아처라고 합니다."

"파고입니다. 시미 파고." 사진사는 나와 짧게 악수를 나누면서, 카메라가 후세를 위해 상대를 기록하려고 할 때와 비슷한 눈길을 던졌다. "실종이라니 무슨 뜻입니까?"

"우리도 모르겠습니다. 부인은 9월 2일 오후에 여기에서 택시를 타고 떠났습니다. 그때부터 킨케이드 씨가 계속 찾고 있습니다."

"저런. 여기저기 돌리려고 복사본이 필요한 거로군요. 몇 장이나 있으면 되겠습니까?"

"서른 장?"

파고가 휘파람을 불며 좁고 주름진 이마를 손바닥으로 철썩 때렸다.

"바쁜 주말이 다가오고 있는데. 사실은 벌써 시작되었지요. 오늘이 금요일이니까. 월요일까진 드릴 수 있겠습니다. 하지만 내일 받고 싶겠죠?"

"오늘이면 좋겠습니다."

"힘들겠는데요."

그가 께느른히 어깨를 들먹이자 카메라가 가슴에 부딪혀 까딱거렸다.

"파고 씨, 중요한 일일지도 모릅니다. 두 시간에 스무 장은 어떻습니까?"

"돕고야 싶지요. 하지만 나도 일이 있잖소." 파고가 마치 제 의지를 거슬러 움직이는 것처럼 천천히 앨릭스에게로 몸을 돌렸다. "이러면 어떻습니까. 우리 마누라에게 얘길 해서 사진을 내드리겠습니다. 먼젓번 그 사람처럼 바람맞히지만 마쇼."

"먼젓번 그 사람이라니요?"

내가 물었다.

"턱수염을 기른 덩치 큰 남자요. 똑같은 사진을 인화해달라고 부탁해놓고는 영영 안 왔죠. 그 인화본은 당장 줄 수 있습니다."

앨릭스가 우울한 가사 상태에서 깨어나 두 손으로 파고의 팔을 붙잡고 흔들었다.

"그 남자를 봤군요. 누굽니까?"

"아는 사람인 줄 알았는데요." 파고는 앨릭스를 떨치고 뒤로 물러섰다. "사실은 나도 아는 사람인 것 같습니다. 그 사람 사진을 분명히 어디서 본 것 같아요. 하지만 정확히 누군지는 모르겠습니다. 나는 사람 얼굴을 워낙 많이 보니까요."

"그가 이름을 밝혔습니까?"

"그랬겠죠. 이름 없이는 주문을 받지 않으니까. 한번 찾아봅시다, 됐소?"

우리는 파고를 따라 호텔로 들어갔다. 미로 같은 복도를 지나 창문 하나 없이 좁고 갑갑한 사무실에 도착했다. 파고는 아내와 통화를 한 뒤, 책상에 산처럼 쌓인 종이들을 들쑤셔서 사진용 봉투 하나를 끄집어냈다. 봉투 속 골판지 사이에 광택지에 인화한 신혼부부의 사진이 끼어 있었다. 파고가 봉투 앞면에 연필로 적어둔 글은 이랬다. '척 베글리, 와인 셀러.'

"이제 기억납니다." 파고가 말했다. "그 사람은 '와인 셀러'에서 일한다고 했어요. 여기에서 멀지 않은 주류 판매상입니다. 그가 사진을 찾으러 오지 않아서 내가 그쪽에 전화해봤지요. 가게에서는 그가 더이상 일하지 않는다고 하더군요." 파고는 나를 보았다가 앨릭스를 보았다. "베글리라는 이름이 뭔가 의미가 있습니까?"

우리는 둘 다 아니라고 대답했다.

"어떻게 생긴 사람인지 설명할 수 있습니까, 파고 씨?"

"해초…… 턱수염에 덮이지 않은 부분은 묘사할 수 있습니다. 머리카락은 턱수염처럼 희끗희끗하고, 굵고 굽슬했습니다. 눈썹도 희끗희끗하고, 눈동자는 회색이고, 코는 평범하게 곧은데 햇볕에 타서 까졌더군요. 나이 먹은 사람치고 잘생긴 편이었지만 이빨은 아니었어요. 이빨은 상태가 좋지 않더군요. 험한 꼴을 겪은 사람처럼 보였습니다. 나라면 그런 사람한테 대들지 않겠습니다. 키가 크고 상당히 거칠어 보였습니다."

"얼마나 큽니까?"

"나보다 10센티미터는 컸으니까 185센티미터는 넘겠죠. 반팔 스포츠 셔츠를 입었는데 팔뚝 근육이 만만치 않더군요."

"말씨는 어땠습니까?"

"특별한 점은 없었습니다. 명문대 출신처럼 말하지는 않았지만 일자무식처럼 말하지도 않았죠."

"그가 사진을 원하는 이유를 밝혔습니까?"

"감상적인 이유라고 했습니다. 신문에서 사진을 봤는데 자기가 아는 누구를 닮았더라나요. 사진을 보자마자 달려왔겠구나 하고 생각했던 게 기억나네요. 사진이 실린 신문은 일요일 오전 판이었는데 그가 온 건 당일 정오였으니까요."

"그러고는 곧바로 당신 부인을 만나러 갔군요." 나는 앨릭스에게 말한 뒤 파고에게 물었다. "어째서 이 사진이 신문에 실린 겁니까?"

"신문사 사람들이 내가 보낸 사진들 중에서 이걸 고른 거죠. 《프레스》는 내 사진을 곧잘 씁니다. 예전에 내가 그쪽 일을 한 적도 있고요. 신문사에서 왜 다른 사진들을 두고 이 사진을 썼는가 하는 이유는 나도 모릅니다." 파고는 사진을 들어 형광등에 비춰본 뒤 내게 건넸다. "사진이 잘 나왔어요. 그리고 킨케이드 씨 부부는 보기 좋은 커플이니까요."

"거참 고맙군요."

앨릭스가 냉소적으로 대꾸했다.

"이보쇼, 칭찬으로 한 말입니다."

"그러시겠죠."

나는 파고에게서 사진을 받고는 앨릭스가 화를 더 참기 힘들어지기 전에 얼른 그를 내몰았다. 앨릭스의 몸속에서 끊임없이 흘러넘치는 어두운 슬픔은 공기에 닿는 순간 분노로 바뀌었다. 그것은 단 하루만 아내였던 이에 대한 슬픔인 동시에 자기 자신에 대한 슬픔이기도 했다. 앨릭스는 자신이 남자다운지 아닌지 확신하지 못하는 듯했다.

앨릭스의 감정을 나무랄 수는 없었지만 그 감정은 내가 하려는 일에 아무 보탬이 되지 않았다. 몇 블록 더 내륙으로 들어간 모텔 거리에서 와인 셀러를 발견한 나는 앨릭스더러 그의 작은 스포츠카에 앉아서 기다리라고 일렀다.

주류 판매점 안은 쾌적하게 시원했다. 잠재적 구매자는 나 하나뿐이었기에, 카운터 뒤의 남자가 밖으로 나와 나를 맞았다.

"뭘 찾으십니까, 선생님?"

체크무늬 조끼를 입은 그는 밤이고 낮이고 술을 마시는 사람처럼 약간 불분명한 목소리와 흔들리는 시선과 멍청한 얼굴을 갖고 있었다.

"척 베글리를 만나고 싶습니다."

남자의 표정이 약간 짜증스러워지며 목소리에 불만이 어렸다.

"척은 사정상 해고했습니다. 가끔 배달을 시켰는데 어떤 때는 물건이 제때 도착했지만 어떤 때는 그렇지 않았죠."

"해고한 지 얼마나 됐습니까?"

"두 주쯤. 척이 여기에서 일한 것도 두 주밖에 안 됐습니다. 척은 이런 일에 맞는 사람이 아니에요. 내가 척한테도 이 일은 당신이 할 만한 일이 아니라고 누차 말했죠. 척 베글리는 마음만 제대로 먹는다면 상당히 영리한 사람입니다. 아시겠지만."

"모릅니다."

"척하고 아는 사이인 줄 알았는데요."

나는 갖고 있던 사진을 남자에게 보여주었다.

남자가 내 얼굴에 대고 박하 냄새 나는 숨을 뿜었다.

"베글리가 도주중입니까?"

"그럴지도 모릅니다. 왜요?"

"베글리가 여기 처음 왔을 때, 왜 이런 사람이 시간제 배달 일을 하려는 걸까 의아했지요. 뭣 때문에 쫓기는 겁니까?"

"나도 모르겠군요. 집주소를 알 수 있을까요?"

"그건 알려드릴 수 있겠군요." 남자는 정맥이 도드라진 코를 문지르면서 손가락 너머로 나를 보았다. "베글리한테는 내가 언질했다고 말하지 마십쇼. 그가 따지러 오는 건 싫습니다."

"알겠습니다."

"베글리는 우리 고객인 어떤 여자의 집에서 머물고 있습니다. 숙박비를 안 내는 손님이라고나 할까요. 나는 그 여자를 곤란하게 만들고 싶진 않아요. 하지만 만일⋯⋯." 남자는 머리를 굴렸다. "베글리가 도주중이라면 그가 붙잡히도록 돕는 게 오히려 여자한테 호의를 베푸는 거겠죠, 안 그래요?"

"그렇다고 할 수도 있죠. 그 여자 집은 어디입니까?"

"시어워터비치 17번 별장. 그 여자 이름은 매지 게어하디입니다. 고속도로를 타고 남쪽으로 삼 킬로미터쯤 가다 보면 시어워터 진출 램프가 나옵니다. 둘 중 누구에게든 내가 당신을 보냈다고 말하지 마세요. 알겠죠?"

"알겠습니다."

나는 남자를 술병들과 함께 놓아두고 나왔다.

우리는 진입로 끝까지 올라가서 차를 세웠다. 나는 앨릭스에게 차에 앉아서 눈에 띄지 않게 있으라고 타일렀다. 별장 수십 채가 한 줄로 늘어선 시어워터비치는 일종의 고급 빈민가였다. 별장과 별장 사이의 좁은 틈으로 바다의 푸른빛이 시시각각 다른 빛깔로 번득였다. 뾰족한 지붕들 너머 먼바다에서 물고기를 찾는 제비갈매기의 날개가 반짝거렸다.

17번 별장은 페인트칠이 필요해 보였고, 목발을 짚은 사람처럼 말뚝들에 의지하여 서 있었다. 나는 딱지가 더덕더덕 진 회색 문을 두드렸다. 문 건너편에서 몸을 질질 끄는 것 같은 발소리가 천천히 다가왔다. 문을 연 사람은 수염 난 남자였다.

남자는 쉰 살쯤 되어 보였다. 활짝 열린 검은 셔츠의 목깃 사이로 튀어나온 머리통이 풍화된 바위 같았다. 남자의 눈동자가 햇빛을 받아 운모처럼 반짝거렸다. 문 가장자리를 잡은 손가락을 보니 속살이 드러날 정도로 손톱이 물어뜯어져 있었다. 남자는 내가 쳐다보는 것을 알아차리고는 손가락을 주먹 안으로 말아넣었다.

"나는 실종된 아가씨를 찾고 있습니다, 베글리 씨." 나는 단도직입으로 나가기로 결정했다. "그녀는 몹쓸 짓을 당했을지도 모르는데, 그 경우 당신은 그녀가 살아 있는 모습을 마지막으로 본 사람일 수도 있습니다."

남자가 주먹으로 얼굴 옆을 문질렀다. 얼굴에는 말썽의 흔적들이 남아 있었다. 어떤 것은 사람 손 때문에 생긴 것 같았다. 눈 주변에 희미하게 꿰맨 자국이 있었고 관자놀이의 가느다란 흉터는 바늘땀 자국 때문에 마치 작은 줄자처럼 보였다. 과거에 벌어졌던 말썽과 앞으로 벌어질 말썽을 예고하는 흔적들이었다.

"무슨 정신 나간 소리요. 나는 아가씨라고는 모릅니다."

"나는 알잖아."

남자의 뒤에서 웬 여자가 말했다.

어깨 뒤에서 나타난 여자는 그에게 기대며 자신의 말을 누군가 지지해주기를 기다렸다. 여자는 베글리와 비슷한 나이로 보였지만 더 많을 것도 같았다. 반바지와 홀터넥톱을 입은 몸은 자신만만했다. 머리카락은 거듭된 염색과 탈색으로 꼬불꼬불해져, 뻣뻣한 가

발처럼 뻗쳐 있었다. 짙푸른 눈화장에 둘러싸인 눈동자는 진처럼 거의 투명했다.

"죄송하지만 댁이 뭔가 착각한 것 같아요." 여자는 세련된 동부 해안 억양으로 말을 시작했지만 억양은 금세 사라졌다. "내가 하늘에 맹세하는데 척은 아무 아가씨하고도 관계없어요. 늙은 나를 보살피는 데만도 바쁜걸요." 여자가 통통한 흰 팔을 남자의 목덜미에 걸쳤다. "안 그래, 자기?"

베글리는 여자와 나 사이에서 꼼짝 못하고 서 있었다. 나는 그에게 파고가 찍어 광택지에 인화한 신혼부부 사진을 보여주었다.

"이 아가씨를 알죠? 이름은, 결혼해서 성을 바꾼 이름은 돌리 킨케이드입니다."

"그런 이름은 평생 처음 듣소."

"증인들 말은 다르던데요. 오는 일요일로부터 딱 삼 주 전에 당신이 이 아가씨를 만나러 서프하우스에 갔다고 하더군요. 신문에 실린 이 사진에서 그녀를 보고는 서프하우스의 사진사한테 복사해달라고 주문했다면서요."

여자가 남자의 목에 감은 팔을 조였다. 연인이라기보다 레슬링 상대 같았다.

"저게 누구야, 척?"

"나도 몰라." 그러나 그는 혼잣말로 중얼거렸다. "결국 또 시작이군."

"뭐가 또 시작이야?"

여자가 내 대사를 훔쳤다. 나는 말했다.

"베글리 씨와 단둘이 이야기를 나누고 싶습니다만."

"이이는 나한테 숨기는 게 없어요." 여자는 자신만만하게 남자를 쳐다보았지만 불안의 기색이 역력했다. "자기, 나한테 숨기는 거 있어? 우리 결혼할 거잖아, 안 그래, 자기?"

"자기라고 부르는 것 좀 그만할 수 없어? 오 분만이라도, 제발?"

여자가 그에게서 떨어졌다. 금방이라도 울 태세였다. 빨간 입술이 아래로 처져 침울한 광대 얼굴이 되었다.

"부탁인데 들어가." 남자가 말했다. "나 혼자 이 사람하고 이야기하게 해줘."

"여긴 내 집이야. 나는 내 집에서 벌어지는 일을 알 권리가 있어."

"물론이야, 매지. 하지만 최소한 나한테도 거주자의 권리는 있어. 들어가서 커피라도 마시고 있으라고."

"자기, 문제가 생긴 거야?"

"아니야. 아무 문제 없어." 그러나 남자의 목소리에는 체념하는 빛이 있었다. "가봐, 응? 그래야 착하지."

마지막 말이 여자를 달랜 듯했다. 여자는 꾸물꾸물 몸을 돌려 현관에서 멀어졌다. 베글리는 문을 닫고 거기에 기댔다.

내가 말했다.

"이제 사실을 말해보십시오."

"좋소. 호텔로 여자를 만나러 갔습니다. 멍청하고 충동적인 행동이었소. 그렇다고 내가 살인자라는 건 아니오."

"당신 말고 아무도 그런 말은 안 꺼냈습니다만."

"댁의 수고를 덜어주려고 그런 거요." 그는 당장 십자가형이라도 당하는 듯이 두 팔을 벌렸다. "당신 경찰 아니신가."

"경찰을 돕고 있습니다." 나는 모호하게 대꾸했다. "나는 아처라고 합니다. 당신이 킨케이드 부인을 만나러 간 이유는 아직 말하지 않았지요. 그녀를 잘 압니까?"

"전혀 모릅니다." 이 말을 강조하듯이 그가 벌렸던 팔을 툭 떨어뜨렸다. 입가의 섬세한 부분이 수염으로 가려져 있었기 때문에 그 부분이 어떤 감정을 담고 있는지 알 수 없었다. 회색 눈동자에서도 아무런 기색을 읽을 수 없었다. "아는 사람인 줄 알았지만 아니었소."

"그게 무슨 뜻입니까?"

"그 아가씨가 내 딸일지도 모른다고 생각했습니다. 신문에 실린 사진으로는 꽤 닮아 보였는데 실물은 별로 그렇지 않았어요. 실수할 만도 했죠. 딸을 오랫동안 못 봤으니까."

"따님 이름이 뭡니까?"

그는 망설였다. "메리. 메리 베글리. 십 년 넘게 연락을 못 했소.

내가 해외에 있었거든. 지구 반대편에." 달의 뒷면만큼 까마득히 먼 곳이었다는 듯한 말투였다.

"당신이 떠났을 때는 딸이 어렸겠군요."

"그래요. 열 살이었나 열한 살이었나."

"딸을 꽤 아꼈나 봅니다. 딸을 떠올리게 했다는 이유만으로 사진을 주문한 걸 보면."

"아꼈소."

"그럼 왜 사진을 찾으러 가지 않았습니까?"

그는 한참 침묵을 지켰다. 나는 이 남자에게서 인상적인 무언가를 감지하기 시작했다. 늙어가는 동물이 지닌 범접할 수 없는 고요함 같은 것이었다.

"매지가 질투할까 봐 걱정됐습니다. 지금 어쩌다 매지한테 얹혀사는 신세이니."

그가 거짓말을 하기 위해서 뻔한 이유를 대는 게 아닌가 싶었다. 그보다 더 깊은 사정이 있을지도 모른다. 어떤 남자들은 세상에 태어났다는 이유로 자신을 벌주는 데 평생을 바친다. 베글리에게는 그처럼 문제를 불러들이는 인간 특유의 낙인이 엿보였다. 그가 말했다.

"킨케이드 부인에게 무슨 일이 생겼소?"

질문은 차갑고 형식적이었다. 대답에 아무 관심이 없다고 선언하는 듯했다.

"당신이 뭔가 알 거라고 생각했습니다. 킨케이드 부인은 삼 주가까이 실종 상태입니다. 마음에 걸리는 게, 아가씨들이 사라지는 거야 늘 있는 일이지만 신혼여행중에 그러는 경우는 없잖습니까. 적어도 남편을 사랑할 때는."

"그 아가씨는 자기 남편을 사랑하는 것 아니오?"

"남편 생각은 그렇습니다. 당신이 만났을 때는 그녀가 기분이 어땠습니까? 우울해 보였습니까?"

"그렇지는 않은 것 같았소. 나를 봐서 놀란 것 같긴 했지만."

"오랫동안 못 만났기 때문에?"

그가 내게 섬뜩한 비웃음을 보냈다.

"나를 함정에 빠뜨리려고 해봤자요. 내 딸이 아니라고 말하지 않았소. 그 여자는 나를 전혀 모릅니다."

"그녀와 무슨 대화거리가 있었습니까?"

"대화는 하지 않았소." 그가 잠시 말을 멎었다. "내가 아가씨한테 질문을 몇 가지 했달까."

"어떤?"

"아버지가 누군지, 어머니가 누군지, 어디 출신인지. 로스앤젤레스에서 왔다더군요. 처녀 때 이름은 돌리 뭐라고 했는데 잊었소. 부모는 둘 다 죽었다고 했고. 그게 다요."

"그 정도를 알아내려면 시간이 제법 걸렸겠군요."

"겨우 오 분인가 십 분 정도만 있었소. 어쩌면 십오 분쯤."

"데스크 직원 말로는 한 시간이라던데요."

"그 사람이 잘못 안 거요."

"당신이 잘못 안 것일지도 모르죠, 베글리 씨. 가끔은 시간이 쏜살같이 갈 때가 있잖습니까."

그는 궁색한 미끼를 덥석 물었다. "어쩌면 생각보다 오래 있었을지도 모르지. 이제 기억났는데, 그 아가씨가 좀더 있다가 자기 남편을 만나고 가라고 했소." 그의 눈동자는 흔들리지 않았지만 희미한 거짓말의 광채가 있었다. "아무리 기다려도 안 오기에 그냥 왔습니다."

"그녀에게 다시 만나자고 했습니까?"

"아니. 아가씨는 내 이야기에 별로 흥미가 없었소."

"당신 사연을 그녀에게 말했다고요?"

"내 딸에 대해서 말했지요, 당연히. 방금 당신한테 말한 것처럼."

"이해가 안 되는군요. 당신은 십 년 동안 해외에 있었다고 했죠. 어디 있었습니까?"

"주로 뉴칼레도니아에. 그곳 크롬 광산에서 일했소. 지난봄에 광산이 문을 닫아서 고향으로 돌아왔고."

"그래서 이제 딸을 찾는 겁니까?"

"그야 물론 어디 있는지 알고 싶소."

"당신 결혼식에서 신부 들러리로 세우려고요?"

그가 신랄한 말을 얼마나 견디는지 보고 싶었다. 그는 내 말에 침묵으로 대답했다.

"당신 부인은 어떻게 됐습니까?"

"죽었소." 그의 눈동자는 더이상 차분하지 않았다. "이봐요, 그 이야기를 꼬치꼬치 해야겠소? 이렇게 들쑤셔서 까발리지 않아도 사랑하는 가족을 잃은 건 충분히 괴롭단 말입니다." 나는 그의 자기 연민이 거짓인지 아닌지 알 수 없었다. 누구든 어느 정도의 자기 연민은 있는 법이니까.

"부인을 잃은 건 안된 일입니다. 그런데 무슨 생각으로 십 년 동안 해외에 나가 있었습니까?"

"그건 내 선택이 아니었소. 난들 억지로 끌려가서 돌아올 수 없는 상황에 처하고 싶었겠소?"

"그런 사정이었다고요? 그다지 현실성이 없어 보입니다만."

"내 진짜 사연은 현실보다 더 황당하지만 지금 말하진 않겠소. 해봤자 내 말을 믿지도 않을걸. 아무도 안 믿었지."

"나한테 한번 해보시죠."

"하루 종일 걸릴 거요. 댁은 나랑 이야기나 하는 것보다 더 중요한 일이 있을 텐데."

"예를 들면요?"

"젊은 아가씨가 실종됐다고 하지 않았습니까. 가서 그 여자나 찾아요."

"그 일을 당신이 도와줄 걸로 기대했습니다. 지금도 기대하고 있습니다, 베글리 씨."

그는 자기 발을 내려다보았다. 가죽끈 샌들을 신고 있었다.

"아가씨에 대해서 내가 아는 것은 다 말했소. 애초에 호텔에 가질 말아야 했어. 좋아요, 내가 실수했소. 하지만 사소한 판단 실수 때문에 사람을 교수형시킬 순 없는 거요."

"아까는 살인이라고 하더니 이제는 교수형을 입에 올리는군요. 왭니까."

"말이 그렇다는 거요." 내가 뚫은 바늘구멍들을 통해 그의 자신감이 새고 있었다. 그가 말끝을 올리며 물었다. "내가 아가씨를 죽였다고 생각합니까?"

"아닙니다. 내 생각은 이렇습니다. 두 사람 사이에 무슨 일이 있어서, 아니면 무슨 말이 나와서, 그것 때문에 그녀가 갑자기 떠난 겁니다. 그게 뭐였는지 한번 생각해보시죠."

천천히, 아마 자기도 모르게, 그가 고개를 들어 태양을 보았다. 기울어진 턱수염 아래로 드러난 목은 창백하고 야위었다. 문득, 그가 그리스 고전극 가면을 쓰고 있고, 그 가면이 내 시선으로부터 그를 완벽하게 숨기고 있다는 기분이 들었다.

"아니오. 그럴 만한 말은 전혀 없었소."

"두 사람이 다투지는 않았습니까?"

"아니."

"그녀가 왜 당신을 방에 들였습니까?"

"내 이야기에 흥미가 있었던 것 같소. 그녀에게 호텔 교환 전화로 내 딸을 닮은 것 같다고 말했거든. 그냥 멍청한 충동이었소. 보자마자 내 딸이 아니란 걸 알았지."

"다시 만나기로 약속했습니까?"

"아니오. 지금이야 분명히 다시 보고 싶지만."

"호텔 밖에서 그녀를 기다렸습니까? 아니면 버스 정류장에서 만나기로 약속했습니까?"

"그러지 않았소. 나한테 무슨 죄를 씌우려는 겁니까? 대체 뭘 원합니까?"

"진실을 원할 뿐입니다. 당신에게서 진실을 충분히 얻어냈다는 생각이 들지 않는군요."

그가 갑작스럽게 화를 내뿜었다. "댁은 이미 충분히……!" 그러나 말을 맺기도 전에 폭발을 후회했고, 나머지 말은 삼켜버렸다.

그는 등을 돌리고 집안으로 들어가며 문을 쾅 닫았다. 나는 잠시 기다렸지만 이내 포기했다. 모래 깔린 진입로를 걸어 차로 돌아갔다.

금발의 여인 매지 게어하디가 앨릭스의 빨간 포르셰 조수석에 앉아 있었다. 앨릭스가 반짝거리는 눈으로 나를 쳐다보았다.

"게어하디 부인이 그녀를 보았답니다. 돌리를 보았대요."

"베글리와 함께 있는 걸?"

"아뇨. 그이와 함께는 아니에요." 여자가 차문을 열고 작은 차에서 빠져나왔다. "외제 차를 전문으로 다루는 정비소에서 봤어요. 내 MG에 윤활유를 좀 칠하러 갔을 때였죠. 아가씨는 웬 할머니와 함께 거기 있었어요. 오래된 갈색 롤스로이스를 타고 함께 가더군요. 운전은 아가씨가 하고."

"확실히 이 사람이었습니까?"

나는 사진을 다시 보여주었다.

여자가 힘차게 고개를 끄덕였다.

"확실해요. 쌍둥이가 아닌 이상. 되게 매력적인 아가씨라서 눈에 들어왔거든요."

"그 할머니가 누군지 압니까?"

"아뇨. 하지만 정비소 사람이라면 알 거예요." 여자는 방향을 알려주고 물러갔다. "집으로 돌아가봐야겠어요. 해변 쪽으로 몰래 나왔는데 척이 날 찾을 거예요."

정비공은 앞을 들어올린 재규어 세단 밑에서 바퀴 달린 작업대를 타고 빠져나왔다. 자리에서 일어선 그를 보니 지중해 출신인 듯했다. 퉁퉁한 몸을 감싼 작업복에 '마리오'라고 수놓여 있었다. 내가 오래된 롤스로이스와 노부인에 대해 묻자 열심히 고개를 끄덕거렸다.

"브래드쇼 부인입니다. 부인의 롤스로이스를 십이 년 동안 돌보고 있죠. 부인이 차를 구입한 직후부터요. 아직도 처음 산 날처럼 잘만 굴러갑니다." 외과 의사가 까다롭지만 성공적이었던 수술들을 회고하듯이, 그는 자신의 기름 묻은 두 손을 제법 만족스러운 표정으로 바라보았다. "부인이 운전을 맡기는 아가씨들 중에서 몇몇은 좋은 차를 다루는 방법을 몰라요."

"지금 부인의 차를 모는 아가씨를 압니까?"

"이름은 모릅니다. 브래드쇼 부인은 운전사를 꽤 자주 바꾸거든요. 주로 대학에서 사람을 구하죠. 아들이 대학 학생처장인데 부인이 직접 운전하게 내버려두지 않는답니다. 부인은 류머티즘으로 거동이 불편한데다가 내 짐작으론 큰 사고를 겪었던 것 같아요."

나는 마리오의 뒤죽박죽된 설명을 자르고 사진을 보여주었다.

"이 아가씨입니까?"

"네. 이 아가씨가 요전날 브래드쇼 부인과 왔습니다. 새 아가씨예요. 아까 말했듯이 브래드쇼 부인은 사람을 자주 바꾸거든요. 부인은 운전수를 자기 맘대로 부리고 싶어 하지만 요즘 대학생 아가씨들이 어디 고분고분 명령을 따르나요. 개인적으로 나는 브래드쇼 부인하고 항상 원만한 관계를……."

"부인은 어디 삽니까?"

앨릭스가 초조하게 물었다. 마리오는 앨릭스의 불안이 옮은 듯했다.

"부인에 대해 왜 묻습니까?"

"내가 궁금한 건 부인이 아닙니다. 이 아가씨가 내 아내입니다."

"부부 사이가 나빠져서 그러나요?"

"모르겠습니다. 아내와 꼭 이야기를 해야 해요."

마리오는 정비소의 높은 골함석 지붕을 올려다보았다.

"우리 마누라도 이 년 전에 나랑 이혼하고 떠났죠. 그 뒤로 살이 쪘어요. 홀아비는 의욕이 전만 같지 않은 법이라."

"브래드쇼 부인은 어디 삽니까?"

내가 물었다.

"풋힐 드라이브라고, 여기서 멀지 않습니다. 첫 번째 교차로에서 우회전하면 나오죠. 저기 탁자에 있는 전화번호부에 주소가 있을 겁니다. 아들 이름인 로이 브래드쇼로 올라 있어요."

나는 고맙다고 말했다. 마리오는 작업대에 드러눕더니 도로 재규어 밑으로 들어갔다. 전화번호부는 구석에 있는 낡은 탁자 위 전화기에 깔려 있었다. 항목을 찾았다. '로이 브래드쇼, 풋힐 드라이브 311번지.'

"여기서 전화를 걸어보죠."

앨릭스가 말했다.

"직접 대면하는 게 더 좋습니다."

주택단지와 관광 업소가 왕성하게 확산되고 있기는 하지만 퍼시픽포인트는 아직 제 색깔을 간직하고 있었다. 가로수가 늘어선 풋힐 드라이브는 언제까지나 변화 없이 칙칙할 것 같은 동네였다. 오래전 여기에 정착한 집안들은 지진을 견뎌온 장붓구멍 기법의 벽 뒤에서, 혹은 대물림하는 정원사들보다 더 오래 살아온 산울타리 뒤에서 살고 있었다.

311번지 건물은 우뚝 솟은 사이프러스 울타리에 완전히 가려져 있었다. 나는 앨릭스를 이끌고 열린 철제 대문 사이로 들어갔다. 초록 문과 덧문이 달린 작고 흰 문간채를 지나 구부러진 진입로를 따라 들어가니 새하얗고 호화로운 본채가 눈에 들어왔다.

챙 넓은 밀짚모자 끈을 턱밑에 묶은 여자가 건물 앞 화단의 꽃들 속에 파묻혀 앉아 있었다. 장갑 낀 손에는 가위가 들려 있었다. 우리가 엔진을 꺼서 사방이 조용해지자 가위가 짤깍하고 고요를 깨뜨렸다.

여자는 힘겹게 일어나서 우리에게 다가오며 흰 머리칼을 모자 밑으로 쑤셔넣었다. 그녀는 더러운 테니스용 신발을 신은 노부인에 불과했지만, 넉넉한 푸른색 작업복에 형체를 알 수 없게 감싸인 몸은 한때 강인하거나 아름다웠던 시절을 기억하는 듯 묵직한 위엄을 간직하고 있었다. 이목구비의 선은 불어난 살과 세월의 무게에 무너졌지만 검은 눈동자는 초롱초롱했다. 꼭 폐허가 된 건물을 지키는 뜻밖의 동물 같았다.

"브래드쇼 부인이십니까?"

앨릭스가 간절히 물었다.

"내가 브래드쇼 부인입니다. 두 분은 무슨 용무인가요? 보다시피 나는 아주 바쁩니다." 부인은 보란 듯 가위를 흔들어댔다. "나는 내 장미를 아무에게도 맡기지 않는답니다. 그런데도 죽어가고 있죠, 가엾은 것들." 섭섭함이 부스럭대는 말투였다.

"제 눈에는 아주 아름다워 보입니다." 나는 은근히 추어주었다.

"부인을 귀찮게 할 마음은 없습니다. 다만 여기 킨케이드 씨가 어쩌다 아내를 잃어버렸는데, 저희 생각에는 그녀가 부인을 위해서 일하고 있는 것 같아서요."

"나를 위해서? 나는 스페인인 부부 외에는 고용인이 없어요. 우리 아들이……." 부인은 자랑스러운 기색으로 덧붙였다. "생활비를 빠듯하게 주거든요."

"운전하는 아가씨가 있지 않습니까?"

부인이 미소를 지었다.

"그 애를 까맣게 잊고 있었네요. 그 애는 시간제로 일해요. 이름이 뭐더라? 몰리? 돌리? 여자애들 이름은 통 못 외우겠다니까요."

"돌리입니다." 나는 부인에게 사진을 보여주었다. "이 아가씨가 돌리 맞습니까?"

부인은 정원 장갑 한쪽을 벗고 사진을 받아들었다. 손마디가 관절염으로 불거져 있었다.

"맞는 것 같네요. 결혼했다는 소리는 전혀 안 했는데. 알았다면 고용하지 않았을 거예요. 귀찮은 일이 너무 많아지니까. 나는 잠깐씩 차를 써야 하는 일정들을 계획대로 지키고 싶거든요."

앨릭스가 약간 수다스러운 부인의 지껄임을 가로막았다.

"돌리는 지금 어디 있습니까?"

"나도 모릅니다. 오늘 할 일은 마쳤어요. 학교로 갔거나 문간채에 있겠지요. 나는 여자애들한테 문간채를 내준답니다. 가끔 그곳을 제멋대로 활용하는 애들도 있지만 이 아가씨는 아직까진 괜찮았어요." 부인은 앨릭스에게 음험하고 날카로운 눈길을 던졌다. "당신이 나타났다고 그 애가 그러지는 않았으면 좋겠군요."

"돌리가 계속 이 일을 할 거라고는……."

내가 앨릭스의 말을 잘랐다. "가서 그녀가 문간채에 있는지 보고 와요." 그리고 다시 브래드쇼 부인에게 물었다. "돌리가 부인과 함께 지낸 지 얼마나 됐습니까?"

"이 주쯤 됐겠죠. 학기가 이 주 전에 시작됐으니까."

"돌리가 대학에 다닙니까?"

"그래요. 나는 여자애들을 학교에서 데려오죠. 지난여름에 우리 아들이 해외에 나갔을 때처럼 종일 시중드는 사람이 필요할 때는 예외이지만. 돌리가 그만두지 않으면 좋겠네요. 다른 애들보다 똑똑하거든요. 뭐, 그 애가 가더라도 얼마든지 다른 애를 찾을 수 있겠죠. 당신도 나만큼 오래 살면 알게 되겠지만 젊은이들은 늘 늙은이를 떠나는 법이라……."

부인은 햇빛을 받아 빨갛고 노랗게 빛나는 장미들에 눈을 돌렸다. 말을 어떻게 맺을까 궁리하는 듯했다. 그러나 아무 말도 나오지 않았다. 내가 물었다.

"돌리는 어떤 성을 쓰고 있습니까?"

"미안하지만 기억이 안 납니다. 나는 항상 이름으로 불러요. 그건 우리 아들이 알려줄 겁니다."

"아드님이 댁에 계십니까?"

"로이는 학교에 있어요. 학생처장이랍니다."

"여기에서 멉니까?"

"지금 선 자리에서 보이는걸요."

마디가 불거진 손이 어깨를 쥐고 부드럽게 나를 돌려세웠다. 나무들 사이로 작은 관측소의 둥근 지붕이 바라다보였다. 부인이 뒷소문을 속삭이는 말투로 귀에 바짝 대고 말했다.

"댁의 젊은 친구와 아내 사이에 무슨 일이 있었답니까?"

"두 사람은 이곳으로 신혼여행을 왔는데 부인이 그를 놔두고 떠났습니다. 그는 이유를 알아내려는 중이고요."

"해괴한 일도 다 있지. 나라면 신혼여행에서 그런 짓은 절대로 못 했을 거예요. 남편을 너무나 존경했으니까. 하지만 요즘 아가씨들은 다르니까요, 그렇죠? 요즘 애들한테는 정절이니 존경이니 하는 게 아무 의미 없지요. 당신도 결혼했나요?"

"했었습니다."

"무슨 말인지 알겠군요. 댁이 저 청년의 아버지인가요?"

"아닙니다. 저는 아처입니다. 사설탐정입니다."

"그래요? 이 소동을 어떻게 생각하나요?" 부인은 가위로 문간채 쪽을 가리키며 막연하게 몸짓을 해 보였다.

"아직은 아무것도 모르겠습니다. 그녀는 단순히 다른 여자들처럼 변덕이 나서 그를 떠났을지도 모르고 더 깊고 어두운 사정이 있을지도 모릅니다. 그녀에게 물어보는 수밖에 없지요. 그건 그렇고 브래드쇼 부인, 혹시 돌리가 베글리라는 이름을 언급한 적이 있습니까?"

"베글리?"

"짧고 희끗희끗한 수염을 기른 키 큰 남자입니다. 돌리가 남편을 떠난 날 서프하우스로 돌리를 찾아왔답니다. 그가 돌리의 아버지일 가능성도 있습니다."

부인은 보라색 혀끝으로 주름진 입술을 축였다.

"그런 이야기는 없었어요. 여자애들이 내게 속을 털어놓는 걸 장려하지 않았는데 앞으로는 그래야 할지도 모르겠군요."

"최근에 돌리는 어때 보였습니까?"

"대답하기 어려운 질문이네요. 그 애는 늘 똑같아요. 조용하고, 자기 생각에 파묻혀 있고."

앨릭스가 진입로의 커브길을 빠르게 걸어서 나타났다. 얼굴이 밝았다.

"돌리가 확실해요. 옷장에서 돌리의 물건들을 봤습니다."

"당신한테 집안에 들어가도 좋다고 허락하지 않았는데요."

브래드쇼 부인이 말했다.

"돌리의 집 아닙니까?"

"내 집이죠."

"돌리가 쓰고 있잖습니까?"

"그 애가 쓰고 있죠. 당신이 아니라."

돌리의 고용주와 싸움이 붙는 것은 앨릭스가 절대로 하지 말아야 할 일이었다. 나는 둘 사이에 끼어들어 그를 돌려세우고 차로 끌고 갔다. 두 번째로 그를 말썽에서 건져낸 셈이었다.

"가봐요." 나는 차에 탄 앨릭스에게 말했다. "당신이 내 일을 방해하고 있소."

"돌리를 만나야 합니다."

"만나게 될 거요. 매리너스레스트 모텔로 가서 우리가 묵을 방을 잡아요. 여기에서 서프하우스로 가는 길 도중에 있는데……."

"어딘지 압니다. 돌리는 어쩌고요?"

"내가 학교로 가서 그녀와 이야기해보겠소. 그리고 그녀를 당신한테 데리고 가겠습니다. 그녀가 그러겠다고 하면."

"왜 내가 학교에 같이 가면 안 되죠?"

그가 버릇없는 아이처럼 대꾸했다.

"내가 그러고 싶지 않으니까. 돌리에게는 그녀만의 독립된 인생이 있습니다. 당신은 그게 싫겠지만 거기 뛰어들어 망가뜨릴 권리는 없는 겁니다. 모텔에서 봅시다."

앨릭스는 핸들을 홱 돌려 난폭하게 떠났다. 브래드쇼 부인은 장미 속으로 돌아가 있었다. 나는 부인에게 돌리의 물건을 확인해봐도 되겠느냐고 아주 예의 바르게 청했다. 부인은 그건 돌리가 결정할 문제라고 대답했다.

구월의 갈색 언덕 아래, 캠퍼스는 싱그러운 초록 오아시스처럼 보였다. 건물은 대부분 신축이었고 구멍 뚫린 콘크리트 벽과 아열대 식물들로 조경을 하여 매우 현대적이었다. 길가 야자나무 밑에 앉아 있던 맨발의 청년이 샐린저의 책에서 눈을 떼고 대학 본부로 가는 길을 알려주었다.

본부 뒤편 주차장에 차를 세웠다. 교직원 스티커가 붙은 고물차들이 여기저기 주차되어 있었다. 새까만 새 선더버드가 그 속에서 단연 돋보였다. 어느덧 금요일 늦은 오후였고, 대학의 긴 주말이 시작되고 있었다. 현관으로 들어서서 정면에 보이는 유리 안내소에는 사람이 없었다. 복도는 텅 비어 있었다.

포드 선더버드 Ford ThunderBird

1954년 2월 디트로이트 오토 쇼를 통해 공개된 포드의 자동차 모델.
마릴린 먼로가 탔던 차로 많이 알려져 있다.
선더버드의 긴 엔진룸은 올드카의 대표적인 이미지가 되었다.

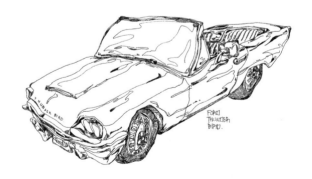

학생처장의 사무실을 찾는 일은 그다지 어렵지 않았다. 벽판을 댄 대기실에는 이리저리 재배열할 수 있는 덴마크풍 소파가 있었고, 안쪽의 닫힌 문을 지키는 금발 비서가 타자기 앞에 앉아 있었다. 여자의 얼굴은 창백하고 홀쭉했다. 형광등 밑에서 너무 오래 일했는지 푸른 눈동자는 피로해 보였고 목소리는 의심에 차 있었다.

"무슨 일이시죠?"

"학생처장을 만나고 싶습니다."

"죄송하지만 브래드쇼 처장님은 몹시 바쁘십니다. 제가 도와드릴 수 있는 일일까요?"

"그럴지도 모르겠군요. 이 학교에 다니는 어느 여학생을 만나고 싶습니다. 이름은 돌리 맥기, 아니면 돌리 킨케이드."

"어느 쪽이죠?"

여자가 짜증스러운 한숨을 작게 뱉었다.

"처녀 적 성은 맥기이고 결혼한 후의 성은 킨케이드입니다. 어느 쪽을 쓰는지는 모르겠습니다."

"아버지이신가요?"

말투가 예민했다.

"아버지는 아닙니다. 하지만 그 학생을 만나야 할 이유가 있습니다."

여자는 내가 백인 노예무역의 주동자임을 고백하기라도 한 것처럼 쳐다보았다.

"부모를 제외한 누구에게도 학생에 대한 정보를 공개하지 않는 것이 원칙입니다."

"남편도 안 됩니까?"

"남편이세요?"

"남편의 대리인입니다. 학생처장과 이야기할 수 있도록 해주는 게 나을 텐데요."

"그럴 순 없습니다." 최후통첩을 내리는 말투였다. "브래드쇼 처장님은 학부장들과 회의중이십니다. 맥기 양을 만나려고 하시는 이유가 뭐죠?"

"사적인 문제입니다."

"그렇군요."

우리는 교착 상태에 빠졌다. 나는 여자를 미소 짓게 할 양으로 덧붙였다.

"정보를 공개하지 않는 것이 원칙이라서요."

여자는 모욕당했다는 얼굴을 하고 타자기로 고개를 돌렸다. 나는 서서 기다렸다. 안쪽 문 너머에서 목소리들이 웅성거렸다. '예산'이라는 단어가 제일 자주 들렸다. 한참 뒤에 비서가 말했다.

"서덜랜드 처장님을 만나보세요. 사무실에 계시다면 말이지만. 그분이 여학생 담당 학생처장이십니다. 사무실은 바로 맞은편입니다."

문은 열려 있었다. 사무실 안의 여성은 세월을 말끔히 씻어낸 듯 나이를 짐작할 수 없는 타입으로, 이십 대라기에는 나이들어 보였고 사십 대라기에는 젊어 보였다. 갈색 머리카락은 뒤통수에서 동그랗게 말려 있었다. 그녀가 화려함에 양보한 것은 분홍 립스틱뿐이었는데, 그것이 일자로 다문 얇은 입술을 돋보이게 했다.

매력적인 여성이었다. 얼굴 윤곽은 깎은 듯 섬세했다. 블라우스 앞쪽은 바람을 받은 삼각돛처럼 책상 위로 불룩 튀어나와 있었다.

"들어오세요." 이제 익숙해져가는 엄한 말투로 그녀가 말했다. "뭘 망설이십니까?"

그녀의 아름다운 눈동자가 나를 얽어맸다. 그 눈을 들여다보는 것은 빙산의 아름다운 핵을 들여다보는 것 같았다. 선명한 에메랄드 빛깔에 타는 듯 차가운 빛을 발하는 눈동자였다.

"앉으세요. 무슨 일이십니까?"

나는 내가 누구이고 왜 왔는지를 밝혔다.

"돌리 맥기나 돌리 킨케이드라는 학생은 우리 학교에 없습니다."

"그렇다면 또 다른 이름을 쓰고 있을 겁니다. 그녀가 여기 학생이라는 것은 틀림없는 사실입니다. 브래드쇼 학생처장 어머니의 차를 운전하는 일을 하고 있고요."

나는 그녀에게 사진을 보여주었다.

"도러시 스미스인데요. 이 학생이 왜 가명으로 등록했을까요?"

"그녀의 남편이 알고 싶어 하는 게 바로 그 점입니다."

"사진에서 함께 있는 사람이 남편인가요?"

"네."

"착한 청년으로 보이는군요."

"아무래도 그녀는 그렇게 생각하지 않나 봅니다."

"왜 그런지 궁금하군요." 여자의 눈길이 나를 스쳤다. 왠지 속은 기분이 들었다. "솔직히, 어떻게 이 학생이 가명으로 등록할 수 있었는지 모르겠군요. 위조된 증명서를 제출한 게 아니라면 말입니다." 여자가 불쑥 일어섰다. "잠시 실례하겠습니다, 아처 씨."

그녀는 서류 캐비닛들이 금속 관들처럼 늘어선 옆방으로 건너갔다. 이내 서류철을 하나 가지고 돌아와서 책상에 펼쳤다. 속에는 별게 없었다.

"알겠네요." 여자가 혼잣말처럼 말했다. "가입학한 학생입니다. 증명서 제출을 기다리는 중이라는 메모가 있군요."

"가입학은 언제까지 유효합니까?"

"구월 말까지입니다." 여자는 탁상 달력을 보고 말했다. "그러니까 아흐레 안에 증명서를 갖고 와야 하겠군요. 하지만 그전에 나타나서 해명해야 할 겁니다. 우리는 이런 속임수를 용인하지 않습니다. 나는 그 아이가 정직하다는 인상을 받았어요." 여자의 입꼬리가 아래로 처졌다.

"그녀를 개인적으로 아십니까, 서덜랜드 처장님?"

"새로 들어오는 여학생은 모두 만나는 것을 원칙으로 삼고 있습니다. 게다가 스미스 양인지 킨케이드 부인인지에게는 제가 도움을 좀더 주려고 했어요. 도서관의 시간제 일자리도 주선해줬지요."

"브래드쇼 부인 댁의 일자리도?"

여자는 고개를 끄덕였다. "학생이 어디서 자리가 났다는 소문을 듣고 왔기에 제가 추천했습니다." 여자는 손목시계를 보았다. "지금 그 집에 있을 겁니다."

"없더군요. 방금 브래드쇼 부인 댁에서 오는 길입니다. 딴말이지만, 학생처장은 상당히 호화롭게 사시더군요. 학계의 봉급은 적은 편인 줄 알았는데요."

"적죠. 브래드쇼 처장은 유서 깊고 부유한 가문 출신입니다. 처장님 어머님께서는 이 일에 어떤 반응을 보이시던가요?"

여자는 성급한 몸짓으로 대강 나를 포함하는 원을 그렸다.

"차분히 받아들이시는 것 같았습니다. 현명한 부인이더군요."

"그렇게 보셨다니 다행이네요." 자신이 겪은 브래드쇼 부인은 다르다는 듯한 말투였다. "자, 스미스 킨케이드 부인이 도서관에 있는지 확인해봐야겠습니다."

"제가 가서 물어보겠습니다."

"아닙니다. 제가 먼저 학생과 이야기를 나누고 그 작은 머릿속에 무슨 생각이 들어 있는지 알아보는 게 낫겠습니다."

"그녀를 곤란하게 만들고 싶지는 않습니다."

"물론 그러시겠죠. 그리고 당신이 곤란하게 만든 건 아닙니다.

문제는 이미 있었죠. 당신은 그걸 들춘 것뿐이고요. 그 점에 대해선 고맙습니다."

"그 고마움을 제가 먼저 그녀와 이야기하게 해주는 것으로 표현 하시면 안 되겠습니까?"

나는 조심스럽게 물었다.

"안 되겠는데요."

"저는 사람들에게서 사실을 끌어낸 경험이 많습니다."

해서는 안 될 말이었다. 여자의 입꼬리가 다시 아래로 휘어졌 다. 여자의 부푼 가슴은 좋은 예감에서 위협으로 바뀌었다.

"저도 경험이 풍부합니다. 게다가 전문교육을 받은 상담사죠. 아무쪼록 밖에서 기다리시면 제가 도서관에 전화를 걸어 학생을 부 르겠습니다." 내가 나가려니까 여자가 마지막으로 가시 돋친 말을 던졌다. "부디 중간에서 학생을 가로채지 말아주세요."

"꿈도 안 꾸겠습니다, 서덜랜드 양."

"서덜랜드 처장이라고 불러주세요."

나는 밖으로 나와 안내소 옆에 있는 게시판을 읽었다. 거기 적 힌 학내 활동, 댄스파티와 시 낭송 클럽과 프랑스어로만 대화해야 하는 아침 식사 모임 따위의 명랑한 일정들은 나를 슬프게만 만들 었다. 내 대학 생활이 잘 풀리지 않았던 기억 탓도 있고 지금 내가 돌리의 대학 생활을 끝장내려는 참인 탓도 있었다.

뿔테 안경을 쓴 여학생과 대학 로고가 찍힌 스웨터를 입은 건장한 남학생이 어슬렁어슬렁 들어와서 벽에 기대어 섰다. 여학생이 남학생에게 무언가 설명하고 있었다. 아킬레우스와 거북에 관한 이야기였다. 아킬레우스는 거북을 쫓지만, 제논에 따르면 그는 영영 거북을 따라잡지 못한다. 둘 사이의 공간은 무한히 나눌 수 있으므로 아킬레우스가 그것을 주파하려면 무한한 시간이 걸릴 것이다. 아킬레우스가 거북이 있던 자리에 도착하면 그때쯤 거북은 더 앞으로 전진해 있을 것이다.

남학생이 고개를 끄덕였다.

"그렇겠네."

"하지만 그렇지가 않아!" 여학생이 소리질렀다. "공간을 무한히 나눌 수 있다는 건 그저 이론일 뿐이라고. 실제 움직임에는 영향을 주지 않아."

"무슨 말인지 모르겠어, 하이디."

"모르긴 왜 몰라. 네가 미식축구 경기장에 있다고 상상해봐. 너는 이십 야드 선에 있고 거북은 삼십 야드 선에서 네게서 멀어지는 방향으로 기어가고 있어."

나는 엿듣기를 그만두었다. 돌리가 유리문 바깥의 계단을 올라오고 있었다. 검은 머리카락에 체크무늬 치마와 카디건을 입은 아가씨였다. 그녀는 문에 잠시 기댔다가 들어왔다. 파고가 사진을 찍어준 뒤로 상당히 망가진 것 같았다. 피부는 누르께했고 머리카락은 근래 빗지 않은 듯했다. 검고 불안정한 그녀의 눈동자가 나를 스첬으나 제대로 본 것 같지는 않았다.

그녀는 서덜랜드 처장의 사무실에 다다르기 전에 우뚝 멈췄다. 갑자기 뒤로 돌아 정문으로 갔다. 그러나 다시 멈추더니 나와 두 철학자 사이에 서서 골똘히 생각에 빠졌다. 나는 그녀의 우울한 아름다움과 고민으로 멀어버린 까만 눈동자에 감탄했다. 그녀는 다시 뒤로 돌아 운명을 마주하기 위해서 복도를 터덜터덜 걸어갔다.

사무실 문이 그녀의 등뒤에서 닫혔다. 잠시 뒤에 나는 그 앞으로 지나가보았다. 안에서 여자들의 목소리가 웅얼웅얼 들렸지만 한마디도 알아들을 수 없었다. 마침 복도 건너편 브래드쇼 처장의 사무실에서 학부장들이 단체로 몰려나왔다. 안경과 훤한 이마와 학자 특유의 구부정한 자세에도 불구하고 그들은 휴식 시간을 맞은 어린 학생들처럼 보였다.

그때 면도칼로 짧게 쳐낸 헤어스타일을 한 여성이 건물로 들어왔다. 학부장들의 시선이 일시에 그녀에게 쏠렸다. 여자의 어두운 금발은 갈색 피부와 대비되어 빛이 났다. 그녀는 브래드쇼 처장의 사무실 문간에 혼자 서 있던 남자에게 가서 들러붙었다.

여자가 보이는 관심에 비해 남자는 비협조적이었다. 남자는 잘생기고 점잖은데다 우수에 잠긴 듯해, 여자들의 모성애를 불러일으키는 타입이었다. 갈색 곱슬머리는 관자놀이 부분에서 세기 시작했지만 그래도 대학 졸업 후 이십 년 만에 문득 책에서 고개를 들어 비로소 자신이 중년임을 알아차린 대학생처럼 보였다.

서덜랜드 처장이 사무실 문을 열고 그에게 손짓했다. "브래드쇼 박사님, 시간 좀 내주시겠어요? 중요한 일이 생겼습니다." 서덜랜드 처장은 자기 일이 내키지 않는 사형집행인처럼 창백하고 엄숙했다.

남자는 매달려 있던 여자에게 양해를 구했다. 두 처장은 돌리와 함께 틀어박혔다. 짧고 빛나는 머리카락의 여자는 인상을 구기면서 닫힌 문을 쳐다보았다. 그러더니 나를 평가하는 눈빛으로 바라보았다. 브래드쇼의 대체물을 찾는 듯했다. 여자는 쉽게 열릴 듯한 입술과 근사한 다리와 먹잇감을 찾는 포식자 같은 분위기를 갖고 있었다. 옷차림은 세련되었다.

"누굴 찾으세요?"

여자가 내게 물었다.

"그냥 기다리는 중입니다."

"레프티, 아니면 고도? 큰 차이가 있는데요."●

"레프티 고도. 투수죠."

"호밀밭의 투수?"

"그는 버번을 더 좋아합니다만."●●

"나도 그래요. 당신은 지식인에게 반감이 있는 분 같군요, 성함이……?"

"아처입니다. 시험에 통과한 겁니까?"

"누가 점수를 매기느냐에 달렸죠."

● **레프티, 고도** _ 미국 극작가 클리퍼드 오데츠의 1935년작 『레프티를 기다리며』와 프랑스 극작가 사뮈엘 베케트의 1953년작 『고도를 기다리며』를 뜻한다.
●● **버번** _ '고도'에 '왼손잡이'란 뜻이 있어 아처가 투수라고 농담하자, 여자는 투수의 '피처pitcher'가 '캐처catcher'와 발음이 비슷한 점을 이용하여 샐린저의 책 제목 『호밀밭의 파수꾼Catcher in the Rye』를 빗대어 농담했고, 그러자 아처는 보통 호밀로 만드는 위스키와 달리 옥수수로 만드는 버번위스키도 있다는 점을 이용하여 농담을 받았다.

"다시 대학에 다닐까 생각하던 중이었습니다. 당신을 보니 계획이 더 매력적으로 느껴지는군요. 게다가 지식인 친구들이 내가 읽어보지 못한 잭 케루악이니 유진 버딕이니 하는 위대한 작가들에 대해 이야기할 때마다 외톨이가 된 기분이라서요. 진지하게 묻습니다만, 다시 대학에 다닌다고 하면 당신은 이곳을 추천하겠습니까?"

여자는 다시 평가하는 시선으로 나를 훑었다.

"아처 씨에게는 추천하지 않겠어요. 당신은 버클리나 시카고 같은 대도시의 학교에 어울릴 것 같아요. 나도 시카고 출신이죠. 이곳은 상당히 다르답니다."

"어떤 점에서?"

"셀 수 없이 많은 점에서. 이를테면 이곳은 세련미가 아주 떨어진답니다. 한때 기독교 대학이었기 때문인지 도덕적 기풍이 여태 빅토리아 시대에 머물러 있죠." 자신은 그렇지 않다는 것을 보여주려는 듯 여자가 엉덩이를 반대로 틀었다. "사람들 말로는 딜런 토머스가 여기를 방문했을 때…… 이 이야기는 하지 않는 게 좋겠네요. 데 모르투이스 닐 니시 보눔•."

"라틴어를 가르칩니까?"

"아뇨, 라틴어는 조금만 알고 그리스어는 더 몰라요. 현대어를 그럭저럭 가르치고 있죠. 그건 그렇고, 내 이름은 헬렌 해거티예요. 아까 말했듯이 퍼시픽포인트는 당신에게 강력하게 추천하지 않겠어요. 해마다 나아지고는 있지만 여전히 늙다리들 천지예요. 여기에서도 몇 명 보이네요."

여자는 현관 쪽으로 냉소적인 시선을 던졌다. 여자의 동료 교수 대여섯 명이 학생처장과의 회의에 대해 사후 토론하고 있었다.

"아까 대화하던 사람이 브래드쇼 처장입니까?"

"네, 만나려는 사람이 그인가요?"

"그중 한 명입니다."

"다가가기 어려운 외모라고 해서 지레 물러나진 마세요. 그는 훌륭한 학자예요. 교수진 중에서 하버드 박사 학위를 가진 사람은 그뿐이죠. 나보다 훨씬 나은 조언을 줄 거예요. 하지만 솔직하게 말해보시죠. 다시 대학에 다닐 생각이 있다는 건 진심인가요? 나를 놀린 거죠?"

"약간은요."

"술 한잔 놓고 얘기하면 나를 더 효과적으로 놀릴 수 있을 텐데요. 그리고 나는 한잔했으면 좋겠어요. 가급적 버번으로."

"끌리는 제안이로군요." 게다가 느닷없었다. "다음 기회로 미루면 안 되겠습니까? 당장은 레프티 고도를 기다려야 해서."

딱히 그럴 것도 없건만 여자는 몹시 실망한 듯했다. 우리는 상당히 우호적으로 헤어졌다. 서로 수상쩍다고 여기면서.

이윽고 내가 지켜보고 있던 운명의 문이 열렸다. 돌리가 두 처장에게 거의 절을 하다시피 야단스럽게 인사하면서 뒷걸음질로 방에서 나왔다. 뒤로 돌아 현관으로 갈 때 보니 얼굴은 하얗게 질려 굳어 있었다.

나는 돌리를 쫓아갔다. 약간 한심한 기분이었다. 중학교 때 집까지 따라다녔던 여자아이가 떠올랐다. 그때 나는 책을 들어주는 영광을 누리게 해달라는 말을 끝내 하지 못했는데, 지금 나는 다가갈 수 없었으나 이제는 이름조차 기억나지 않는 소녀와 돌리를 동일시하고 있었다.

돌리는 캠퍼스를 양분하는 가로수길을 서둘러 걸어가 도서관 계단을 오르기 시작했다. 나는 돌리를 따라잡았다.

"킨케이드 부인?"

돌리는 내가 쏜 총에 맞은 것처럼 멈춰 섰다. 나는 본능적으로 그녀의 팔을 잡았다. 그녀는 내 손을 뿌리치고는 도움을 구하려는 듯 입을 벌렸다. 그러나 소리는 나오지 않았다. 널찍한 길을 걸어가거나 계단에서 수다를 떠는 주변 학생들은 그녀의 소리 없는 비명에 조금도 관심을 기울이지 않았다.

"꼭 이야기를 나누고 싶습니다, 킨케이드 부인."

그녀가 머리카락을 뒤로 넘겼다. 동작이 어찌나 험했던지 한쪽 눈까지 치켜 올라가 동양인처럼 보였다.

"누구시죠?"

"남편 친구입니다. 앨릭스는 당신 때문에 지옥 같은 삼 주를 보냈습니다."

"그랬겠죠."

지금에서야 생각이 미쳤다는 듯한 말투였다.

"당신도 지옥 같은 삼 주를 보냈겠지요. 앨릭스를 조금이라도 좋아했다면. 맞습니까?"

"내가 뭐요?"

그녀는 약간 멍했다.

"앨릭스를 좋아하느냐고요."

"모르겠어요. 그런 생각을 할 여유가 없었어요. 당신이든 다른 누구하고든 그 이야기를 하고 싶지 않아요. 정말로 앨릭스의 친구인가요?"

"그렇다고 해도 될 겁니다. 앨릭스는 당신의 행동을 이해하지 못하고 있습니다. 몹시 슬퍼하고 있어요."

"보나마나 나한테서 옮은 거예요. 파멸을 퍼뜨리는 것이 내 특기이니까요."

"그렇게 말할 필요가 뭐 있습니까. 뭘 하는 중이었든 오늘은 그만 접고 앨릭스를 만나보면 어떻겠습니까? 앨릭스는 시내에서 당신을 기다리고 있습니다."

"최후의 날까지 기다려보라고 하세요. 나는 돌아가지 않을 테니까."

그녀의 어린 목소리는 놀랍도록 단호했다. 가혹하기까지 했다. 나는 그녀의 눈이 마음에 들지 않았다. 커다랗게 떠져 있고 메마르고 한 점에 고정된 눈은 눈물 흘리는 법을 잊은 것처럼 보였다.

"앨릭스가 당신을 해쳤습니까? 어떤 식으로든."

"그는 파리 한 마리도 해치지 못해요. 당신이 정말로 앨릭스의 친구라면 알 텐데요. 앨릭스는 착하고 악의 없는 사람이에요. 내가 그를 해치고 싶지 않은 거예요." 돌리는 일부러 극적으로 덧붙였다. "앨릭스에게 내게서 가까스로 탈출한 것을 자축하라고 전해주세요."

"남편에게 전하는 메시지가 그게 답니까?"

"앨릭스는 남편이라고 할 수 없어요. 결혼 취소 처분을 받으라고 전해주세요. 나는 가정을 꾸릴 준비가 안 되었다고요. 학업을 마치기로 결심했다고 전해주세요."

꼭 그녀 혼자 달까지 편도 여행을 갈 거라는 말처럼 들렸다.

나는 본부 건물로 돌아갔다. 모조 판석이 깔린 길은 평평하고 매끄러웠는데도 마치 구덩이에 무릎까지 푹푹 빠지며 걷는 기분이었다. 서덜랜드 처장의 사무실 문은 닫혀 있었다. 노크를 하자 약간 뜸을 들였다가 "들어오세요"라는 말이 나지막이 흘러나왔다.

브래드쇼 처장은 아직 그녀와 함께 있었다. 그는 아까보다도 더 대학생처럼 보였다. 관자놀이의 흰 머리카락은 그저 밤중에 살짝 서리를 맞은 것처럼 보였다.

서덜랜드 처장의 볼이 상기되어 있었다. 눈은 여전히 선명한 에메랄드빛이었다.

"브래드, 이분이 아까 말한 아처 씨예요."

브래드쇼는 내가 내민 손을 경쟁하듯 격렬하게 움켜쥐었다. "만나서 반갑습니다. 사실……." 그는 미소를 지으려고 노력했다. "상황이 상황인지라 다소 복잡한 기분입니다만. 당신이 우리 학교에 찾아올 수밖에 없었던 것은 대단히 유감스럽습니다."

"나도 일을 해야 하니까요." 나는 조금 방어적으로 말했다. "킨케이드 부인은 남편을 저버렸습니다. 남편도 설명을 들을 권리가 있습니다. 그녀가 두 분에게 설명을 하던가요?"

서덜랜드 처장이 엄숙한 표정을 지었다.

"그 아이는 남편에게 돌아가지 않을 겁니다. 첫날밤에 너무 끔찍한 사실을 발견해서……."

브래드쇼가 손을 들었다.

"잠깐만, 로라. 그녀는 상담사인 당신을 믿고 이야기를 털어놓았어요. 이 사람이 남편에게 돌아가서 다 말하기를 바라는 건 아니겠죠. 그 가엾은 아가씨는 아직도 겁내고 있잖아요."

"남편을 겁낸다고요? 믿기 힘들군요."

내가 말했다.

"그녀가 당신에게 심중을 터 보인 건 아니잖아요." 로라 서덜랜드가 흥분하여 목청을 높였다. "그 가엾은 아이가 왜 가명을 썼다고 생각하세요? 남편이 쫓아올까 봐 죽도록 무서웠던 겁니다."

"그건 너무 멜로드라마 같은 표현이군요." 브래드쇼가 너그러운 말투로 끼어들었다. "그 청년이 그렇게까지 못됐을라고요."

"브래드, 당신은 그 애의 이야기를 못 들었잖아요. 그 애는 나한테 여자 대 여자로서 많은 말을 했고, 나는 당신에게도 전부 말하지 않았어요. 말할 마음도 없고요."

"그녀가 거짓말하는 것일지도 모릅니다."

내가 말했다.

"장담컨대 결코 아니에요! 나는 들으면 진실을 알 수 있습니다. 내가 당신에게 하는 충고는, 어디 있는지는 모르겠지만 그녀의 남편에게 돌아가서 그녀를 찾지 못했다고 말하라는 겁니다. 당신이 그렇게 해준다면 그 애는 더 안전하고 행복할 거예요."

"그녀는 지금도 충분히 안전해 보입니다. 그리고 분명히 행복하지 않아 보입니다. 바깥에서 나도 그녀와 잠깐 이야기를 나눴습니다."

브래드쇼가 내 쪽으로 머리를 기울였다.

"뭐라던가요?"

"충격적인 이야기는 없었습니다. 킨케이드 씨를 비난하지도 않았습니다. 오히려 파경은 자기 탓이라고 하더군요. 공부를 계속하고 싶다고 했습니다."

"잘됐군요."

"그녀가 학교를 계속 다니도록 해줄 겁니까?"

브래드쇼가 고개를 끄덕였다. "사소한 속임수는 눈감아주기로 했습니다. 우리는 젊은이들의 재량을 어느 정도 인정해주어야 한다고 생각합니다. 남의 권리를 침해하지 않는 한 말입니다. 적어도 현재로서는 그녀는 학교에 남을 수 있고, 원한다면 계속 가명을 쓸 수도 있습니다." 그가 지루한 문학적 농담을 덧붙였다. "'장미는 어떤 이름으로 불러도 향기롭다'는 거죠."

"증명서는 즉각 제출하기로 했어요." 서덜랜드가 말했다. "그 애가 이 년제 대학을 졸업했고 사 년제 대학에서 한 학기를 보낸 건 틀림없는 것 같습니다."

"여기서는 무얼 전공할 계획이랍니까?"

"돌리의 전공은 심리학입니다. 해거티 교수에 따르면 소질이 있다는군요."

"해거티 교수가 그걸 어떻게 압니까?"

"돌리의 지도 교수이니까요. 돌리는 범죄심리학과 이상심리학에 관심이 지대한 것 같습니다."

문득 척 베글리의 수염 난 얼굴과 동상처럼 탁한 눈동자가 떠올랐다.

"돌리와 면담할 때, 그녀가 베글리라는 남자에 대해서 무슨 말을 하지는 않았습니까?"

"베글리?" 두 사람은 서로 마주본 뒤 나를 보았다. 서덜랜드가 물었다. "베글리가 누구죠?"

"돌리의 아버지일지도 모르는 사람입니다. 그게 아니라도, 어쨌든 돌리가 남편을 떠난 일과 모종의 관계가 있는 사람입니다. 말이

나왔으니 말인데, 돌리가 남편을 어떻게 비난했는지는 몰라도 나라면 남편의 변태적인 성향이니 뭐니 하는 소리를 신용하진 않겠습니다. 그는 순수한 청년이고, 그녀를 존중합니다."

"당신에게도 개인적인 의견을 품을 자격은 있지요." 마치 내게는 자격이 없다는 투로 로라 서덜랜드가 말했다. "하지만 부디 성급하게 행동하지 말아주세요. 돌리는 어리고 예민한 여성이고, 모종의 사건 때문에 심각하게 혼란한 상태입니다. 두 사람을 떼어놓는다면 둘 다에게 좋은 일을 하는 겁니다."

"동의합니다."

브래드쇼가 엄숙하게 거들었다.

"문제는, 내가 받은 의뢰가 두 사람을 만나게 하는 일이라는 겁니다. 하지만 생각해보겠습니다. 앨릭스와 의논해보지요."

건물 뒤편 주차장에서 헬렌 해거티 교수가 새까만 새 선더버드 컨버터블의 운전석에 앉아 있었다. 그녀는 자기 차를 돋보이게 하려는 듯 내 차 옆에 지붕을 내리고 세워두었다. 언덕 너머로 기울어가는 늦은 오후의 햇살이 그녀의 머리카락과 눈과 치아에서 반짝거렸다.

"또 만났네요."

"또 만났군요. 나를 기다리고 있었습니까?"

내가 물었다.

"당신이 왼손잡이라면요."

"나는 양손잡이입니다."

"그러시겠죠. 방금도 나한테 변화구를 던져 혼란시키려고 했잖아요."

"내가 그랬습니까?"

"당신이 누군지 알아요." 그녀는 옆자리 가죽 시트에 놓인 신문을 톡톡 쳤다. 반으로 접힌 신문에는 '페린 부인 방면'이라고 큼지막하게 적혀 있었다. 헬렌 해거티가 말했다. "아주 흥미롭더군요. 신문 기사에서는 당신이 그녀를 빼냈다고 하던데요. 어떻게 했는지는 나오지 않았지만요."

"나는 사실을 말했을 뿐이고 배심원들이 내 말을 믿은 겁니다. 여기 퍼시픽포인트에서 문제의 절도 사건이 발생했던 시간에 나는 오클랜드에서 페린 부인을 밀착 감시하고 있었죠."

"왜요? 또 다른 절도 사건 때문에?"

"그걸 밝히는 건 옳지 않습니다."

그녀는 짐짓 슬픈 표정을 지어 보였는데, 그 표정은 얼굴에 새겨진 주름에 너무나도 잘 들어맞았다.

"흥미로운 사실은 죄다 비밀이로군요. 나는 보안 허가를 받은 몸이에요. 우리 아버지가 경찰이거든요. 그러니 차에 타서 페린 부인 이야기를 해줘요."

"그럴 순 없습니다."

"아니면 더 좋은 생각이 있어요." 그녀는 부자연스럽게 환한 웃음을 띠었다. "우리집에 가서 한잔하는 건 어때요?"

"미안하지만 할 일이 있습니다."

"탐정 일?"

"그런 셈이죠."

"그러지 말고요." 그녀의 몸이 미묘하게 움직이며 초대에 가세했다. "일만 하고 놀 줄 모르면 바보가 된다잖아요. 바보가 되거나 내게 퇴짜 맞은 기분을 안기고 싶진 않겠죠. 게다가 우리는 할 이야기도 있잖아요."

"페린 사건은 끝났습니다. 난 이제 흥미 없어요."

"내가 말하는 건 도러시 스미스 사건이에요. 그것 때문에 여기 온 것 아닌가요?"

"누구한테서 들었습니까?"

"소식통한테서. 대학의 소식통은 말도 못 하게 효율적이죠. 교도소에 버금간답니다."

"교도소를 잘 압니까?"

"그렇게까지 잘 아는 건 아니에요. 하지만 아버지가 경찰이라는 건 정말이니까요." 얼굴에 거북한 표정이 어렴풋이 떠올랐다. 그녀는 그것을 다시 미소로 덮었다. "우리는 정말 말이 잘 통하네요. 같이 가시죠?"

"좋습니다. 당신 차를 따라가지요. 그러면 나를 다시 데려다주지 않아도 되니까."

"아주 좋아요."

그녀는 내게 수작을 걸 때만큼이나 거침없이 차를 몰았다. 신경질적이고 거친데다 도로 규칙도 깡그리 무시했다. 다행히 캠퍼스에는 차도 사람도 거의 없었다. 건물들은 언덕과 자신의 기다란 그림자 때문에 왜소해져서 꼭 밤에 문을 닫은 영화 촬영지처럼 보였다.

해거티는 풋힐 드라이브 뒤쪽에 살았다. 알루미늄과 유리와 검은 에나멜이 칠해진 강철로 지은 언덕배기 집이었다. 가장 가까운 이웃집은 내리막으로 사백 미터쯤 떨어져 졸참나무들 속에서 지붕만 보였다. 거실 중앙의 난로 옆에 서니 한쪽으로는 푸른 산자락이 솟구친 모습이, 다른 쪽으로는 회색 바다가 멀어지는 모습이 시야에 들어왔다. 앞바다의 안개가 내륙으로 들어오고 있었다.

"내 작은 둥지가 마음에 드나요?"

"굉장히."

"아아, 사실 내 건 아니에요. 빌려서 살고 있거든요. 희망은 품고 있지만. 앉으세요. 뭘 마실래요? 나는 토닉을 마실 건데."

"나도 그거면 됩니다."

광택 타일이 깔린 마루에는 가구가 거의 없었다. 나는 넓은 방을 어슬렁어슬렁 돌아다니다가 한쪽 유리벽 앞에 서서 밖을 보았다. 야생 비둘기 한 마리가 무지갯빛 목이 부러져 안뜰에 누워 있었다. 흙 위에 희미하게 날개 자국이 남은 것을 보니 새는 유리창에 부딪혀 떨어진 것 같았다.

나는 원래 안뜰에 놓여 있었던 것 같은 밧줄 의자에 앉았다. 헬렌 해거티가 음료를 가지고 돌아와서 캔버스 천으로 된 긴 의자에 몸을 뉘었다. 햇빛이 다시 그녀의 머리카락을 사로잡고, 반질반질한 갈색 다리를 비추었다.

"지금은 임시로 지내는 거나 마찬가지예요. 예전에 쓰던 가구들을 아직 찾아오지 않았죠. 그 물건들을 계속 곁에 두고 싶은지 확실하지 않아서요. 그것들은 그냥 창고에 두고 새로 시작하는 게 나을지도 모르죠. 과거는 저리 꺼지라고 하고. 좋은 생각일까요, 커브볼 레프티 루?"

"나를 뭐라고 부르든 상관없습니다. 그보다 나는 과거를 알고 싶은데요."

"하, 절대로 안 될걸요." 그녀는 잠시 나를 준엄하게 바라보다가 술을 홀짝였다. "나는 헬렌이라고 부르세요."

"좋습니다, 헬렌."

"거참 딱딱하게도 말하네요. 나는 딱딱한 사람이 아니고, 당신도 아니에요. 그런데 왜 서로 딱딱하게 굴어야 하죠?"

"당신이 유리 집에 사는 게 한 이유죠." 나는 웃으면서 말했다. "내 보기에 여기에서 오래 산 것 같진 않군요."

"한 달. 한 달도 안 됐어요. 더 길게 느껴지지만. 당신은 내가 여기 온 뒤에 처음으로 만난 흥미로운 남자예요."

나는 칭찬을 슬쩍 피했다.

"전에는 어디에서 살았습니까?"

"여기저기, 저기여기요. 우리처럼 학계에 있는 사람들은 유목민이나 다름없죠. 나는 그게 맞지 않아요. 한곳에 정착하고 싶어요. 나이들고 있으니까."

"겉으로는 모르겠습니다."

"신사답게 말씀해주시는군요. 여자치고는 나이들었다는 뜻이에요. 남자들은 영원히 늙지 않죠."

바야흐로 그녀는 자기가 원하는 화제로 나를 몰아넣고 있었다. 지나치게 다그치진 않았지만 노력하고 있었다. 나는 그녀가 그만두기를 바랐다. 그녀가 좋았기 때문이다. 내가 술잔을 비우자 그녀가 바텐더만큼 빠르고 능란하게 두 번째 토닉을 만들어 왔다. 나는 우리가 서로를 이용하기 위해서 마주 앉아 있다는 울적한 생각을 떨칠 수 없었다.

그녀는 나에게 두 잔째 토닉을 안기며 내 눈길을 자신의 드레스로 끌어내렸다. 내게 보이는 한도에서 그녀의 몸은 매끄러운 갈색이었다. 그녀가 엉덩이를 한쪽으로 치킨 채 의자에 기대어 있었으므로, 나는 그녀의 곡선을 음미할 수 있었다. 완전히 저물기 전의 태양이 최후의 노란 광채로 온 방을 장악했다.

"커튼을 칠까요?"

그녀가 물었다.

"나는 괜찮으니 신경쓰지 마십시오. 해는 곧 떨어질 겁니다. 당신은 돌리 킨케이드, 달리 말해 도러시 스미스에 대해 이야기해준다고 했지요."

"그랬던가요?"

"당신이 직접 그 얘기를 꺼냈잖습니까. 당신이 그녀의 지도 교수라고 알고 있습니다."

"나한테 관심을 가지는 건 그 때문이군요, 네스 파?●"

조롱하는 말투였다.

"당신이 돌리와 관계있다는 걸 알기 전에도 관심 있었습니다."

"정말로?"

"정말입니다. 그 증거로 내가 여기 있잖습니까."

"내가 도러시 스미스라는 마법의 단어로 당신을 꾀었기 때문에 있는 거죠. 좌우간, 그 애는 무엇하러 학교에 있는 거죠?"

질투라도 하는 듯한 어조였다.

"당신이 대답을 알 거라고 은근히 기대했습니다만."

"당신은 모르나요?"

"그녀가 나한테 한 이야기는 모순되는 이야기들뿐이었습니다. 낭만적인 연애 소설에 나올 법한……."

"나는 그렇게 생각하지 않아요. 물론 그 애가 낭만적이기는 해요. 언제나 자기 무의식보다 한두 수 뒤처지는 낭만적 이상주의자 타입이죠. 나도 그런 타입이었으니까 잘 알아요. 하지만 내 생각에 그 애는 한편으로 진짜 골칫거리, 끔찍한 골칫거리를 갖고 있어요."

● **네스 파?** _ '안 그래요?'라는 뜻의 프랑스어.

"그녀가 당신에게는 뭐라고 이야기했습니까?"

"이야기가 아니에요. 추악한 진실이죠. 그 이야기는 나중에 다시 하죠, 당신이 착하게 굴면." 그녀는 어두워져가는 빛 속에서 오달리스크처럼 몸을 슬쩍 움직여 반들반들한 다리를 반대로 꼬았다. "루, 당신은 얼마나 용감한가요?"

"남자는 자기가 얼마나 용감한지 떠벌리지 않는 법입니다."

"당신은 진부한 격언밖에 모르는군요." 약간 적대적인 말투였다. "나는 진지한 대답을 원해요."

"언제든 질문을 던져보십시오."

"그러죠. 내가 필요한 건, 그러니까, 나는 남자가 필요해요."

"그건 구애입니까, 사업 제안입니까, 아니면 다른 제삼자 이야기입니까?"

"내가 마음에 둔 사람은 당신이에요. 내가 이번 주말에 살해될 것 같다고 말하면 당신은 뭐라고 대답하겠어요?"

"주말 동안 딴 데 가 있으라고 조언하겠습니다."

그녀가 나를 향해 옆으로 몸을 기울였다. 가슴은 거의 처지지 않았다.

"나를 맡아줄래요?"

"나는 이미 맡은 일이 있습니다."

"시시한 앨릭스 킨케이드 씨 일을 말하는 거라면 내가 그보다 값을 더 쳐드리죠. 특별 수당은 말할 것도 없고요." 그녀는 참지 못

하고 마지막 말을 덧붙였다.

"당신이 말한 대학 소식통은 야근도 하는 모양이군요. 아니면 돌리가 당신의 정보통입니까?"

"정보통 중 하나죠. 나는 그 애에 관해서 머리카락이 쭈뼛 서는 이야기를 해줄 수도 있어요."

"해보시죠. 나는 늘 머리카락이 쭉 뻗었으면 했습니다."

"내가 왜요? 당신이 퀴드 프로 쿠오*를 제공하지 않는걸요. 당신은 내 이야기를 진지하게 듣지도 않아요. 말이 나왔으니 말인데, 나는 딱 잘라 거절당하는 데 익숙하지 않거든요."

"못되게 굴 생각은 없습니다. 그저 내가 무심한 타입이라서 그렇죠. 어쨌든 당신은 내가 필요 없습니다. 이곳에는 멕시코, 사막, 로스앤젤레스의 세 방향으로 뻗은 도로가 있고, 당신에게는 근사하고 빠른 차가 있으니까요."

"너무 불안해서 운전을 못 하겠어요."

"무서워서?"

그녀가 고개를 끄덕였다.

"겉보기에는 괜찮은데요."

"겉치장이 내가 가진 전부죠."

그녀의 얼굴이 닫힌 듯 어두워졌다. 방에서 햇빛이 빠져나간 것 때문인 듯했다. 그녀의 머리카락만이 빛을 간직하여, 굴곡진 몸 너머로는 차츰 어두워지는 산맥이 보였다.

● **퀴드 프로 쿠오** _ '돌아오는 보상'이라는 뜻의 라틴어.

"누가 당신을 죽이려고 합니까, 헬렌?"

"정확히는 몰라요. 하지만 협박을 받았어요."

"어떻게?"

"전화로요. 모르는 목소리였어요. 남잔지 여잔지, 그 중간인지 도 모르겠더군요."

그녀가 몸을 떨었다.

"왜 당신을 위협합니까?"

"나도 몰라요."

그녀는 내 눈을 피했다.

"선생들은 이따금 협박을 받죠. 대체로 그리 심각한 일은 아닙니다. 이 동네에서 이상한 사람이랑 언쟁이 붙은 적이라도 있습니까?"

"동네 사람은 아무도 모르는걸요. 대학 사람들은 빼고요."

"학생 중에 신경증 환자가 있을지도 모르지요."

그녀는 고개를 저었다.

"그런 게 아니에요. 진지한 문제예요."

"그걸 어떻게 압니까?"

"아는 수가 있어요."

"돌리 킨케이드와 관계된 일입니까?"

"어쩌면요. 확실하진 않지만. 상황이 너무 복잡해요."

"복잡한 상황을 내게 설명해보시죠."

"오래전으로 거슬러 올라가야 해요. 브리지턴까지 올라가는 얘기예요."

"브리지턴?"

"내가 나고 자란 도시죠. 모든 일이 벌어진 곳. 나는 그곳에서 도망쳐 나왔지만, '꿈의 풍경'으로부터 도망칠 도리는 없답니다. 내 악몽은 아직도 브리지턴의 거리가 배경이에요. 전화로 나를 죽이겠다고 협박한 목소리는 브리지턴이에요. 브리지턴이 나를 찾아낸 거죠. 브리지턴의 목소리가 과거로부터 말을 걸어온 거예요."

헬렌은 넋이 나가 깬 채로 악몽에 사로잡힌 것 같았지만 그 묘사는 어쩐지 거짓말처럼 들렸다. 그녀의 말을 진지하게 받아들여야 할지 어쩔지 아직 알 수 없었다.

"되는대로 지어낸 말이 아닌 게 확실합니까?"

"지어낸 말이 아니에요. 브리지턴이 나를 죽일 거예요. 사실 나는 계속 알고 있었죠."

"도시는 사람을 죽일 수 없습니다."

"당신은 내가 태어난 멋진 도시를 몰라서 그래요. 그 방면으로 상당히 뛰어난 곳이랍니다."

"어디 있는 곳입니까?"

"일리노이요, 시카고 남쪽."

"모든 일이 그곳에서 벌어졌다고 했죠. 무슨 뜻입니까?"

"중요한 일은 모두 다…… 시작되었다는 걸 깨닫기도 전에 끝나

버렸죠. 그 문제는 더 이야기하고 싶지 않아요."

"그러면 내가 도울 방법이 없습니다."

"당신이 나를 도와줄 생각이 있다고는 생각하지 않아요. 내게서 정보를 캐내려고 하는 것뿐이잖아요."

맞는 말이었다. 그녀는 누군가 자기를 염려해주기를 바랐지만, 나는 그런 식으로 그녀를 염려하지는 않았다. 그녀를 전적으로 믿지도 않았다. 그녀의 멋진 몸에는 서로 다른 두 사람이 들어 있는 것 같았다. 예민하고 솔직한 사람과 강인하고 수수께끼 같은 사람.

그녀가 일어나서 산 쪽으로 나 있는 유리벽으로 걸어갔다. 산은 라벤더와 자두 색깔로 변했고, 갈라지고 겹친 은밀한 틈새들은 밤의 어두운 푸른빛을 띠었다. 온 저녁에, 산과 하늘과 도시에, 푸른빛이 넘쳐흘렀다.

"디 블라우어 슈툰데•." 그녀가 혼잣말처럼 중얼거렸다. "나는 이 시간을 좋아했어요. 지금은 죽음의 전율을 느낄 뿐이지만."

나는 일어나서 그녀 곁에 섰다.

"당신은 자기 감정을 부풀리고 있습니다."

"나에 대해서 많이도 아시는군요."

"당신이 지적인 여성이라는 걸 압니다. 지적인 여성답게 행동하세요. 여기에 있어서 마음이 울적해진다면 다른 데로 가세요. 여기에 있을 거라면 주의를 기울이고요. 경찰에게 보호를 부탁하십시오."

"자신이 개입하지 않는 묘안은 잘도 내놓는군요. 어제 협박 전화를 받은 뒤에 보호를 요청했어요. 보안관이 보내준 사람은 그런 전화가 흔하다면서 아마 십 대의 짓일 거라고 하더군요."

　"십 대의 짓일 수도 있지 않습니까?"

　"내 생각엔 아닌 것 같아요. 하지만 보안관보는 목소리를 변조해서 전화를 거는 경우도 있으니까 걱정하지 말라더군요."

　"걱정하지 마십시오."

　"그게 안 돼요. 무서워요, 루. 함께 있어줄래요?"

　그녀가 몸을 돌려 내 가슴에 기댔다. 그녀의 몸이 망설이듯 내게로 기울었다. 내가 그녀에 대해 진심으로 느끼는 감정은 연민뿐이었다. 그녀는 나를 이용하려 했고, 나를 이용하기 위해서 자기 자신을 이용하고 있었다.

　"가봐야 합니다." 나는 말했다. "처음부터 나는 맡은 일이 있다고 말했었죠. 다시 연락하겠습니다."

　"그것참 고맙군요!"

　그녀가 내게서 몸을 뗐다. 움직임이 어찌나 격렬했던지 그녀는 새처럼 유리벽에 쿵 부딪혔다.

●　　**디 블라우어 슈툰데** _ '푸른 시간'이라는 뜻의 독일어.

나는 짙어지는 어스름 속으로 차를 몰아 매리너스레스트 모텔로 향했다. 그동안 머릿속으로 다양한 목소리들을 동원하여 스스로에게 옳은 결정을 한 거라고 말해주었다. 문제는, 내가 방금 떠나온 장면에서는 옳은 결정이 있을 수 없다는 점이었다. 저지른 죄와 저지르지 않은 죄가 있을 뿐이었다.

금실로 장식된 요트 모자를 쓰고 평생 육지에 발을 내려놓지 않은 사람처럼 보이는 데스크 직원은 앨릭스 킨케이드가 방을 잡기는 했지만 외출했다고 알려주었다. 나는 저녁을 먹으러 서프하우스로 갔다. 경관 조명을 받고 있는 거대한 호텔 전면을 보자 파고가 떠올랐고, 내가 그에게 주문했던 쓸모없는 사진들도 떠올랐다.

파고는 옹색한 사무실에 붙은 암실에 있었다. 그는 빛을 차단하는 검은 직사각형 안경을 쓴 채 나왔다. 눈은 보이지 않았지만 입가는 적대적이었다. 그가 책상에서 두툼한 마닐라지 봉투를 집어 쑥 내밀었다.

"사진이 급하다고 했던 것 같은데요."

"급했습니다. 그 뒤에 일이 일어나서 그만. 그녀를 찾았습니다."

"그래서 이제 필요 없다는 겁니까? 우리 마누라가 시간에 대려고 이 찜통 같은 데서 오후 반나절을 일했단 말이오."

"가져가겠습니다. 나한테는 쓸모없더라도 킨케이드에게는 쓸모 있을지 모르죠. 얼맙니까?"

"세금 포함해서 25달러. 정확히 24.96달러."

나는 파고에게 십 달러짜리 두 장과 오 달러짜리 한 장을 주었다. 그의 입가가 세 단계를 거치며 차츰 부드러워졌다.

"두 사람이 다시 합친답니까?"

"아직 모르겠습니다."

"여자를 어디에서 찾았습니까?"

"이 동네 대학에 다니고 있더군요. 브래드쇼라는 노부인의 운전사로 일자리도 얻었고."

"롤스로이스를 타는 부인?"

"맞습니다. 부인을 아나요?"

"안다고는 못 하죠. 부인은 일요일 점심에 보통 여기 식당에서

아들과 함께 뷔페를 먹습니다. 한성질 하는 분이에요. 한번은 내가
두 사람이 자연스럽게 있는 모습을 찍었어요. 그들이 사진을 인화
해달라고 할지도 모른다고 기대하고요. 그런데 부인이 지팡이로 카
메라를 깨부수겠다고 으르렁대지 뭡니까. 할망구한테 당신 얼굴로
도 충분히 깨부술 수 있겠다고 말해주고 싶었다니까요."

"안 했습니까?"

"그런 사치를 부릴 여유가 있어야죠." 파고는 화학약품이 얼룩
진 손바닥을 펼쳤다. "그 할망구는 지역 유지예요. 나를 해고시킬
수도 있습니다."

"부인은 부자라고 들었습니다."

"그뿐이 아니에요. 아들은 교육계에서 거물이죠. 하버드 말투로
거드름을 피우기는 해도 제법 괜찮은 사람으로 보입니다. 할망구가
내 라이카를 부수려고 덤볐을 때 그걸 진정시킨 것도 아들이에요.
하지만 그렇게 잘생기고 마흔 줄에 접어든 사내가 여태 늙은 엄마
의 앞치마 끈에 매여 산다니 참 알 수 없는 일이죠."

"명문가에서는 종종 있는 일입니다."

"그러게요, 명문가에서 특히 그렇죠. 유산만 기다리면서 사는
딱한 놈들을 많이 봤는데, 막상 물려받을 때는 너무 늦죠. 브래드쇼
는 적어도 나가서 자기 경력을 쌓는 배짱이라도 있지." 파고는 시계
를 보았다. "경력이라고 하니까 말인데, 나는 벌써 열두 시간을 일
했고 아직도 두 시간쯤 현상을 더 해야 합니다. 그럼 이만."

라이카 카메라 Leica

독일 에른스트 라이츠사에서 1925년부터
판매하기 시작한 고급 카메라.
삽화는 2차세계대전 후 제작된 M3.

LEICA M3

나는 호텔 커피숍으로 향했다. 파고가 나를 쫓아 복도를 달려왔다. 검은 직사각형 안경 때문에 로봇처럼 침착해 보이는 얼굴이 팔다리의 격한 움직임과 기이한 조화를 이루었다.

"물어본다는 걸 깜박했습니다. 베글리라는 사람에 대한 정보는 얻었습니까?"

"그와 꽤 길게 이야기를 나눴습니다. 알아낸 건 많지 않지만. 시어워터비치에서 웬 여자와 함께 살고 있더군요."

"그 운 좋은 여자가 누굽니까?"

파고가 물었다.

"매지 게어하디라는 이름입니다. 아는 여잡니까?"

"아니요, 하지만 베글리가 누군지는 알 것 같습니다. 그자를 다시 한번 볼 수 있다면……."

"지금 같이 가보시죠."

"안 돼요. 대신 내게 들은 소리라는 걸 밝히지 않겠다고 약속한다면 해초 같은 수염으로 가려진 그 얼굴이 누구라고 생각하는지 알려드리리다. 우연히 닮은 사람일 수도 있는 거고 명예훼손 소송은 딱 질색이니까."

"당신에게 들은 것을 밝히지 않겠다고 약속하겠습니다."

"약속 꼭 지키시오." 파고는 물밑으로 내려갈 준비를 하는 잠수부처럼 깊게 숨을 들이쉬었다. "내 생각에 그는 십 년쯤 전에 인디언스프링스에서 자기 아내를 죽인 토머스 맥기라는 남자예요. 내가 신문사 수습기자일 때 맥기의 사진을 찍었는데, 신문에 실리지는 않았죠. 신문은 계곡 쪽 사건들은 크게 다루지 않으니까."

"그가 아내를 죽인 게 확실합니까?"

"네, 따지고 자시고 할 것도 없는 사건이었어요. 지금 자세하게 얘기할 시간은 없고, 세월이 이렇게 많이 흘렀으니 솔직히 기억도 많이 흐려졌습니다. 하지만 당시에 법정 사람들은 대부분 그가 일급 살인죄를 받아야 한다고 생각했죠. 길 스티븐스가 배심원들을 구워삶아서 이급 살인이 됐는데, 그가 이렇게 일찍 출소한 이유가 그 때문입니다."

베글리가 십 년 동안 지구 반대편에서, 달의 뒷면에서 지냈다고 말했던 것이 떠올랐다. 나는 십 년이 그렇게 짧은 것은 아니라고 생각했다.

시어워터비치에는 안개가 자욱했다. 만조인 것 같았다. 별장들 밑에서 파도가 으르렁거리며 말뚝을 핥는 소리가 들렸다. 싸늘한 공기에 코를 찌르는 바다 냄새가 감돌았다.

매지 게어하디가 노크 소리에 문을 열고 멍하니 나를 보았다. 눈꺼풀의 화장도 눈두덩이 부은 것을 감추지 못했다.

"당신 탐정이죠?"

"맞습니다. 들어가도 될까요?"

"그러세요. 소용없을 테지만. 그이는 갔어요."

고아가 된 듯한 그녀의 분위기에서 나는 벌써 짐작하고 있었다. 그녀를 따라 퀴퀴한 현관을 지나 거실로 갔다. 천장이 높고 서까래가 드러난 방이었다. 서까래가 교차하는 곳마다 거미들이 바삐 활약했는지 구석에서부터 안개가 스며드는 것처럼 거미줄로 뿌옜다. 등나무 가구들은 이음매가 터지려 하고 있었다. 탁자와 바닥에 여기저기 놓인 유리잔과 빈 술병과 반쯤 남은 술병은 며칠 동안 이어진 파티의 증거였다. 조심하지 않으면 금방이라도 다시 그런 소동이 일어날 것 같았다.

여자는 걸음 중간에 놓인 빈병을 차버리고는 긴 의자에 몸을 던졌다.

"그이가 떠난 건 당신 탓이에요. 오후에 당신이 왔다 간 다음에 바로 짐을 싸기 시작했어요."

여자가 불평했다.

나는 등나무 의자에 앉아 그녀와 마주보았다.

"베글리가 어디로 간다고 말했습니까?"

"나한테는 안 했어요. 돌아오기를 기대하지 말라고, 다 끝났다고 했어요. 왜 그이한테 겁을 줬죠? 척은 아무한테도 해를 끼치지 않는데."

"쉽게 겁을 먹는 사람이군요."

"척은 예민해요. 옛날에는 말썽이 많았대요. 나한테 노상 말하기를, 자기가 원하는 건 조용하게 숨어살며 자기 경험을 글로 쓰는 것뿐이라고 했어요. 자기가 겪은 일을 바탕으로 자전 소설을 쓰고 있었죠."

"뉴칼레도니아에서의 경험?"

여자가 놀랍도록 솔직하게 대답했다.

"척은 뉴칼레도니아에 가본 적이 없을걸요. 크롬 광산인가 뭔가 하는 얘기는 오래된 《내셔널 지오그래픽》 잡지에서 읽은 거예요. 아마 외국에 가본 적도 없을 거예요."

"그러면 어디에 있었습니까?"

"감방에요. 당신도 알잖아요. 그러니까 그를 찾아왔을 거 아녜요. 더럽고 끔찍하고 부끄러운 짓이에요. 사회에 대한 빚을 다 갚고 자신이 갱생했다는 것을 증명했는데도……."

여자는 베글리의 말을 인용하여 베글리의 분노를 표현하고 있었다. 그러나 그의 분노를 계속 유지하지는 못했고 인용구를 끝까지 기억하지도 못했다. 여자는 문득 불안한 기색으로 폐허 같은 방을 둘러보았다. 그의 갱생이 완벽하지 않았다는 의심이 이제야 들기 시작했다는 듯이.

"그가 무엇 때문에 수감되었는지 당신한테 말했습니까, 게어하디 부인?"

"자세히 말하진 않았어요. 그이가 간밤에 자기 책에서 한 구절을 읽어줬어요. 주인공은 감방에서 과거를 회상하고 있어요. 사람들이 어떻게 자신에게 살인 누명을 씌웠는지도 떠올리고요. 주인공이 당신이냐고 물었더니 대답하지 않더군요. 그러고는 자주 그랬듯이 깊고 우울한 침묵에 빠졌죠."

이제 여자가 깊고 우울한 침묵에 빠졌다. 발밑에서 마루가 떨렸다. 태평스럽고 무심하게 만물을 해체하는 존재인 바다가 말뚝들 사이로 밀려들고 있었다. 여자가 입을 열었다.

"척이 살인죄로 감방에 갔던 건가요?"

"그가 십 년 전에 아내를 죽였다는 이야기를 오늘밤에 들었습니다. 확인은 안 해봤습니다. 당신이 확인해줄 수 있습니까?"

여자는 고개를 저었다. 여자의 얼굴은 제 무게 때문에 늘어진 것처럼 보였다. 꼭 굽기 전의 반죽 같았다.

"오해일 거예요."

"그랬으면 좋겠습니다. 그의 진짜 이름이 토머스 맥기라는 말도 들었습니다. 그가 한 번이라도 이 이름을 썼습니까?"

"아니요."

"그건 다른 사실들과도 아귀가 맞습니다." 나는 생각을 말로 했다. "그가 서프하우스에 만나러 갔던 아가씨는 결혼 전 성이 맥기였지요. 그는 자기 딸을 닮았다고 했습니다. 내 생각에 그 아가씨가 정말로 그의 딸인 것 같군요. 그가 아가씨에 대해서 말한 적이 있습니까?"

"한 번도."

"아가씨를 여기로 데려왔다거나?"

"아니요. 그 아가씨가 척의 딸이라면 여길 왜 데려오겠어요."

여자는 손을 뻗어 자기가 발로 찼던 빈 술병을 바로 세운 뒤, 진이 빠진 듯 다시 의자에 털썩 누웠다.

"베글리, 아니 맥기가 여기에서 얼마나 오래 살았습니까?"

"이 주밖에 안 됐어요. 우리는 결혼하려고 했어요. 여기에서 남자 없이 사는 건 외로우니까요."

"그럴 것 같군요."

공감하는 목소리에서 여자는 약간 생기를 얻었다. "남자들은 나랑 오래 있어주지 않아요. 나는 잘해주려고 노력하는데 다들 머물지를 않아요. 첫 남편한테 붙어 있었어야 했는데." 여자의 눈이 멀고 먼 과거로 향했다. "그 사람은 나를 여왕처럼 대접해줬지만 나는 어리고 어리석었죠. 철없이 그 사람을 버리지 말았어야 했는데."

우리는 집 아래의 물소리를 들었다.

"척은 딸이라고 하는 그 아가씨와 도망갔을까요?"

"아닐 겁니다. 그는 어떻게 갔습니까? 차로?"

"내가 운전해서 데려다주겠다고 했는데 됐다고 했어요. 모퉁이까지 걸어가서 로스앤젤레스행 버스를 타겠다고. 요 모퉁이에서 손을 들면 세워주거든요. 그이는 짐 가방을 들고 도로를 걸어 안 보이는 곳으로 사라졌지요."

후회와 안도가 둘 다 담긴 목소리였다.

"몇 시쯤?"

"3시쯤."

"그에게 돈이 있었습니까?"

"버스비쯤은 있었을 거예요. 많지는 않겠지만. 내가 돈을 조금씩 줬는데, 그이는 필요한 만큼만 받았어요. 그것도 늘 빌린다고 했어요. 자기 경험담이 책으로 나오면 갚겠다고요. 나는 갚든 말든 상관없어요. 함께 살 때 잘해줬으니까."

"정말입니까?"

"정말이에요. 척은 똑똑한 남자예요. 그이가 과거에 무슨 일을 겪었든 나는 신경 안 써요. 사람은 좋게 바뀔 수 있는 거예요. 그이는 나를 괴롭힌 적이 한 번도 없어요." 여자가 뜬금없이 더 솔직한 말을 꺼냈다. "괴롭힌 건 나죠. 나는 술 문제가 있어요. 그이는 나랑 어울릴 때만 마셨고요. 내가 혼자 마시는 걸 싫어했거든요." 여자가 진처럼 투명한 눈동자를 깜박거렸다. "한잔할래요?"

"됐습니다. 가봐야 합니다." 나는 일어나서 여자를 보고 섰다. "그가 당신에게 목적지를 말하지 않은 게 확실합니까?"

"로스앤젤레스라고만 들었어요. 그이가 편지하겠다고 했지만 기대하진 않아요. 다 끝났어요."

"그가 편지를 쓰거나 전화를 걸면 나한테 알려주겠습니까?"

여자는 고개를 끄덕였다. 나는 명함을 주고 지금 묵고 있는 곳을 말해주었다. 밖으로 나오니 안개는 내륙으로 더 들어와 고속도로까지 삼키고 있었다.

브래드쇼 저택으로 가는 길에 다시 모텔에 들렀다. 직원은 앨릭스가 여태 돌아오지 않았다고 했다. 앨릭스의 빨간 포르셰가 브래드쇼 저택의 울타리 아래 길가에 세워진 것을 보고도 나는 놀라지 않았다.

달이 나무들 뒤에서 떠오르고 있었다. 나는 내 희망도 함께 띄워, 앨릭스가 신부와 함께 문간채에 오붓하게 앉아서 서로의 어려움을 토로하는 장면을 상상했다. 그러나 여자의 울음소리가 희망 섞인 영상을 지워버렸다. 여자의 소리는 시끄럽고 끔찍했다. 인간의 목소리가 아닌 것 같았다. 상처 입은 고양이의 울음처럼 강박적으로 오르락내리락했다.

문간채 현관문이 살짝 열려 있었다. 안쪽의 소음이 압력을 가해 밀어낸 것처럼 빛이 문 가장자리로 비어져 나왔다. 나는 문을 열었다.

"나가요."

앨릭스가 말했다.

그들은 작은 거실의 침대 겸용 소파에 앉아 있었다. 앨릭스가 여자를 얼싸안고 있었지만 오붓한 광경은 아니었다. 여자는 저항하며 포옹을 풀려고 애쓰는 것 같았다. 폐쇄 정신병동 간호사가 폭력적인 환자에게 구속복을 입히는 대신 몇 시간씩 껴안고 있으면서 잡아두려고 하는 것 같은 광경이었다.

여자의 블라우스는 찢어져 가슴이 훤히 드러났다. 헝클어진 머리를 이리저리 내젓자 내게도 얼굴이 보였다. 창백하게 질린 표정은 내게 비명을 지를 때도 거의 변화가 없었다.

"나가!"

"내가 있는 게 나을 겁니다."

나는 둘 다에게 말했다.

문을 닫고 방을 가로질렀다. 울음이 서서히 잦아들었다. 사실 우는 것도 아니었다. 돌리의 눈은 말라 있었고 납빛 살갗 속에 가만히 고정되어 있었다. 돌리가 남편의 몸으로 파고들어 눈을 숨겼다.

앨릭스의 얼굴은 하얗게 질려 있었다.

"어찌된 일입니까, 앨릭스?"

"저도 잘 모르겠습니다. 여기서 죽 기다리고 있었는데, 몇 분 전에 돌리가 돌아왔습니다. 돌리의 말을 알아들을 수가 없어요. 무엇 때문인지 몰라도 끔찍하게 혼란스러워합니다."

"쇼크 상태인 거요." 나는 앨릭스도 거의 그렇다고 생각했다. "사고를 당했습니까?"

"그런 것 같습니다."

앨릭스의 목소리가 작아져 웅얼거림이 되었다. 새로운 문제를 다룰 힘을 제 속에서 끄집어내려는 듯 그의 눈빛이 내면을 향했다.

"그녀가 다쳤습니까, 앨릭스?"

"그건 아닌 것 같습니다. 뛰어들어왔다가 금세 다시 뛰쳐나가려고 했습니다. 내가 막으니까 거세게 저항했습니다."

돌리가 싸움꾼으로서의 능력을 보여주려는 듯 잡혔던 손을 풀어 앨릭스의 가슴을 때렸다. 손에 피가 묻어 있었다. 앨릭스의 셔츠 앞섶에 붉은 손자국이 찍혔다.

"놔줘요." 돌리가 애원했다. "죽고 싶어요. 나는 죽어 마땅하다고요."

"피를 흘리는데요, 앨릭스."

앨릭스가 고개를 흔들었다.

"다른 사람 피입니다. 돌리의 친구가 살해당했답니다."

"내 탓이에요."

돌리가 생기 없는 목소리로 말했다.

앨릭스가 돌리의 두 손목을 쥐고 그녀를 똑바로 앉혔다. 그의 얼굴에서 남자다운 기백이 드러나기 시작했다.

"조용히 해, 돌리. 바보 같은 소리 말고."

"내가? 그녀는 피를 흘리면서 누워 있었어. 내가 그렇게 만들었다고."

"누구 얘기를 하는 겁니까?"

내가 앨릭스에게 물었다.

"헬렌이라는 사람입니다. 모르는 이름이에요."

나는 알았다.

돌리가 가냘프고 단조로운 말투로 지껄이기 시작했다. 말이 너무 빠르고 발음이 부정확해서 알아듣기 힘들었다. 자신은 악마이고, 그전에 자기 아버지부터 악마였고, 헬렌의 아버지도 악마였고, 자신과 헬렌은 살인의 유대로 맺어진 친자매나 마찬가지였고, 그런 자매를 자신이 배신하여 죽게 만들었다고 했다.

"당신이 헬렌에게 어떻게 했는데요?"

"그녀에게 다가가지 말아야 했어요. 내가 가까이 가는 사람은 전부 죽어요."

"말도 안 되는 소리." 앨릭스가 부드럽게 말했다. "너는 절대로 남을 해치지 않아."

"나에 대해서 뭘 안다고 그래?"

"알 건 다 알아. 내가 너를 사랑한다는 것."

"그런 말 하지 마. 더 죽고 싶어질 뿐이니까." 자신의 몸을 두르고 있는 앨릭스의 두 팔 속에 꼿꼿하게 앉은 채, 돌리는 피 묻은 손을 바라보고는 다시 한번 건조한 눈물을 흘리며 비참하게 울었다. "나는 죄인이야."

앨릭스가 푸르스름하게 검은 눈동자로 나를 올려다보았다.

"무슨 말인지 알아들으시겠습니까?"

"별로."

"돌리가 정말로 헬렌이라는 사람을 죽였다고 생각하시는 건 아니죠?"

우리는 돌리가 귀먹었거나 정신 나간 사람인 양 그녀를 제쳐두고 이야기했다. 그녀는 그런 상태를 받아들였다.

"누가 실제로 살해당했는지조차 모르잖소." 나는 말했다. "당신 아내는 일종의 죄의식에 시달리고 있는데 그건 딴사람의 죄의식일지도 모릅니다. 내가 오늘 저녁에 당신 아내의 집안 배경에 대해서 조금 알아낸 것 같습니다. 적어도 내 생각에는." 나는 꾀죄죄한 갈색 소파로 가서 두 사람 옆에 앉은 뒤 돌리에게 물었다. "아버지 이름이 뭡니까?"

돌리는 내 말을 못 들은 것 같았다.

"토머스 맥기?"

돌리가 뒤통수를 맞은 것처럼 갑자기 고개를 끄덕였다.

"그는 거짓말하는 괴물이에요. 그가 나를 괴물로 만들었어요."

"그가 어떻게 했습니까?"

이 질문이 또 한 번 그칠 줄 모르는 지껄임을 끌어냈다. "그 사람이 쐈어요." 돌리는 턱을 어깨에 붙인 채 말했다. "그리고 피 흘리면서 누워 있게 내버려뒀어요. 내가 앨리스 이모랑 경찰한테 일렀어요. 그래서 그가 법정에 섰는데 지금 또 그런 짓을 했어요."

"헬렌에게?"

"네, 내 책임이에요. 나 때문에 이런 일이 벌어진 거예요."

돌리는 자신의 죄를 인정하는 데서 묘한 기쁨을 느끼는 듯했다. 창백하고 지친 표정, 눈물이 말라버린 울음, 숨가쁘게 이어지는 지껄임과 침묵, 이런 것은 폭발적인 감정적 위기의 징후였다. 노골적인 멜로드라마 같은 자기 비난 이면에서, 나는 무언가 소중하고 연약한 것이 영영 망가질 위기에 처했다는 느낌을 받았다.

"더이상 묻지 않는 게 낫겠습니다." 앨릭스에게 말했다. "지금은 사실과 거짓을 구별하지 못하는 것 같군요."

"내가요?" 돌리가 못되게 쏘아붙였다. "내 기억은 전부 사실이에요, 맨 처음부터 모조리 기억한다고요. 싸우고, 때리고, 그러다가 총으로 쏘아서 피를……."

내가 끼어들었다.

"그만해요, 돌리. 아니면 다른 이야기를 하든가. 당신은 의사가 필요합니다. 이 동네에 아는 의사가 있어요?"

"아뇨. 의사는 필요 없어요. 경찰을 부르세요. 자백하고 싶어요."

돌리는 자신의 마음을 가지고 나와 게임을 하는 것 같았다. 현실의 낭떠러지 끝에서 위험천만한 묘기를 하다가 구름 아래로 한없이 추락할 작정인 듯했다.

"당신이 괴물이라는 걸 자백하고 싶군요."

내가 말했다.

꾀는 통하지 않았다. 그녀는 그 말이 사실이라는 듯 덤덤하게 대답했다.

"나는 괴물이에요."

더 나쁜 것은 눈앞에서 물리적으로 변화가 일어나고 있다는 점이었다. 내부의 혼란스러운 힘이 그녀의 입과 턱 모양새를 바꾸고 있었다. 돌리가 앞 머리카락 사이로 멍하니 나를 응시했다. 바로 그날 도서관에서 대화를 나눈 아가씨라는 것도 알아보지 못할 지경이었다.

앨릭스에게 물었다.

"이 도시에 아는 의사가 있습니까?"

앨릭스는 고개를 저었다. 아내와의 접촉으로 몸에 전기가 통하기라도 한 듯 짧은 머리카락이 쭈뼛 서 있었다. 앨릭스는 그녀를 놓지 않았다.

"롱비치의 아버지에게 전화할 수는 있습니다."

"그것도 좋은 생각이겠지만, 나중에."

"돌리를 병원으로 데려갈 순 없을까요?"

"그녀를 보호할 개인 의사가 없다면 안 됩니다."

"보호하다니 무엇으로부터요?"

"경찰, 아니면 정신병동으로부터. 헬렌에 대해 확인해보기 전에는 돌리가 공식적인 질문에 대답하지 말았으면 합니다."

돌리가 훌쩍거렸다. "정신병원에 가기 싫어요. 오래전에 이곳에 아는 의사가 있었어요." 돌리는 적어도 겁을 먹을 만큼 제정신이었고, 우리에게 협조할 만큼 겁을 먹고 있었다.

"의사의 이름이 뭡니까?"

"고드윈 박사님. 제임스 고드윈 박사. 정신과 의사예요. 어릴 때 그분을 만나러 오곤 했어요."

"여기에 전화가 있습니까?"

"브래드쇼 부인이 자기집 전화를 쓰게 해줘요."

나는 둘을 남겨두고 진입로를 걸어 본관으로 올라갔다. 이제 이 높이에서도 안개 냄새를 맡을 수 있었다. 안개는 바다에서 솟아오를 뿐 아니라 산에서도 밀려 내려와 달까지 삼키고 있었다.

커다란 흰 집은 조용했다. 그러나 몇몇 창문 뒤에 불빛이 보였다. 초인종을 눌렀다. 두꺼운 문 뒤에서 희미하게 따르릉 울리는 소리가 들렸다. 문을 열어준 것은 무늬 있는 면 원피스를 입은, 덩치 크고 가무잡잡한 여자였다. 광대뼈에 옴폭옴폭 여드름 상처가 남아 있지만 그럭저럭 멋진 여성이었다. 내가 뭐라고 말을 꺼내기도 전에 여자는 브래드쇼 박사가 안 계시고 부인은 잠자리에 드셨다고 말했다.

"저는 그냥 전화를 좀 쓰고 싶습니다. 문간채에 사는 젊은 아가씨 친구입니다."

여자는 미심쩍은 눈초리로 나를 보았다. 혹시 돌리의 증상이 내게 옮아서 지금 미치광이처럼 보이는 건가 싶었다.

"중요한 일입니다. 의사가 필요합니다."

"아가씨가 아픈가요?"

"상당히 아픕니다."

"혼자 남겨두고 오면 안 되지요."

"혼자 있지 않습니다. 남편이 함께 있습니다."

"그 아가씨는 결혼을 안 했는데."

"입씨름할 시간 없습니다. 의사를 부르게 해줄 겁니까?"

여자는 마지못해 물러서더니 곡선을 그리며 휘어진 계단참을 지나 책이 빽빽한 서재로 나를 안내했다. 책상 위에서 전등이 종야등처럼 타고 있었다. 여자는 전등 옆 전화기를 가리킨 뒤 경계하는 모습으로 문간에 지키고 섰다.

"부탁인데 혼자 통화하게 해주면 안 됩니까? 나갈 때 몸을 뒤져도 좋습니다."

여자는 콧방귀를 뀌고 시야에서 사라졌다. 나는 헬렌의 집으로 전화할까 생각했지만 전화번호부에 나와 있지 않았다. 다행히 제임스 고드윈 박사는 있었다. 그에게 전화를 걸었다. 한참 만에 전화를 받은 목소리는 하도 조용하고 중성적이어서 남잔지 여잔지도 알 수 없었다.

"고드윈 박사님과 통화할 수 있습니까?"

"내가 고드윈입니다."

남자는 자기 정체성에 싫증난 듯 대답했다.

"루 아처라고 합니다. 옛날에 박사님의 환자였다고 말하는 어느 아가씨와 막 이야기를 나눈 참입니다. 아가씨의 결혼 전 이름은 돌리, 아니면 도러시 맥기였습니다. 그녀의 상태가 나쁩니다."

"돌리? 십 년 넘게 보지 못했습니다. 무슨 문제입니까?"

"박사님이 의사이니까 직접 보시는 게 낫겠습니다. 돌리는 좋게 말해 히스테리를 부리고 있는데 살인이 어쩌고 하는 앞뒤 안 맞는 말을 하고 있습니다."

의사가 신음을 뱉었다. 반대쪽 귀로는 브래드쇼 부인이 위층에서 쉰 목소리로 부르는 것이 들렸다.

"마리아, 밑에 무슨 일이니?"

"돌리라는 아가씨가 아프답니다."

"누가 그래?"

"저도 몰라요. 어떤 남자가요."

"그 애가 아프다는 얘기를 왜 나한테 안 했어?"

"방금 말씀드렸잖아요."

고드윈 박사가 과거에서 온 유령이 속삭이듯이 작고 숨죽인 목소리로 말했다.

"그런 이야기가 튀어나온 게 놀랍지는 않습니다. 그 애가 아이였을 때 가족 중 누가 끔찍한 죽음을 당했는데 그 애에게는 지독한 경험이었을 겁니다. 당시 사춘기에 접어들기 직전의 나이라 안 그래도 위태로운 상태였습니다."

나는 의학적 설명을 중단시켰다.

"그녀의 아버지가 어머니를 죽였지요, 맞습니까?"

"맞습니다." 대답은 한숨처럼 들렸다. "가엾은 아이가 시체를 발견했지요. 어른들이 그 애에게 법정에서 증언하도록 시켰습니다. 우리는 그런 야만적인 짓을 허용하고 있는……." 박사가 말을 끊더니 갑자기 달라진 어조로 물었다. "어디에서 전화를 거는 겁니까?"

"로이 브래드쇼의 집입니다. 돌리는 남편과 함께 문간채에 있습니다. 주소는 풋힐 드라이브……."

"어딘지 압니다. 실은 브래드쇼 처장과 함께 저녁 모임에 다녀온 참이죠. 들러야 할 곳이 한 군데 있는데 끝나면 바로 그쪽으로 가겠습니다."

나는 전화를 끊고 브래드쇼의 가죽 회전의자에 한참 가만히 앉아 있었다. 주변을 둘러싼 책들의 벽, 과거로 빽빽한 벽은 현재의 세상과 재앙으로부터 나를 차단해주는 일종의 단열재였다. 자리에서 일어나고 싶지 않았다.

브래드쇼 부인이 현관에서 기다리고 있었다. 마리아는 보이지 않았다. 노부인은 씨근거리는 숨소리를 냈다. 흥분해서 심장에 무리라도 간 것 같았다. 부인은 거칠게 들썩이는 가슴 위로 분홍색 울가운 앞섶을 거머쥐고 있었다.

"그 애한테 무슨 문제가 생겼나요?"

"감정적으로 동요한 상태입니다."

"남편하고 싸웠나요? 그 청년은 다혈질이더군요. 그 애를 탓할 것도 없지."

"그보다 더 심각한 문제입니다. 방금 정신과 의사인 고드윈 박사에게 전화했습니다. 예전에 그녀가 박사의 환자였답니다."

"그러니까 그 애가……?"

부인은 정맥이 도드라진 관자놀이를 부어오른 손가락 관절로 톡톡 쳤다.

그때 진입로에 차가 멈춰 서는 소리가 난 덕분에 부인의 질문에 대답하지 않아도 되었다. 로이 브래드쇼가 현관으로 들어섰다. 안개 때문에 머리카락은 단단하게 말렸고, 여윈 얼굴은 편하게 풀어져 있었다. 그러나 우리가 계단참에 함께 서 있는 모습을 보고 얼굴은 금세 긴장했다.

"늦었구나." 브래드쇼 부인이 나무라는 투로 말했다. "너는 나가서 술 마시고 저녁 먹고 하면서 나 혼자 이 일을 다 감당하게 내버려두는구나. 그건 그렇고 어디 갔었니?"

"동창 모임에요. 말씀드렸었는데 설마 잊으셨나요. 어머니도 알다시피 연회는 늘어지기 마련이에요. 저도 전체적인 지루함에 한몫한 것 같지만." 그가 머뭇거렸다. 이 광경에 노모의 소유욕보다 더 중요한 무언가가 있음을 알아차린 것이다. "무슨 일입니까, 어머니?"

"이분이 그러는데 문간채의 아가씨가 정신이 나갔다는구나. 나한테 왜 그런 정신병 환자를 보냈니?"

"제가 보낸 게 아니에요."

"그럼 누구니?"

나는 두 사람의 바보 같은 대화를 중단시키려고 했지만 어느 쪽도 내 말을 듣지 않았다. 그들은 감정적 핑퐁 게임에 열중해 있었다. 아마도 로이 브래드쇼가 소년이었을 때부터 해온 일일 것이다.

"로라 서덜랜드 아니면 헬렌 해거티였어요." 브래드쇼가 말했다. "해거티 교수가 지도 교수이니까, 아마 그녀였나 봐요."

"어느 쪽이든 다음번에는 좀더 신경을 쓰도록 지시했으면 좋겠구나. 네가 내 개인적인 안전을 염려하지 않으면……."

"제가 왜 어머니의 안전을 염려하지 않아요. 어머니의 안전을 대단히 염려한다고요." 긴장하여 가늘어진 브래드쇼의 목소리는 신경질과 순응 사이였다. "그 아가씨에게 문제가 있는 줄 저는 전혀 몰랐어요."

"문제가 있는 아가씨는 아닐 겁니다. 쇼크를 받은 것뿐입니다.

내가 방금 고드윈 박사를 전화로 불렀습니다."

브래드쇼가 천천히 내 쪽으로 몸을 돌렸다. 그의 얼굴은 이상하게 부드럽고 공허했다. 몽유병에 걸린 소년 같았다.

"고드윈 박사를 압니다. 그녀가 어떤 쇼크를 받았습니까?"

"확실히는 모릅니다. 당신과 따로 이야기하고 싶은데요."

브래드쇼 부인이 떨리는 목소리로 선언했다.

"여기는 내 집이에요, 젊은이."

부인은 내게 말했지만, 동시에 브래드쇼에게도 일깨우려는 것이었다. 재산이라는 채찍을 휘두르면서. 브래드쇼는 따끔함을 느꼈다.

"여기는 제 집이기도 해요. 저는 어머니에 대한 의무가 있고, 그걸 충실하게 수행하려고 노력하고 있습니다. 하지만 저는 학생들에게도 의무가 있어요."

"노상 소중한 학생들 타령." 부인의 이글거리는 검은 눈에는 조롱이 담겨 있었다. "잘 알았다. 간섭하지 않으마. 내가 밖으로 나가지."

부인은 정말로 현관을 향해 움직였다. 퉁퉁한 몸에 두른 가운을 질질 끌면서 눈보라 속으로 내쫓긴 사람처럼. 브래드쇼가 그녀를 쫓아갔다. 두 사람은 밀고 당기고 구슬리고 하더니 마침내 잘 자라는 인사와 함께 포옹했다. 나는 시선을 돌렸다. 부인은 아들의 부축을 받으면서 힘겹게 계단을 올라갔다.

"어머니를 너무 가혹하게 평가하진 마십시오." 브래드쇼가 도로 내려와서 말했다. "나이가 드시니까 힘든 상황에 적응하기가 어려우신가 봅니다. 사실은 너그러운 분입니다. 나는 잘 압니다."

나는 그와 논쟁하지 않았다. 당연히 나보다 그가 더 잘 알겠지.

"자, 아처 씨, 서재로 가실까요?"

"가면서 이야기하면 시간을 아낄 수 있을 겁니다."

"가면서?"

"헬렌 해거티가 어디 사는지 아신다면 그리로 데려다줬으면 합니다. 밤이라 잘 찾을 자신이 없어서."

"대체 왜? 어머니 말씀을 진지하게 받아들인 건 아니지요? 어머니는 그저 혼잣말로 하신 겁니다."

"압니다. 돌리가 한 말이 있어서요. 돌리가 그러는데 핼런 해거티가 죽었답니다. 그 증거로 돌리의 손에 피가 묻어 있었습니다. 우리가 찾아가서 피가 어디에서 나왔는지 살펴보는 게 낫겠습니다."

브래드쇼가 침을 삼켰다.

"그럼요. 물론이죠. 여기서 멀지 않습니다. 산길을 따라 걸으면 몇 분이면 됩니다. 하지만 밤이니까 차로 가는 게 더 빠를 겁니다."

우리는 그의 차로 갔다. 나는 문간채에서 잠시 세워달라고 해서 안을 들여다보았다. 돌리는 얼굴을 벽 쪽으로 돌린 채 소파에 누워 있었다. 앨릭스가 그녀에게 담요를 덮어주었다. 앨릭스는 팔을 늘어뜨린 채 침대 옆에 서 있었다.

"고드윈 박사가 오고 있어요." 내가 낮은 목소리로 말했다. "내가 돌아올 때까지 그녀를 여기에 잡아두시오. 알겠소?"

앨릭스는 고개를 끄덕였지만 나를 제대로 보는 것 같지도 않았다. 앨릭스의 시선은 여전히 내면을 향하고 있었다. 오늘밤이 오기까지는 상상하지도 못했던 깊은 심연을 들여다보고 있었다.

브래드쇼의 소형차에는 안전벨트가 장착되어 있었다. 그는 차를 출발시키기 전에 벨트를 매라고 일렀다. 헬렌의 집으로 가면서 나는 돌리가 쏟아낸 이야기 중에 그가 알 필요가 있다고 생각되는 내용만 골라서 말해주었다. 그는 동정적인 반응을 보였다. 곧 헬렌의 집으로 이어지는 진입로 입구에 다다랐다. 내 제안에 따라 그는 우편함 옆에 차를 세웠다. 차에서 내리자 저 아래 바다에서 신음 같은 무적霧笛 소리가 들렸다.

짙은 안개 때문에 형체를 분명히 알아볼 수는 없었지만, 어두운 색깔의 컨버터블처럼 보이는 차가 도로 저쪽에 미등을 켜지 않은 채 서 있었다. 그때 차를 샅샅이 뒤졌어야 했다. 그러나 나는 개인적인 죄책감에 짓눌렸던 터라 헬렌이 살아 있는지를 한시바삐 확인하고 싶었다.

헬렌의 집은 희미하고 부연 불빛으로 나무들 사이에 떠 있었다. 우리는 머리핀 모양으로 굽은 자갈길을 걸어 올라가기 시작했다. 올빼미 한 마리가 흘러가는 안개 덩어리처럼 머리 위로 낮게 날아갔다. 그리고 칙칙한 어둠 속 어딘가에 내려앉은 뒤 짝을 불렀다. 응답이 들렸다. 보이지 않는 두 새가 멀리서 들리는 무적 소리 같은 슬픈 울음소리로 우리를 비웃는 듯했다.

저 앞에서 연거푸 자박자박 소리가 들렸다. 알고 보니 우리 쪽으로 다가오는 발소리였다. 나는 브래드쇼의 소매를 건드렸다. 우리는 가만히 섰다. 웬 남자가 눈앞에 불쑥 다가왔다. 남자는 얇은 외투를 입었고 테가 접히는 중절모를 썼다. 얼굴은 제대로 보이지 않았다.

"안녕하시오."

남자는 대답이 없었다. 젊고 대담한 사내인 것 같았다. 그는 우리에게 곧장 달려들어서 어깨로 나를 치는 동시에 브래드쇼를 밀어 풀숲에 뒹굴게 했다. 남자를 붙들려고 했지만 그는 속도를 높여 쏜살같이 내리막을 달려갔다.

나는 달려가는 발소리를 쫓아 도로로 내려갔다. 때마침 남자가 컨버터블에 올라타는 것을 목격했다. 내가 차를 향해 달려가는 동안 엔진이 우르릉거리더니 주차등이 켜졌다. 차가 쌩 가버리기 전에 겨우 네바다 주의 번호판과 차량 번호의 첫 네 자리를 일별했다. 나는 브래드쇼의 자동차로 돌아가 수첩에 번호를 적었다. FT37.

나는 다시 진입로를 걸어 올라갔다. 브래드쇼는 집에 다다라 있었다. 넌더리난 표정으로 현관 계단에 앉아 있었다. 열린 문에서 빛이 쏟아져 나와 그의 고개 숙인 그림자를 판석 위에 울퉁불퉁한 선으로 그려냈다.

"헬렌이 정말로 죽었습니다, 아처 씨."

안을 보았다. 헬렌이 문 바로 뒤에 모로 누워 있었다. 이마에 난 동그란 총알구멍에서 피가 흘러나와 타일 바닥에 고여 있었다. 핏물 가장자리가 굳어 있어 시커먼 웅덩이에 서리가 어린 것처럼 보였다. 그녀의 슬픈 얼굴에 손을 갖다 댔다. 싸늘했다. 내 시계로 9시 17분이었다.

현관과 피 웅덩이 중간에 희미한 갈색 손바닥 자국이 있었다. 만져보니 아직 끈적끈적했다. 대충 돌리의 손 크기였다. 실수로 넘어졌던 모양이었다. 그런데도 돌리가 살인죄로 재판받기 위해 용을 쓰고 있다는 생각이 스치고 지나갔다. 그렇다고 해서 그녀가 결백하다는 뜻은 아니었지만.

브래드쇼가 회복기 환자처럼 문틀에 몸을 기댔다.

"불쌍한 헬렌, 이런 악랄한 짓을 당하다니. 당신 생각에는 우리를 공격했던 녀석이……."

"헬렌이 죽은 지 적어도 두 시간은 된 것 같습니다. 물론 남자가 흔적을 닦아내거나 총을 챙기려고 돌아왔을 수도 있죠. 떳떳하지 못하게 행동했으니까요."

"정말 그랬습니다."

"헬렌 해거티가 네바다에 대해서 말한 적이 있습니까?"

브래드쇼는 놀란 표정이었다.

"없는 것 같습니다. 왜요?"

"그 녀석이 몰고 간 차가 네바다 주 번호판을 달고 있었습니다."

"그렇군요. 자, 아무래도 경찰을 불러야 하겠지요."

"안 부르면 괘씸해하겠지요."

"당신이 전화하겠습니까? 나는 떨려서."

"당신이 하는 게 낫습니다, 브래드쇼. 헬렌은 대학에서 일했고, 당신이라면 추문을 최소한으로 억제할 수 있을 테니까요."

"추문? 그건 미처 생각 못 했군요."

브래드쇼는 간신히 힘을 내어 헬렌을 지나쳐서 방 건너편의 전화로 갔다. 나는 잽싸게 다른 방들을 둘러보았다. 한 방은 부엌용 의자와 헬렌이 책상처럼 쓴 평범한 탁자 외에는 다른 가구가 없었다. 탁자 위에는 프랑스어 불규칙동사의 활용을 묻는 시험지 다발이 놓여 있었다. 그 주변에는 책더미가, 주로 프랑스어와 독일어로 된 사전과 문법책과 시나 산문 선집 들이 쌓여 있었다. 나는 한 권의 면지를 열어보았다. 자줏빛 잉크로 도장이 찍혀 있었다. '일리노이 주 메이플파크, 메이플파크 대학, 헬렌 해거티 교수.'

다른 방은 좀 요란하지만 우아하게 꾸며져 있었다. 가구는 프랑스 프로방스풍의 새것들이었고, 광택 타일을 깐 바닥에는 양털 러그가 깔려 있었으며, 엄청나게 큰 창문에는 부드럽고 묵직한 수직 직물 커튼이 드리워져 있었다. 옷장에는 매그닌과 불럭스 상표를 단 드레스와 치마가 한 줄로 걸려 있었고 그 밑에는 옷에 어울리는 새 구두들이 줄지어 있었다. 서랍장에는 스웨터와 은밀한 옷가지들이 채워져 있었다. 그러나 정말로 은밀한 것은 하나도 없었다. 편지도, 사진도.

욕실 바닥은 카펫이 깔려 있었고, 바닥보다 낮게 설치된 삼각형 욕조가 있었다. 수납장에는 미용 크림, 화장품, 수면제 따위가 가득 있었다. 수면제는 오토 슈렝크 박사가 처방하고 올해 6월 17일에 일리노이 브리지턴의 톰슨 약국에서 조제한 것이었다.

나는 욕실 쓰레기통에 든 것들을 카펫에 쏟았다. 휴지 뭉치들 밑에서 항공우편 봉투에 든 편지가 나왔다. 일주일 전 일리노이 주 브리지턴의 소인이 찍혀 있었고, 수신인은 헬렌 해거티 부인으로 되어 있었다. 안에 든 종이는 한 장뿐이었고 '엄마'라고만 서명되어 있었으며 발신인 주소는 없었다.

헬렌에게
내가 우리나라에서 가장 좋아하는 곳인 햇살 가득한 캘리포니아에서 카드를 보내주다니 정성이 고맙구나. 그곳에 가본 지 너무 오래

되었지만 말이야. 너희 아버지는 휴가가 되면 함께 여행을 가자고 계속 약속하지만 언제나 뭔가 일이 생겨서 미루곤 해. 어쨌든 아버지의 혈압이 좀 나아졌으니 다행이지. 너도 잘 있다니 기쁘구나. 이혼은 다시 생각했으면 좋겠지만 아마 다 끝난 일이겠지. 너와 버트가 함께하지 못하는 게 안타깝구나. 버트는 나름대로 좋은 사람이야. 하지만 이건 놓친 물고기가 더 커 보이기 때문이겠지.

너희 아버지는 아직도 화가 나 계셔. 네 이름도 못 꺼내게 하신다. 아버지는 네가 애초에 집을 나간 것 때문에도 아직 너를 용서하지 못했고, 내가 보기에는 자기 자신도 용서하지 못했어. 손뼉도 마주 쳐야 소리가 나는 법 아니니. 어쨌든 너는 딸이니까 그런 식으로 말하면 안 되는 거였어. 너를 또다시 비난하려는 것은 아니야. 나는 여전히 너희 아버지가 죽기 전에 두 사람이 화해하기를 바란단다. 너도 알겠지만 아버지는 점점 늙고 있어. 나도 더이상 젊지 않단다, 헬렌. 너는 똑똑하고 공부도 많이 했으니까 얼마든지 아버지에게 편지를 써서 '그 일'에 대한 생각을 바꿔놓을 수 있을 거야. 누가 뭐래도 하나뿐인 외동딸인데, 아버지에게 부패한 나치 돌격대원이라고 말했던 것을 취소하지도 않았잖니. 그건 누가 했든 경찰관에게는 받아들이기 힘든 말이야. 이십 년이 넘게 지났는데도 너희 아버지는 아직 그 말이 사무치는 모양이다. 부디 편지를 쓰렴.

나는 편지를 도로 쓰레기통에 넣고 다른 휴지들도 담았다. 손을 씻고 거실로 돌아갔다. 브래드쇼는 밧줄 의자에 앉아 있었다. 혼자일 때도 딱딱한 모습이었다. 그에게는 죽음의 경험이 난생처음이 아닐까 싶었다. 나는 처음과는 거리가 멀었지만 이 죽음은 유독 뼈저렸다. 이 죽음을 막을 수도 있었다.

바깥의 안개는 더 짙어졌다. 안개는 집의 유리벽을 타고 움직였다. 바깥세상이 사라지고 브래드쇼와 나만 남아서 우주 공간에 떠다니는 것 같은 기묘한 느낌이 들었다. 그럴 리는 없지만 꼭 우리가 죽은 여자와 함께 제미니 우주선●에 갇혀 있는 것 같았다.

"경찰에게 뭐라고 말했습니까?"

"보안관과 직접 통화했습니다. 곧 올 겁니다. 그에게는 꼭 필요한 이야기만 했습니다. 킨케이드 부인에 대해서는 뭐라고 말해야 할지 모르겠더군요."

"우리가 시체를 발견하게 된 정황은 설명해야 할 겁니다. 하지만 돌리가 말한 것을 몽땅 알려줄 필요는 없습니다. 당신 입장에서는 순전히 전해 들은 말에 불과하니까요."

"당신은 진지하게 그녀를 이 사건의 용의자로 여깁니까?"

"아직 아무 의견이 없습니다. 고드윈 박사가 그녀의 정신 상태에 대해서 뭐라고 하는지 두고 봐야죠. 고드윈의 실력이 좋으면 좋겠습니다만."

"이 도시에서는 최고입니다. 묘하게도 오늘 저녁에 박사를 만났습니다. 박사는 동창 모임에서 나와 함께 연사 탁자에 앉아 있다가

●　　**제미니 우주선** _ '쌍둥이'라는 뜻의 제미니는 미국이 우주 비행사 양성을 목적으로 1960년대에 지구 궤도에 쏘아 올렸던 2인승 우주선들의 이름이다.

호출을 받고 나갔죠."

"안 그래도 당신을 저녁 식사 자리에서 만났다고 하더군요."

"네, 짐 고드윈과는 오랜 친구입니다."

브래드쇼는 그 생각에 의지하려는 듯했다.

앉을 것을 찾아 둘러보았지만 헬렌의 긴 캔버스 의자밖에 보이지 않았다. 나는 그냥 쭈그려 앉았다. 이 집에서 내가 이상하게 느끼는 점은 화려한 지출과 적나라한 가난이 뒤섞여 있다는 사실이었다. 서로 다른 두 여자가 번갈아 가며 집을 꾸민 듯했다. 공주와 거지가.

내가 그 점을 브래드쇼에게 지적하자 그도 고개를 끄덕였다. "요전날 저녁에 여기 왔을 때 나도 그런 인상을 받았습니다. 헬렌은 꼭 필요하지도 않은 것들에 돈을 쓴 것 같아요."

"돈이 어디서 났을까요?"

"헬렌의 말로 미루어 보면 개인적인 수입이 있는 듯했습니다. 조교수 봉급으로는 하늘에 맹세코 그런 옷차림을 할 수 없지요."

"당신은 해거티 교수를 잘 알았습니까?"

"잘 몰랐습니다. 대학 행사에 한두 번 헬렌과 같이 참석한 적이 있고, 가을 시즌 개막 공연에 함께 간 적이 있습니다. 둘 다 힌데미트를 좋아한다는 걸 알았지요." 브래드쇼는 손가락들을 마주 붙여 뾰족탑을 만들었다. "헬렌은, 음…… 헬렌은 아주 매력적인 여성이었습니다. 하지만 나는 어떤 의미로도 헬렌과 친하지는 않았습니다. 헬렌은 친밀한 관계를 바라지 않았습니다."

나는 눈썹을 치켰다. 브래드쇼가 살짝 얼굴을 붉혔다.

"성적인 친밀함을 뜻하는 게 아닙니다. 맙소사, 헬렌은 전혀 내 타입이 아니었습니다. 내 말은 헬렌이 자신에 대한 이야기를 조금도 하지 않았다는 겁니다."

"그녀는 어디에서 왔습니까?"

"중서부의 작은 대학인데, 아마 메이플파크였을 겁니다. 헬렌은 진작에 그곳을 떠나서 여기 와 있었고, 나중에 우리가 그녀를 채용했죠. 긴급 채용이었습니다. 패런드 교수가 관상동맥 질환에 걸려서 하는 수 없이, 헬렌을 쓸 수 있어 다행이었지요. 우리 현대어학부가 이제 어떻게 할지 모르겠군요. 학기는 진행중인데."

브래드쇼는 죽은 여인의 결근이 못마땅하다는 듯이 말했다. 그로서는 대학의 문제를 생각하는 것이 자연스럽겠지만 마음에 들지 않았다. 그를 흔들어놓을 요량으로 말을 꺼냈다.

"당신네 학교는 해거티 교수를 대신할 선생을 구하는 것보다 더 어려운 문제를 겪을지도 모릅니다."

"무슨 뜻입니까?"

"그녀는 평범한 여교수가 아니었습니다. 오늘 오후에 내가 그녀와 이야기를 나눌 기회가 있었습니다. 이런저런 이야기를 하던 중에, 그녀가 누군가로부터 살해 협박을 받았다고 말하더군요."

"그런 끔찍한 일이." 브래드쇼는 살해 협박이 실제로 벌어진 살해보다 더 나쁜 일인 것처럼 말했다. "대체 누가……?"

"그녀는 모르겠다고 했고, 나도 모릅니다. 어쩌면 당신이 알지도 모른다고 생각했습니다. 학교에 그녀의 적이 있었습니까?"

"전혀. 아무도 떠오르지 않습니다. 말했다시피 나는 헬렌을 잘 몰랐습니다."

"나는 총망하게나마 그녀를 꽤 알게 되었습니다. 듣자 하니 그녀는 나름대로 경험이 많았던 모양인데, 대학원 세미나와 교직원 다과회에서 얻은 경험만은 아닌 것 같더군요. 그녀를 고용하기 전에 배경 조사는 했습니까?"

"철저하게는 안 했습니다. 말했다시피 긴급 채용이었고, 내 소관도 아니었습니다. 그쪽 학부장인 가이스먼 박사가 헬렌의 자격증에 호의적인 인상을 받아서 채용을 결정했지요."

브래드쇼는 교묘하게 책임을 회피하려는 것 같았다. 나는 가이스먼의 이름을 수첩에 적었다.

"그녀의 뒷조사를 더 해봐야겠습니다. 그녀는 결혼했다가 최근에 이혼한 것 같습니다. 그녀와 돌리의 관계도 더 알아보고 싶군요. 둘이 가까웠던 것 같습니다."

"동성애 관계를 뜻하는 건 아니겠지요? 우리는……."

브래드쇼는 말을 맺지 않기로 결정했다.

"내 말에는 아무 뜻도 없습니다. 정보를 구하는 것뿐입니다. 해거터 교수가 어떻게 돌리의 지도 교수가 되었습니까?"

"정상적인 방법을 통해서였겠지요."

"지도 교수를 배정받는 정상적인 방법이 뭡니까?"

"여러 가지입니다. 킨케이드 부인은 상급생이었고, 우리는 상급생에게는 스스로 지도 교수를 선택하도록 하고 있습니다. 교수가 일정에 여유가 있는 한."

"그러면 돌리가 해거티 교수를 골라서 관계를 시작했을지도 모르는군요?"

"그럴 가능성이 충분합니다. 물론 순전히 우연이었을 수도 있지만요."

똑같은 파장의 신호를 받은 것처럼 우리는 몸을 돌려 헬렌 해거티의 시체를 바라보았다. 방 저 멀리에 있는 그녀의 몸은 작고 외로워 보였다. 구름 낀 우주 속을 그녀와 함께 날아가는 공동 비행은 벌써 한참 진행중이었다. 나는 시계를 보았다. 겨우 9시 31분이었다. 도착한 지 십사 분밖에 지나지 않았다. 제논의 공간이나 마리화나를 할 때의 시간처럼 순간이 무수히 잘게 나뉘어 시간의 속도가 느려진 것 같았다.

브래드쇼는 눈에 띄게 애를 쓰더니 겨우 시체로부터 눈을 떼어 냈다. 시체와 공유한 순간 때문에 그가 간직했던 소년 같은 외모가 깡그리 사라진 것 같았다. 그는 혼란스러운 듯 눈가와 입매에 깊은 주름살을 지으면서 내게로 몸을 숙였다.

"킨케이드 부인의 말이 이해가 안 됩니다. 그녀가 이 일을……

이 살인을 정말로 자백했다는 뜻입니까?"

"경찰이나 검사라면 그렇게 해석할 겁니다. 다행히 곁에 아무도 없었지만요. 나는 진짜와 가짜를 가리지 않고 수많은 자백을 들어봤습니다. 내 견해로는 그녀의 자백은 가짜입니다."

"피는 뭐지요?"

"미끄러져서 피 웅덩이에 넘어졌을 겁니다."

"우리가 그 일을 보안관에게 일절 언급하지 말아야 한다고 생각합니까?"

"당신만 괜찮으시다면."

얼굴을 보니 괜찮지 않다는 것을 알 수 있었다. 잠시 망설이다가 그가 말했다. "우리끼리만 알고 있읍시다. 최소한 현재는. 어쨌든 그녀는 우리 학생이었으니까요. 아무리 짧게 있었어도."

브래드쇼는 자기 말이 과거형이라는 걸 알아차리지 못했지만 나는 알아차렸다. 그래서 우울해졌다. 보안관의 차가 언덕을 올라오는 소리에 둘 다 안도했던 것 같다. 감식반 차량도 따라왔다. 몇 분 만에 지문 채취하는 사람과 검시관보와 사진사가 방을 장악하여 공간의 성격을 바꿔놓았다. 이제 그곳은 살인이 저질러진 어떤 방과도 다르지 않은, 몰개성적이고 칙칙한 방이 되었다. 제복을 입은 사람들이 헬렌의 다소 화려한 아우라를 제거하고 그녀를 검시실의 살덩어리와 법정 증거물로 바꾸면서, 희한한 방식으로 두 번째이자 최종적인 살인을 저지르는 것 같았다. 헬렌이 있는 구석에서 사진기의 전구가 번쩍이자 내 예민한 신경이 움찔했다.

허먼 크레인 보안관은 팔뚝이 우람한 남자로, 황갈색 개버딘 양복을 입고 있었다. 보안관 제복의 분위기를 내는 것이라고는 엮은 가죽끈 띠가 둘러져 있고 챙이 넓은 모자뿐이었다. 목소리에는 관료다운 분위기가 있었고, 행동거지는 중후하면서도 느긋한 정치인처럼 을렀다가 얼렀다가 하면서 균형을 잘 잡고 있는 모습이었다. 보안관은 마치 브래드쇼가 얼마나 비싼지는 잘 몰라도 좌우간 꽤나 중요하고 까다로운 식물이라도 되는 양 야단스럽도록 정중하게 대했다.

나에 대해서라면, 보안관은 경찰들이 언제나 나를 대하는 태도로 대했다. 직업적 의심을 품은 태도로. 경찰들은 내가 독자적인 사고로 경범죄를 저지를까 봐 늘 의심한다. 나는 크레인 보안관을 어찌어찌 설득하여 네바다 번호판을 단 컨버터블을 수색하도록 순찰차를 내보내는 데 성공했다. 보안관은 자기 부서에 인력이 심각하게 부족하다고 불평했고, 현 단계에서는 도로 봉쇄까지는 필요하지 않다고 판단했다. 나는 현 단계에서는 그에게 전적으로 협조하지 않기로 마음먹었다.

보안관과 나는 각각 긴 의자와 밧줄 의자에 앉아 이야기를 나누었다. 그 내용을 보안관보가 속기로 기록했다. 나는 보안관에게 내 의뢰인의 아내인 돌리 킨케이드가 대학 지도 교수인 해거티 교수의 시체를 발견하고는 나에게 알렸다고 말했다. 돌리는 몹시 충격을 받아서 의사의 보살핌을 받고 있다고 말해주었다.

보안관이 더 상세한 정보를 짜내려 들기 전에, 나는 자진하여 살해 협박에 관해 헬렌과 나누었던 대화를 있는 그대로, 최소한 내가 할 수 있는 한에서는 있는 그대로에 가깝게 전달했다. 헬렌이 보안관 사무실에 신고했었다고 말하자 보안관은 그것을 자신에 대한 비난으로 받아들인 듯했다.

"말했다시피 우리는 인력이 부족합니다. 숙련된 경관들을 잡아둘 수가 없어요. 로스앤젤레스가 우리는 꿈도 못 꾸는 봉급으로 사람들을 꾀어 간단 말입니다." 내가 로스앤젤레스 출신이라는 것을 보안관도 알았기에, 그 말은 막연하게 나도 비난하는 것이었다. "수상한 전화를 받은 집마다 모조리 보초를 세운다면 부서를 운영할 인원이 남지 않을 겁니다."

"이해합니다."

"이해하신다니 다행이군요. 내가 이해가 안 되는 게 있는데…… 당신이 어떻게 고인과 그런 대화를 나눴습니까?"

"해거티 교수가 이곳에 함께 와달라고 부탁했습니다."

"그게 몇 시였습니까?"

"시간은 확인하지 않았습니다. 일몰 직전이었습니다. 나는 여기에 한 시간쯤 있었습니다."

"그녀는 무슨 속셈이었답니까?"

"내가 여기에 머물면서 자기를 보호해주기를 바랐습니다. 그러지 않은 게 유감입니다."

이 말을 할 수 있다는 것만으로도 기분이 나아졌다.

"당신을 경호원으로 고용하려고 했다는 말입니까?"

"그렇습니다."

헬렌과 나 사이에 벌어졌던, 그러나 결국 결렬되었던 복잡한 교섭을 꼬치꼬치 이야기할 필요는 없었다.

"당신이 경호 일을 한다는 걸 그녀가 어떻게 알았습니까?"

"정확히 말하자면 나는 그런 일은 안 합니다. 하지만 그녀는 신문에서 내 이름을 보고 내가 탐정이라는 걸 알았습니다."

"아니나다를까." 보안관이 말했다. "당신은 오늘 아침에 페린 사건에서 증언을 했지요. 페린이 풀려났으니 아마도 내가 당신에게 축하를 해드려야겠군요."

"그럴 것 없습니다."

"그래요, 그러지 않을 겁니다. 페린 그년이 뻔히 유죄라는 건 당신도 알고 나도 아니까."

"배심원들은 그렇게 생각하지 않았습니다."

나는 부드럽게 대답했다.

"배심원들은 얼마든지 속일 수 있고 증인은 얼마든지 매수할 수 있다오. 아처 씨 당신, 갑자기 이 동네 범죄계에서 활약이 대단하십니다." 위협을 담은 듯 묵직한 말이었다. 그가 두툼한 손을 뻗어 시체를 아무렇게나 가리켰다. "저 여자, 해거티 교수라는 저 여자가 당신 친구가 아닌 게 확실합니까?"

"어느 정도 친해지긴 했지요."

"한 시간 만에?"

"한 시간 만에도 그럴 수 있습니다. 게다가 오늘 이 집에 오기 전에 대학에서도 잠시 이야기를 나눴습니다."

"오늘 전에는 어땠소? 그전에도 대화를 나눈 적 있습니까?"

"아닙니다. 오늘 처음 만났습니다."

좌불안석으로 주변에서 서성거리던 브래드쇼가 입을 열었다.

"그 말이 사실이라는 건 내가 보장하죠, 보안관. 그래서 당신의 시간을 아낄 수 있다면."

크레인 보안관은 브래드쇼에게 고맙다고 인사하고 내게 말했다.

"그러니까 그녀와 당신은 순전히 업무적인 관계였다는 겁니까?"

"내가 그 일에 흥미가 있었다면 그랬겠지요."

내 말이 정확한 진실은 아니었지만, 한심한 이야기로 들리지 않게 하면서 전부 설명할 방법이 없었다.

"당신이 흥미가 없었다. 왜입니까?"

"다른 일이 있었습니다."

"무슨 다른 일?"

"킨케이드 씨가 아내를 찾아달라고 나를 고용했습니다."

"오늘 아침에 비슷한 이야기를 들은 것 같군요. 부인이 왜 남편을 떠났는지 알아냈습니까?"

"아니요. 내 일은 그녀가 있는 곳을 알아내는 거였습니다. 그건 알아냈습니다."

"어디에서?"

나는 브래드쇼를 흘끗 올려다보았다. 브래드쇼가 마지못해 고개를 끄덕였다. 나는 말했다.

"그녀는 대학에 학생으로 있었습니다."

"그런데 지금은 의사의 보살핌을 받고 있다는 거지요? 어느 의삽니까?"

"고드윈 박사입니다."

"정신과 의사, 그죠?" 보안관은 두꺼운 다리를 꼬고는 슬그머니 내게 몸을 기울였다. "그 여자에게 왜 정신과 의사가 필요합니까? 정신이 나갔나요?"

"히스테리를 부리는 상태였습니다. 의사에게 전화해야 할 것 같았습니다."

"지금 어디 있습니까?"

나는 다시 브래드쇼를 보았다. 브래드쇼가 말했다.

"우리집에 있습니다. 어머니가 그녀를 운전사로 쓰고 있었습니다."

보안관은 두 팔을 휘저으며 자리에서 일어났다.

"건너가서 그녀와 이야기를 해봅시다."

"미안하지만 그건 안 되겠습니다."

브래드쇼가 말했다.

"누가 안 된답니까?"

"내 생각이 그렇고, 틀림없이 의사도 동의할 겁니다."

"고드윈이야 당연히 환자가 돈 주고 부탁하는 말을 하겠지요. 예전에도 그와 마찰이 있었습니다."

"나도 압니다." 브래드쇼는 얼굴이 창백해졌지만 목소리는 단단히 통제하고 있었다. "보안관, 당신은 전문가가 아닙니다. 그리고 나는 당신이 고드윈 박사의 윤리 규범을 제대로 이해하는지 의심스럽습니다."

크레인은 모욕에 얼굴이 빨개졌지만 딱히 대답할 말을 찾지 못했다. 브래드쇼가 이어 말했다.

"나는 킨케이드 부인이 지금 신문을 견딜 수 있거나 견뎌야만 하는지에 대해서 대단히 회의적입니다. 그래봐야 무슨 소용이 있습니까? 만약에 숨길 게 있다면 끔찍한 소식을 갖고서 가장 가까운 탐정에게로 달려오지 않았겠지요. 그 아가씨가 시민으로서 의무를 다했다는 사실 때문에 잔인하고 비정상적인 처벌을 받는 것은 우리 모두가 원치 않는 바일 겁니다."

"잔인하고 비정상적인 처벌이라니 무슨 뜻입니까? 나는 그녀를 고문하려는 게 아닙니다."

"오늘밤에는 그 아가씨 근처에 올 생각을 접기를 바라고, 그러리라 믿습니다. 내 견해로는 그게 바로 잔인하고 비정상적인 처벌이니까요, 보안관. 그리고 나는 내가 우리 군의 정통한 의견을 대변한다고 믿습니다."

크레인은 이의를 제기하려고 입을 열었다가, 말로 브래드쇼를 이기는 것은 가망 없는 일임을 깨쳤는지 다시 닫았다. 브래드쇼와 나는 배웅하는 사람 없이 밖으로 나왔다. 집안의 사람들이 듣지 못할 거리까지 와서 내가 말했다.

"보안관의 콧대를 납작하게 만들다니 대단했습니다."

"나는 호통만 쳐대는 저 허풍선이가 줄곧 싫었습니다. 다행히도 보안관은 입지가 약한 상태입니다. 지난 선거 때 그의 득표수가 심각하게 떨어졌지요. 고드윈 박사와 나를 포함해서 우리 군의 많은 사람들은 더 현명하고 효율적인 법 집행관을 바랄 겁니다. 조만간 그렇게 될지도 모르죠."

문간채의 사정은 눈에 띄게 바뀐 것이 없었다. 돌리는 여태 소파 겸용 침대에서 얼굴을 벽 쪽으로 돌린 채 누워 있었다. 브래드쇼와 나는 문간에서 망설였다. 고개를 숙인 앨릭스가 걸어와서 우리에게 말했다.

"고드윈 박사님은 전화를 걸러 본채로 올라가셨습니다. 돌리를 일시적으로 요양소에 두는 게 좋겠다고 하시더군요."

돌리가 단조로운 말투로 입을 열었다.

"무슨 말인지 나도 알아. 그냥 크게 말하지그래? 나를 치워버리고 싶은 거잖아."

"자기, 쉿."

앨릭스로서는 용감한 말이었다.

돌리는 다시 침묵에 빠졌다. 그녀는 꼼짝도 하지 않았다. 앨릭스는 우리를 밖으로 이끌었고 그녀를 볼 수 있도록 문은 열어두었다. 그리고 낮은 목소리로 말했다.

"고드윈 박사님이 자살 위험도 있다고 하셔서요."

"그렇게 나쁩니까, 설마?"

내가 물었다.

"저는 그렇다고 생각하지 않아요. 고드윈 박사님도 사실은 그렇게 생각하지 않습니다. 단지 사전에 합당한 안전조치를 취하는 것뿐이라고 말씀하시더군요. 제가 돌리를 돌볼 수 있다고 했지만, 박사님은 제가 직접 맡아서는 안 된다고 생각하십니다."

"당신이 맡아서는 안 됩니다." 브래드쇼가 말했다. "당신은 내일을 위해 기력을 아껴야 합니다."

"그렇죠. 내일." 앨릭스는 문간에 있는 녹슨 신발 털개를 발로 찼다. "아버지한테 전화해야겠어요. 내일은 토요일이니까 오실 수 있을 겁니다."

본채 쪽에서 발소리가 다가왔다. 악어가죽 코트를 입은 키 큰 남자가 안개 속에서 나타났다. 남자의 벗어진 머리가 현관에서 나오는 빛을 받아 번쩍거렸다. 남자가 브래드쇼에게 다정하게 인사했다.

"안녕, 로이. 자네 강연 재미있게 들었어. 물론 내가 들은 부분까지만. 자네가 앞으로 우리 동네를 서부의 아테네로 격상시키겠더군. 안타깝게도 도중에 환자가 나를 불러냈는데, 나한테 테네시 윌리엄스 영화를 혼자 보러 가도 안전한지 물어보는 거야. 사실은 내가 함께 가서 자기를 나쁜 생각으로부터 보호해주기를 바라는 거였지." 그러고는 내게 말했다. "아처 씨? 고드윈입니다."

우리는 악수를 했다. 고드윈은 얼굴을 기억했다가 초상을 그리려는 사람처럼 한참 골똘히 나를 보았다. 그의 얼굴은 선이 굵직굵직하고 강인했다. 환했던 눈은 전등의 밝기를 줄이는 것처럼 금세 어두워졌다. 자신이 가진 권위를 행사하지 않도록 조심하는 사람이었다.

"전화 줘서 고맙습니다. 맥기 양…… 킨케이드 부인은 진정제가 필요했습니다." 고드윈이 문틈으로 흘끗 들여다보았다. "이제 상태가 나아졌으면 좋겠는데요."

"훨씬 조용합니다." 앨릭스가 말했다. "돌리가 저랑 여기 머무르면 안 된다고 생각하십니까?"

고드윈은 딱한 표정을 지었다. 그는 배우처럼 입매가 아주 유연했다.

"그건 현명하지 않을 겁니다. 킨케이드 씨. 내가 이용하는 요양소에 침대를 마련해뒀습니다. 부인의 목숨을 걸고 도박을 하기는 싫겠지요."

"돌리가 왜 죽으려고 하겠습니까?"

"저 애의 머릿속에는 든 게 너무 많습니다. 가엾은 것. 나는 자살 가능성에 늘 신경을 씁니다. 제아무리 희박하다 해도."

"그녀의 머릿속에 무슨 생각이 들었는지 알아냈나?"

브래드쇼가 물었다.

"말을 별로 하고 싶어 하지 않았어. 아주 지쳤거든. 그건 아침까지 기다릴 수 있네."

"그러면 좋으련만." 브래드쇼가 말했다. "보안관이 총격에 관해서 그녀에게 묻고 싶어 해. 내가 최선을 다해서 물리쳤지만."

고드윈의 얼굴이 순식간에 엄숙해졌다.

"그러면 정말로 살인이 벌어졌나? 또 다른 살인이?"

"우리 신참 교수인 헬렌 해거티가 오늘밤 자기집에서 총에 맞았어. 킨케이드 부인이 우연히 시체를 발견한 모양이야."

"어쩌면 이렇게도 운이 나쁠까." 고드윈은 낮게 깔린 하늘을 쳐다보았다. "가끔 신이 어떤 사람들에게는 등을 돌리는 게 아닐까 싶어."

나는 고드윈에게 그 말이 무슨 뜻인지 물었다. 그는 고개를 저었다.

"맥기 집안의 피투성이 과거를 들려주기에는 너무 피곤합니다. 고맙게도 많은 내용이 기억에서 희미해지기도 했고요. 법원 쪽에 물어보는 게 어떻겠습니까?"

"지금 같은 상황에서는 별로 좋은 생각이 아닐 겁니다."

"괜찮을 것 같은데, 아닐까요? 당신도 보다시피 나는 정말로 지 쳤습니다. 환자가 안전하게 밤을 나도록 살핀 뒤에는 겨우 귀가해 침대에 기어들 힘밖에 안 남을 겁니다."

"그래도 우리는 이야기를 좀 해야 합니다, 박사님."

"무슨 이야기 말입니까?"

앨릭스 앞에서 말하고 싶지는 않았지만 하는 수 없이 그를 살피 며 말했다.

"그녀가 두 번째 살인을 저질렀을 가능성에 대해서. 아니면 그 녀가 그 살인으로 고발될 가능성이라고 해둡시다. 그녀는 고발당하 고 싶은 모양이더군요."

앨릭스가 돌리를 변호하고 나섰다.

"돌리는 일시적으로 정신이 나간 거예요. 그리고 돌리가 한 말 을 이용할 수는⋯⋯."

고드윈이 앨릭스의 어깨에 손을 얹었다. "진정해요, 킨케이드 씨. 지금은 아무것도 결정할 수 없습니다. 우리 모두에게, 특히 당 신 부인에게 필요한 것은 하룻밤 푹 자는 겁니다. 가는 길에 도움이 필요할지도 모르니까 당신이 요양소에 함께 가줬으면 좋겠군요. 당 신은⋯⋯." 고드윈이 이번에는 내게 말했다. "당신 차로 따라와서 이 사람을 데리고 돌아가십시오. 요양소 위치도 알고 싶을 테니까. 내일 아침 8시에 그곳에서 다시 만나죠. 내가 킨케이드 부인과 먼저 이야기를 나눈 다음에. 됐습니까?"

"내일 아침 8시."

고드윈이 브래드쇼에게 말했다.

"로이, 내가 자네라면 얼른 가서 어머니 기분을 살피겠네. 진정제를 드렸지만 불안해하고 계셔. 미치광이 암살자들이 자신을 둘러싸고 있다고 생각하신다네. 어쩌면 그렇게 생각하는 척하고 계시는 것일지도 모르지만. 그런 생각을 버리시라고 설득하는 데는 나보다 자네가 낫겠지."

고드윈은 현명하고 세심한 사람인 것 같았다. 그것이 정말이든 아니든간에 그의 권위는 분명했다. 우리 셋은 모두 그가 시키는 대로 했다.

돌리도 그랬다. 고드윈과 앨릭스의 부축을 받으며 고드윈의 차로 갔다. 그녀는 반항하거나 소리 내지는 않았지만 흡사 사형실로 끌려가는 사람처럼 걸었다.

한 시간 뒤에 나는 모텔 방의 트윈 침대 한쪽에 앉아 있었다. 당장 할 수 있는 일은 없었다. 지역 당국에 정보를 얻으러 가서 분란을 일으키는 것 외에는. 그러나 내 마음은 자꾸만 내가 취할 수 있는 행동들을 영화처럼 회반죽 벽에 휙휙 투사하고 있었다. 베글리, 즉 맥기를 추적하는 장면. 네바다에서 온 남자를 붙잡는 장면.

나는 의지를 발휘하여 폭력적인 영상들을 지운 뒤, 제논에 대해 생각해보기로 했다. 제논은 아킬레우스가 앞서가는 거북을 결코 따라잡지 못할 것이라고 말했다. 내가 거북이라면 꽤나 안심되는 말이다. 어쩌면 내가 아킬레우스라고 해도.

내 가방에는 위스키 한 파인트가 있었다. 종이 봉투에서 술병을 꺼내려는데 아니 월터스 생각이 났다. 아니는 리노에 사는 동업자로, 나와는 위스키 한 파인트 이상을 나눠 마신 사이였다. 나는 그의 사무실로 장거리전화를 걸었다. 사무실이라고 해봤자 그가 사는 집 거실이었지만. 아니는 집에 있었다.

"월터스 탐정 사무소입니다."

한밤중이라서인지 내키지 않는 목소리로 받았다.

"나야. 루 아처."

"아, 잘됐군. 자러 가기 싫었는데. 잠옷 모델 노릇이나 하고 있었지."

"빈정대는 건 자네 특기가 아니니까 집어치워. 사소한 작업을 부탁하고 싶은데, 들어준다면 되도록 빠른 시일 내에 똑같이 보답하지. 녹음하고 있나?"

기계가 딸깍 하는 소리가 났고, 나는 기계와 아니에게 헬렌의 죽음에 관해서 이야기했다.

"충격이 있은 지 두 시간쯤 뒤에, 내가 찾으려는 남자가 살인이 벌어진 집에서 나와 검정이나 짙은 남색 컨버터블을 타고 사라졌어. 신형 포드인 것 같은데 네바다 번호판을 달았어. 첫 네 자리 글자를 본 것 같은데⋯⋯."

"본 것 같아?"

"여기는 안개가 심해. 그리고 어두웠어. 첫 네 자리는 아마 FT37일 거야. 문제의 남자는 젊고 탄탄한 몸에 키는 약 180센티미터. 짙은 색 코트를 입고, 짙은 색에 챙이 꺾이는 중절모를 썼어. 얼굴은 못 봤어."

"최근에 안과 진료 받았나?"

"자네는 나보다 더 알아낼 수 있겠지. 알아봐줘."

"요즘은 노인들한테 무료로 녹내장 검사를 해준다고 하던데."

아니는 나보다 나이가 많았지만 그 사실을 지적당하는 것을 좋아하지 않았다.

"무슨 일 있나? 부인하고 싸웠다든지?"

"아무 문제 없어." 그가 명랑하게 말했다. "아내는 침대에서 나를 기다리고 있지."

"필리스에게 사랑한다고 전해줘."

"필리스에게는 내 사랑을 줄 거야. 이런 단편적인 정보로는 어려울 것 같지만, 그래도 뭘 알아내면 어디로 연락할까?"

"지금 퍼시픽포인트의 매리너스레스트 모텔에 묵고 있어. 하지만 할리우드의 내 전화 응답 서비스에 용건을 남기는 게 나을 거야."

아니는 그러겠다고 말했다. 전화를 끊는데 방문을 가볍게 두드리는 소리가 들렸다. 문을 열어보니 앨릭스였다. 잠옷 위에 바지를 껴입고 있었다.

"말소리가 나서요."

"전화하는 중이었소."

"방해할 마음은 없었습니다."

"통화는 끝났어요. 들어와서 한잔합시다."

앨릭스는 방에 부비트랩이라도 있을지 모른다는 듯 조심스레 들어왔다. 지난 몇 시간 동안 그의 행동거지는 아주 자신감 없게 바뀌었다. 그의 맨발은 카펫에서 아무 소리도 내지 않았다.

욕실 선반에 파라핀 종이에 싸인 유리잔이 두 개 있었다. 나는 종이를 벗기고 술을 따랐다. 우리는 두 침대에 각자 앉아서 딱히 무엇에게랄 것 없이 건배하고 술을 마셨다. 보이지 않는 유리벽으로 나뉜 거울상처럼 서로 마주보고 앉아 있었다.

나는 우리 둘의 차이를 의식하고 있었다. 특히 앨릭스의 젊음과 경험 부족을. 그는 매사가 상처가 되는 나이였다.

앨릭스가 입을 열었다.

"계속 아버지에게 전화할 생각이었습니다. 그런데 이제 걸어야 할지 말아야 할지 모르겠어요."

다시 침묵이 흘렀다.

"아버지는 '내가 그럴 거라고 했잖냐' 하고 구구절절 말씀하지는 않으실 거예요. 하지만 아마 그렇게 생각하실 겁니다. 천사도 발을 들이기를 주저하는 곳에 바보가 나선다는 둥."

"그 말은 뒤집어도 말이 되겠는데요. 바보가 발을 들이기를 주저하는 곳에 천사가 나선다. 내가 천사를 한 명이라도 아는 것은 아니지만."

앨릭스는 내 말뜻을 이해했다.

"제가 바보가 아니라고 생각하십니까?"

"당신은 아주 잘 처신했어요."

"고맙습니다." 형식적인 대답이었다. "빈말이라고 해도요."

"빈말이 아니오. 상당히 힘들었을 텐데."

위스키와 막 피어오르기 시작한 인간적 온기 때문에 우리 사이의 유리벽이 녹아내렸다. 앨릭스가 말했다.

"최악은 무엇이냐면, 제가 방금 요양소에 돌리를 놔두고 온 겁니다. 마치 제가…… 있잖습니까, 돌리를 망각의 강으로 밀어넣은 기분이었습니다. 그곳은 단테의 이야기에 나오는 곳 같아요. 울며 신음하는 사람들만 있는. 돌리는 예민한 사람이에요. 돌리가 어떻게 감당할지 모르겠습니다."

"다른 상황보다는 잘 감당할 겁니다. 가령 그 상태로 마구 나돌아다니는 것보다는 낫겠지요."

"돌리가 미쳤다고 생각하시지요?"

"내 생각은 중요하지 않소. 우리는 내일 전문가의 의견을 들을 겁니다. 그녀가 일시적으로 제정신에서 벗어난 것은 분명합니다. 나는 더 멀리 벗어난 사람들도 봤고, 그 사람들이 다시 돌아오는 것도 봤어요."

"그러면 돌리가 괜찮을 거라고 보시는 거죠?"

앨릭스는 내 말을 공중그네처럼 붙잡아서 희망을 담아 한껏 높이 흔들었다. 그걸 부추겨서는 안 된다고 생각했다.

"나는 정신적 상황보다는 법적 상황에 더 관심이 있습니다."

"돌리가 정말로 자기 친구를…… 헬렌을 죽였다고 생각하시는 건 아니죠? 돌리가 그렇게 말했다는 건 저도 알지만, 그건 불가능한 일입니다. 있죠, 저는 돌리를 잘 압니다. 돌리는 절대 폭력적이지 않아요. 정말로 생명을 아끼는 사람입니다. 거미를 죽이는 것조차 좋아하지 않아요."

"가능성은 있어요, 앨릭스. 그리고 나는 그저 가능성이 있다고만 말했소. 나는 고드윈 박사가 처음부터 그 가능성을 인식하고 있기를 바랐습니다. 박사는 당신 아내를 위해서 많은 것을 해줄 수 있는 입장이니까."

앨릭스가 일종의 감탄을 담아 "제 아내라고요"라고 말했다.

"그녀는 법적으로 당신 아내입니다. 하지만 누구도 당신이 그녀에게 그만큼 의무가 있다고는 생각하지 않을 거요. 혹시 벗어나고 싶다면, 출구는 열려 있어요."

앨릭스의 잔에서 위스키가 찰랑거렸다. 그것을 내 얼굴에 끼얹으려다 가까스로 자제한 것 같았다.

"저는 돌리를 버리지 않을 겁니다. 제가 그래야 한다고 생각하신다면, 지옥에나 가시죠."

나는 이 순간까지는 그를 진심으로 좋아하진 않았었다.

"당신에게 출구가 있다는 사실을 누군가 지적해줘야 했소. 대개의 사람들이 그렇게 선택할 테니까."

"저는 대개의 사람이 아닙니다."

"그런 것 같군."

"아버지는 저더러 바보라고 하겠지만, 저는 설령 돌리가 살인죄를 지었더라도 신경쓰지 않습니다. 저는 돌리 곁에 있을 겁니다."

"돈이 들 거요."

"돈을 더 받고 싶은 거군요?"

"나는 기다릴 수 있소. 고드윈도 기다릴 수 있겠죠. 나는 앞으로에 대해서 얘기한 겁니다. 내일 당신에게 변호사도 필요할 가능성이 높아요."

"왜요?"

앨릭스는 착한 청년이었지만 눈치가 좀 느렸다.

"오늘밤 일로 판단하자면, 당신의 주된 과제는 그녀가 함부로 입을 놀려서 더 깊은 수렁에 빠지는 걸 막는 겁니다. 그러려면 그녀를 당국의 손이 닿지 않는 곳에, 그녀를 제대로 돌봐주는 곳에 두어야 합니다. 좋은 변호사는 그 일에 도움이 됩니다. 그런데 변호사들은 보통 형사 사건에서 후불로 받지 않아요."

"돌리가 정말로 그런 위험에…… 법적 위기에 처했다고 생각하시는 겁니까? 아니면 그냥 저를 괴롭히려고 하시는 말씀입니까?"

"오늘밤에 이 지역 보안관과 이야기를 나눴는데, 보안관이 그녀에 대해 말하면서 눈빛을 번득였던 게 마음에 걸려요. 크레인 보안관은 바보가 아닙니다. 내가 자기를 방해하고 있다는 걸 압니다. 보안관이 만일 그녀의 가족 관계를 알아내면 그녀에게 접근하려고 할 겁니다."

"가족 관계라니요?"

"그녀의 아버지가 그녀의 어머니를 죽였다는 사실 말입니다." 앨릭스에게 엎친 데 덮친 격으로 충격을 주는 것은 잔인했다. 그래도 새벽 3시에 비틀린 베개 밑에서 울려오는 음산한 목소리로부터 이야기를 듣는 것보다는 내게서 듣는 것이 나았다. "그래서 그녀의 아버지가 재판에서 유죄를 받은 모양입니다. 크레인 보안관은 아마 검찰 측 증거를 확보했을 겁니다."

"역사가 반복되는 것만 같군요." 앨릭스의 목소리에는 거의 경외감에 가까운 분위기가 있었다. "제가 제대로 들었다면 척 베글리라는 사람, 수염 기른 그 남자가 정말로 돌리의 아버지라는 거죠?"

"그런 것 같소."

"모든 일의 장본인은 바로 그예요." 내게 하는 말이었지만 스스로에게 하는 말이기도 했다. "일요일에 그가 방문한 직후 돌리가 나를 떠났어요. 둘 사이에 어떤 일이 있었기에 돌리가 그렇게 행동했을까요?"

"나도 모릅니다, 앨릭스. 어쩌면 그가 자신에게 불리한 증언을 한 것에 대해 윽박질렀을 수도 있죠. 아무튼 그가 과거를 불러냈습니다. 그녀는 오래된 난장판과 새로운 결혼을 동시에 처리하지 못해서 당신을 떠난 겁니다."

"그래도 이해가 안 됩니다. 돌리에게 어떻게 그런 아버지가 있을 수 있죠?"

"나는 유전학자가 아닙니다. 내가 알기로 대부분의 비전문적 살인자는 범죄자 타입이 아니에요. 나는 베글리, 즉 맥기가 저지른 살인에 대해서 더 알아볼 작정입니다. 돌리가 당신에게 그에 관해서 말한 적이 있느냐고 물어봤자 아무 소용없겠지요?"

"부모에 대해서는 한마디도 안 했습니다. 둘 다 죽었다는 말뿐이었죠. 이제 이유를 알겠네요. 저는 돌리의 거짓말을……." 앨릭스는 중간에 문장을 끊고 고쳐 말했다. "그러니까 몇 가지 사실을 제게 말해주지 않은 것을 나무라지는 않겠습니다."

"그녀는 오늘밤에 그걸 벌충했소."

"네. 엄청난 밤이었습니다." 앨릭스는 여태 그 반향을 흡수하고 있는 것처럼 여러 차례 고개를 주억거렸다. "솔직하게 진심으로 대답해주십시오, 아처 씨. 선생님은 그 여자의 죽음이 자기 책임이라던 돌리의 말을 믿으십니까? 돌리의 어머니에 대한 말도?"

"그녀가 했던 말의 절반도 기억하지 못하겠소."

"그건 대답이 아닙니다."

"어쩌면 내일 더 나은 답을 얻을 수 있을지도 몰라요. 세상은 복잡한 겁니다. 사람의 마음은 그중에서도 제일 복잡하고."

"별로 위로가 되지 않는군요."

"위로하는 것은 내 일이 아닙니다."

이 말과 마지막 위스키 한 모금에 씁쓸한 표정을 지은 뒤 앨릭스는 천천히 일어났다. "자, 선생님은 주무셔야 할 테고, 저는 전화를 한 통 해야 합니다. 술 잘 마셨습니다." 그가 문손잡이를 쥔 채 몸을 돌렸다. "대화 고마웠습니다."

"언제든지. 아버지에게 전화할 겁니까?"

"아니요. 안 하기로 결정했습니다."

나는 어렴풋이 만족감을 느꼈다. 나는 충분히 앨릭스의 아버지뻘이었고 내게는 아들이 없으니, 그 사실이 이 감정과 관계있을지도 모른다.

"그럼 누구한테 거는 겁니까, 사적인 일인가요?"

"돌리가 저한테 앨리스 이모와 연락을 취해달라고 부탁했습니다. 저는 은근히 미루고 있었던 것 같아요. 돌리의 이모에게 뭐라고 말해야 할지 모르겠습니다. 오늘밤이 되기 전에는 돌리에게 앨리스라는 이모가 있다는 것조차 몰랐으니까요."

"이모 이야기를 했던 게 기억나는군요. 그녀가 언제 전화를 부탁했나요?"

"요양소에서요. 마지막으로 한 말이었습니다. 이모가 자기를 보러 오면 좋겠다고요. 좋은 생각인지 아닌지는 모르겠습니다."

"이모가 어떤 사람이냐에 달려 있겠지요. 그분은 이 동네에 삽니까?"

"계곡에, 인디언스프링스에 산답니다. 전화번호부에 이름이 나와 있다고 했어요. 앨리스 젱크스 양이라고."

"걸어봅시다."

나는 전화번호부에서 이름과 번호를 찾은 뒤, 교환원에게 시외전화를 신청하고 수화기를 앨릭스에게 넘겼다. 그는 수화기를 난생처음 보는 도구인 것처럼 쳐다보면서 침대에 앉았다.

"뭐라고 말하면 좋죠?"

"저절로 나올 겁니다. 당신이 이야기를 마치면 나도 통화하고 싶소."

수화기에서 거슬리는 목소리가 나왔다.

"여보세요? 누구세요?"

"앨릭스 킨케이드라고 합니다. 젱크스 양이시죠? ……저를 모르시는 게 맞습니다만, 젱크스 양, 저는 몇 주 전에 조카따님과 결혼했습니다. ……조카따님요, 돌리 맥기. 몇 주 전에 결혼했는데, 돌리가 좀 심각하게 아파서……. 아니요, 그보다는 정신적인 문제입니다. 정신적으로 혼란스러운 상태라, 이모님을 뵙고 싶어 합니다. 지금 퍼시픽포인트의 휘트모어 요양소에 있습니다. 고드윈 박사가 돌보고 있습니다."

앨릭스가 말을 멎었다. 이마에 땀이 맺혔다. 반대쪽에서 목소리가 뭐라고 한참 말을 늘어놓았다.

"내일은 못 오신답니다." 앨릭스가 내게 말한 뒤 수화기에 대고 말했다. "일요일은 가능하신가요? ……네, 좋습니다. 저는 매리너스레스트 모텔로 연락하시면 됩니다. 아니면…… 앨릭스 킨케이드입니다. 만나 뵙기를 기대하겠습니다."

"내가 통화하게 해주시오."

내가 말했다.

"잠깐만요, 젱크스 양. 저와 함께 있는 아처라는 분이 할말이 있으시답니다."

앨릭스가 내게 수화기를 넘겼다.

"안녕하십니까, 젱크스 양."

"안녕하세요, 아처 씨. 미안하지만 새벽 1시에 전화하다니 대체누구시죠?"

가벼운 질문이 아니었다. 여자는 불안하고 짜증스러운 목소리였지만 두 감정을 이성적으로 통제하고 있었다.

"저는 사설탐정입니다. 주무시는 걸 방해해서 죄송합니다만, 조카따님은 단순히 정신적으로 아픈 것 이상의 상황에 처해 있습니다. 여기에서 웬 여자가 살해당했습니다."

여자는 헉하고 숨을 마셨지만 다른 말은 없었다.

"조카따님이 살인의 중요 증인입니다. 어쩌면 그보다 더 깊게 연루되었을지도 모르는데, 그 경우 조카따님에게 지원이 필요합니다. 제가 알기로는 젱크스 양이 그녀의 유일한 친척인데요. 아버지를 제외하고는……."

"그 사람은 빼세요. 그 사람은 쓸모없습니다. 한 번도 쓸모 있었던 적 없어요. 안 좋은 방향이라면 모를까." 여자의 목소리는 덤덤하고 거칠었다. "누가 죽었죠?"

"조카따님의 친구이자 지도 교수인 헬렌 해거티 교수입니다."

"그런 여자는 못 들어봤는데."

조바심과 안도감이 섞인 목소리였다.

"조카따님에게 조금이라도 관심이 있다면 그 여자에 대해서 많이 듣게 되실 겁니다. 조카따님과 친하십니까?"

"그랬죠, 그 애가 커서 소원해지기 전에는. 그 애 엄마가 죽고 나서 내가 그 애를 키웠어요." 목소리가 다시 덤덤해졌다. "톰 맥기가 이 새로운 살인과 관계있나요?"

"그럴지도 모릅니다. 그는 이 도시에 있습니다. 지금은 모르겠지만 좌우간 있었습니다."

"그럴 줄 알았어요!" 여자가 으스스한 승리의 함성을 질렀다. "그 인간을 풀어주면 안 되는 거였어요. 그 인간이 내 동생에게 저지른 죄를 물어서 가스실에 처박아야 했어요."

여자는 갑작스러운 감정의 분출에 목이 메었다. 여자가 말을 잇기를 기다렸다. 그러나 잠잠했다. 내가 말했다.

"그 사건에 대해 자세하게 의논드리고 싶은 마음이 굴뚝같은데 전화로는 안 될 겁니다. 그러니 내일 이쪽으로 와주신다면 큰 도움이 되겠습니다."

"정말로 안 됩니다. 나를 졸라봐야 소용없어요. 내일 오후에 엄청나게 중요한 모임이 있습니다. 여러 주 공무원들이 새크라멘토에서 여기까지 오실 거고, 모임은 아마 저녁까지 이어질 겁니다."

"오전은 어떻습니까?"

"오전에는 그분들을 맞을 준비를 해야 합니다. 우리는 새로운 주―군 복지 프로그램으로 전환하려고 해요." 잠재된 히스테리가 울리는 목소리였다. 중년에 접어들어 무언가 변화가 필요한 미혼여성의 히스테리였다. "이 사업에서 발을 빼면 나는 자리를 잃을 겁니다."

"우리도 그걸 바라진 않습니다, 젱크스 양. 거기에서 여기 퍼시픽포인트까지는 얼마나 됩니까?"

"백십 킬로미터 정도예요. 하지만 못 간다고 말했는데요."

"제가 가겠습니다. 오전에 한 시간만 시간을 내주시겠습니까? 11시쯤?"

여자는 망설였다.

"좋아요. 그렇게 중요한 일이라면 어쩔 수 없죠. 한 시간 일찍일어나서 서류 작업을 하죠. 11시에 집에 있겠습니다. 주소는 아나요? 인디언스프링스 중심가에서 약간 떨어져 있어요."

나는 고맙다고 말하고 앨릭스를 물린 뒤, 마음속에서 6시 30분에 자명종을 맞추고 잠자리에 들었다.

아침에 내가 떠날 준비를 마쳤을 때 앨릭스는 아직 자고 있었다. 나는 그가 자게 내버려두었다. 한편으로는 이기적인 이유 때문이었고, 다른 한편으로는 깨어 있는 것보다 자는 것이 그에게 더 자비로울 것 같아서였다.

밖은 안개가 짙었다. 물기 어린 덩어리가 퍼시픽포인트를 뒤덮어 교외의 해안 도시처럼 바꿔놓았다. 나는 차를 몰고 모텔을 벗어나 시야가 확보되지 않는 회색 세상으로 나갔다. 고속도로 진입 지점에서 급정거한 뒤, 경사로를 내려가서 헤드라이트들이 심해의 물고기처럼 쌍쌍이 헤엄치는 길을 달렸다. 그러다 도시를 완전히 가로질렀다는 실감도 없이 어느덧 동쪽 끝에 도달하여 트럭 운전사

휴게소에 들렀다.

어제는 말하는 것이 일인 사람들과 말을 너무 많이 했다. 지금 여기, 사내들이 주문을 하거나 아니면 그저 여종업원을 골릴 때만 입을 여는 노동계급의 식당 카운터에 앉아 있자니 기분이 좋았다. 나도 종업원에게 농담을 좀 걸었다. 이름은 스텔라였다. 어찌나 효율적으로 일을 잘하는지 자동화 세태를 위협할 지경이었다. 그녀는 환한 미소를 지으며 그것이 자기 인생의 목표라고 대꾸했다.

내 목적지는 고속도로 근처였다. 주로 신축 아파트들이 늘어선, 교통량 많은 간선도로 변이었다. 유행을 따라 파스텔 색조로 칠해진 건물들과 듬성듬성 심어진 야자나무들이 안개 속에서 우중충하고 황량해 보였다.

요양소는 스투코를 바른 베이지색 단층 건물로, 폭이 좁고 뒤쪽으로 길쭉한 부지를 대부분 차지하고 있었다. 나는 정확히 8시 정각에 초인종을 울렸다. 고드윈 박사는 문 뒤에서 기다린 모양이었다. 그가 잠긴 문을 열고 나를 안으로 들였다.

"시간을 잘 지키는 분이군요, 아처 씨."

감정이 풍부한 고드윈의 눈은 아침에는 돌처럼 무표정한 빛이었다. 우리가 들어오고 나서 그가 문을 잠그기 위해 몸을 돌렸을 때 보니, 그는 영영 구부정하게 굳은 듯한 어깨 위에 산뜻한 흰 가운을 걸치고 있었다.

"앉으세요. 이 방도 여느 방 못지않게 이야기하기에 좋습니다."

우리가 있는 곳은 응접실이랄지 대기실이랄지 하는 작은 방이었다. 한쪽 구석에 소리를 죽인 텔레비전이 있었고 그것을 향해 낡은 안락의자 몇 개가 놓여 있었다. 나는 그중 하나에 앉았다. 안쪽으로 난 문을 통해서 접시가 달그락거리는 소리와 하루를 시작하는 간호사들의 밝은 목소리가 들렸다.

"박사님이 운영하는 곳입니까?"

"이곳과 이해관계가 좀 있습니다. 여기 환자들은 대부분 내 환자입니다. 방금 충격요법을 실시하고 온 참입니다." 그는 가운 앞자락을 매만져 폈다. "전기 충격이 우울증에 걸린 사람들의 기분을 낫게 하는 이유를 알 수 있다면 내가 주술사가 된 듯한 기분이 덜할 텐데요. 우리의 과학 혹은 기술은, 경험적 단계에 머무른 부분이 너무 많습니다. 하지만 실제로 환자들이 나아지니까요." 그가 느닷없이 활짝 웃었다. 워낙 갑작스러운 미소라 보초를 서는 듯한 그의 눈까지 번지지는 못했다.

"돌리도요?"

"네. 조금 나아진 것 같습니다. 물론 하룻밤 새 낫는 일은 없습니다. 적어도 일주일은 지켜보고 싶습니다. 여기에서."

"그녀에게 질문을 해도 될까요?"

"나는 당신이 돌리에게 질문하는 것을 찬성하지 않습니다. 아니, 그…… 범죄나 처벌의 세계와 조금이라도 관련이 있는 사람이라면 다 안 됩니다."

자신이 내뱉은 거절에서 저주를 털어내리는 듯, 고드윈이 내 옆의 안락의자에 털썩 몸을 떨구고 내게 담배를 빌렸다. 나는 불을 붙여주었다.

"왜 안 됩니까?"

"나는 법을 좋아하지 않습니다. 현재의 원시적인 상태로는 말입니다. 법은 아픈 사람들을 함정에 빠뜨려서 속을 드러내게 만들고, 나중에 법정에서는 그들을 멀쩡한 사람 취급하지요. 나는 그런 상황과 오래 싸워왔습니다."

고드윈은 묵직한 대머리를 의자 등받이에 기대고 천장으로 연기를 불어냈다.

"법이 돌리를 해칠 위험이 있다는 말로 들립니다."

"일반적인 발언입니다."

"그 일반적인 발언은 돌리에게 구체적으로 적용되지요. 박사님, 우리는 게임을 할 필요가 없습니다. 우리는 같은 편입니다. 나는 그 아가씨가 아무 죄도 짓지 않았다고 봅니다. 다만 그녀가 가진 정보가 살인 사건을 해결하는 데 도움이 될 거라고 생각합니다."

"그 애에게 죄가 있다면 어쩌겠소?"

고드윈은 내 반응을 관찰하면서 물었다.

"그렇다면 박사님과 협력해서 그녀의 죄목을 축소시키고, 정상참작 사유를 찾고, 법정에서 관대한 처분이 내려지도록 옹호하겠습니다. 나는 그녀의 남편을 위해서 일한다는 걸 기억해주십시오. 그래서 그녀에게 죄가 있나요?"

"모릅니다."

"오늘 아침에 이야기를 나눠봤습니까?"

"말은 돌리가 거의 다 했습니다. 질문은 많이 하지 않습니다. 기다리고 들어주지요. 그러면 결국에는 더 많이 알게 됩니다."

고드윈은 나도 앞으로 그 원칙을 따르라는 듯한 의미심장한 표정으로 나를 보았다.

나는 기다리고 들었다. 아무 일도 일어나지 않았다. 안쪽 문에서 검고 긴 머리카락을 면 가운 등판에 늘어뜨린 포동포동한 여성이 나타났다. 여자가 의사를 향해 두 팔을 뻗었다.

고드윈은 지친 왕처럼 손을 들었다.

"안녕, 넬."

여자는 환하고 고통스러운 미소를 의사에게 지어주고 부드럽게 물러났다. 잠자면서 뒤로 걷는 것 같았다. 내가 마지막으로 본 것은 여자의 쭉 뻗은 두 팔이었다.

"돌리가 오늘 아침에 뭐라고 말했는지 알려주신다면 도움이 되겠습니다."

"또한 위험이 되겠지요." 고드윈은 손으로 만든 것 같은 푸른 도자기 재떨이에 담배를 눌러 껐다. "당신과 나는 본질적으로 입장이 다릅니다. 환자가 내게 한 말은 직업 비밀입니다. 당신은 그런 입장이 아니지요. 당신이 법정에서 정보를 진술하기를 거부하면 모독죄로 감방에 갈지도 모릅니다. 법에 따르면 나도 그럴 수 있다고는 하지만 실제로 그럴 일은 거의 없죠."

"나는 예전에도 모독죄를 감수한 적 있습니다. 내가 말하기로 결정하기 전까지 경찰 또한 내게서 아무것도 알아내지 못할 겁니다. 장담합니다."

"좋습니다." 고드윈은 단호하게 딱 한 번 고개를 끄덕였다. "나는 돌리가 퍽 걱정됩니다. 그 이유를 전문용어를 쓰지 않고 말해보 겠습니다. 내가 주관적인 퍼즐을 재구성하는 동안 당신은 객관적인 퍼즐을 맞출 수 있겠지요."

"전문용어는 안 쓰겠다고 했습니다, 박사님."

"미안합니다. 돌리의 과거부터 시작하죠. 돌리의 어머니 콘스턴 스 맥기는 언니 앨리스의 권유로, 내가 앨리스를 약간 압니다. 딸을 내게 데려왔습니다. 돌리가 열 살 때였죠. 돌리는 행복하지 못했습니다. 지나치게 내성적인 아이가 될 위험이 있었는데 그럴 만한 이유가 있었습니다. 늘 이유가 있죠. 돌리의 아버지 맥기는 무책임하고 폭력적인 남자로 가장의 의무를 이행하지 못했습니다. 그는 아이에게 변덕스럽게 굴고, 응석을 들어줬다가 혼을 냈다가 하고, 아내와 쉴 새 없이 싸우고, 결국 아내를 버렸습니다. 아니면 버림받았거나. 어느 쪽이든 상관없겠죠. 만일 돌리가 아니라 그를 치료할 수 있었다면 나는 그랬을 겁니다. 가족의 주된 골칫거리는 그였으니까요. 하지만 그와는 접촉할 수 없었죠."

"그를 본 적이 있습니까?"

"그는 면담에도 오지 않았습니다." 고드윈은 아쉬운 듯 말했다. "그와 접촉할 수 있었다면 살인을 막을 수 있었을지도 모릅니다. 어려웠을 수도 있지만요. 듣기로 그는 심각한 부적응자라서 도움이 필요했지만, 한 번도 도움을 얻지 못했답니다. 그러니 내가 정신의학과 법률의 간극을 씁쓸하게 여길 수밖에 없다는 걸 당신도 이해하겠지요. 법은 맥기 같은 사람들이 아무런 예방 조치 없이 멋대로 돌아다니는 걸 허락합니다. 그러다가 결국 그들이 범죄를 저지르면 냉큼 그들을 법정으로 잡아들여서 십 년, 십이 년 보내버리는 겁니다. 병원이 아니라 감옥으로."

"맥기는 출소해서 이 도시에 있었습니다. 알고 있었습니까?"

"돌리가 오늘 아침에 말해줬습니다. 그게 돌리에게 가해진 여러 심각한 압박들 중 하나입니다. 폭력적이고 불안정한 환경에서 자란 민감한 아이가 불안과 죄책감에 시달리기 쉽다는 건 이해하시겠지요. 특히 아이가 순전히 본능적인 자기 보존 욕구에 따라 부모에게 등을 돌리면 최악의 죄의식이 생겨납니다. 나랑 함께 일하는 임상심리학자가 돌리를 맡아서 점토 놀이며 인형 놀이 따위로 감정을 표현하도록 도왔었지요. 내가 돌리를 위해서 직접 할 수 있는 일은 많지 않았습니다. 아이들은 분석하고 자시고 할 정신 기제가 갖춰지지 않았으니까요. 하지만 나는 차분하고 인내심 많은 아버지 역할을 맡아서 돌리의 어린 시절에 부족했던 안정감을 조금이나마 제공하려고 노력했습니다. 그리고 그 애는 꽤 나아지고 있었습니다. 그 재앙이 벌어지기 전까지는."

"살인 말입니까?"

고드윈의 슬픈 얼굴이 옆으로 기울어졌다.

"어느 날 밤, 자기 연민과 격분에 빠진 맥기는 모녀가 지내고 있던 인디언스프링스의 이모 집으로 찾아와서 콘스턴스의 머리를 쐈습니다. 집에는 돌리와 콘스턴스뿐이었지요. 돌리는 총소리를 들었고 맥기가 도망치는 걸 목격했습니다. 그리고 시체를 발견했습니다."

고드윈의 머리는 무겁고 조용한 종처럼 계속 양옆으로 천천히 흔들렸다. 내가 물었다.

"당시 돌리의 반응은 어땠습니까?"

"모릅니다. 내 일의 특별한 어려움 중 하나는 종종 사적인 수단으로 공적인 기능을 수행해야 한다는 겁니다. 나는 밖으로 나가서 환자들을 잡아들일 수 없습니다. 돌리는 두 번 다시 내게 오지 않았습니다. 계곡에서 여기까지 데려다줄 엄마가 더이상 없었고 이모인 젱크스 양은 바쁜 여자이니까요."

"앨리스 젱크스가 처음에 돌리의 치료를 제안했다고 하지 않았습니까?"

"그랬죠. 그녀가 돈도 냈습니다. 그러나 가족에게 그런 문제가 생겼으니 더는 감당할 수 없다고 생각했을지도 모르지요. 어쨌든 나는 그 후로 어젯밤까지 돌리를 보지 못했습니다. 예외가 한 번 있기는 했죠. 돌리가 맥기에 대해 증언하는 날 내가 법정에 갔었습니다. 사실은 내가 판사의 집무실에서 증언을 허락해선 안 된다고 막 대들었죠. 하지만 돌리는 중요 증인이었고 이모도 허락했기 때문에, 그들은 그 작고 불쌍한 것에게 시련을 안겼습니다. 돌리는 적대적인 어른들의 세상에 버려진 작고 창백한 자동인형 같았습니다."

고드윈은 감정이 솟구쳤는지 커다란 몸을 떨었다. 손이 담배를 찾아 가운을 파고들었다. 나는 그에게 담배를 주고 불을 붙여준 뒤, 나도 한 대 물었다.

"법정에서 돌리가 뭐라고 진술했습니까?"

"짧고 간단했습니다. 사전에 철저하게 연습했던 게 아닐까 의심스러웠죠. 돌리는 총소리를 들었고, 침실 창문을 내다보았고, 아빠가 손에 총을 들고 달려가는 것을 보았다고 말했습니다. 질문은 딱 하나 더 있었는데 맥기가 콘스턴스에게 신체적 위해를 가한 적이 있느냐는 것이었습니다. 있었죠. 그게 다였습니다."

"확실합니까?"

"네. 이건 이른바 비보조 기억이라는 게 아닙니다. 내가 당시에 적어두었던 메모를 오늘 아침에 다시 훑어봤으니까요."

"왜요?"

"돌리의 과거의 일부이니까요. 명백히 결정적인 부분이죠."

고드윈은 연기를 내뿜으며 그 사이로 조심스럽고도 길게 나를 응시했다.

내가 물었다.

"지금은 돌리가 다르게 이야기합니까?"

고드윈의 얼굴이 복잡한 감정들로 울렁거렸다. 그는 감정적인 사람이었고 돌리는 그가 오랫동안 잃어버렸던 직업상의 딸이었다.

"한심한 소리를 해댑니다." 그가 불쑥 내뱉었다. "나는 그 말을 믿지 않을뿐더러, 그 애 스스로가 그 말을 믿는다는 것도 믿지 않습니다. 그 애는 그 정도로 아프진 않습니다."

그는 말을 멎고 담배를 깊이 빨아들이며 자신을 온전히 통제하려고 애썼다. 나는 기다리고 들었다. 그가 말을 이었다.

"이제 그 애는 그날 밤에 맥기를 보지 못했다고 주장합니다. 사실 맥기는 살인과 관계가 없다고요. 증인석에서 거짓말했던 것은 여러 어른들이 그러길 바랐기 때문이었다는 겁니다."

"이제 와서 왜 그렇게 말할까요?"

"돌리를 이해하는 시늉은 내지 않겠습니다. 십 년이나 흘렀으니 우리 사이에 있었던 친밀함은 당연히 사라졌습니다. 그리고 돌리는 자기 입장에서 배신이라고 생각하는 내 행동을…… 내가 사건 이후에 자기를 찾아보지 않았던 것을 여태 용서하지 않았습니다. 하지만 내가 뭘 할 수 있었겠습니까? 인디언스프링스의 이모 집에서 그 애를 납치해올 수도 없었고요."

"박사님은 환자들을 염려하시는군요."

"네. 염려합니다. 그래서 늘 지칩니다." 그는 담배를 도자기 재떨이에 비벼 껐다. "딴소리이지만, 이 재떨이는 넬이 만든 겁니다. 처음치고는 제법 잘 만들었죠."

나는 동의하는 뜻으로 뭐라 뭐라 중얼거렸다. 접시 달그락거리는 소리가 잦아든 한편, 건물 깊숙한 곳 어딘가에서 웬 사납고 늙은 목소리가 불평하는 것이 들렸다.

"돌리의 말은……." 내가 말했다. "그렇게까지 한심한 소리는 아닐지도 모릅니다. 신혼여행 둘째 날 맥기가 그녀를 찾아가서 뭔가 거세게 추궁하는 바람에 결국 그녀가 일상에서 이탈했다는 사실과 잘 들어맞습니다."

"예리하시군요, 아처 씨. 정확히 그랬답니다. 맥기가 돌리에게 자신은 결백하다면서 장광설을 늘어놓았답니다. 돌리가 아빠를 사랑한다는 점도 잊으면 안 됩니다. 아무리 양가적인 감정이라도 말입니다. 맥기의 설득 때문에 돌리는 자기 기억이 잘못되었고 맥기는 결백하며 오히려 자신에게 죄가 있다고 믿게 되었습니다. 감정은 어린 시절의 기억에 강한 영향을 미칩니다."

"죄라는 건 위증죄를 말합니까?"

"살인죄입니다." 고드윈이 내게로 몸을 기울였다. "오늘 아침에 돌리는 자기가 엄마를 죽였다고 말했습니다."

"총으로?"

"혀로. 말이 안 되는 부분이란 게 바로 그겁니다. 자기가 독을 품은 혀를 놀려서 엄마와 친구 헬렌을 죽였고 덤으로 아빠를 감옥에 보냈다고 주장합니다."

"그게 무슨 뜻인지 돌리가 설명해주었나요?"

"아직은 안 했습니다. 어쩌면 살인 사건들과는 피상적으로만 연결된 다른 죄책감의 발현일지도 모릅니다."

"박사님 말은, 돌리가 살인 사건들을 이용해서 뭔가 다른 것에 대한 죄책감을 내려놓으려고 한다는 겁니까?"

"대강 그런 뜻입니다. 대단히 흔한 메커니즘이죠. 나는 돌리가 자기 엄마를 죽이지 않았다는 것, 그리고 아빠에 대해 거짓말을 하진 않았다는 걸 확실히 압니다. 나는 맥기가 유죄라고 확신합니다."

"법정도 실수할 수 있습니다. 중대한 사건에서도."

"나는 그 사건에 관해 법정에서 공개된 사실들보다 더 많이 압니다."

고드윈은 억제된 오만함이 깔린 어조로 말했다.

"돌리에게 들었습니까?"

"여러 정보원들에게서."

"내게도 슬쩍 알려주시면 고맙겠는데요."

그의 눈에 장막이 드리웠다.

"그럴 순 없습니다. 나는 환자들의 신뢰를 배신할 수 없습니다. 하지만 맥기가 자기 아내를 죽였다는 말은 믿어도 좋습니다."

"그러면 왜 돌리가 저토록 죄책감을 느끼는 겁니까?"

"시간이 지나면 이유를 알게 되겠죠. 아마도 부모에 대한 적개심과 관계있을 겁니다. 추하게 실패한 그들의 결혼 생활로 상처입은 돌리가 부모를 벌하고 싶어 하는 것은 자연스러운 일입니다. 그일이 벌어지기 전에, 어쩌면 돌리는 엄마의 죽음과 아빠의 투옥을 꿈꿨을지도 모릅니다. 불쌍한 어린애의 복수심 어린 꿈이 현실로 나타났을 때, 아이가 어찌 죄책감을 느끼지 않겠습니까? 요전 주말에 맥기가 늘어놓은 허튼소리 때문에 묵은 감정이 새삼 솟구친데다 간밤에 끔찍한 사고까지 있었으니……."

고드윈은 할말이 떨어졌는지 바닥을 내보인 무력한 손을 두툼한 허벅지에 떨궜다.

"해거티 총격 사건은 사고가 아닙니다, 박사님. 한 증거로, 총이 사라졌습니다."

"압니다. 나는 돌리가 시체를 발견한 사실을 말한 겁니다. 그건 분명히 우연이었지요."

"그럴까요. 돌리는 그 살인에 대해서도 자기를 탓하고 있습니다. 그것까지 아동기의 증오 탓으로 설명할 수는 없을 텐데요."

"나도 그럴 맘은 없습니다." 고드윈의 목소리에 짜증스러운 기색이 어렸다. 그는 전문가의 지위로 나를 누르려고 했다. "당신이 심리적 상황까지 이해할 필요는 없습니다. 당신은 객관적인 사실에 집중하고, 주관적인 사실은 내가 처리하겠습니다." 그러고는 약간의 철학으로 앞말을 누그러뜨렸다. "객관과 주관, 바깥세상과 내면 세계는 물론 상응하지요. 하지만 가끔은 거의 무한에 가깝게 평행선을 따라가야만 비로소 둘이 만나는 법입니다."

"그러면 객관적인 사실에만 집중하겠습니다. 돌리는 자신이 독기 어린 혀로 헬렌 해거티를 죽였다고 말했습니다. 그 문제에 대한 이야기는 그게 전부였습니까?"

"더 있었습니다. 꽤 많이 말했습니다. 조금 혼란스러운 내용이었지만요. 돌리는 해거티 양이 죽은 것은 자신과 가까이 지냈기 때문이라고 믿는 것 같습니다."

"두 사람이 친구였다고요?"

"그런 셈이지요. 네, 나이 차이가 스무 살이나 나지만 말입니다. 돌리는 해거티 양을 의지해서 모든 이야기를 쏟아냈고, 해거티 양도 마찬가지였습니다. 그 여자도 자기 아버지와 심각한 감정적 문제가 있었던 모양인데, 그래서인지 돌리와 자신의 유사성을 모른 척하지 못했습니다. 둘은 속을 터놓았습니다. 건강한 관계는 아니었지요."

무덤덤한 말투였다.

"돌리가 헬렌의 아버지에 대해서도 뭐라고 말하던가요?"

"돌리는 살인에 연루된 부정한 경찰관이라고 생각하는 모양인데 그저 상상일지도 모릅니다. 자기 아버지에 대한 이차적인 이미지 같은 거요."

"아닙니다. 헬렌의 아버지는 진짜 경찰이었습니다. 그리고 적어도 헬렌은 그가 부정하다고 여겼습니다."

"당신은 그걸 어떻게 아시오?"

"헬렌의 어머니가 그 문제에 관해 쓴 편지를 읽었습니다. 헬렌의 부모와도 이야기할 기회가 있으면 좋겠군요."

"해보지 그럽니까?"

"그 사람들은 일리노이 주 브리지턴에 삽니다."

그것은 먼 비약이었지만, 내가 그저 망상으로 빠져들었다고 할 만큼 먼 거리는 아니었다. 나는 현재의 단단한 지표면에 균열을 일으키며 퍼지다가 과거의 지층 깊숙한 곳까지 쪼개며 내려가는 사건들을 많이 다뤄보았다. 어쩌면 헬렌의 죽음은 돌리가 태어나지도 않았던 이십여 년 전에 일리노이에서 벌어졌던 정체 모를 살인과 관계있을지도 모른다. 물론 이것은 희망적인 추측이었으므로 고드윈에게는 굳이 털어놓지 않았다.

"미안하지만 더는 도와드릴 수 없겠군요." 고드윈이 말했다. "가봐야 합니다. 회진에 늦었습니다."

그때 도로를 지나는 자동차 중에서 한 대가 떨어져 나와 속도를 줄이는 소리가 들렸다. 차문이 열렸다가 닫혔다. 사람들이 보도를 걸어오는 소리가 들렸다. 고드윈은 몸집 큰 사람치고는 잽싸게 움직여 초인종이 울리기도 전에 문을 열었다.

내 자리에서는 손님이 누구인지 보이지 않았지만 환영받지 못

하는 손님이라는 것만은 분명했다. 고드윈은 적대감으로 몸이 굳어 있었다.

"좋은 아침입니다, 보안관."

고드윈이 말했다.

크레인은 소탈하게 반응했다.

"지랄 맞은 아침이죠. 당신도 알다시피. 구월은 원래 제일 좋은 계절이어야 하는데 망할 놈의 안개가 하도 짙어서 공항이 다 잠겼답니다."

"날씨 이야기를 하려고 오신 건 아닐 테고."

"맞습니다. 아니죠. 당신이 법망을 피한 도망자를 여기 숨겨두었다고 들었습니다."

"누가 그럽디까?"

"나도 정보통이 있지요."

"그 정보통을 자르는 게 좋겠습니다, 보안관. 잘못된 정보를 주고 있으니."

"지금 누가 잘못된 정보를 주기는 하는군요, 박사. 돌리 킨케이드, 결혼 전 성으로 돌리 맥기가 이 건물에 있다는 사실을 부인하는 겁니까?"

고드윈은 머뭇거렸다. 그의 각진 턱이 더 각이 졌다.

"여기 있습니다."

"좀 전에는 없다고 했지요. 무슨 수작을 부리려는 겁니까?"

"당신이야말로 무슨 수작입니까? 킨케이드 부인은 도망자가 아닙니다. 아프기 때문에 여기 있는 겁니다."

"왜 아파졌는지 궁금하군요. 피를 보고 견디지를 못했나?"

고드윈의 입술이 옆으로 이죽거렸다. 당장이라도 상대의 얼굴에 침을 뱉을 기세였다. 내가 앉은 자리에서는 보안관이 보이지 않았고, 볼 마음도 없었다. 나는 시야에서 벗어나 있는 것이 최선이라고 생각했다.

"단순히 날씨 때문에 더러운 날이라는 게 아닙니다, 박사. 간밤에 우리 동네에서 더러운 살인이 있었습니다. 당신도 알 텐데요. 킨케이드 부인이 말해줬을 테니까."

"그녀를 고발할 겁니까?"

고드윈이 물었다.

"아닙니다. 아직은 아닙니다."

"그렇담 꺼져요."

"나한테 그딴 식으로 말하지 마쇼."

고드윈은 못 박힌 듯 서 있었지만, 몸속에서 경주용 자동차의 엔진이라도 돌리는 듯 거칠게 숨쉬며 부들부들 떨었다.

"당신은 지금 증인들 앞에서 내가 도망자를 은닉하고 있다고 고발한 겁니다. 나는 당신을 중상모략으로 고소할 수 있소. 당신이 나와 환자들을 이 이상 괴롭힌다면 맹세코 정말로 고소하겠소."

"그런 뜻으로 한 말은 아니오." 크레인의 목소리에서 자신감이 부쩍 줄었다. "어쨌든 나는 증인을 신문할 권리가 있습니다."

"시간이 좀더 지나면 그럴지도 모르죠. 지금 킨케이드 부인은 강력한 진정제를 맞은 상태입니다. 적어도 일주일은 신문을 허락할 수 없습니다."

"일주일?"

"더 길어질지도 모릅니다. 진지하게 조언하는데, 문제를 들쑤셔봐야 좋을 것 없어요. 필요하다면 판사에게 가서 현 시점에서의 신문이 그녀의 건강은 물론 목숨까지 위협할지 모르는 일이라고 말할 생각이니까."

"그런 말은 안 믿소."

"당신이 믿든 말든 상관없습니다."

고드윈은 문을 쾅 닫고는 거기에 기대어 달리기 주자처럼 숨을 몰아쉬었다. 안쪽 문간에서 훔쳐보던 흰 제복의 두 간호사가 방에 볼일이 있다는 듯한 시늉을 했다. 고드윈이 손을 저어 그들을 물리쳤다.

나는 진심으로 감탄했다.

"정말 적극적으로 그녀를 도우려는군요."

"저자들은 돌리가 어릴 때 이미 충분히 해를 끼쳤습니다. 내가 막을 수 있는 한 저자들이 피해를 가중하는 꼴은 두고 보지 않을 겁니다."

"그녀가 여기에 있다는 걸 저 사람들이 어떻게 알았을까요?"

"모르겠소. 우리 직원들은 보통 입을 닫고 있다고 믿어도 좋은데." 고드윈이 탐색하듯 나를 보았다. "당신이 누구한테 말했습니까?"

"법에 관련된 사람에게는 안 했습니다. 앨릭스가 앨리스 젱크스에게 돌리가 여기 있다고 말하기는 했습니다."

"말하지 말았어야 했을지도 모르겠군요. 젱크스 양은 오랫동안 지역 일을 해왔고 크레인과는 막역한 사이요."

"자기 조카딸을 고자질하지는 않겠죠. 설마 그럴까요?"

"그 여자가 어떻게 할지는 나도 모르죠." 고드윈은 가운을 벗어서 내가 앉아 있던 의자에 던졌다. "자, 가보셔야지요?"

그가 간수처럼 열쇠 뭉치를 흔들었다.

고갯길을 반쯤 올라서야 햇빛 속으로 나올 수 있었다. 밑에 깔린 안개는 산맥의 만으로 밀려드는 흰 바닷물 같았다. 고갯길 정상에서 잠시 쉬려고 차를 세웠다. 멀리 내륙 지평선에 있는 산들이 보였다.

산맥 사이의 드넓은 계곡은 햇살로 가득했다. 소들이 비탈에 자란 참나무 사이를 누비며 풀을 뜯고 있었다. 메추라기 떼가 작고 깃털 달린 만취한 병사들처럼 뒤뚱거리며 내 차 앞을 지나 도로를 건넜다. 갓 벤 건초 냄새가 풍겼다. 백 년 동안 변한 데가 없는 목가적인 풍경으로 뚝 떨어진 기분이었다.

인디언스프링스 읍내는 그 기분을 완전히 몰아내지 않았다. 주유소들도 있고 햄버거와 타코를 파는 드라이브인 식당들도 있었지만 말이다. 동네는 옛 서부의 분위기를 조금 간직하고 있었고, 햇볕에 익은 옛 서부의 가난은 그보다 더 많이 간직하고 있었다. 부스러져가는 흙벽돌집 앞마당에서 조로한 여인들이 갈색 피부의 아이들을 지켜보고 있었다. 중심가를 다니는 사람들은 대부분 챙 넓은 모자 밑에 인디언의 얼굴을 하고 있었다. '전통 로데오 축제'를 광고하는 현수막들이 사람들 머리 위에 축 늘어져 있었다.

앨리스 젱크스는 가장 좋은 거리로 보이는 곳의 가장 좋은 집에서 살고 있었다. 흰 뼈대로 된 이층집인데 위층과 아래층에 모두 널찍한 베란다가 붙어 있었다. 집은 길에서 뚝 떨어져 매끄럽고 푸른 잔디밭 너머에 있었다. 나는 잔디밭을 밟고 들어가 후추나무에 기대어 모자로 부채질을 했다. 오 분 일찍 도착했다.

푸른 원피스를 입고 풍채가 썩 좋은 여자가 베란다로 나왔다. 여자가 나를 굽어보았다. 내가 꾀바르게도 오전 11시에 그녀의 집에 숨어들려는 도둑인 것처럼. 계단을 내려온 여자는 복도를 따라 내게로 왔다. 햇살이 여자의 안경을 비추어 두 눈이 탐조등처럼 번쩍였다.

가까이서 보니 그렇게까지 경계할 인물은 아니었다. 안경 뒤의 갈색 눈동자는 긴장과 초조를 담고 있었다. 머리카락은 군데군데 희게 세었다. 입가는 뜻밖에 넉넉하고 부드럽기까지 했지만, 입술은 콧방울 옆에서 아래로 죽 그어내린 깊은 주름살 사이에서 마치 살아 있는 물체처럼 야무지게 다물려 있었다. 밋밋한 가슴을 갑옷처럼 둥그렇게 덮은 뻣뻣한 푸른 원피스는 디자인이 구식이라 촌스러운 인상에 일조했다. 여자의 살갗은 계곡의 태양에 그을고 거칠었다.

"아처 씨?"

"네. 어떻게 지내십니까, 젱크스 양?"

"그럭저럭 사는 거죠." 남자와 악수하는 것 같았다. "현관으로 올라오시죠. 저기에서 이야기합시다."

여자의 동작은 말만큼 갑작스러워서 심중의 조바심을 드러내는 듯했다. 아마도 평생 지켜왔을 단단한 통제력 이면에 깔린 조바심이리라. 그녀는 내게 캔버스 천으로 된 그네 의자를 가리켰고 자신은 길을 등진 채 나를 바라보며 갈대 의자에 앉았다. 길에서는 멕시코 소년 세 명이 흡사 줄타기 예술가처럼 고물 자전거 한 대에 모두 올라탄 채 위험천만하게 지나가고 있었다.

"내게 뭘 원하는지 모르겠군요, 아처 씨. 조카에게 심각한 문제가 생긴 것 같고요. 오늘 아침에 법원 쪽 친구와 이야기했는데……."

"보안관 말입니까?"

"네. 보안관은 돌리가 자기를 피해 숨었다고 생각하는 것 같더군요."

"크레인 보안관에게 돌리가 어디 있는지 알려주었습니까?"

"네. 그러면 안 되나요?"

"그가 곧장 요양소로 쳐들어와서 그녀를 신문하려고 했습니다. 고드윈 박사가 허락하지 않았습니다만."

"고드윈 박사는 매사를 독단적으로 처리하는 데 뛰어난 사람이죠. 나는 문제가 있는 사람을 강보에 감싸 애지중지해서는 안 된다고 생각합니다. 그리고 남들에게 적용하는 신념은 내 가족에게도 적용해야죠. 우리 가족은 언제나 준법 시민이었습니다. 돌리가 뭔가 숨기고 있다면, 그걸 밝혀야만 합니다. 진실이 말하게 하라. 결과야 어찌되건 소신대로 행하라. 그런 겁니다."

대단한 연설이었다. 그녀는 재판에서 돌리에게 증언시키는 일을 두고 고드윈과 겪었던 불화를 되새기는 듯했다.

"때로는 소신대로 하다가 크게 다치는 수도 있습니다. 특히 당신이 사랑하는 사람들이 그 결과를 겪을 수도 있죠."

여자는 민감한 입매를 단단히 다문 채, 약점을 비난받기라도 한양 나를 보았다.

"내가 사랑하는 사람들?"

내게 주어진 시간은 고작 한 시간이었다. 어떻게 해야 그녀의 마음에 닿을 수 있는지 감이 잡히지 않았다.

"돌리를 사랑하시는 것 아닙니까."

"최근에는 그 애를 보지 못했어요. 그 애가 내게 등을 돌린 것 같아요. 하지만 나는 언제까지나 그 애를 아낄 겁니다. 그렇다고 해서……." 입가의 깊은 주름이 다시 모습을 드러냈다. "내가 그 애의 비행을 묵과할 거라는 뜻은 아닙니다. 나는 공적인 위치에 있고……."

"정확히 어떤 위치입니까?"

"나는 이 군의 수석 사회복지사입니다."

그녀가 선언했다. 그러고는 불안한 기색으로 텅 빈 거리를 돌아보았다. 웬 패거리가 자기 지위를 빼앗으러 올지도 모른다는 듯이.

"복지는 가정에서 시작되지요."

"내 사생활에 대해서 나를 가르치려는 건가요?" 그녀는 내 대답을 기다리지 않았다. "이보세요, 나는 그런 말을 들을 이유가 없습니다. 내 동생의 결혼이 깨졌을 때 그 애를 받아들인 게 누구였을 것 같아요? 나였죠, 당연히. 내가 두 사람에게 집을 제공했고, 동생이 죽은 뒤에는 조카를 친딸처럼 키웠습니다. 제일 좋은 음식과 옷을 주고, 제일 좋은 교육을 받게 했어요. 그 애가 독립하고 싶다고 했을 때는 그렇게 하게 해주었습니다. 로스앤젤레스에서 공부할 수 있도록 돈도 보내줬어요. 내가 그 애에게 대체 뭘 더 해주겠습니까?"

"지금 돌리의 말을 믿어주시면 됩니다. 보안관이 당신에게 뭐라고 했는지는 모르지만 보나마나 엉터리 같은 소리를 늘어놓았을 겁니다."

그녀의 얼굴이 굳어졌다.

"크레인 보안관은 실수하지 않습니다."

또 다시 이중적인 감각이 느껴졌다. 두 차원에서 이야기하는 기분이었다. 표면상으로 우리는 돌리가 해거티의 죽음에 연루된 문제를 논하고 있었지만, 그 밑에서 설령 맥기의 이름은 언급하지 않을지언정 맥기의 죄를 둘러싼 의문을 논하고 있었다.

내가 말했다.

"경찰은 누구나 실수합니다. 인간은 누구나 실수하죠. 심지어 당신과 크레인 보안관과 판사와 배심원 열두 명과 다른 모든 사람들이 토머스 맥기에 대해 착각해서 무고한 사람에게 유죄를 내리는 일도 얼마든지 일어날 수 있습니다."

그녀는 내 얼굴에 대고 요란하지 않게 비웃었다. "웃기지 마세요. 당신은 톰 맥기를 모릅니다. 그는 천하의 무법자예요. 이 동네에서 아무나 잡고 물어보세요. 툭하면 술 취해 귀가해서 동생을 때렸어요. 내가 총을 들고 그를 물리쳐야 했던 적이 어디 한두 번인줄 아나요. 돌리는 내 바짓가랑이를 잡고 늘어지고 말이죠. 콘스턴스가 떠난 뒤에 그가 이 집에 찾아와서 문을 박살낼 듯 두드리고, 동생의 머리끄덩이를 잡아 끌고 가겠다고 말한 게 한두 번인 줄 아나요. 하지만 내가 허락하지 않았죠." 여자는 격렬하게 고개를 저었다. 꼬인 전선 같은 철회색 머리카락 한 가닥이 뺨에 붙었다.

"맥기는 동생분에게 뭘 원했습니까?"

"지배하고 싶어 했어요. 동생을 자기 손아귀에 쥐려고 했죠. 하지만 그에게는 그럴 권리가 없어요. 우리 젱크스 집안은 이 동네에서 가장 유서 깊은 집안입니다. 강 건너 맥기네는 쓰레기 같은 족속이에요. 지금까지도 다들 정부 수당에 의존해서 살지요. 맥기는 그 사람들 중에서도 최악이었지만, 그가 흰 세일러복을 입고 동생에게 구애했을 때 동생은 그 사실을 꿰뚫어 보지 못했어요. 아버지가 완강히 반대했는데도 맥기는 동생과 결혼했지요. 그러고는 함께 살면서 십이 년이나 지옥을 맛보게 하더니 결국에는 죽였습니다. 그가 무고하다고 말하지 마세요. 당신은 그를 모릅니다."

후추나무에서 덤불어치가 여자의 거칠고 강박적인 목소리를 듣고는 불평하듯 목소리를 높였다. 나는 새소리를 들으며 물었다.

"맥기가 왜 동생분을 죽였을까요?"

"순전히 악마적인 악의에서였지요. 자기가 가질 수 없다면 망가뜨리겠다는 것. 그렇게 단순한 일이었습니다. 다른 남자가 있었다는 얘기는 사실이 아니에요. 동생은 죽는 날까지 남편에게 충실했어요. 별거중에도 순결을 지켰습니다."

"다른 남자가 있었다고 누가 그랬습니까?"

여자가 나를 보았다. 뜨거운 피가 그 얼굴에서 빠져나갔다. 정당한 분노가 부여했던 자신감을 잃은 듯했다.

여자가 힘없이 말했다.

"소문이 돌았습니다. 야비하고 더러운 소문이. 부부간에 불화가 있으면 소문이 돌기 마련이지요. 맥기가 스스로 퍼뜨렸을지도 몰라요. 맥기의 변호사는 딴 남자가 있었다는 가설을 계속 강조했습니다. 나는 가만히 그 자리에 앉아서 변호사의 말을 듣고 있을 수밖에 없었어요. 내 동생의 삶을 짓밟고 목숨까지 앗아간 작자의 변호사가 내 동생의 명예까지 더럽히려고 하는데도요. 하지만 거헤이건 판사는 배심원들에게 지침을 내릴 때 그건 변호사가 생각해낸 가설일 뿐, 사실근거가 없다고 똑똑히 말했습니다."

"맥기의 변호사는 누구였습니까?"

"길 스티븐스라는 교활한 작자예요. 죄지은 사람들이나 찾아가는 변호사죠. 그는 그자들을 꺼내주기 위해서 별짓을 다 하고요."

"맥기는 꺼내주지 못했잖습니까."

"그런 거나 마찬가지예요. 일급 살인의 대가로 십 년은 아무것도 아니죠. 맥기는 일급 살인죄로 처벌받아야 했어요. 사형을 당해야 했다고요."

완강한 여자였다. 여자는 단호한 손으로 흩어진 머리카락을 제자리에 쓸어 붙였다. 세어가는 머리카락은 작고 단정한 파도처럼 물결 져 있었는데, 모두 한 덩어리라서 마치 강판 인쇄로 표현된 바다를 보는 듯했다. 이토록 완강한 태도는 두 가지 이유 중 하나에서 비롯할 것이라고 나는 생각했다. 정당한 확신에서, 혹은 자신이 틀렸을지도 모른다는 꺼림칙하고 두려운 죄책감에서. 돌리가 자기 거짓말 때문에 아빠가 감옥에 갔다고 자백한 일을 여자에게 말할까 하다가 그만두었다. 그러나 떠나기 전에 꼭 말할 생각이었다.

"저는 그 살인의 세부 사항들에 관심이 있습니다. 자세히 알려주시는 것은 너무 괴롭겠습니까?"

"괴로움은 얼마든지 견딜 수 있습니다. 뭘 알고 싶죠?"

"어떻게 벌어진 일인지."

"나는 그때 여기 없었습니다. '이 땅의 딸들' 모임에 갔었거든요. 지역 단체인데 그해에 내가 회장이었습니다."

그 기억은 여자가 평정을 찾는 데 도움이 되었다.

"그래도 당신이 누구보다도 자세히 알 것 같습니다만."

"물론이죠. 톰 맥기를 빼고는."

여자가 내게 환기시켰다.

"돌리도요."

"네, 돌리도요. 돌리는 콘스턴스와 함께 집에 있었습니다. 두 사람은 몇 달째 나와 함께 살고 있었어요. 시간은 9시가 넘어 돌리는 이미 잠자리에 들었었죠. 콘스턴스는 아래층에서 바느질을 하고 있었고요. 동생은 재봉 솜씨가 좋아서 애 옷을 거의 다 지어 입혔답니다. 그날 밤에도 딸에게 줄 원피스를 만들고 있었어요. 그 원피스에 온통 피가 뿌려졌죠. 재판에서 증거물로 나왔어요."

젱크스 양은 재판을 잊지 못하는 듯했다. 마음 속 법정에서 의식처럼 끊임없이 반복되는 그 장면을 보는 듯 눈이 멍해졌다.

"총격 상황은 어땠습니까?"

"간단했습니다. 맥기가 현관문으로 왔어요. 동생에게 말해서 문을 열게 했죠."

"동생분이 그전에 안 좋은 경험이 많았는데도 그 말에 따랐다는 게 이상한데요."

여자는 단호한 손짓으로 이의를 일소에 부쳤다.

"그는 원한다면 새를 구슬려서 나무에서 내려오게 만들 수도 있는 인간이었어요. 아무튼, 둘은 현관에서 다퉜습니다. 맥기가 여느 때처럼 동생에게 돌아오라고 했을 테고, 동생이 거절했겠죠. 두 사람의 목소리가 격앙되면서 커지는 걸 돌리가 들었어요."

"돌리는 어디 있었습니까?"

"2층 앞쪽 침실에요. 제 엄마와 함께 쓰는 방이었죠." 젱크스 양은 판자를 댄 베란다 천장을 가리켰다. "말다툼 소리에 애가 깼고, 그다음에 총소리를 들은 거죠. 아이는 창문으로 가서, 맥기가 연기가 피어오르는 총을 든 채 도로 쪽으로 달려가는 걸 봤습니다. 그리고 아래층으로 내려와서 제 엄마가 피를 흘리며 누워 있는 걸 발견했죠."

"그때는 동생분이 살아 있었습니까?"

"죽었어요. 심장을 관통당해서 즉사했죠."

"어떤 총이었습니까?"

"보안관이 중구경 권총이라고 했습니다. 발견되진 않았어요. 맥기가 바다에 던졌겠죠. 이튿날 체포될 때 퍼시픽포인트에 있었으니까."

"돌리의 증언으로 체포된 겁니까?"

"그 애가 유일한 증인이었죠. 불쌍한 것."

우리는 돌리가 과거에만 존재하는 사람이라는 데 암묵적으로 동의하고 있는 것 같았다. 돌리의 현 상황에 관한 문제를 함께 회피하고 있기 때문인지 우리 사이의 긴장이 얼마간 증발했다. 나는 그 기회를 틈타 젱크스 양에게 집안을 보여달라고 청했다.

"왜 그래야 하는지 모르겠군요."

"덕분에 사건에 대해서 아주 명료하게 듣기는 했습니다. 설명을 물리적인 배치와 연결 지어 생각해보고 싶어서 그럽니다."

여자가 모호하게 말했다.

"나는 시간이 많지 않아요. 그리고 솔직히 이런 이야기를 내가 얼마나 더 견딜 수 있을지 모르겠군요. 동생은 내게 아주 소중한 사람이었어요."

"압니다."

"뭘 증명하려는 거죠?"

"아무것도. 사건을 이해하고 싶을 뿐입니다. 그게 내 일이니까요."

일에 따르는 의무란 젱크스 양에게 의미 있는 것이었다. 그녀는 일어나서 현관문을 열고 문 바로 안쪽에 시체가 누워 있었던 장소를 가리켜 보였다. 물론 현관에 깔린 깔개 위에는 십 년 된 범죄의 흔적은 없었다. 흔적은 어디에도 없었다. 눈에 보이지 않는 붉은 얼룩을 돌리의 마음에 남겼을 뿐. 아마 이모의 마음에도.

돌리의 어머니와 친구 헬렌이 둘 다 자기집 현관에서 똑같은 구경의 총에 맞았다는 사실, 아마도 같은 사람에게 맞았을 것이라는 사실이 머리에 번득 떠올랐다. 그러나 젱크스 양에게는 말을 꺼내지 않았다. 그랬다가는 그녀가 매부에 대한 분통만 또 한 차례 터뜨릴 테니까.

"차 한잔하시겠어요?"

뜻밖에 그녀가 물었다.

"고맙지만 됐습니다."

"커피라도? 나는 인스턴트를 마셔요. 오래 걸리지 않습니다."

"그렇다면 마시겠습니다. 친절하시군요."

그녀는 나를 거실에 남겨두고 갔다. 식당과 여닫이문으로 나뉜 거실은 19세기 응접실을 떠올리게 하는 낡고 어두운 색깔의 딱딱한 가구들로 꾸며져 있었다. 벽에는 그림 대신 격언을 적은 글귀들이 걸려 있었다. 그중 하나를 읽으니 대번에 마르티네스에 있는 우리 할머니의 집에 와 있는 기분이 들어 가슴이 뻐근했다. '그분은 모든 대화를 조용히 듣고 계시느니라.' 할머니도 똑같은 격언을 손수 수놓아 당신의 침실에 걸어두었다. 할머니는 언제나 소근소근 말했다.

한쪽 구석에 직립형 피아노가 건반 뚜껑이 닫힌 채 놓여 있었다. 뚜껑을 열려 했지만 잠겨 있었다. 피아노 위에 두 여자와 한 아이를 찍은 사진이 제일 잘 보이는 위치에 세워져 있었다. 두 여자 중 한쪽은 젱크스 양이었다. 지금보다 젊지만 지금처럼 다부지고 고압적이었다. 다른 여자는 더 젊고 훨씬 예뻤다. 소도시 미인 특유의 순진한 세련미가 있는 여자였다. 둘 사이에서 손이 한쪽씩 잡힌 아이는 열 살쯤 되어 보이는 돌리였다.

젱크스 양이 커피 쟁반을 들고 여닫이문 사이로 나왔다. "우리 셋이에요." 완벽한 가족은 두 여자와 한 소녀로 이루어진다는 듯한 말투였다. "그건 동생의 피아노예요. 아름답게 잘 쳤지요. 나는 끝내 그 악기를 다루지 못했어요."

여자는 안경을 닦았다. 그녀의 안경을 흐린 것이 치밀어오른 감정인지 커피잔에서 피어오른 김인지는 알 수 없었다. 커피를 마시면서 그녀는 동생이 소녀 시절 얼마나 뛰어난 아이였는지 몇 가지 들려주었다. 피아노 상을 탔고 노래 상도 탔다. 고등학교 성적도 뛰어났고, 특히 프랑스어를 잘했으며, 언니인 자신을 따라 그녀도 대학에 진학할 준비가 다 되었는데, 그때 말주변만 번지르르한 악마 같은 톰 맥기가……

나는 커피를 거의 남긴 채 복도로 나갔다. 오래된 집을 침식하는 곰팡이 냄새가 풍겼다. 사슴뿔 모자걸이 옆 뿌연 거울에 비친 내 모습을 흘깃 보았다. 피비린내 나는 과거를 추적하는 현재의 유령 같았다. 내 뒤의 여자도 실체를 잃은 듯했다. 여자의 큰 몸집은 알맹이가 빠져나간 빈 껍질이나 껍데기 같았다. 나는 어쩐지 곰팡이 냄새와 여자를 함께 묶어 연상하고 있었다.

복도 안쪽에 고무 발판을 댄 계단이 위로 향하고 있었다. 나는 그쪽으로 가면서 물었다.

"돌리가 썼던 방을 봐도 되겠습니까?"

여자는 내가 여세를 몰아 그녀를 데리고 위층으로 올라가려는 것을 허락했다.

"지금은 내 방이에요."

"아무것도 어지럽히지 않겠습니다."

블라인드가 내려져 있었다. 여자가 천장 등을 켜주었다. 갓이 분홍색이라 온 방이 분홍으로 물들었다. 바닥에는 부드럽고 성긴 분홍 카펫이 두껍게 깔려 있었다. 퀸사이즈 침대에는 분홍 덮개가 덮여 있었다. 삼면 거울이 달린 정교한 화장대에는 분홍색 실크로 된 주름 장식이 둘러져 있었고, 그 앞에 놓인 천을 댄 의자도 마찬가지였다.

창문 옆에는 분홍색 퀼트를 덮은 긴 의자가 있었고, 그 발치에 잡지가 펼쳐져 있었다. 젱크스 양이 잡지를 집어 손바닥으로 말아서 표지가 안 보이게 했다. 그러나 《트루 로맨스》는 굳이 표지를 보지 않아도 알 수 있었다.

푹신한 분홍 털로 된 여자의 환상에 발목까지 파묻혀가며 방을 가로질렀다. 정면 창문의 블라인드를 올리자 널찍하고 평평한 2층 베란다가 보였고, 베란다 난간 사이로 후추나무가 보였고, 길가에 세운 내 차도 보였다. 멕시코 소년 세 명이 하나는 핸들에 앉고 다른 하나는 좌석에 앉고 나머지 하나는 짐받이에 앉은 채 자전거 하나를 타고 지나갔다. 붉은 잡종견이 소년들의 뒤를 따랐다.

"자전거를 저렇게 타서는 안 돼요." 젱크스 양이 내 어깨에서 말했다. "아무래도 보안관보에게 신고해야겠어요. 저 개도 저렇게 돌아다니게 풀어두면 안 돼요."

"아무 피해도 안 끼치는걸요."

"그럴지도 모르지만 재작년에 광견병이 유행했다고요."

"저는 십 년 전 일이 더 궁금합니다. 당시에 조카따님은 키가 얼마나 됐습니까?"

"나이치고는 제법 큰 애였지요. 140센티미터쯤. 왜요?"

나는 무릎을 굽혀서 키를 맞춰보았다. 그 높이에서도 후추나무의 레이스 같은 가지들이 보이고 가지들 사이로 내 차도 보였지만 더 가까운 것은 보이지 않았다. 남자가 이 집을 나서면 적어도 십 미터는 떨어진 후추나무 옆을 지나기 전까지는 보이지 않을 것이다. 총을 들고 있다면 남자가 도로에 닿을 때까지는 보이지 않을 것이다. 엉성하게 되는대로 해본 실험이었지만 그 결과는 머리에 있던 의문을 더욱 굳혔다.

나는 무릎을 폈다.

"그날 밤은 캄캄했습니까?"

여자는 어느 날 밤 이야기인지 알았다.

"네. 캄캄했습니다."

"가로등은 안 보이는군요."

"네. 없어요. 여기는 가난한 동네랍니다. 아처 씨."

"달이 떴었나요?"

"아니요. 아니었을 거예요. 하지만 돌리는 시력이 엄청나게 좋습니다. 새의 무늬도 알아볼 수……."

"밤에도?"

"밤이라도 언제나 조금은 빛이 있는 법이지요. 어쨌든 자기 아빠였다면 알아봤을 거예요." 젱크스 양은 냉큼 말을 바로잡았다. "자기 아빠였으니까 알아봤을 거예요."

"돌리가 당신에게 그렇게 말했습니까?"

"네. 그 애가 나에게 제일 먼저 말했습니다."

"구체적인 상황을 자세히 물어봤습니까?"

"아니요. 묻지 않았습니다. 돌리는 상태가 엉망이었으니까요. 아이를 더 괴롭히고 싶진 않았습니다."

"하지만 법정에서 증언하는 괴로움을 안기는 건 개의치 않으셨잖습니까."

"꼭 필요한 일이었으니까요. 검사 측 주장에 필요했으니까요. 그리고 증언은 돌리에게 전혀 해를 끼치지 않았습니다."

"고드윈 박사는 증언이 그녀에게 큰 해를 끼쳤다고 생각합니다. 그때 그녀가 겪었던 압박이 지금의 정신쇠약에 일부 원인을 제공했다고 보더군요."

"고드윈 박사는 자기 의견이 있고, 나도 내 의견이 있습니다. 내 의견을 물으신다면 고드윈은 위험한 인물이라고 말씀드리죠. 말썽을 일으키는 사람이에요. 고드윈은 권위를 전혀 존중하지 않는데, 그런 사람은 나도 존중하지 않습니다."

"예전에는 그를 존중하셨던걸요. 조카따님을 박사에게 보내 치료받게 했잖습니까."

"그때보다 지금 그에 대해 더 많이 알게 되었으니까요."

"괜찮으시다면 왜 조카따님이 치료받아야 했는지 가르쳐줄 수 있습니까?"

"그럼요. 괜찮고말고요." 여자는 우호적인 태도를 유지하려고 애썼지만 우리 둘 다 밑에서 불화가 들끓고 있다는 사실을 의식하고 있었다. "돌리는 학교생활을 잘하지 못했습니다. 즐겁게 지내지 못했고 인기도 없었죠. 당연한 일이었어요. 부모가 그 꼴이니……. 내 말은, 아빠 때문에 집안이 아수라장이었으니까요."

그녀는 잠시 입을 다물었다가 다시 말을 이었다.

"여기는 벽촌이 아닙니다." 그러나 어쩌면 그럴지도 모른다는 듯한 말투였다. "돌리가 전문가의 도움을 받게 하는 게 내가 해줄 수 있는 최선이라고 생각했습니다. 복지 수당을 받고 사는 사람들도 필요할 땐 가족 상담을 받곤 하잖아요. 동생을 설득해서 퍼시픽 포인트로 고드윈 박사를 만나러 가게 했습니다. 당시에는 고드윈이 최선의 선택이었죠. 동생은 일 년 정도 토요일 아침마다 차를 몰고 고드윈에게 갔습니다. 돌리는 상당히 진전을 보였는데 그것만큼은 그에게 감사해야겠군요. 동생도 그랬습니다. 더 밝고 행복하고 자신감이 생긴 것처럼 보였습니다."

"동생분도 치료를 받았습니까?"

"조금 받았던 듯도 싶고, 토요일마다 도시에 나갔다 오는 것도 좋은 영향을 미쳤겠죠. 콘스턴스는 도시로 이사하기를 바랐지만 돈이 없었습니다. 그 대신 맥기를 떠나 우리집으로 왔지요. 덕분에 동생은 긴장이 많이 풀렸답니다. 맥기는 그걸 봐주지 못했어요. 콘스턴스가 존엄을 되찾는 걸 눈 뜨고 봐주지 못했죠. 자기가 가질 순 없고 남한테 주기는 싫은 심정으로 그 애를 죽인 겁니다."

십 년이 흘렀는데도 여자의 마음은 파리처럼 여태 피칠갑된 그 순간을 맴돌았다.

"왜 돌리의 치료를 계속하지 않았습니까? 사건 이후에 더욱더 필요했을 텐데요."

"불가능했습니다. 나는 토요일 오전에도 일합니다. 서류 작업을 할 시간이 있어야 하지 않겠어요."

여자가 갑자기 조용해졌다. 정직한 사람이 자기 기만을 깨닫고 혼란스러워 말문이 막히는 순간처럼.

"더구나 당신은 돌리가 재판에서 증언하는 문제를 두고 고드윈과 의견이 갈렸지요."

"고드윈이 뭐라고 말하든 나는 떳떳합니다. 제 아빠에 대해 증언하는 것은 아이에게 아무런 해를 끼치지 않았어요. 오히려 좋은 영향을 미쳤을 겁니다. 어떤 방법으로든 그 일을 떨쳐버려야 했을 테니까요."

"하지만 떨쳐지지 않았습니다. 돌리는 아직도 그 일에 사로잡혀 있습니다." 젱크스 양, 당신처럼. "게다가 지금 와서 조카따님이 말을 바꿨습니다."

"말을 바꿔요?"

"살인이 난 밤에 아버지를 못 봤다고 말하고 있습니다. 맥기는 사건과 아무런 관련이 없다고요."

"그 이야기를 누구에게 들었나요?"

"고드윈에게요. 고드윈이 좀 전에 돌리와 이야기를 나눴답니다. 돌리는 자기가 어른들을 만족시키기 위해서 법정에서 거짓말을 했다고 털어놓았답니다."

나는 좀더 말하고픈 유혹을 느꼈지만, 내 말이 틀림없이 그녀의 친구인 보안관에게 중계될 것이라는 사실을 늦지 않게 상기했다.

여자는 내가 그녀 인생의 신념을 의문시한 것처럼 쳐다보았다.

"고드윈이 돌리의 말을 왜곡한 거예요, 분명히. 자기가 틀려놓고서는 자기가 옳다고 증명할 속셈으로 돌리를 이용하는 거라고요."

"그건 아닌 것 같습니다, 젱크스 양. 고드윈 본인도 돌리가 새로

하는 이야기를 안 믿거든요."

"그러니까요! 그 애는 미쳤거나 거짓말하는 거예요! 그 애에게 맥기의 피가 흐른다는 걸 잊지 마세요!"

젱크스 양은 자신의 폭발에 아연실색했다. 그녀는 눈을 돌려 분홍색 방을 둘러보았다. 자신의 의도가 소녀처럼 순수하다는 사실을 방이 보장한다는 듯이. 그러다가 말했다.

"진심으로 한 말은 아니에요. 나는 조카를 사랑합니다. 그저…… 이렇게 과거를 들추는 것은 생각보다 훨씬 힘드네요."

"죄송합니다. 나도 당신이 조카따님을 사랑하는 것을 믿습니다. 조카따님에 대한 감정이 현재도 그렇고 과거에도 그랬으니, 당신이 조카따님에게 법정에서 진술할 가짜 이야기를 제공하지는 않았겠지요."

"내가 그랬다고 누가 그래요?"

"아무도 안 그럽니다. 당신이 그랬을 리가 없다고 말하는 겁니다. 당신은 열두 살짜리 아이의 마음을 타락시키는 일을 할 분이 아니지요."

"그럼요. 나는 돌리가 제 아빠를 고발할 때 아무것도 한 일이 없습니다. 돌리가 나한테 왔던걸요. 그날 밤에, 그 일이 일어난 시점에서 삼십 분만에. 나는 일 분도 더 물어볼 필요가 없었습니다. 돌리의 말에는 진실의 흔적이 역력했으니까요."

여자의 말은 그렇지 않았다. 엄밀히 따지자면 여자가 거짓말한다고는 생각되지 않았다. 그보다도 무언가를 숨기고 있었다. 거실에 걸린 격언이 자기 말을 엿듣지 못하도록 신중하고 낮은 목소리로 얘기하고 있는데다 여전히 내 눈을 마주치지도 않았다. 여자의 두꺼운 목에서 얼굴로 옅은 홍조가 천천히 피어올랐다. 내가 말했다.

"돌리가 캄캄한 밤에 이만한 거리에서 누군가를, 그게 자기 아빠라도 알아보는 것은 물리적으로 불가능했을 것 같습니다. 하물며 그 사람의 손에 연기 나는 총이 쥐어 있다는 것까지 알아보기는."

"경찰은 받아들였습니다. 크레인 보안관도 지방 검사도 돌리 말을 믿었습니다."

"경찰과 검사는 자기들 주장에 들어맞는 사실이라면 기꺼이 받아들이기 마련입니다. 그게 가짜 사실이라도."

"그렇지만 톰 맥기가 죄인이에요. 그는 죄인입니다."

"그럴지도 모르지요."

"그런데 왜 당신은 맥기가 죄인이 아니라고 설득하려고 하나요?" 여자의 얼굴에 퍼졌던 무안한 홍조는 평소대로 분노의 홍조로 바뀌었다. "당신 말은 듣지 않겠습니다."

"듣는 게 좋을 겁니다. 그래봤자 잃을 것도 없잖습니까? 나는 그 오래된 사건이 돌리를 통해 해거티 사건과 이어져 있기 때문에 파헤치려는 겁니다."

"당신은 돌리가 해거티 양을 죽였다고 생각하나요?"

"아니요. 당신은?"

"크레인 보안관은 돌리를 유력한 용의자로 여기는 것 같았어요."

"보안관이 당신에게 그렇게 말했습니까, 젱크스 양?"

"그렇게 말한 거나 다름없어요. 만약에 자기가 돌리를 불러들여 신문하면 내가 어떤 반응을 보일지 떠보았으니까."

"당신은 어떤 반응을 보였습니까?"

"글쎄, 모르겠어요. 너무 혼란스러워서. 나는 돌리를 오랫동안 못 만났습니다. 그 애는 나한테 숨기고 결혼했어요. 어릴 때는 늘 착한 아이였지만 변했을지도 모르죠."

여자가 자기 자신에 대한 오래된 생각을 말하고 있다는 인상이 들었다. 그녀는 늘 착한 아이였지만 변했을지도 모른다.

"보안관에게 전화해 손떼라고 하는 게 어떻습니까? 조카따님은 세심한 보살핌을 받아야 합니다."

"당신은 그 애가 이 살인을 저지르지 않았다고 믿는군요?"

"아까도 말했지만 그렇습니다. 보안관에게 손떼지 않으면 다음 선거에서 질 거라고 일러주십시오."

"그렇게는 못 합니다. 보안관은 우리 업무에서 내 윗사람이에요." 그러면서 여자는 궁리해보고 있었다. 이내 고개를 흔들어 생각을 떨쳐냈다. "그건 그렇고, 낼 수 있는 시간을 다 드렸습니다. 12시가 넘었을 겁니다."

나도 떠날 참이었다. 기나긴 한 시간이었다. 여자는 나를 따라 아래층으로 내려와서 베란다까지 나왔다. 작별 인사를 할 때 그녀의 얼굴을 보니 뭔가 더 말하고 싶어 한다는 느낌을 받았다. 그러나 아무 말도 나오지 않았다.

해안을 따라서는 안개가 약간 옅어졌지만 여전히 해는 나지 않
았다. 출처가 불명확한 흰 반사광이 눈을 아프게 할 뿐이었다. 매리
너스레스트 모텔의 데스크 직원은 앨릭스가 웬 나이든 남자와 신형
크라이슬러를 타고 나갔다고 했다. 앨릭스의 빨간 스포츠카는 아직
주차장에 있었고, 앨릭스가 체크아웃을 하지도 않았다.

나는 길 아래 드라이브인 식당에서 샌드위치를 사서 모텔방에
서 먹었다. 그리고 실망스러운 통화를 두 통 했다. 법원 교환원은
오늘 오후에 재판 기록을 볼 수 없다고 했다. 주말이라 모조리 잠겨
있다는 것이다. 톰 맥기의 변호를 맡아 그다지 성공하지 못했던 변
호사 길 스티브스의 사무실로도 전화를 걸었다. 응답원은 스티브스

가 발보아에 있다고 알려주었다. 아니요, 그쪽으로 전화를 걸어도 그분과 통화할 수 없습니다. 스티븐스 씨는 오늘과 내일 요트를 타고 계실 겁니다.

나는 제리 마크스에게 들르기로 결정했다. 제리는 페린 부인의 변호인단으로 일했던 젊은 변호사였다. 제리의 사무실은 모텔 거리에서 그다지 멀지 않은 신축 쇼핑센터에 있었다. 제리는 미혼이고 야심가이니 토요일 오후라도 사무실에 있을지 몰랐다.

앞문이 열려 있었다. 나는 단풍나무와 친츠 천으로 꾸며진 대기실로 들어갔다. 왼쪽에 유리로 반쯤 막은 비서용 책상이 있었지만 주말이라 사람은 없었다. 제리 마크스는 안쪽 사무실에 있었다.

"잘 있었습니까, 제리?"

"그럼요."

제리는 읽고 있던 책 너머로 경계하는 눈길을 던졌다. 『증거법』이라고 적힌 어마어마하게 두꺼운 책이었다. 제리는 형사 소송 경험이 많지는 않았지만 유능하고 정직했다. 지적인 갈색 눈동자가 중유럽 혈통으로 보이는 못생긴 얼굴을 따뜻하게 밝혔다.

"페린 부인은 어떻습니까?"

내가 물었다.

"방면된 뒤로는 못 봤습니다. 볼 생각도 없습니다. 옛 의뢰인을 만나는 일은 좀처럼 없어요. 그 사람들한테서는 법정 냄새가 나죠."

"나도 그렇게 생각합니다. 지금 한가합니까?"

"네. 그리고 계속 한가할 겁니다. 공부만 하는 한가로운 주말을 보내겠다고 자신과 약속했거든요. 살인이 나든 안 나든."

"해거티 살인 사건을 알고 있군요."

"당연하죠. 도시에 좍 퍼졌는데."

"어떤 이야기를 들었습니까?"

"자세히는 못 들었습니다. 법원의 누가 우리 비서한테 말한 바로는 여교수가 자기 대학 여학생이 쏜 총에 맞았다던데요. 여학생 이름은 잊었습니다."

"돌리 킨케이드. 남편이 내 의뢰인입니다. 그녀는 요양소에서 의사의 보살핌을 받고 있어요."

"정신이상?"

"정신이상을 어떻게 정의하느냐에 달렸겠죠. 복잡한 상황입니다, 제리. 맥나튼 원칙을 적용한다면 그녀가 법적 정신이상으로 분류되기는 어려울 것 같아요. 어쨌든 나는 그녀가 총을 쐈다는 주장 자체에 대단히 의구심을 갖고 있습니다."

"지금 내게 사건에 흥미를 느끼게 하려는 거죠."

제리가 의심을 표했다.

"당신에게 뭘 어떻게 할 생각일랑 없습니다. 사실은 정보를 구하려고 왔어요. 길 스티븐스에 대해 어떻게 생각합니까?"

"이 동네 거물이지요. 그를 잡으세요."

"지금 시내에 없답니다. 그러지 말고 진지하게, 실력 좋은 변호사인가요?"

"스티븐스는 우리 군에서 형사 변호사로 가장 성공한 사람이에요. 실적이 좋을 수밖에요. 법을 잘 알고 배심원도 잘 알거든요. 나라면 쓰지 않을 것 같은 구식의 법정 속임수도 곧잘 동원한답니다. 꼭 배우같이 감정을 듬뿍 싣지요. 그게 먹힙니다. 스티븐스가 중요한 사건에서 언제 졌는지 기억도 안 나네요."

"나는 압니다. 약 십 년 전에, 자기 아내를 쏴 죽여서 유죄를 받은 톰 맥기라는 남자를 변호했었지요."

"내가 일을 시작하기 전이네요."

"돌리 킨케이드는 맥기의 딸입니다. 그녀는 자기 아빠의 재판에서 검사 측 핵심 증인이었죠."

제리가 휘파람을 불었다. "복잡하다더니 정말이네요." 그리고 잠시 조용히 있다가 물었다. "그녀의 의사가 누굽니까?"

"고드윈."

제리가 두툼한 입술을 비죽 내밀었다.

"나라면 그를 적당히만 쓰겠습니다."

"무슨 뜻입니까?"

"고드윈이 훌륭한 정신과 의사라는 건 확실하지만, 법의학 분야에서는 별로 그렇지 않을 겁니다. 대단히 영리한 사람이고 자기 재주를 숨기지도 않는데, 가끔은 자기가 지휘자인 양 행동합니다. 그래서 상대에게 짜증을 유발하죠. 그 상대가 거헤이건이고, 장소가 주 상급법원이라면 특히나 더 위험합니다. 그러니 나라면 고드윈은 되도록 적게 쓰겠습니다."

"고드윈을 어떻게 쓸지는 내가 통제할 수 없습니다."

"그야 그렇지만, 당신이 그녀의 변호사에게 경고를……."

"제리 당신이 그녀의 변호사가 되어준다면 일이 훨씬 깔끔하겠군요. 오늘은 그녀의 남편과 이야기할 기회가 없었지만 아마 내 추천을 따를 겁니다. 여담이지만, 그 남편의 가족은 가난하지 않습니다."

"돈이 문제가 아닙니다." 제리가 싸늘하게 말했다. "이번 주말은 책을 읽으면서 보내겠다고 다짐했던 말입니다."

"헬렌 해거티가 다른 주말을 골라서 총에 맞을걸 그랬군요."

의도보다 험하게 말이 나왔다. 헬렌을 위해 아무것도 해주지 못했다는 사실이 나를 괴롭히고 있었다.

제리가 의아한 듯이 쳐다보았다.

"개인적인 의미가 있는 사건인가요?"

"그런 모양입니다."

"좋아요, 좋습니다. 내가 뭘 어떻게 할까요?"

"현재로서는 준비하고 기다려주면 됩니다."

"오후에는 계속 여기 있겠습니다. 그 뒤에는 내 전화 응답 서비스로 전화하면 연락될 겁니다."

나는 고맙다고 말하고 모텔로 돌아왔다. 내 방 바로 옆 앨릭스의 방은 아직 비어 있었다. 나는 할리우드의 내 전화 응답 서비스에 들어온 메시지가 있는지 확인했다. 아니 월터스가 번호를 남겼기에 리노로 전화를 걸었다.

아니는 사무실에 없었지만 아내이자 동업자인 필리스가 받았다. 여성스러운 생기가 전화선을 타고 통통 튀어 왔다.

"당신을 보기가 통 어렵군요, 루. 전화로 목소리만 들을 뿐이죠. 분명히 당신은 현실에 존재하지 않고 몇 년 전에 녹음해둔 테이프를 가끔 딴 사람이 틀어주는 거겠죠."

"지금처럼 내가 반응을 보인다는 사실은 어떻게 설명하겠소?"

"전자공학이죠. 나는 이해가 안 되는 일은 죄다 전자공학으로 설명해요. 그러면 얼마나 간편한데요. 그런데 정말이지 언제 볼 수 있죠?"

"이번 주말에요. 아니가 컨버터블 운전자를 알아낸다면."

"아직 그것까지는 알아내지 못했지만, 차 주인에 관한 정보는 알아냈어요. 샐리 버크 부인이라는 사람이고 여기 리노에 살아요. 여자는 이틀 전에 차를 도둑맞았다고 주장하지만 아니는 그 말을 믿지 않아요."

"왜요?"

"아니는 직감이 좋아요. 게다가 그 여자는 절도라고 하면서도 신고를 하지 않았어요. 그리고 다양한 종류의 남자친구가 많다는군요. 아니가 지금 그 남자들을 탐문하려고 나갔어요."

"잘됐군요."

"중요한 일이라고 들었어요."

"이중 살인입니다. 어쩌면 삼중 살인일지도 몰라요. 내 의뢰인
은 정신적인 문제가 있는 젊은 아가씨인데, 오늘이나 내일 체포될
지도 모릅니다. 그 아가씨가 저지르지 않은 게 거의 확실한 일 때문
에."

"당신, 격앙된 목소리네요."

"어쩐지 성미를 건드리는 사건이에요. 게다가 내가 지금 어떤
처지인지 모르겠습니다."

"당신이 그렇게 말하는 건 처음 듣네요, 루. 그건 그렇고, 당신
이 전화 걸기 전부터 생각하던 건데, 내가 샐리 버크와 친분을 만들
어보면 어떨까 싶어요. 좋은 생각일까요?"

"훌륭한 생각입니다." 전직 코러스 걸처럼 보이는 필리스는 사
실 전직 핑커턴 탐정 회사 정보원이었다. "버크 부인과 그 친구들은
대단히 위험하다는 걸 명심해요. 어젯밤에 한 여자를 죽였을지도
모르는 사람들입니다."

"나는 어림도 없어요. 살아야 할 이유가 너무 많거든요."

아니를 뜻하는 말이었다.

우리는 농지거리를 좀더 주고받았다. 그러는 동안 앨릭스의 방
으로 사람들이 들어가는 소리가 들렸다. 나는 필리스에게 인사한

뒤 벽에 붙어 서서 귀를 기울였다. 앨릭스와 다른 남자가 목청을 높여 다투고 있었다. 접촉 마이크까지 동원하지 않더라도 무엇 때문에 싸우는 것인지는 뻔했다. 남자는 앨릭스가 재수없는 소동에서 발을 빼고 집으로 돌아오기를 바랐다.

나는 방문을 두드렸다.

"내가 처리하마."

경찰이라도 예상하는 듯이 다른 남자가 말했다.

남자가 밖으로 나왔다. 내 또래였다. 늙수그레한 대로 잘생겼고, 얼굴은 야위었고, 눈은 가늘고 색이 옅었고, 턱은 호전적이었다. 보수적인 회색 양복 밑에 보이지 않는 마구라도 걸친 듯 잘 조직된 분위기가 있었다.

또한 어쩐지 절박한 분위기가 있었다. 남자는 내가 누구인지 묻지도 않고 말을 꺼냈다.

"나는 프레더릭 킨케이드입니다. 당신은 내 아들을 들볶을 권리가 없어요. 우리 아들은 그 아가씨가 저지른 범죄와는 아무 관계도 없습니다. 그 여자는 아들을 속여서 결혼했어요. 결혼은 스물네 시간도 지속되지 않았습니다. 아들은 점잖은 청년이고……."

앨릭스가 방에서 나와 남자의 팔을 잡아당겼다. 창피해서 죽겠다는 얼굴이었다.

"들어와서 말씀하세요, 아버지. 이분은 아처 씨예요."

"아처? 그렇군! 당신이 우리 아들을 이 일에 끌어들였다고……."

"반대입니다. 아드님이 나를 고용했습니다."

"그렇다면 내가 해고하겠소."

이런 역할을 종종 수행해본 것 같은 목소리였다.

"의논 좀 합시다."

내가 말했다.

우리 셋은 문간에서 밀치락달치락했다. 킨케이드 씨는 나를 방에 들이려 하지 않았다. 몸싸움으로 번지기 일보 직전이었다. 서로 주먹을 날릴 태세였다.

나는 억척스럽게 방으로 밀고 들어가, 벽을 등지고 앉았다.

"무슨 일입니까, 앨릭스?"

"아버지가 라디오에서 이야기를 듣고 보안관에게 연락해서 내가 있는 곳을 알아내셨어요. 보안관이 방금 우리를 불러서 다녀왔습니다. 살인에 쓰인 총이 발견됐어요."

"어디에서?"

앨릭스는 대답을 망설였다. 입에 담긴 말을 뱉으면 사태가 더 구체적인 현실로 다가올까 봐 걱정하는 것 같았다. 그의 아버지가 대신 대답했다.

"그 아가씨가 숨긴 곳이지요. 그 아가씨가 살고 있던 작은 오두막의 침대 매트리스 밑에서……."

"오두막이 아니에요. 어엿한 집이에요."

SMITH & WESSON.

스미스 앤드 웨슨 Smith & Wesson

1852년에 호러스 스미스와 대니얼 B. 웨슨이 설립한 총기 회사.

호두나무 손잡이의 S&W 38 special이 유명하다.

모델명은 프레임의 크기에 따라 J, K/L, N 등으로 구분된다.

앨릭스가 지적했다.

"내 말에 토 달지 마라, 앨릭스."

"총을 봤습니까?"

내가 물었다.

"물론이오. 보안관은 아들이 총을 알아봤으면 하고 바랐는데, 당연히 이 애는 못 알아봤지요. 그 아가씨가 총을 갖고 있다는 것도 몰랐으니까."

"어떤 총입니까?"

"스미스 앤드 웨슨 리볼버, 38구경, 호두나무 손잡이. 낡았지만 상태는 꽤 좋았소. 아마 전당포에서 샀겠지요."

"그게 경찰의 가설입니까?"

"보안관이 그런 가능성을 언급했소."

"보안관은 그게 돌리의 총이란 걸 어떻게 압니까?"

"경찰이 그걸 그 여자의 매트리스 밑에서 발견했습니다. 아닙니까?" 킨케이드 씨는 검사가 진술하는 투로 말하며 은근슬쩍 아들도 자기 편으로 끌어들이려고 했다. "그 밖에 누가 그걸 거기에 숨길 수 있었겠습니까?"

"사실상 누구든지요. 문간채는 어젯밤에 열려 있었습니다. 아닌가요, 앨릭스?"

"제가 있을 때는 그랬습니다."

"내가 말하마. 이런 문제에서는 내가 더 경험이 많으니까."

앨릭스의 아버지가 나섰다.

"그 경험이 아무 짝에도 도움이 안 되는 것 같은데요. 당신 아들은 증인이고, 나는 사실을 확인하려고 하는 겁니다."

킨케이드 씨는 양손으로 허리를 짚고 부들부들 떨면서 나를 덮칠 듯 굽어보았다.

"내 아들은 이 사건과는 추호의 관련도 없소."

"착각하지 마십시오. 앨릭스는 그 아가씨와 결혼했습니다."

"그 결혼은 무의미해요. 채 하루도 지속되지 않았던 치기 어린 충동이었지. 나는 그걸 백지화시킬 거요. 아들 말로는 온전히 맺어지지도 않았다니까."

"당신은 백지화시킬 수 없습니다."

"나한테 이래라저래라 하지 마시오."

"해야겠는걸요. 당신은 당신 자신과 아들의 인간성을 백지화시킬 수 있을 뿐입니다. 결혼은 성적 관계나 법적 절차가 다가 아닙니다. 이 결혼은 진정한 결혼입니다. 앨릭스가 진정하다고 느끼니까요."

"지금은 벗어나고 싶어 한단 말이오."

"당신 말은 믿지 않습니다."

"사실입니다. 안 그러냐, 앨릭스? 너도 나와 네 엄마가 있는 집으로 돌아가고 싶지? 네 엄마는 죽도록 너를 걱정하고 있다. 심장이 다시 빨리 뛰기 시작했어."

킨케이드 씨는 있는 소리 없는 소리 다 내뱉고 있었다. 앨릭스가 아버지에게서 내게로 시선을 옮겼다.

"모르겠어요. 저는 그저 옳은 일을 하고 싶어요."

킨케이드 씨가 뭔가 말을 꺼내려 했다. 아마 뭐라도 되는대로 내뱉는 말일 테지만 내가 선수를 쳤다.

"그렇다면 질문 한두 가지에만 대답해봐요, 앨릭스. 돌리가 어젯밤에 문간채로 뛰어들어올 때 총을 갖고 있었습니까?"

"못 봤습니다."

킨케이드 씨가 말했다.

"옷 속에 감추고 있었겠지요."

"조용히 해요, 킨케이드 씨." 나는 앉은 자리에서 차분하게 말했다. "당신이 피도 눈물도 없는 개자식이라는 사실에는 불만 없습니다. 당신도 어쩔 수 없을 테니까요. 하지만 앨릭스까지 그런 사람으로 만들려는 것에는 반대합니다. 적어도 앨릭스가 선택하게 내버려둬요."

킨케이드 씨는 두어 마디를 웅얼거리다가 내게서 멀리 떨어졌다. 앨릭스는 아무도 쳐다보지 않은 채 말했다.

"아버지에게 그런 식으로 말씀하지 마세요, 아처 씨."

"알겠습니다. 돌리는 카디건과 블라우스에 치마를 입고 있었죠. 그것 말고는요?"

"그것뿐이었는데요."

"가방을 들었던가요?"

"아닌 것 같은데요."

"잘 생각해봐요."

"갖고 있지 않았습니다."

"38구경 리볼버를 감추고 있을 수는 없었겠군요. 돌리가 매트리스 밑에 그걸 숨기는 걸 봤습니까?"

"아니요."

"당신은 줄곧 그녀와 함께 있었지요? 그녀가 집에 왔을 때부터 요양소로 나설 때까지?"

"네. 줄곧 같이 있었습니다."

"그러면 그게 돌리의 총이 아닌 게 확실하군요. 적어도 매트리스 밑에 그걸 숨긴 사람은 돌리가 아닙니다. 혹시 누가 그랬을지 짐작 갑니까?"

"아니요."

"살인에 쓰인 총이라고 했지요. 경찰이 그걸 어떻게 확인했답니까? 아직 탄도 검사를 할 시간은 없었을 텐데."

저쪽 구석에서 부루퉁하게 처박혀 있던 킨케이드 씨가 입을 열었다.

"상처와 구경이 일치하고 최근에 한 발 발사된 흔적이 있답니다. 그러니 그 여자가 사용한 총이라는 게 이치에 맞지요."

"저 말을 믿습니까, 앨릭스?"

"모르겠어요."

"경찰이 돌리를 신문했습니까?"

"그럴 작정이래요. 보안관은 꼼짝 못할 탄도 증거가 나올 때까지 기다린다 어쩐다 했어요. 월요일까지."

앨릭스의 말을 믿는다면 내게 약간의 시간이 있는 셈이었다. 앨릭스는 지난 삼 주간 불확실한 시간을 견딘데다가 지난밤과 오늘 아침의 압박까지 가해져 흠씬 두들겨 맞은 사람처럼 되었다. 얼이 빠진 것 같았다.

내가 말했다.

"내 생각에는 좀더 기다렸다가 당신 아내를 어떻게 할지 결정하는 게 좋겠습니다. 설령 돌리에게 죄가 있더라도, 물론 나는 그렇지 않다고 굳게 믿습니다만, 당신은 그녀를 최대한 돕고 보살필 의무가 있습니다."

"이 애는 그 여자에게 아무것도 책임질 게 없소." 킨케이드 씨가 말했다. "티끌 하나도. 그 여자는 사기를 쳐서 이 애와 결혼했어요. 이 애에게 거짓말을 얼마나 많이 했는데."

나는 킨케이드 씨와 대비되도록 목소리와 성질을 낮췄다.

"돌리에게는 의사의 보살핌이 필요하고 변호사도 필요합니다. 기꺼이 돕겠다는 좋은 변호사를 하나 대기시켜두었지만 내가 직접 그를 고용할 수는 없습니다."

"당신은 이것저것 직접 나서야 직성이 풀리는 인간이로군요, 안 그렇소?"

"누군가 책임을 져야 합니다. 현재로서는 책임이 붕 뜬 상태입니다. 구멍으로 기어들어가 문을 닫아건다고 해서 책임을 피할 순 없어요. 그녀는 곤경에 처했고, 좋든 싫든 그녀는 당신 가족입니다."

앨릭스는 듣고 있는 것 같았다. 내 말을 정말로 이해했는지 어떤지는 알 수 없었다. 그의 아버지가 홀쭉하고 희끗희끗한 머리를 흔들었다.

"그 여자는 우리 가족이 아니오. 내가 확실하게 말해두겠는데, 그 여자는 내 아들을 사지로 끌고 내려갈 수 없소. 당신도 마찬가지요." 그가 앨릭스에게 말했다. "이 남자한테 돈을 얼마나 줬니?"

"이백 달러요."

킨케이드 씨가 내게 말했다.

"충분히 받았군요. 과하게 받았습니다. 아까 당신을 해고하겠다고 한 말 들었지요. 여기는 사적인 공간이고, 당신이 계속 침입하겠다면 관리인을 부르겠소. 관리인이 당신을 끌어내지 못하면 경찰을 부를 테요."

앨릭스는 나를 보면서 무력한 몸짓으로 두 손을 약간 들어올렸다. 그의 아버지가 아들의 어깨를 감쌌다.

"이게 다 너 좋으라고 하는 일이란다, 아들아. 너는 이 사람들하고 어울리지 않아. 집에 가서 엄마를 기쁘게 해주자꾸나. 너도 네 엄마를 무덤으로 몰고 가기는 싫을 거 아니냐."

　거침없이 술술 나온 그 말이 결정타였다. 앨릭스는 다시 나를 쳐다보지 않았다. 나는 내 방으로 돌아와 제리 미크스에게 전화로 내가 의뢰인을 놓쳤고 그도 놓쳤다고 말해주었다. 제리는 실망한 것 같았다.

앨릭스와 아버지는 방을 비우고 차를 몰아 떠났다. 굳이 나가서 그들이 떠나는 모습을 본 건 아니지만 차 두 대의 엔진 소리가 들렸다. 소리는 안개에 덮여 금세 잦아들었다. 나는 가만히 앉아서 꼬인 속을 풀며 그들을 더 잘 다루었어야 했다고 스스로를 나무랐다. 킨케이드 씨는 두려움 많은 남자일 뿐이었다. 자신의 영혼만큼이나 자신의 지위를 귀히 여기는 기성세대 중 한 사람이었다.

나는 차를 몰고 풋힐을 올라 브래드쇼 저택으로 갔다. 브래드쇼 역시 줏대 없는 남자이겠지만, 그는 돈이 있었고 돌리에게 약간 동정을 보였으며 덧붙여 이 사건에 공식적인 이해관계가 있었다. 나는 혼자 조사를 계속할 마음은 없었다. 의뢰인이 필요했다. 이 지역에서 영향력을 발휘할 수 있는 인물이라면 더 좋았다. 앨리스 젱크스도 그런대로 적합했지만 그녀가 내 의뢰인인 것은 싫었다.

문간채에는 보안관보가 지키고 서 있었다. 그는 내가 안을 살펴보는 것은 허락하지 않았지만 본채로 올라가는 것은 막지 않았다. 스페인 여자 마리아가 문을 열었다.

"브래드쇼 박사 계십니까?"

"안 계십니다."

"어디 가면 만날 수 있을까요?"

마리아가 어깨를 으쓱했다.

"글쎄요. 브래드쇼 부인이 선생님은 주말에 어디 갔다고 했던 것 같은데요."

"이상하네요. 그러면 브래드쇼 부인과 말씀 나누고 싶습니다."

"바쁘신지 볼게요."

마리아가 위층으로 올라간 동안 나는 허락도 없이 안으로 들어가 현관홀의 금도금 의자에 앉았다. 마리아가 내려와서 브래드쇼 부인이 금세 내려올 거라고 말했다.

족히 삼십 분은 지나고서야 부인이 절뚝거리면서 내려왔다. 부인은 흰머리를 맵시 있게 다듬었고 뺨에는 분을 발랐으며 처진 목 주변의 레이스를 다이아몬드 브로치로 고정한 드레스를 입었다. 그녀는 선물인 양 내밀었지만 나로서는 그다지 탐탁지 않은 손을 잡으며, 혹시 부인이 나를 위해서 이렇게 한껏 치장한 걸까 생각했다.

노부인은 나를 만나 반가운 듯했다. "어떻게 지내셨나요, 성함이…… 아처 씨, 맞죠? 누구라도 찾아오기를 무척 바라고 있었답니다. 안개 때문에 고립된 기분이 드는데다가 운전사가 사라졌으니……." 부인은 자기 목소리에서 불평의 기미가 울리는 것을 듣고 말을 끊었다. 다시 기운차게 물었다. "아가씨는 어때요?"

"보살핌을 받고 있습니다. 고드윈 박사 말로는 어젯밤보다 나아졌답니다."

"잘됐네요. 댁이 기뻐해줄지는 모르겠지만……." 부인은 빤히 빈정대는 눈으로 나를 응시하며 말했다. "나도 어젯밤보다 좀 나아졌답니다. 아침에 우리 아들은 나더러 간밤에 또 쇼를 했느니 어쩌느니 하더군요. 그 애는 그렇게 표현한답니다. 어제는 솔직히 마음이 복잡했어요. 밤은 나한테 좋은 시간이 아니랍니다."

"모두에게 힘든 밤이었지요."

"나는 이기적인 늙은이고요. 그렇게 생각하는 것 아닌가요?"

"사람은 나이가 든다고 그다지 바뀌지는 않으니까요."

"그 말은 어떻게 들어도 모욕인데요." 그러나 그녀는 웃고 있었다. 추파를 던지는 듯이. "내가 늘 이런 식이었다는 뜻이잖아요."

"저보다 부인이 더 잘 아시겠죠."

그녀가 터놓고 웃었다. 즐거운 웃음소리는 아니었지만 유머가 있었다.

"당신은 대담한 젊은이로군요. 게다가 똑똑하고. 나는 똑똑한 젊은이를 좋아한답니다. 서재로 갑시다. 술 한잔 봐드리죠."

"고맙습니다만 오래 머물 수는……."

"그러면 나는 여기 앉겠어요." 부인은 금도금 의자 하나에 조심스럽게 몸을 내렸다. "내 성질은 더 나빠지지 않았을지 몰라도 육체적 능력은 분명히 나빠졌어요. 안개는 관절염에 아주 나쁩니다." 손을 조심조심 흔들면서 그녀가 덧붙였다. "하지만 불평해선 안 되지요. 어젯밤에 대한 속죄로 오늘 하루는 불평을 한마디도 하지 않기로 아들과 약속했거든요."

"잘 지키고 계십니까?"

"그다지." 부인이 예의 심술궂고 주름진 미소를 지었다. "카드 게임 같은 거죠. 다들 조금씩 속이는 법이잖아요. 혹시 당신은 안 그러나요?"

"저는 게임을 안 합니다."

"그렇다고 굉장한 낙을 잃는 건 아닐 거예요. 나한테는 무료한 날을 보내는 데 도움이 된답니다. 자, 볼일이 있다면 더 잡진 않겠어요."

"브래드쇼 박사에게 볼일이 있습니다. 어디 가면 만날 수 있는지 아십니까?"

"로이는 오늘 아침에 리노에 갔어요."

"리노?"

"도박하러는 아니고요, 맹세코. 그 애는 도박 본능이 눈곱만큼도 없어요. 나는 가끔 그 애가 지나치게 조심스러운 게 아닌가 하고 생각한답니다. 로이는 약간 치마폭에 싸인 아이 같죠, 그렇게 보지 않으세요?"

아들의 상태나 그 상황에 대한 자신의 공모가 전혀 창피하지 않은 듯, 부인이 복잡한 아이러니를 담은 눈으로 나를 보았다.

"살인 사건 중에 여행을 가다니 조금 놀랐습니다."

"나도 그랬지만 막을 수 없었어요. 그렇다고 사건에서 도망친 건 아니랍니다. 네바다 대학에서 작은 대학 학생처장들끼리 만나는 모임이 있대요. 몇 달 전부터 계획된 건데, 로이가 주요 연사 중 하나로 선발되었지요. 로이는 참석하는 것을 의무로 여겼어요. 하지만 가고 싶어 한다는 게 뻔히 보였죠. 그 애는 대중의 시선을 즐긴달까……. 언제나 약간 배우 같달까……. 그러면서도 거기 따르는 책임은 딱히 좋아하는 편이 아니랍니다."

나는 부인의 현실주의에 놀랐고, 흥미가 일었고, 약간 질렸다. 그녀 자신은 즐기는 듯했다. 카드 게임보다 대화가 나으니까.

부인이 삐걱거리면서 일어나 내 팔에 기댔다.

"서재로 가는 게 낫겠어요. 여기는 외풍이 심하군요. 나는 당신이 좋아지기 시작했답니다, 젊은이."

축복인지 저주인지 알 수 없었다. 부인은 내 머릿속 의혹을 읽을 줄 안다는 듯 내 얼굴에 대고 싱긋 웃었다. "걱정 마요. 잡아먹진 않을 테니까." 벌써 아들을 아침으로 잡아먹은 사람처럼 뒷문장에 힘이 실려 있었다.

우리는 함께 서재로 들어가서 등받이가 높은 가죽 의자에 마주 보고 앉았다. 부인은 벨을 울려 마리아를 불러서 내게 줄 하이볼을 주문한 후 뒤로 기대어 서가를 훑어보았다. 대열을 이룬 책들이 부인에게 아들의 중요성을 상기시킨 듯했다.

"오해하진 마요. 나는 아들을 엄청나게 사랑하고 자랑스럽게 여긴답니다. 잘생긴 것도 자랑스럽고 똑똑한 것도 자랑스러워요. 로이는 하버드를 최우등으로 졸업하고 아주 훌륭한 박사 학위도 받았지요. 언젠가 굵직한 대학의 학장이나 큰 재단의 이사장이 될 겁니다."

"아드님이 야심가인가요, 아니면 부인이?"

"내가 그랬죠, 아들을 위해서. 그런데 로이가 점차 야심을 품기 시작해서 나는 덜 그렇게 되었어요. 인생에는 끝없는 사다리를 오르는 것보다 더 나은 일이 있죠. 나는 로이가 결혼할 거라는 희망을 완전히 버리진 않았답니다." 부인이 예리하고 노련한 눈길로 나를 힐끔 보았다. "그 애는 여자를 좋아해요."

"그렇겠지요."

"사실은 로이가 해거티 양에게 관심이 있나 보다 하고 생각하던 참이었어요. 그 애가 다른 여자에게 그렇게 관심을 쏟는 건 한 번도 못 봤거든요."

부인은 마지막 말을 질문처럼 내놓았다.

"아드님이 제게 해거티 양과 몇 번 외출한 적 있다고 하더군요. 하지만 어떤 식으로든 가까운 사이는 아니었다고 했습니다. 그녀의 죽음에 대한 반응으로 보아 사실일 겁니다."

"그녀의 죽음에 대한 아들의 반응이 어땠는데요?"

나는 사람들을 떠보는 일을 많이 했기 때문에 누가 나를 떠보려 들면 금방 알 수 있었다.

"전반적인 반응을 말한 겁니다. 아드님이 정말로 헬렌 해거티를 좋아했다면 학생처장 회의가 있든 없든 오늘 아침에 리노로 날아가진 않았겠지요. 여기 퍼시픽포인트에 있으면서 누가 그녀를 해쳤는지 알아내려고 했을 겁니다."

"당신은 꽤 실망한 것 같군요."

"아드님의 도움을 구하려던 참이었으니까요. 아드님은 돌리 킨케이드를 진심으로 걱정하는 것 같았습니다."

"맞아요. 우리 둘 다 그렇습니다. 사실 아침을 먹을 때도 로이가 그 아가씨를 위해서 할 수 있는 일을 다 해주라고 했어요. 하지만 내가 뭘 어쩌겠어요?"

부인은 무력함을 과시하듯이 주름진 손을 내보였다.

마리아가 짤랑거리면서 하이볼을 들고 들어와 내게 격식 없이 불쑥 건네고는 주인에게 더 필요한 것이 있느냐고 물었다. 없었다. 나는 술을 홀짝거리면서 브래드쇼 부인이 의뢰인이라면 잘 다룰 수 있을지 궁리해보았다. 부인은 돈이 있었다. 틀림없이. 부인의 목에서 윙크하는 저 다이아몬드만으로도 나를 몇 년은 고용할 수 있을 것이다.

"저를 고용하시면 됩니다."

내가 말했다.

"당신을 고용해요?"

"가만히 앉아서 입 발린 말을 하는 게 아니라 정말로 돌리에게 뭔가 해주고 싶으시다면요. 부인과 제가 잘 지낼 수 있을 거라고 보십니까?"

"나는 댁이 요람에 있을 때부터 남자들과 잘 지냈답니다, 아처 씨. 내가 사람들과 어울릴 줄 모른다는 뜻인가요?"

"아무래도 제가 그런 것 같습니다. 앨릭스 킨케이드가 좀 전에 저를 해고했습니다. 그의 아버지가 적극적으로 거들었죠. 그 사람들은 막상 일이 닥치니 관여하기 싫은 모양입니다."

부인의 검은 눈이 번쩍거렸다.

"그런 청년이라는 걸 나는 한눈에 알아봤지요. 응석받이예요."

"저는 혼자서 조사를 계속할 형편은 못 됩니다. 가능하더라도 좋은 방법이 아닙니다. 뒤를 봐주는 사람이 필요합니다. 이 지역에서 위신이 있고…… 솔직하게 말하죠, 은행 잔고가 두둑한 사람이면 더 좋습니다."

"돈이 얼마나 들까요?"

"사건이 얼마나 길어지느냐, 또한 얼마나 많은 여파가 발생하느냐에 따라 다릅니다. 저는 하루에 백 달러를 받고, 경비는 별도입니다. 리노에서도 다른 탐정들이 저를 대신해 유력한 단서를 쫓고 있습니다."

"리노에 단서가?"

"시작은 어젯밤 여기에서였습니다만."

나는 컨버터블에 탄 남자에 대해 알려주고, 그 차가 샐리 버크 부인의 것이며 그 여자에게 남자친구가 많다는 말도 해주었다. 부인은 몸을 앞으로 숙인 채 점점 더 빠져드는 듯했다.

"경찰이 왜 그 단서를 쫓지 않을까요?"

"쫓고 있을지도 모릅니다. 그렇더라도 저는 모르는 일입니다. 경찰은 돌리가 범인이고 나머지는 다 무관하다는 가설을 채택하려는 것 같습니다. 그러면 훨씬 간단하죠."

"당신은 그 가설을 받아들이지 않고요?"

"네."

"그 아가씨 침대에서 총이 발견됐는데도?"

"그 일까지 아시는군요."

"크레인 보안관이 오늘 아침에 내게 보여줬답니다. 아는 총인지 묻더군요. 나야 당연히 모르죠. 총을 보는 것만도 질색이에요. 로이한테도 총을 지니는 걸 절대로 허락하지 않죠."

"총이 누구 것인지도 모르시고요?"

"네. 보안관은 당연히 그 아가씨 총으로 여기는 것 같더군요. 그게 그 아가씨와 살인을 묶는 증거라고."

"그녀의 총이라고 생각할 이유는 없습니다. 만일 그녀의 총이라면 자기 매트리스 밑에 숨기는 짓이야말로 절대로 하지 않았겠죠. 돌리의 남편도 그녀가 숨겼다는 것을 부인했고, 그녀가 문간채로 돌아온 뒤에는 남편이 죽 함께 있었습니다. 더구나 그게 살인 무기라는 결정적 증거도 없습니다."

"정말인가요?"

"정말입니다. 경찰이 탄도 검사를 하겠지만 일정이 월요일에야 잡혀 있습니다. 운이 좋으면 그때까지 이 사건에 대해 좀더 밝혀낼 수 있을 것 같습니다."

"아처 씨는 나름대로 다른 타당한 가설이 있나요?"

"이 사건의 뿌리는 한참 더 과거로 거슬러 올라가야 찾을 수 있을 겁니다. 해거티 양을 죽이겠다고 협박한 사람은 돌리가 아니었습니다. 돌리의 목소리라면 해거티 양이 알아들었을 겁니다. 둘은 친구였으니까요. 돌리는 그저 남편에게 돌아갈까 말까 하는 문제로 조언을 구하려고 그 집에 갔을 겁니다. 그랬다가 시체를 발견하고 공황에 빠졌죠. 아직도 공황 상태입니다."

"왜요?"

"그걸 설명할 준비가 덜 됐습니다. 저는 돌리의 과거를 더 깊게 알아보고 싶습니다. 해거티 양의 과거도 알아보고 싶고요."

"흥미로울지도 모르겠군요." 부인은 동시 상영 영화를 볼까 말까 고민하는 사람처럼 말했다. "그 일을 다 하는 데 돈이 얼마나 들까요?"

"가급적 아끼도록 노력하겠습니다. 그래도 이삼천 달러나 사천 달러까지 늘 수도 있습니다."

"보속補贖치고는 비싸군요."

"보속?"

"과거와 현재와 미래의 내 이기심에 대한 보속이죠. 생각해보겠습니다, 아처 씨."

"생각하는 데 시간이 얼마나 필요하십니까?"

"오늘밤에 전화하세요. 로이가 저녁 식사 때쯤 나한테 전화할 겁니다. 밖에 있을 때는 매일 밤 전화하죠. 아들과 의논하기 전에는 답을 드릴 수 없습니다. 우리는 당신이 짐작하는 것보다 더 빠듯한 예산으로 살고 있거든요."

부인이 진지하게 말했다. 목에 달린 다이아몬드를 만지작거리면서.

15

나는 물방울이 뚝뚝 떨어지는 나무들 밑을 달려 헬런 해거티의 집으로 갔다. 현관 밖에서 어정거리던 두 보안관보는 나를 들여보내지 않았고 질문에도 대답하지 않았다. 재수없는 날인 모양이었다.

나는 캠퍼스로 이동하여 대학 본관에 도착했다. 여학생처장인 로라 서덜랜드와 이야기해볼까 싶었지만 사무실은 잠겨 있었다. 모든 사무실이 잠겨 있었다. 건물은 텅 비어 있었다. 단 한 명, 청바지를 입은 백발의 노인만이 손잡이가 긴 빗자루로 복도를 쓸고 있었다. 노인은 시간의 아버지처럼 보였다. 순간 그가 헬렌의 마지막 흔적을 쓸어내고 있다는 악몽 같은 생각이 스쳤다.

방어적인 반사 행동처럼, 나는 수첩을 꺼내 현대어학부 학부장

의 이름을 확인했다. 가이스먼 박사였다. 빗자루 든 노인이 박사의
사무실을 알려주었다.

"저 건너편 새 인문학부 건물에 있습니다." 노인이 가리켰다.
"하지만 토요일 오후에는 자리에 없을 겁니다."

노인이 틀렸다. 나는 인문학부 건물 1층의 과 사무실에서 가이
스먼을 발견했다. 그는 한 손에 전화기를, 다른 손에 연필을 쥐고
앉아 있었다. 전날 브래드쇼 사무실에서 모임을 마치고 나온 그를
보았던 기억이 났다. 뚱뚱한 중년 남자로, 작고 초조한 두 눈을 두
꺼운 안경으로 어설프게 가리고 있었다.

"잠시만요." 그가 내게 말하고는 다시 전화기에 대고 말했다.
"우리를 도와줄 수 없다니 유감입니다, 배스 부인. 집안일이 있다
는 것도 알겠고요. 물론 특별 강사는 보수가 높지 않지요."

그의 말투는 아무런 억양이 없는데도 왠지 외국인처럼 들렸다.
영어를 제2외국어로 배운 사람처럼 목소리에서 특징이 제거되어
있었다.

그가 전화를 끊고 앞에 놓인 명단에서 이름 하나를 줄그어 지우
면서 말했다.

"가이스먼 박사입니다. 데 파야 박사시죠?"

"아닙니다. 저는 아처라고 합니다."

"자격 요건이 어떻습니까? 고급 학위가 있습니까?"

"현실이라는 대학에서 받았지요."

박사는 내 웃음에 호응하지 않았다.

"우리 교수 중 한 명이 죽어서, 그야 당신도 알겠지만, 그녀를 대신할 보충 인원을 찾느라고 나는 토요일을 반납했습니다. 당신의 지원을 진지하게 받아들이길 원한다면⋯⋯."

"지원하려는 게 아닙니다, 박사님. 정보를 얻고 싶긴 합니다만. 저는 해거티 교수의 사건을 조사하는 사설탐정입니다. 그녀가 어떻게 여기 자리잡게 되었는지 궁금합니다."

"그 이야길 또다시 늘어놓을 시간은 없습니다. 당장 월요일에 수업이 있단 말입니다. 데 파야 박사라는 사람이 안 오면, 혹은 못 쓸 사람으로 판명나면, 정말 어떻게 해야 좋을지." 그가 시계를 들여다보았다. "6시 반에는 로스앤젤레스 공항에도 가봐야 합니다."

"오 분은 내주실 수 있겠지요. 누구나 그건 가능하지 않습니까."

"좋습니다. 오 분입니다." 그가 시계 뚜껑을 톡 쳤다. "해거티 양이 어떻게 여기 왔는지 알고 싶다고요? 나도 딱히 설명할 수 없습니다. 어느 날 그녀가 사무실에 나타나서 자리를 청한 게 전부죠. 그녀는 패런드 교수가 심장 발작을 일으켰다는 걸 알고 있더군요. 우리는 한 달 사이에 두 명이나 결원이 생긴 겁니다."

"심장 발작 이야기를 누가 그녀에게 했습니까?"

"나도 몰라요. 서덜랜드 처장일지도. 해거티 양이 신원보증인으로 서덜랜드 처장을 세웠으니까. 하지만 그건 다들 아는 사실이었습니다. 신문에 났어요."

"해거티 양은 지원하기 전에도 여기 살고 있었습니까?"

"그랬을 겁니다. 네, 맞아요. 나한테 이미 집을 구했다고 했습니다. 이곳이 마음에 들어서 계속 살고 싶다고 했습니다. 이 자리를 무척 탐냈어요. 솔직히 나는 그녀가 못 미더웠습니다. 시카고에서 석사 학위를 받았지만 자격이 완전하진 않았거든요. 전에 가르쳤다는 학교는 메이플파크였는데 우리 수준에 맞지 않습니다. 하지만 서덜랜드 처장이 그녀에게 자리가 필요하다고 말하기에 내가 임명했지요. 안타깝게도."

"해거티 양에게 개인적인 수입이 있었다고 들었습니다."

박사는 입술을 오므리고 고개를 저었다. "사적인 수입이 있는 숙녀라면, 오천 달러도 안 되는 봉급에 프랑스어와 독일어를 네 강좌나 맡고 거기에 상담 업무까지 맡지는 않습니다. 이혼 수당을 말하는 것이었을지도 모르죠. 나한테 이혼 수당을 제때 받기가 어렵다고 말한 적 있습니다." 박사가 고개를 들자 안경이 번득였다. "그녀가 최근에 이혼했다는 걸 알고 있었습니까?"

"저도 들었습니다. 전남편이 어디 사는지 아십니까?"

"아니요. 어쨌든 해거티 양과는 대화를 몇 마디 안 나눴습니다. 전남편을 의심하고 있습니까?"

"딱히 그럴 이유는 없습니다. 하지만 여자가 살해되었을 때는 살해 동기를 지닌 남자를 찾아보는 게 정석이지요. 경찰은 의견이 다릅니다만."

"당신은 경찰에게 동의하지 않고요?"

"모든 가능성을 열어두려고 하고 있습니다, 박사님."

"그렇군요. 사람들 말이 우리 학생 하나가 의심을 받고 있다던데."

"저도 그렇게 들었습니다. 그 아가씨를 아십니까?"

"아니요. 다행스럽게도 우리 학부 강좌는 하나도 등록하지 않았습니다."

"다행스럽다니요?"

"그 아가씨가 정신병자라고들 하던데요." 두꺼운 안경알 너머의 근시안은 껍질 까진 굴처럼 취약해 보였다. "본부가 심사 절차를 제대로 따른다면 우리가 그런 학생에게 목숨을 위협당하는 일은 없을 겁니다. 하지만 우리 학교는 그런 면에서 대단히 후진적이지요." 그가 다시 시계를 톡 쳤다. "약속한 오 분 지났습니다."

"하나만 더 묻겠습니다. 헬렌 해거티의 가족과는 연락하셨습니까?"

"네. 오늘 아침에 그 어머니와 통화했습니다. 브래드쇼 처장이 나한테 맡겼는데, 사실을 말하자면 그건 자기가 할 일이죠. 호프먼 부인이라는 그 어머니가 지금 이리로 오고 있고, 내가 로스앤젤레스 공항에 마중 나가야 합니다."

"6시 반에요?"

박사가 우울하게 고개를 끄덕거렸다.

"나 말고는 시간 되는 사람이 없는 모양입니다. 학생처장은 둘 다 없고……."

"서덜랜드 처장도요?"

"서덜랜드 처장도요. 일거리는 죄다 내게 떠넘기고 둘 다 가버렸습니다." 박사의 안경이 자기 연민으로 흐려졌다. 그가 안경을 벗어 닦았다. "안개가 짙어서 운전할 때 앞을 제대로 볼 수나 있을지 모르겠습니다. 시력이 너무 나빠서 안경이 없으면 당신과 하느님도 구별하지 못할걸요."

"별로 차이 없습니다."

박사는 안경을 쓰면서, 내 말이 농담임을 알아차리고는 짖는 것 같은 웃음소리를 짧게 냈다.

"호프먼 부인은 무슨 비행기로 옵니까?"

"유나이티드 항공으로 시카고에서 옵니다. 유나이티드 항공사 수화물 카운터에서 만나기로 약속했습니다."

"제가 가겠습니다."

"진심입니까?"

"그러면 제가 그분과 대화할 기회를 얻을 수 있잖습니까. 그분을 어디로 데려갈까요?"

"퍼시픽 호텔에 방을 잡아뒀습니다. 그곳에서, 그러면, 8시쯤 봅시다."

"좋습니다."

일어난 박사는 책상을 돌아 나와 내 손을 잡고 격렬하게 흔들었다. 건물을 나서는데 검은 모자를 쓰고 초록빛 도는 검은 망토를 걸친 작은 노인이 안개를 헤치며 가만가만 걸어왔다. 검은 콧수염은 물들인 것 같았고, 검은 눈은 시종 두리번거렸고, 움푹 꺼진 뺨에는 와인색 홍조가 피어 있었다.

"데 파야 박사님?"

남자가 고개를 끄덕였다. 나는 그가 들어가도록 문을 잡아주었다. 그가 모자를 벗어 인사했다.

"메르시 보쿠*."

고무 밑창이 달린 남자의 신발은 거미만큼도 소리를 내지 않았다. 나는 또 한 번 악몽이 스치는 듯한 기분이 들었다. 저 사람은 죽음의 박사였다.

016

1

해안을 따라 북쪽으로 올라가는 길은 지루했지만 공항에 도착하기 전에 안개가 말끔히 걷혔다. 하늘에는 짙은 노을만 남았다. 나는 유나이티드 건물에 차를 세웠다. 주차장 아가씨가 건넨 티켓을 보니 딱 6시 25분이었다. 길을 건넌 뒤, 밝고 거대한 건물로 들어가서 여행자들에게 포위된 수화물 컨베이어를 찾았다.

바싹 마르고 늙은 헬렌처럼 보이는 여자가 인파 끝에서 짐 가방을 옆에 놓고 서 있었다. 여자는 추레한 털 칼라가 달린 검은 코트 밑에 검은 원피스를 입었고, 검은 모자와 검은 장갑을 끼고 있었다.

화려한 빨강 머리카락만이 전체와 조화되지 않았다. 부은 눈 때문인지 정신 한 자락을 일리노이에 놓고 온 것처럼 멍해 보였다.

"호프먼 부인?"

"네. 제가 얼 호프먼의 아내입니다."

"아처입니다. 따님의 학부장인 가이스먼 박사가 부인을 모시고 오라고 했습니다."

"친절하신 분이군요." 여자가 안돼 보이는 미소를 희미하게 지었다. "당신도 친절하시고요."

나는 여자의 가방을 들었다. 작고 가벼웠다.

"뭘 좀 드시겠습니까? 음료라도? 여기 꽤 괜찮은 식당이 있습니다."

"아뇨, 괜찮습니다. 비행기에서 저녁을 먹었어요. 스위스 스테이크가 나오더군요. 아주 재미난 비행이었어요. 제트 비행기는 처음 타봤는데 전혀 무섭지 않았답니다."

여자는 자기가 누구인지 모르는 사람 같았다. 환한 불빛과 주변 사람들을 두리번거리기만 했다. 얼굴 근육이 금방이라도 다시 울음을 터뜨릴 태세로 긴장되고 있었다. 나는 여자의 여윈 팔뚝을 잡고 그곳에서 끌고 나온 뒤 길을 건너 내 차로 갔다. 주차장을 한 바퀴 돈 다음에 고속도로를 탔다.

"전에 왔을 때는 이런 게 없었어요. 마중나와주셔서 다행이에요. 아니면 길을 잃었을 거예요."

정처 없는 목소리였다.

"여기 와보신 지 얼마나 됐습니까?"

"거의 이십 년이죠. 남편이 해군에 있었을 땐데, 그이는 해안경비대 중위였어요. 샌디에이고로 발령이 났는데 헬렌은 이미 가출을…… 집을 떠난 뒤였기 때문에, 나는 여행을 좀 즐겨도 되겠다고 생각했죠. 샌디에이고에 일 년 넘게 사는 동안 아주 좋았어요." 어떻게든 현재에 도달하려고 안간힘을 쓰는 사람처럼 부인의 숨소리가 크게 씨근거렸다. 그녀가 조심스레 물었다. "퍼시픽포인트는 샌디에이고에서 꽤 가깝죠?"

"팔십 킬로미터쯤 됩니다."

"정말인가요?" 다시 입을 닫았다가, 또 물었다. "당신은 대학 분인가요?"

"실은 탐정입니다."

"어머나, 신기하네요. 우리 남편은 형사랍니다. 브리지턴 경찰에서 삼십사 년 동안 일했어요. 내년에 은퇴하죠. 은퇴하면 캘리포니아로 오자고 이야기하곤 했는데 이 일 때문에 그 사람 마음이 돌아서겠죠. 남편은 신경을 안 쓰는 척하지만 사실은 신경쓰고 있어요. 나만큼 신경쓰는 것 같아요."

육체에서 빠져나간 영혼이 혼잣말하는 것처럼 여자의 목소리가 고속도로의 소음 위로 떠올랐다.

"부군께서 함께 오시지 못해서 안타깝습니다."

"원한다면 함께 올 수 있었어요. 휴가를 내면 되니까. 남편은 이 일에 직면하기를 두려워하는 것 같아요. 혈압도 걱정되고." 여자가 다시 머뭇거렸다. "당신은 우리 딸의 살인 사건을 조사하고 있나요?"

"네."

"가이스먼 박사가 전화로 용의자가 있다고 하던데요. 젊은 아가씨라고. 세상에 어쩌면 학생이 선생을 쏠 수 있죠? 그런 이야기는 듣도 보도 못했어요."

"그 아가씨가 그런 것 같진 않습니다, 호프먼 부인."

"하지만 가이스먼 박사는 결과가 다 나온 거나 마찬가지라고 하던데요."

목소리에 담겼던 슬픔이 일종의 의분으로 바뀌었다.

"그럴지도 모르죠." 귀한 증인일지도 모르는 사람과 논쟁할 마음은 없었다. "저는 다른 각도에서 조사하고 있습니다. 부인께서 저를 도와줄 수 있을지 모릅니다."

"어떻게요?"

"따님은 살해 협박을 받았습니다. 총에 맞기 전에 저한테 그렇게 말했습니다. 누가 협박 전화를 걸었다고요. 목소리를 알아듣진 못했다고 했지만 따님이 이상한 말을 했습니다. 그 목소리가 브리지턴의 목소리처럼 들렸다는 겁니다."

"브리지턴? 우리가 사는 동네예요."

"저도 압니다, 부인. 헬렌은 브리지턴이 자기를 쫓아온 거라고 말했습니다. 무슨 뜻인지 짐작 가십니까?"

"헬렌은 늘 브리지턴을 싫어했어요. 고등학교에 다닐 때부터 문제가 생기면 전부 브리지턴 탓이라고 했죠. 브리지턴을 벗어나고 싶어 안달이었어요."

"가출했다고 들었습니다만."

"그렇게 표현할 일은 아니에요." 자신도 그렇게 말했으면서. "헬렌이 우리 시야에서 벗어난 건 한 해 여름뿐이었고, 그동안에도 그 애는 계속 일을 했어요. 시카고의 신문사에서 일했죠. 그러다가 대학에 들어갔고, 그때부터는 자기가 어디에 있는지 계속 알려줬어요. 그저 그 애 아빠가……" 여자는 말을 끊었다. "남편이 해군에 들어가기 전에는 내가 생활비를 쪼개서 헬렌에게 보내주기도 했어요."

"헬렌과 아버님 사이에 무슨 문제가 있었던 겁니까?"

"남편의 직업에 관한 문제였어요. 적어도 맨 마지막에 대판 싸웠던 건 그것 때문이었죠."

"헬렌이 아버님을 부패한 나치 돌격대원이라고 불렀을 땝니까?"

여자가 좌석에서 몸을 틀어 나를 보았다.

"헬렌이 말했군요? 당신은 그 애 남자친구나 뭐 그런…… 사이였나요?"

"친구였습니다."

나는 스스로 조금쯤 확신을 갖고서 이렇게 말한다는 사실을 깨달았다. 우리는 서로 화를 내며 한 시간을 함께했을 뿐이지만 그녀의 죽음으로 그 순간을 영원히 비추는 불이 켜졌다. 그 빛이 내 눈을 아프게 쏘았다.

호프먼 부인이 가까이 몸을 기울여 내 얼굴을 뜯어보았다.

"헬렌이 또 무슨 말을 했나요?"

"헬렌과 아버님의 다툼에 어떤 살인 사건이 관련되어 있다고 했습니다."

"거짓말이에요. 헬렌이 거짓말했다는 소리가 아니라 오해했다는 거예요. 덜로니 씨가 총에 맞은 건 단순한 사고였어요. 헬렌이 그 일에 관해서 제 아빠보다 많이 안다고 생각했다면 죽도록 잘못된 거예요."

'죽다'와 '잘못되다'는 죽은 사람에게 쓰기에는 가혹한 말이었다. 장갑 낀 손이 얼른 입으로 올라갔다. 그녀는 한참 동안 소심한 침묵을 지키면서 구부정히 앉아 있었다. 귀뚤거리는 목소리를 잃은, 야위고 바싹 마른 귀뚜라미 같았다.

"덜로니 총격 사건에 대해 알려주십시오, 부인."

"그래봤자 무슨 소용인지 모르겠네요. 나는 남편이 맡은 사건에 대해 떠들지 않아요. 남편이 좋아하지 않으니까요."

"호프먼 씨는 지금 여기 없습니다."

"있는 거나 마찬가지예요. 우리는 아주 오래 함께 살았으니까. 그리고 그 일은 다 지난 과거인걸요."

"과거는 늘 현재와 연결되어 있습니다. 그 사건이 헬렌의 죽음과 관계있을지도 모릅니다."

"어떻게요? 이십 년도 더 된 옛날 일이고, 당시에도 무난하게 지나간 사건이었는데요. 그 사건이 헬렌에게 깊은 인상을 남긴 건 단지 우리가 살았던 아파트에서 벌어진 일이기 때문이에요. 덜로니 씨가 총을 청소하다가 실수로 발사해서 맞고 말았죠. 그게 전부예요."

"확실합니까?"

"남편이 그렇게 말했어요. 그이는 거짓말하지 않아요."

과거에도 사용해본 주문처럼 들렸다.

"헬렌은 왜 아버지가 거짓말한다고 생각했습니까?"

"그냥 순수한 상상이에요. 헬렌은 누가 덜로니 씨를 쏘는 걸 본 증인과 이야기 나눴다고 주장했지만, 내가 볼 때는 그 애가 꿈꾼 거예요. 증인은 영영 나타나지 않았어요. 남편은 증인이 존재할 수 없다고 했어요. 그 일이 벌어졌을 때 덜로니 씨는 아파트에 혼자 있었으니까요. 장전된 총을 청소하려다가 그만 얼굴에 맞은 거죠. 헬렌은 꿈을 꾼 게 틀림없어요. 덜로니 씨에게 반해 있었거든요. 덜로니 씨는 잘생긴 남자였고, 어린 여자아이들이 어떤지는 당신도 알잖아요."

"헬렌은 몇 살이었습니까?"

"열아홉요. 그해 여름에 집을 나갔죠."

이제 밖은 완전히 캄캄했다. 멀리 오른쪽으로 롱비치의 붉은 불빛이 사그라지는 불처럼 어두워지는 하늘에 반사되었다. 내가 평탄하지 못한 젊은 시절을 보낸 곳이었다.

"델로니란 분은 어떤 사람이었습니까?"

"이름은 루크 델로니. 브리지턴은 물론 주 전체에서 크게 성공한 건설업자였죠. 우리가 살던 아파트와 시내의 다른 건물들을 갖고 있었어요. 지금도 델로니 부인이 건물들을 갖고 있죠. 지금은 그때보다 값이 훨씬 더 나가겠지만 당시에도 델로니 씨는 백만장자만큼 돈이 많았어요."

"델로니 부인은 살아 있습니까?"

"네. 성급히 결론 내리진 마세요. 그 일이 있었을 때 부인은 엄청 멀리 떨어진 본가에 있었으니까요. 동네에 이러쿵저러쿵 소문이 돌긴 했지만 부인은 갓난아기만큼이나 결백했답니다. 그분은 아주 좋은 집안 출신이에요. 브리지턴에서 오즈번 자매라고 하면 유명했죠."

"뭘로 유명했습니까?"

"아버지가 상원 의원이었어요. 내가 초등학교에 다닐 때니까 1차 세계대전이 벌어지기도 전인데, 그분들이 붉은 코트를 입고 사냥개를 데리고 사냥을 나가던 게 기억나요. 그분들은 늘 민주적이었답니다."

"잘됐군요." 나는 델로니 사건으로 이야기를 되돌렸다. "부인이 살던 아파트 건물에서 덜로니 씨가 총에 맞았다고요?"

"네. 우리는 건물 1층에서 살았어요. 덜로니 씨 대신 집세를 걷는 대가로 헐값에 집을 얻었죠. 펜트하우스는 덜로니 씨가 썼어요. 일종의 사무실처럼, 중요한 손님들이 오면 파티를 열거나 뭐 그러는 장소로 썼죠. 그분은 주의회의 거물들과 친했어요. 우리는 그런 사람들이 드나드는 걸 자주 봤죠."

여자는 특권을 누렸던 것처럼 말했다.

"펜트하우스에서 그가 자살했고요?"

"그냥 총이 발사된 거예요." 여자가 내 말을 바로잡았다. "사고였어요."

"덜로니 씨는 어떤 사람이었습니까?"

"자수성가한 사람이라고 할 수 있겠죠. 그분은 남편이랑 나랑 같은 동네 출신인데, 그래서 우리가 대신 집세 걷는 일을 맡은 거예요. 공황기에는 그게 정말 도움이 되었죠. 대공황도 루크 덜로니를 주춤하게 만들지는 못했어요. 덜로니 씨는 돈을 빌려서 건설 회사를 차렸고, 자기 힘으로 금세 성장해서는 오즈번 상원 의원의 큰딸과 결혼했죠. 살아 있다면 더 잘됐을지 몰라요. 죽을 때 겨우 마흔의 창창한 청춘이었으니까."

"헬렌이 그에게 관심이 있었다고요?"

"진지한 건 아니었고요. 두 사람은 두 마디 이상 대화를 나눈 적도 없을걸요. 하지만 어린 여자아이들이란 나이든 남자를 꿈꾸는 법이잖아요. 덜로니 씨는 우리 주변에서 제일 성공한 남자였고, 헬렌은 야심가였어요. 참 우스운 게, 그 애는 제 아빠를 실패자라고 닦아세우곤 했는데 사실 남편은 그렇지 않거든요. 그런데 그 애가 마침내 결혼에 흥미를 품게 되어서 고른 상대인 버트 해거티야말로 틀림없는 실패자라는 거죠."

호프먼 부인은 아까보다 훨씬 더 자유롭게 떠들고 있었지만 말들은 사방으로 뿔뿔이 흩어지는 것 같았다. 그럴 만했다. 딸의 죽음이 부인의 인생에 폭뢰를 떨어뜨렸으니까.

"헬렌의 죽음과 덜로니 사건 사이에 연관성이 있다고 가정해보지요." 내가 말했다. "어떤 연관성일지 짐작이 되십니까?"

"아니요. 틀림없이 헬렌이 상상한 거라니까요. 헬렌은 언제나 상상하는 데 선수였어요."

"하지만 헬렌은 누가 덜로니 씨를 쏘는 걸 목격한 사람을 안다고 하지 않았습니까?"

"허튼소리를 한 거예요."

"왜요?"

"왜 제 아빠한테 그런 소리를 했느냐는 뜻인가요? 그야 제 아빠의 성질을 긁기 위해서죠. 두 사람은 남편이 처음 그 애에게 손을 치들었을 때부터 죽 사이가 나빴어요. 일단 다투기 시작하면 그 애는 못 하는 말이 없었죠."

"헬렌이 증인의 이름을 밝혔습니까?"

"어떻게 밝혔겠어요? 그런 사람이 없는걸. 제 아빠가 그 애에게 이름을 대보라고 윽박질렀죠. 그랬더니 할 수 없다고 인정했어요. 그냥 해본 말이라고."

"헬렌이 그렇게 인정했다고요?"

"그래야지 어쩌겠어요. 남편이 그렇게 나오는데. 하지만 그 애는 제 아빠에게 했던 가혹한 소리들을 절대로 취소하지 않았죠."

"헬렌 자신이 증인이었을 가능성도 있습니까?"

"말도 안 되는 소리인 줄 당신도 알잖아요. 벌어지지도 않은 일을 어떻게 목격하겠어요?"

여자의 확신에는 과장된 날카로움이 있었다.

"딜로니 씨는 죽었습니다, 잊지 마십시오. 헬렌도 죽었고요. 제가 볼 때 이 상황은 헬렌이 죽기 전에 친구들에게 했던 말을 뒷받침하는 것 같습니다."

"브리지턴에 대한 이야기 말인가요?"

"네."

호프먼 부인은 다시 침묵에 빠졌다. 우리는 항구 도시들을 지나 안개 구간으로 진입했다. 나는 연쇄 충돌에 말려들까 걱정되어 속도를 낮췄다. 호프먼 부인은 브리지턴이 쫓아오는 것을 느끼기라도 하는 듯 자꾸 뒤를 돌아보았다.

"남편이 술을 마시고 있지 않으면 좋겠어요." 한참 만에 부인이 말했다. "혈압에 좋지 않을 거예요. 만약 남편에게 무슨 일이 생기면 내 탓이에요."

"두 분 중 한 분은 여기 오셔야만 했습니다."

"그렇겠죠. 어쨌든 버트가 함께 있고, 버트는 다른 건 몰라도 주정뱅이는 아니니까요."

"헬렌의 전남편이 호프먼 씨와 함께 있다고요?"

"네. 버트가 오늘 아침에 메이플파크에서 건너와서 나를 공항에 데려다줬어요. 버트는 착한 아이예요. 아이라고 부르면 안 되겠죠, 마흔 줄에 접어든 어른인데. 하지만 나이보다 어려 보여요."

"그분은 메이플파크에서 가르칩니까?"

"맞아요. 학위는 못 땄지만요. 학위 공부를 오래 하는 중이에요. 저널리즘과 영어를 가르치고 학교신문을 내는 것도 돕죠. 한때 신문기자였는데 그때 헬렌을 만난 거예요."

"헬렌이 열아홉 살 때?"

"기억력이 좋으시네요. 우리 남편하고 죽이 맞겠어요. 남편은 중간 이름이 기억력이라고 할 정도랍니다. 우리 동네가 전쟁중에 확장하기 전에는, 남편은 브리지턴에 있는 모든 건물을 다 알았어요. 공장, 창고, 집 전부를. 어느 거리에서든 아무 집이나 골라서 물으면, 남편은 그걸 누가 지었고 누가 소유하고 있는지 말해줬죠. 거기에 누가 살고 있고, 누가 살았고, 아이는 몇이고, 돈은 얼마나 벌고, 그 밖에도 그 사람들에 대해서 알고 싶은 것은 뭐든 대답해줬답니다. 과장이 아니에요. 남편의 경찰관 동료들을 붙잡고 물어보셔

도 돼요. 사람들은 그이가 크게 될 거라고 점치곤 했지만 부서장 이
상은 올라가지 못했죠."

왜 거창한 희망이 현실로 이뤄지지 못했는지 궁금했다. 부인이
일종의 대답을 준 셈이었지만 그것은 사실이라기보다 전설에 가까
울 것이라는 의심이 들었다.

"헬렌은 제 아빠한테서 기억력을 물려받았어요. 두 사람은 자기
들이 인정하는 것보다 더 많이 닮았어요. 그리고 둘 사이에 그 난리
가 있었어도 사실은 서로 아주 좋아해요. 집을 떠난 헬렌이 편지 한
통 안 보냈을 때 남편은 가슴이 찢어졌죠. 헬렌에 관해서 한마디도
묻지는 않았지만 생각은 아주 많이 했어요. 다시는 그전 같지 않았
죠."

"헬렌은 곧바로 버트 해거티와 결혼했습니까?"

"아니요. 오륙 년쯤 버트의 애를 태웠죠. 버트는 중간에 군대에
도 다녀왔고요. 전쟁중에는 버트도 훌륭했죠. 전쟁에 나가서는 잘
하지만 그 전후에는 변변치 못한 남자들이 어찌나 많은지. 그래도
버트는 한동안 자신감이 대단했어요. 책을 쓰겠다, 자기 신문사를
차리겠다, 헬렌을 유럽으로 신혼여행을 데려가겠다. 둘이 유럽에
가기는 갔죠, 제대군인 원호법 수당으로. 나도 여행비를 보탰고요.
버트의 계획 중에서 이뤄진 건 그게 다예요. 버트는 통 한 가지 일
에 정착하지 못했고 마침내 정착했을 때는 늦었죠. 둘은 지난봄에
갈라서기로 했어요. 나는 마음에 들지 않았지만 헬렌을 탓할 수도

없는 일이에요. 그 애는 늘 제 남편보다 뛰어났죠. 결혼할 때부터. 내가 헬렌에 대해 한 가지 분명하게 말할 수 있는 건, 그 애가 늘 품위가 있었다는 거예요."

"맞습니다."

"하지만 어쩌면 버트에게 남아야 했을지도 몰라요. 누가 알겠어요? 그랬으면 이런 일이 벌어지지 않았을지도 모르잖아요. 가끔은 남자가 아예 없는 것보다는 아무 남자라도 있는 게 낫다는 생각이 들어요."

퍼시픽포인트에 들어섰을 때 호프먼 부인이 말했다.

"헬렌은 왜 번듯한 남자하고 결혼하지 못했을까요? 우스워요. 헬렌은 똑똑하고 예쁜데다 품위까지 있었는데. 그러고도 번듯한 남자의 마음을 잡지 못했다니."

호프먼 부인이 나를 바라보는 게 느껴졌다. 딸의 인생이라는 이름의 잃어버린 대륙으로 향하는 지도를 작성하려는 듯한 눈빛으로.

퍼시픽 호텔은 시내 중심가를 부유한 지역과 부유하지 않은 지역으로 나누는 경제적 적도의 선 위에, 정확히 그 끝에 선 건물이었다. 토요일 밤인 지금은 로비에 사람이 거의 없었다. 키 큰 전등 불빛 밑에서 노인 넷이 브리지 게임을 하고 있을 뿐이었다. 그 밖에 눈에 보이는 사람은 가이스먼 박사뿐이었다. 박사를 산 사람으로 헤아려도 좋다면 말이지만.

박사가 허름한 초록색 플라스틱 의자에서 일어나 호프먼 부인과 딱딱하게 악수를 나누었다.

"무사히 도착하셨군요. 좀 어떠십니까?"

"괜찮아요. 고맙습니다."

"따님이 뜻밖에 사망한 일은 저희에게 상당한 충격이었습니다."

"저도 그래요."

"저는 하루 종일 따님을 대신할 강사를 구하려고 진땀을 뺐습니다. 아직도 못 구했고요. 지금이 강사를 영입하기에 가장 나쁜 시기입니다."

"안됐네요."

두 사람이 사산아처럼 시작부터 틀어진 대화에 숨결을 불어넣으려 애쓰는 것을 뒤로하고 나는 술이나 한잔하러 바로 향했다. 한 명밖에 없는 손님은 뚱뚱하고 침울한 바텐더와 슬픔을 교환하고 있었다. 여자 손님의 까맣게 염색한 머리카락은 어떤 오리의 깃털처럼 초록 광택을 띠었다.

나는 그녀를 알아보았다. 페린 부인이라면 천 미터 밖에서도 알아볼 수 있었다. 뒷걸음질로 그곳을 나가기 시작했는데 그녀가 몸을 돌려 나를 보았다.

"여기서 만날 줄이야!" 페린 부인이 크게 손짓하다가 앞에 놓인 빈 잔을 엎을 뻔하면서 바텐더에게 말했다. "내 친구 아처 씨예요. 이 친구에게 술 한잔 주세요."

"뭘 드시겠습니까?"

"버번. 내가 내겠습니다. 숙녀께서는 뭘 드시고 있습니까?"

"플랜터스펀치. 숙녀라고 해줘서 고마워요. 다른 것도 다 고마워요. 난 축배를 드는 중이에요. 하루 종일 축하하고 있었답니다."

그러지 않는 편이 좋을 텐데 싶었다. 그녀가 재판정에서 내세웠던 화강암처럼 단단한 겉모습이 부식되어 가려졌던 폐허 같은 삶이 들여다보였다. 페린 부인의 비밀을 전부 아는 것은 아니었지만 그녀가 스무 개 도시의 경찰 기록부에 이름을 남기고 있다는 사실은 알았다. 이번 범죄에 대해서는 무죄였지만, 그녀는 아카풀코에서 시애틀까지, 몬트리올에서 키웨스트까지 해안가를 두루 누비며 일해온 사기꾼이었다.

바텐더가 내 술을 만들려고 절름거리며 떠났다. 나는 그녀 옆의 등받이 없는 의자에 앉았다.

"축하하려면 다른 도시를 골랐어야죠."

"나도 알아요. 이 도시는 묘지 같아요. 당신이 멋지게 입장하기 전에는 내가 최후의 생존자인 줄 알았답니다."

"내 말은 그런 뜻이 아닙니다, 페린 부인."

"젠장, 브리짓이라고 불러요. 당신은 내 친구예요. 자격이 충분하죠."

"좋습니다, 브리짓. 경찰은 당신이 풀려난 걸 좋아하지 않습니다. 당신도 경찰에게 그 이상을 기대할 수 없어요. 경찰은 당신이 손가락만 꼼지락거려도 잡아들일 겁니다."

"나는 선을 벗어나는 짓을 하지 않았어요. 돈도 있고요."

"당신이 계속 축배를 들면 어떻게 될까 하는 겁니다. 당신은 이 도시에서 무단 횡단도 함부로 할 수 없어요."

여자는 이 문제를 고민했다. 찡그린 얼굴이 머릿속 노력을 반영하고 있었다.

"그 말이 맞을지도 모르겠네요. 내일 아침에 베이거스로 갈까 생각하던 중이에요. 베이거스에 친구가 있거든요."

바텐더가 술을 갖고 왔다. 페린 부인은 자기 술을 한 모금 마시더니 갑자기 입맛을 잃은 듯 얼굴을 찌푸렸다. 그녀의 시선이 허공을 떠돌다가 바 뒤편 거울에 닿았다.

"맙소사, 저게 나예요? 괴물처럼 보이네요."

"목욕을 하고 좀 주무십시오."

"잠이 잘 안 와요. 밤에는 외로워서."

그녀가 습관적으로 내게 추파를 던졌다.

그녀는 내 연인이 아니었다. 나는 술을 다 마시고 이 달러짜리 지폐를 바에 내려놓았다.

"잘 자요, 브리짓. 웬만큼 마셔요. 나는 전화하러 가야겠습니다."

"그러시겠죠. 엡워스 청년회*에서 만나요."

나오면서 보니 바텐더가 절름거리면서 그녀에게 가고 있었다. 로비에는 호프먼 부인도 가이스먼 박사도 없었다. 나는 데스크 뒤쪽 막다른 통로에서 전화 부스를 발견하고 브래드쇼 저택에 전화를 걸었다.

벨이 두 번 울리기도 전에 노부인이 떨리는 목소리로 받았다.

"로이? 너니, 로이?"

"아처입니다."

"오, 로이가 전화하기를 학수고대하고 있었답니다. 그 애는 늘 이때쯤 전화하거든요. 혹시 그 애에게 무슨 일이 생겼다는 건 아니죠?"

"아닙니다, 그런 건."

"신문 봤나요?"

"아니요."

"로라 서덜랜드가 로이와 함께 리노의 회의에 갔다는 기사가 실렸어요. 로이는 나한테 그런 말을 안 했는데. 로이가 로라에게 관심 있을까요?"

"전들 알겠습니까."

"서덜랜드 양은 사랑스러운 젊은 아가씨겠죠, 그렇죠?"

부인이 저녁 반주로 와인이라도 한잔해서 이렇게 한심하게 구는 건가 싶었다.

"그 문제에 대해서는 아무 의견이 없습니다, 부인. 오후에 나눴던 대화를 마무리지으실 의향이 있는지 여쭈려고 걸었습니다."

"로이가 동의하지 않고서는 그럴 수 없어요. 그 애가 집안의 돈을 관리하니까요. 이제 그만 끊어야겠어요, 아처 씨. 언제 로이가 전화할지 몰라요."

부인이 먼저 끊었다. 나는 숙녀들을 다루는 솜씨를 잃고 있는

●　**엡워스 청년회** _ 미국 감리교회의 유명 청년회. 사회 봉사를 중요한 활동으로 여긴다.

것 같았다. 화장실로 갔다. 줄줄이 놓인 세면기 위에 붙은 거울 속 내 얼굴을 바라보았다. 누군가 연필로 벽에 '정신 건강법을 지지하라! 아니면 내가 널 죽여버리겠음'이라고 낙서를 해두었다.

때마침 화장실로 들어온 갈색 피부의 신문팔이 소년이 내가 거울에 대고 씩 웃는 장면을 목격했다. 나는 이를 살펴보는 척했다. 소년은 열 살쯤 되어 보였는데 행동거지는 어른의 축소판이었다.

"살인 사건 기사 읽어보세요."

소년이 제안했다.

나는 지역신문을 한 부 샀다. 머리기사의 표제는 '퍼시픽포인트 교수 총격 사망'이었고 부제는 '수수께끼의 학생 신문 예정'이었다. 사실상 돌리를 재판하고 유죄를 선고한 셈이었다. 기사는 돌리가 '가명을 써서 사기로 입학했다'고 말했다. 그녀의 침대에서 발견된 스미스 앤드 웨슨 38구경이 '살인 무기'라고도 했다. 그녀는 '과거에 어두운 비밀'을, 즉 맥기 살인 사건을 감추고 있고, '경찰의 신문을 회피하고 있다'고 했다.

다른 유력한 용의자는 언급되지 않았다. 리노에서 온 남자는 등장하지 않았다.

건설적인 일을 하는 대신 나는 신문을 갈기갈기 찢어서 쓰레기통에 버렸다. 그리고 전화 부스로 돌아갔다. 고드윈 박사의 응답원은 내게 응급 상황이냐고 물었다.

"네. 박사님의 환자와 관계된 문제입니다."

"본인이 환자이신가요?"

"네."

이렇게 거짓말하는 것은 내가 도움이 필요한 사람이라는 뜻일까 궁금해하면서 대답했다.

교환원이 한결 부드러운 목소리로 말했다.

"박사님이 마지막으로 연락하셨을 때는 댁에 계신다고 했습니다."

응답원이 그의 집 전화번호를 읊었지만 전화를 걸지는 않았다. 고드윈의 얼굴을 직접 보면서 말하고 싶었다. 전화번호부에서 주소를 찾은 뒤, 도시를 가로질러 그곳으로 갔다.

고드윈의 집은 메사 가장자리에 올라앉은 큰 저택들 중 하나였다. 불쑥 솟은 지형은 평상시에는 항구와 도시를 굽어보고 있을 테지만 오늘밤은 안개 때문에 섬이 되어 있었다.

고드윈의 집 앞에 도착했다. 애리조나 자연석을 붙인 전면 벽 너머에서 테너와 소프라노가 '라 보엠'의 가슴 미어지는 듀엣을 부르고 있었다.

문을 연 사람은 아름다운 여성으로, 무늬를 짜넣은 붉은 실크로 된 코트를 입었고 의사의 아내들이 익힌 준전문가적 미소를 띠고 있었다. 여자는 내 이름을 아는 것 같았다.

"죄송합니다, 아처 씨. 남편은 몇 분 전만 해도 집에 있었어요. 기분 전환차 함께 음악을 듣고 있었죠. 그런데 웬 청년에게서, 그이가 맡은 환자의 남편에게서 전화가 와서 요양소로 그 사람을 만나러 갔어요."

"전화한 남자가 앨릭스 킨케이드 아니었습니까?"

"그랬던 것 같아요. 저, 아처 씨?" 여자가 문밖으로 나왔다. 붉은 코트 위로 아름답고 매우 여성스러운 몸매가 드러났다. "남편이 당신 이야기를 했어요. 그이가 관계된 범죄 사건을 조사하고 계시다고요."

"네."

여자가 손으로 내 팔을 건드렸다. "그이가 걱정이에요. 이 일을 몹시 진지하게 받아들이고 있거든요. 그 아가씨가 옛날에 자기 환자였을 때 자기가 실망시킨 적이 있어서 그 뒤에 일어난 일이 전부 자기 책임이라고 생각하는 것 같아요." 여자의 길고 섬세한 속눈썹이 안심되는 말을 바라듯 나를 올려다보았다.

"박사님 책임이 아닙니다."

"남편에게 그렇게 좀 말해주시겠어요? 제 말은 듣지 않아요. 남편은 좀처럼 사람들 말을 듣지 않지만 당신에게는 존경심을 품고 있는 것 같았어요, 아처 씨."

"저도 그렇습니다. 하지만 그분이 책임에 관한 문제에서 제 의견을 바랄 것 같지는 않습니다. 부군은 아주 정력적이고 욱하는 데가 있어 충돌을 빚기 쉬운 분이지요."

"제 말이 그거예요. 제가 남편에게 잘 말해달라고 부탁할 권리는 없지만 그이가 환자들에게 자기 인생을 너무 쏟아붓는 게……."

여자가 손을 가슴께에서 바깥쪽으로 움직였다.

"그분은 그게 사는 보람인 것 같습니다."

"저는 아니에요." 여자가 얼굴을 찌푸렸다. "의사의 아내는 스스로 치료하라, 그런 거죠?"

"겉으로 뵙기에는 부인도 잘 지내시는 것 같습니다만. 딴말이지만 코트가 근사하군요."

"고맙습니다. 짐이 여름에 파리에서 사다준 거예요."

나는 덜 전문적으로 미소 짓는 여자를 뒤로하고 요양소로 갔다. 앨릭스의 빨간 포르셰가 크고 수수한 스투코 건물 정면의 연석에 세워져 있었다. 심장이 쿵쾅거리는 소리가 귀에 들릴 지경이었다. 아직 좋은 일이 벌어질 여지가 있을지도 모른다.

흰색과 파란색의 제복을 입은 스페인계 간호조무사가 잠긴 문을 열고 나를 응접실로 들여보내 대기시켰다. 넬을 비롯하여 가운을 입은 환자 몇 명이 아버지와 아들 변호사 콤비가 등장하는 텔레비전 드라마를 보고 있었다. 환자들은 내게 눈길도 주지 않았다. 나는 현실의 탐정일 뿐이니까. 게다가 당장은 의뢰인마저 없는. 오래 그렇지는 않기를 바랐다.

나는 한쪽으로 비껴서 빈 의자에 앉았다. 드라마는 연출도 연기도 훌륭했지만 몰입이 되지는 않았다. 대신 드라마를 보는 환자들을 보기로 했다. 몽유병자 넬은 검은 머리카락을 슬픔처럼 풀어헤

친 채 자기가 만든 푸른 도자기 재떨이를 양손으로 감싸쥐고 있었다. 다듬지 않은 턱수염에 눈초리가 반항적인 청년은 세상만사에 대한 양심적 거부자처럼 보였다. 머리숱이 적은 다른 남자는 흥분하여 몸을 떨고 있었는데, 광고가 나가는 내내 줄기차게 떨었다. 그리고 촛불처럼 펄럭거리는 내면의 생명이 반투명한 얼굴을 통해서 비치는 듯한 늙은 여자가 있었다. 조금 물러나서 바라본다면, 할머니와 부부와 아들의 삼대로 구성된 가족이 토요일 밤에 집에 모여 있는 모습이라고 상상할 수도 있을 것 같았다.

고드윈이 안쪽 문간에 나타났다. 그가 손가락을 구부려 나를 불렀다. 나는 그를 따라 병원 냄새가 짙게 풍기는 복도를 걸어 비좁은 사무실로 갔다. 고드윈은 책상에 놓인 등을 켜고 자리에 앉았다. 나는 딱 하나 있는 다른 의자에 앉았다.

"앨릭스 킨케이드는 아내와 함께 있습니까?"

"네. 킨케이드 씨가 우리집으로 전화를 걸었는데 돌리를 몹시 보고 싶어 하는 것 같았습니다. 그전에는 하루 종일 연락이 없었지만요. 나하고 의논하고 싶다더군요."

"그녀에게서 손떼겠다고 말하던가요?"

"아니요."

"마음이 바뀐 거라면 좋겠군요."

나는 고드윈에게 앨릭스의 아버지를 만났던 일과 앨릭스가 아버지와 함께 떠났던 일을 말해주었다.

"그가 잠시 포기했다고 해서 덮어놓고 비난해서는 안 됩니다. 그는 어리고 엄청난 압박을 받고 있어요." 고드윈의 변화무쌍한 눈이 밝아졌다. "그에게나 돌리에게나 중요한 점은 그가 돌아오기로 결정했다는 겁니다."

"그녀는 어떻습니까?"

"차분해진 것 같습니다. 오늘밤에는 말을 하려고 하지 않았습니다만. 적어도 내게는."

"내가 시도해보면 안 되겠습니까?"

"안 됩니다."

"박사님을 이 사건에 끌어들인 게 후회될 지경이군요."

"그런 말은 전에도 많이 들었습니다. 덜 정중한 방식으로." 고드윈이 물러나지 않겠다는 듯이 웃었다. "하지만 일단 내가 개입하면 죽 개입하는 거고, 내가 최선이라고 생각하는 방식대로 밀고 나갈 겁니다."

"물론 그러시겠지요. 석간신문 보셨습니까?"

"봤습니다."

"돌리는 밖에서 벌어지는 일을 압니까? 총 이야기라든지."

"아니요."

"그녀에게 알려줘야 한다고 생각하지 않습니까?"

고드윈이 흠집투성이 책상 상판에 대고 손을 펼쳤다.

"나는 돌리의 문제를 단순화하고 싶지, 심화하고 싶진 않습니다. 돌리는 어젯밤에 과거와 현재 양쪽으로부터 크나큰 압박을 받아서 정신적으로 무너질 위기였습니다. 그렇게 되기를 원하는 건 아니겠지요."

"박사님이 그녀를 경찰 조사로부터 보호할 수 있겠습니까?"

"무한정 가능하진 않겠지요. 최선의 보호는 사건을 해결해서 돌리의 혐의를 벗기는 겁니다."

"내가 하려는 일이 그겁니다. 오늘 아침에 그녀의 이모인 앨리스를 찾아가서 대화를 나누고 맥기 살인 사건 현장도 살펴봤습니다. 나는 거의 생각을 굳혔습니다. 설령 맥기가 아내를 죽였더라도, 나는 죽이지 않았으리라 봅니다만, 그가 집을 나설 때 돌리가 그를 알아보기는 불가능했습니다. 달리 말해, 돌리가 재판정에서 한 증언은 위증이었습니다."

"앨리스 젱크스 때문에 확신이 든 겁니까?"

"물리적 구조 때문입니다. 젱크스 양은 오히려 반대 의견으로 나를 설득하려고 애썼습니다. 맥기가 유죄라는 거죠. 맥기를 고발할 때 뒤에서 그녀가 조종했다고 해도 놀라지 않을 겁니다."

"맥기는 정말로 유죄였습니다."

"전에도 그렇게 말씀하셨지요. 그렇게 믿는 이유를 설명해주시면 좋겠는데요."

"안타깝지만 안 됩니다. 환자의 비밀과 관련된 것이라서."

"콘스턴스 맥기?"

"맥기 부인은 공식적으로 환자가 아니었습니다. 하지만 아이를 치료하다 보면 부모도 치료하게 되어 있지요."

"콘스턴스가 당신에게 비밀을 털어놓았습니까?"

"당연히 어느 정도는 그랬지요. 주로 가정 문제를 이야기하기는 했습니다만."

고드윈은 말조심하고 있었다. 얼굴은 무덤덤했다. 불빛을 받은 대머리가 달빛을 받은 금속 돔처럼 빛을 냈다.

"언니인 앨리스가 내 앞에서 흥미로운 말실수를 했습니다. 콘스턴스에게 딴 남자가 있었다고 하더군요. 내가 물은 게 아닙니다. 앨리스가 자진해서 누설했습니다."

"흥미롭군요."

"내 생각도 그렇습니다. 콘스턴스가 총에 맞았을 때 딴 남자를 사귀고 있었나요?"

고드윈은 내가 가까스로 알아차릴 만큼 끄덕였다.

"그 남자가 누굽니까?"

"당신에게 말할 마음은 없습니다. 그 사람도 충분히 고통을 겪었습니다." 괴로운 그림자가 고드윈의 얼굴을 스쳤다. "내가 당신에게 이만큼이라도 말한 까닭은 맥기에게 동기가 있었다는 사실, 그리고 틀림없이 맥기가 유죄라는 사실을 당신이 이해했으면 해섭니다."

"나는 맥기가 누명을 썼다고 생각합니다. 돌리가 지금 누명을 쓰고 있는 것처럼."

"후자에 관해서는 우리 의견이 일치하는군요. 왜 그걸로 만족하지 못합니까?"

"왜냐하면 세 번째 살인이 있었고, 세 사건이 연결되어 있기 때문입니다. 당신의 표현을 빌리자면 사건들은 돌리의 마음속에서 주관적으로 연결되어 있습니다. 그러나 나는 세 사건이 객관적으로도 연결되어 있다고 믿습니다. 셋 다 같은 사람이 저질렀을 수도 있습니다."

고드윈은 그게 누구냐고 묻지 않았다. 다행이었다. 나는 스스로도 이해하지 못하는 말을 지껄이고 있었고, 딱히 내세울 용의자도 없었다.

"세 번째 살인이라는 건 뭡니까?"

"루크 딜로니라고, 나도 오늘밤에서야 이름을 들은 남자가 죽은 사건입니다. 아까 로스앤젤레스 공항에서 헬렌 해거티의 어머니를 만나 데려오면서 이야기를 나눴는데, 그분 말이 딜로니가 총을 소제하다가 사고로 자기를 쏘았다더군요. 하지만 헬렌은 그게 살인사건이었고 증인도 안다고 주장했습니다. 어쩌면 헬렌 자신이 증인이었을지도 모릅니다. 아무튼 헬렌은 그 문제로 아버지와 다퉜습니다. 아버지가 사건을 담당한 형사였던 모양이고요. 그 결과 헬렌은 집을 나왔습니다. 모두 이십 년 전에 벌어진 일입니다."

"정말 진지하게, 그 일이 현재 사건과 관계있다고 보는 겁니까?"

"헬렌은 그렇게 생각했습니다. 헬렌이 살해된 것으로 보아 그녀가 옳았을 겁니다."

"당신은 이 문제를 어쩔 작정입니까?"

"오늘밤에 일리노이로 날아가서 헬렌의 아버지와 이야기해보고 싶습니다. 하지만 내 돈으로 그럴 여력은 없습니다."

"전화를 걸면 되지 않습니까."

"그럴 수도 있지요. 하지만 내가 판단하기로는 그러면 득보다 실이 많을 것 같습니다. 그는 속을 알기 힘든 사람일지도 모릅니다."

고드윈은 일 분쯤 생각하다가 말했다.

"내가 당신을 후원하는 걸 고려해봐야겠습니다."

"너그러우시군요."

"호기심이 많은 거죠. 나는 이 사건을 십 년 넘게 겪어왔다는 걸 잊지 마십시오. 이걸 마무리짓기 위해서는 많은 걸 내놓을 용의가 있습니다."

"그럼 먼저 앨릭스와 이야기해보겠습니다. 그에게 돈을 더 쓸 의향이 있느냐고 물어보지요."

고드윈은 고개를 숙였다. 자리에서 일어나면서도 계속 숙인 채로 있었다. 내게 하는 인사라기보다는 대중없고 습관적인 목례에 가까웠다. 마치 그가 별들의 무게를 느끼는 사람이라 별들에게 무게를 덜어달라고 부탁하는 것처럼 보였다.

"그를 병실에서 데려오겠습니다. 벌써 오래 있었습니다."

고드윈이 복도를 걸어 사라졌다. 몇 분 뒤, 앨릭스가 혼자 복도 저쪽에서 걸어왔다. 흡사 지하 땅굴을 걸어오는 것처럼 보였지만 얼굴은 전에 보지 못했을 정도로 평온했다.

앨릭스가 문간에서 멈췄다.

"여기 계시다고 고드윈 박사님이 그러더군요."

"다시 보게 되어서 놀랐소."

순간 앨릭스의 눈가에 상처받고 당황한 표정이 스쳤다. 그는 손가락으로 초조하게 얼굴을 문질렀다. 그러고는 사무실로 한 발 들어와 문을 닫고 거기에 등을 기댔다.

"오늘 제가 못난 짓을 했지요. 꽁무니를 빼려고 했습니다."

"그걸 인정하다니 용기 있군요."

"좋게 얼버무려주시지 않아도 됩니다." 날카로운 말투였다. "저는 정말로 비겁했으니까요. 참 이상한 게, 아버지가 흥분하면 저도 영향을 받습니다. 공명하듯이 함께 진동한다고나 할까요. 아버지가 자제심을 잃으면 저도 잃어요. 아버지를 탓하려는 건 아니지만."

"나는 당신 아버지를 탓하겠습니다."

"그러지 마십시오. 선생님에게 그럴 권리는 없습니다." 앨릭스가 이맛살을 찌푸렸다. "아버지 회사에서 앞으로 대부분의 사무 작업을 컴퓨터로 처리하겠다는 계획이 있는 모양입니다. 아버지는 본인이 적응하지 못할까 봐 걱정하고 계세요. 아마도 그 때문에 매사를 걱정하게 되신 것 같습니다."

"그동안 생각을 많이 했군요."

"그럴 수밖에 없었습니다. 선생님이 아까 저에게 인간성을 백지화하게 될 거다 운운한 것 때문에요. 아버지와 집으로 돌아갈 때 정말 그런 느낌이 들더라고요. 제가 더이상 인간이 아닌 것 같은 느낌이." 앨릭스가 문에서 몸을 떼고 제 발로 균형을 잡아 섰다. 두 팔이 옆구리에서 약간 흔들렸다. "놀랍지 않나요? 자기 내면에서 자기가 결정을 내릴 수 있다는 게. 자기가 이런 사람이 될지 저런 사람이 될지를 스스로 결정할 수 있다니요."

유일한 문제는 그 결정을 시시각각 내려야만 한다는 것이다. 그는 스스로 그 사실까지 깨쳐야 하리라.

"돌리는 어떻습니까?"

"저를 만나서 진심으로 반가워하는 것 같았어요. 돌리와 이야기를 나눠보셨어요?"

"고드윈 박사가 허락하지 않았습니다."

"박사님이 저도 허락하지 않으려고 했지만 제가 돌리에게 아무 질문도 하지 않겠다고 약속하니까 겨우 허락하셨어요. 저는 질문은 하지 않았지만, 리볼버 이야기가 나오고 말았죠. 돌리는 간호조무사들이 신문에서 읽은 이야기를 하는 걸 들었다고……."

"지역신문에 났습니다. 돌리가 총에 대해 뭐라던가요?"

"자기 총이 아니라고요. 틀림없이 누가 매트리스 밑에 숨긴 거라고 했습니다. 어떤 총인지 묘사해보라고 해서 알려주었더니 앨리스 이모의 리볼버 같다고 하더군요. 이모는 잘 때 침대 옆 보조 탁자에 총을 놔두곤 했답니다. 돌리는 어릴 때 그 점에 뭐랄까, 매료되었다고 해요." 그가 숨을 깊게 마셨다. "돌리는 이모가 그 총으로 자기 아버지를 위협하는 장면도 본 것 같습니다. 저는 돌리가 그런 이야기를 자세하게 하는 걸 원하지 않았지만 막을 수가 없었어요. 돌리는 한참 지난 뒤에야 진정했습니다."

"적어도 헬렌 해거티의 죽음에 대해 자신을 탓하는 건 그만뒀겠군요."

"그렇지가 않습니다. 돌리는 아직도 자기 탓이라고 해요. 모든 게 자기 탓이랍니다."

"어떤 면에서?"

"그건 자세히 말하지 않았습니다. 저도 돌리가 말하기를 원하지 않았고요."

"당신이 그런 걸 묻기를 고드윈 박사가 원하지 않았다는 뜻이겠죠."

"맞습니다. 지휘권은 박사님이 갖고 있죠. 언제까지나 저보다 박사님이 돌리에 대해 더 많이 아는 게 아닐까 싶습니다."

"그 말을 결혼을 지속하겠다는 뜻으로 이해해도 됩니까?"

"저희는 그래야 합니다. 오늘 그걸 깨달았어요. 이런 문제에 휘말렸을 때 서로를 버릴 순 없어요. 돌리도 그 점을 깨달은 것 같습니다. 제게 등을 돌리거나 하지 않았어요."

"둘이서 또 무슨 이야기를 했습니까?"

"중요한 건 없었습니다. 주로 다른 환자들 이야기였어요. 엉덩뼈가 부러진 할머니가 있는데 침대에 누워 있기를 싫어한대요. 돌리가 할머니를 돌봐주고 있답니다." 앨릭스에게는 그 사실이 중요한 것 같았다. "돌리 자신이 그렇게까지 아프진 않은 거겠죠." 은근한 질문이었다.

"그 문제는 의사와 이야기해봐야 할 겁니다."

"그분은 별말씀이 없어요. 내일 돌리에게 심리검사를 하고 싶다고 하시더군요. 진행하시라고 했습니다."

"나도 하던 일을 진행해도 됩니까?"

"물론입니다. 선생님께서 당연히 그렇게 생각하시기를 바라고 있었습니다. 이 일을 마무리하기 위해서 할 수 있는 일을 뭐든 해주셨으면 합니다. 제가 서면 계약서를 써드리면……."

"그럴 필요까진 없습니다. 하지만 돈이 들 겁니다."

"얼마나요?"

"이천 달러쯤. 어쩌면 훨씬 더 많이."

나는 앨릭스에게 아니와 필리스 부부가 알아보고 있는 리노 쪽 단서를 말해주었고, 내가 파헤치고 싶은 브리지턴 쪽 상황도 말해주었다. 또 내일 아침에 맨 먼저 제리 마크스와 이야기해보라고 조언했다.

"마크스 씨가 일요일에도 연락이 될까요?"

"그럴 겁니다. 내가 이야기를 해뒀습니다. 물론 당신이 그에게 수임료를 줘야겠지만."

"저축채권이 좀 있습니다." 앨릭스가 생각에 잠겨 말했다. "보험증권으로 대출도 받을 수 있습니다. 그리고 차를 팔면 돼요. 할부금은 다 냈고, 이천오백 달러 주겠다는 제의를 받았었죠. 스포츠카 경주 따위에는 슬슬 질렸어요. 그런 건 어린애 놀이죠."

18

현관 초인종이 울렸다. 누가 사무실 앞을 종종걸음으로 지나 현관으로 나갔다. 손님이 오기에는 늦은 시각이었다. 나는 사무실을 나가 간호조무사를 따라 복도를 걸어갔다. 환자 네 명은 여태 텔레비전을 보고 있었다. 화면이 바깥세상으로 난 창인 것처럼.

누군지 몰라도 초인종을 울린 사람은 이제 문을 두드리고 있었다. 퍽 거칠었다.

"잠시만요." 간호조무사가 문에 대고 말했다. 그러고는 자물쇠에 열쇠를 꽂고 문을 열었다. 아주 약간만. "누구시죠? 누굴 찾아오셨나요?"

앨리스 젱크스였다. 그녀가 밀고 들어오려고 했지만 간호조무사가 흰 신발을 문에 대고 막았다.

"내 조카딸 돌리 맥기를 보러 왔습니다."

"그런 환자는 없습니다."

"지금은 돌리 킨케이드라는 이름을 씁니다."

"의사 선생님의 허락 없이는 아무도 만나게 해드릴 수 없습니다."

"고드윈이 여기 있나요?"

"계실 겁니다."

"데려와요."

젱크스 양이 고압적으로 말했다.

간호조무사 아가씨의 라틴계다운 성미가 분출했다. "당신 명령은 받지 않습니다." 그러고는 이내 소곤소곤 속삭였다. "그리고 목소리를 낮추세요. 사람들이 쉬고 있으니까."

"고드윈 박사를 데려와요."

"걱정 마세요, 그럴 테니까. 밖에서 기다리세요."

"그것참 고맙군요."

간호사가 문을 닫기 전에 내가 둘 사이에 끼어 젱크스 양에게 말했다.

"잠시 말씀 좀 나눌까요?"

그녀가 뿌연 안경을 통해 나를 응시했다.

"당신도 여기 있었군요."

"여기 있었습니다."

나는 현관 밖의 전등 밑으로 나갔다. 뒤에서 문 닫히는 소리가 들렸다. 요양소의 온실 같은 분위기에 있었던 탓인지 바깥 공기가 선득했다. 털 옷깃이 달린 두꺼운 코트를 입은 젱크스 양은 어스름 속에서 풍채가 더 거대해 보였다. 모피에서, 그리고 그녀의 세어가 는 머리카락에서 물방울이 반짝거렸다.

"돌리를 어떻게 하시려는 겁니까?"

"당신이 알 바 아닙니다. 그 애는 내 혈육이지 당신 혈육이 아닙 니다."

"돌리에게는 남편이 있고 나는 그의 대리인입니다."

"어디 다른 동네에 가서 대리하든가 말든가 하세요. 나는 당신 에게도 그 애의 남편에게도 흥미 없습니다."

"하지만 돌리에게는 갑자기 흥미가 생겼군요. 신문에 난 기사와 상관있습니까?"

"그럴지도 모르고 아닐지도 모르죠." 그녀의 언어로는 그렇다는 뜻이었다. 그녀가 방어적으로 덧붙였다. "나는 돌리가 태어났을 때 부터 그 애에게 관심을 기울였어요. 남들이 아무리 많아 봤자 그 애 에게 뭐가 좋은지는 내가 제일 잘 압니다."

"고드윈 박사는 남이 아닙니다."

"아니요. 남이었으면 좋겠군요."

"그녀를 여기에서 데리고 나갈 생각이 아니라면 좋겠습니다."

"그럴지도 모르고 아닐지도 모르죠."

여자가 손가방에서 크리넥스를 몇 장 뽑아 안경을 닦았다. 손가방 속에 작게 접힌 신문이 보였다.

"젱크스 양, 돌리의 침대에서 발견된 리볼버에 대한 묘사를 읽었습니까?"

여자는 놀란 눈치를 감추려는 듯 얼른 안경을 썼다.

"당연히 읽었습니다."

"뭔가 생각나는 게 없던가요?"

"있었어요. 내가 갖고 있었던 리볼버인 것 같아서 여기 법원으로 가 실물을 봤습니다. 틀림없이 내 총인 것 같더군요."

"인정하시는 겁니까?"

"인정하지 못할 게 뭐가 있겠어요? 나는 십 년 넘게 못 봤던 물건인걸요."

"증명할 수 있습니까?"

"물론 증명할 수 있어요. 콘스턴스가 죽기 전에 집에서 총을 도둑맞았습니다. 당시에 크레인 보안관은 맥기가 그 총으로 콘스턴스를 쐈을 거라고 추측했어요. 지금도 그렇게 생각하고 있죠. 맥기는 그걸 쉽게 손에 넣을 수 있었을 겁니다. 어디 있는지 알았으니까요. 내 방에 있었죠."

"오늘 아침에는 제게 그런 말을 전혀 하지 않으셨는데요."

"생각이 안 났으니까요. 게다가 추측이었을 뿐입니다. 당신은 사실에 관심이 있다고 했죠."

"나는 둘 다 관심이 있습니다, 젱크스 양. 지금 경찰의 추측은 뭡니까? 맥기가 해거티 양을 죽이고 자기 딸에게 누명을 씌우려고 한다?"

"그 가능성도 배제하지 않겠어요. 자기 아내에게 그런 짓을 한 남자라면 능히……."

목소리가 목구멍에서 잦아들어 이내 들리지 않았다.

"그리고 경찰은 또 한 번 맥기의 딸을 사용해서 맥기에게 죄를 물으려 하는군요?"

젱크스 양은 대답이 없었다. 그때 안에서 불이 켜지고 누군가 움직이는 소리가 들리더니 고드윈이 문을 열었다. 그가 우리를 향해 열쇠 뭉치를 흔들면서 호전적인 미소를 지었다.

"들어오십시오, 젱크스 양."

그녀는 콘크리트 계단을 쿵쿵 올라갔다. 고드윈은 앨릭스를 제외한 다른 사람들을 모두 응접실에서 물려두었다. 앨릭스는 벽에 바싹 붙인 의자에 앉아 있었다. 나는 주제넘지 않게 구석으로 가서 조용한 텔레비전 옆에 자리잡고 섰다.

젱크스 양이 고드윈과 마주섰다. 높은 구두를 신은 그녀는 고드윈만큼 컸고, 코트를 두른 몸집은 고드윈만큼 실팍했고, 자긍심 있는 태도는 고드윈만큼 완고했다.

"나는 당신의 지금 행동을 승인할 수 없습니다, 고드윈 박사."

"내가 무슨 행동을 했는데요?"

고드윈이 의자 팔걸이에 앉아 다리를 꼬았다.

"무슨 말인지 알잖습니까. 내 조카딸요. 당신이 적법한 당국의 권위를 거역하고 그 애를 여기 가둬두고 있잖습니까."

"거역하는 것 없습니다. 나는 내 의무를 다하려 노력하고, 보안 관은 자기 의무를 다하려 하는 겁니다. 이따금 우리는 충돌을 빚지요. 그렇다고 해서 꼭 크레인 보안관이 옳고 내가 틀린 건 아닙니다."

"나한테는 그렇습니다."

"놀라운 이야기는 아니군요. 우리는 예전에도 비슷한 문제로 의견이 갈렸지요. 그때는 당신과 당신 친구 보안관이 맘대로 했죠. 당신 조카딸에게는 안됐게도."

"증언은 그 애에게 피해를 끼치지 않았습니다. 진실은 진실이에요."

"그리고 외상은 외상입니다. 그 일은 돌리에게 헤아릴 수 없는 피해를 입혔고, 돌리는 아직도 그 굴레에서 괴로워하고 있습니다."

"내가 그 애를 보고 직접 확인하고 싶습니다."

"보안관에게 상세히 보고하려고요?"

"성실한 시민은 법에 협조하는 법이지요." 거의 훈계조였다. "하지만 보안관을 대신해서 여기 온 게 아닙니다. 내 조카딸을 도우려고 왔어요."

"돌리를 어떻게 도울 계획입니까?"

"우리집으로 데리고 가겠습니다."

고드윈이 일어나면서 고개를 흔들었다.

"당신은 나를 막을 수 없어요. 나는 그 애 엄마가 죽었을 때부터 그 애 후견인이었습니다. 법은 나를 지지할 거라고요."

"아닐 것 같은데요." 고드윈이 차갑게 말했다. "돌리는 성인이고 자기 의지로 여기에 왔습니다."

"내가 직접 그 애에게 물어보겠어요."

"당신은 돌리에게 어떤 질문도 할 수 없습니다."

젱크스 양이 고드윈을 향해 한 발 다가가서 머리를 그의 목에 디밀었다.

"당신은 자기가 하나님처럼 잘났다고 생각하죠? 우리 가족 일을 조종할 수 있다고 생각하죠? 말해두는데, 당신에게는 그 애를 억지로 여기 잡아두면서 우리 모두를 추한 꼴로 만들 권리가 없어요. 나는 이 군에서 지켜야 할 위치가 있습니다. 오늘도 새크라멘토에서 온 아주 높은 분들과 하루 종일 함께 있었어요."

"당신의 논리를 도무지 못 쫓아가겠군요. 좌우간 제발 목소리를 낮춰주시죠." 고드윈 자신은 지친 듯 느리고 덤덤한 말투였다. 내가 스물네 시간 전에 전화로 처음 들었을 때의 그 목소리였다. "그리고 다시 한번 말해두는데, 당신 조카딸은 자기 의지로 여기에 왔습니다."

"맞습니다." 앨릭스가 언쟁의 사선으로 훌쩍 나섰다. "처음 뵙습니다. 저는 돌리의 남편인 앨릭스 킨케이드입니다."

젱크스 양은 앨릭스가 내민 손을 묵살했다.

"저는 돌리가 여기에 머물러야 한다고 생각합니다." 앨릭스가 말했다. "저는 박사님을 믿고, 아내도 마찬가지입니다."

"안됐군요. 나도 예전에는 박사에게 속아넘어갔죠. 박사의 사무실에서 어떤 일이 벌어지는지 알게 되기 전에는."

앨릭스가 의아해하며 고드윈을 보았다. 의사는 빗방울을 받듯이 손바닥을 펼쳐 내밀었다. 그리고 젱크스 양에게 말했다.

"내가 알기로 당신은 대학에서 사회학을 전공했지요."

"그렇다면 어쩔 건가요?"

"당신 같은 교육과 배경을 지닌 여성이라면 정신의학에 대해 좀 더 지적인 태도를 취할 걸로 기대했습니다만."

"나는 정신의학에 관해서 말하는 게 아닙니다. 다른 일에 관해서 말하는 거예요."

"다른 일?"

"굳이 말로 해서 내 입을 더럽히진 않겠어요. 하지만 내가 동생에 대해서나 동생의 인생에서 벌어졌던 일들에 대해서 모를 거라고는 생각하지 마세요. 나는 기억합니다. 동생이 토요일 아침마다 도시로 나가기 전에 차려입고 치장했던 것. 동생은 이곳으로 이사하고 싶어 했죠. 더 가까워지려고."

"나와 더 가까워지려고?"

"콘스턴스가 나한테 그렇게 말했습니다."

고드윈의 얼굴이 새하얘졌다. 어두운 눈동자로 핏기가 모두 빨려들어간 것 같았다.

"당신 참 한심한 여자로군요. 나는 참을 만큼 참았습니다. 이제 가주십시오."

"조카를 볼 때까지 여기 있겠습니다. 당신이 그 애에게 어떤 처치를 하는지 알고 싶어요."

"그래봐야 돌리에게 좋을 것 없습니다. 지금 당신의 상태로는 아무에게도 좋을 게 없습니다." 고드윈은 여자를 지나쳐 걸어가서 문을 열고 붙잡고 있었다. "안녕히 가십시오."

여자는 움직이지도, 고드윈을 보지도 않았다. 폭풍처럼 전신을 관통한 분노에 약간 멍해진 듯 고개를 숙이고 있을 뿐이었다.

"강제로 내쫓아야 하겠습니까?"

"그래보세요. 법정에서 만나게 될 테니까."

그러나 수치심이 여자의 얼굴을 침범하기 시작했다. 입술이 상처 입은 작은 생물처럼 꿈틀거렸다. 입술은 그녀의 의도보다 더 많은 말을 해주었다.

내가 나섰다. 그녀의 팔을 잡고 "자, 젱크스 양"이라고 말하자 그녀는 내가 이끄는 대로 순순히 문으로 갔다. 그녀가 나간 뒤 고드윈이 문을 닫았다.

"바보들은 도무지 못 참겠소."

고드윈이 말했다.

"나는 참아주시면 안 되겠습니까, 박사님?"

"노력해보겠습니다, 아처 씨." 박사가 깊게 숨을 마시고는 한숨처럼 뱉었다. "젱크스 양의 빈정거림에 일말의 진실이 있는지 알고 싶은 게로군요."

"이야기를 꺼내기 쉽게 해주시는군요."

"안 될 게 뭐가 있겠습니까? 나는 진실을 좋아합니다. 평생 진실을 추구해왔습니다."

"좋습니다. 콘스턴스 맥기가 당신을 사랑했습니까?"

"어떤 면에서는. 옛부터 여성 환자들은 자기 주치의와 사랑에 빠지지요. 특히 우리 분야에서는 더 잦습니다. 콘스턴스의 경우는 그게 오래가지 않았습니다."

"바보 같은 질문으로 들릴지도 모르겠습니다만, 당신도 콘스턴스를 사랑했습니까?"

"나도 바보같이 대답하겠소, 아처 씨. 물론 그녀를 사랑했습니다. 의사가 환자를 사랑하는 방식으로 사랑했습니다. 괜찮은 의사라면 누구나 그렇게 합니다. 그건 에로틱한 사랑이라기보다 모성적인 사랑입니다." 고드윈은 큼직한 두 손을 가슴에 얹고 그곳으로부터 토로했다. "그녀를 돕고 싶었습니다. 그다지 성공하지는 못했지만."

나는 잠자코 있었다.

"자, 두 분께서 양해하신다면, 나는 오전 회진을 돌러 가보겠습니다."

고드윈이 열쇠를 흔들었다.

도로로 나왔을 때 앨릭스가 내게 물었다.

"박사님을 믿습니까?"

"그가 거짓말한다는 증거가 없는 한, 혹은 그런 증거를 찾아낼 때까지는 믿습니다. 박사는 자기가 아는 내용을 다 말하지 않고 있지만, 그러는 사람이 몇이나 됩니까. 의사들도 예외가 아닐 뿐이죠. 나는 앨리스 젱크스의 말보다는 박사의 말을 신뢰하겠습니다."

앨릭스가 자기 차에 타려다 말고 뒤로 돌아 나를 보며 몸짓으로 요양소를 가리켰다. 요양소의 수수한 직사각형 전면은 지하에 묻힌 요새의 일각인 양, 안개 속에서 불쑥 솟아 있었다.

"저기에 있으면 돌리가 안전할까요, 아처 씨?"

"거리를 돌아다니거나, 구치소에 있거나, 정신병동에 갇혀 경찰 측 정신과 의사의 질문을 받는 것보다는 안전합니다."

"이모 집에 있는 것보다도?"

"이모 집에 있는 것보다도. 젱크스 양은 정의감에 불타 우뇌가 하는 일을 좌뇌가 모르는 여성입니다. 맹호 같지요."

앨릭스의 시선은 여전히 요양소에 못박혀 있었다.

건물 속 어딘가에서 아침에 들었던 늙고 난폭한 목소리가 또 울렸다. 그러다가 바닷새의 울음소리가 바람에 쓸려 드문드문 끊기면서 멀어져가듯이 차츰 희미해졌다.

"돌리와 함께 있으면 좋겠어요. 제가 보호해주고 싶어요."

앨릭스는 좋은 청년이었다.

나는 돈 문제를 꺼냈다. 앨릭스는 지갑에 있는 돈을 몽땅 꺼내주었다. 나는 그 돈으로 시카고 왕복 항공권을 구입했고, 국제공항에서 늦은 비행기편에 올랐다.

나는 브리지턴을 우회하는 유료도로를 빠져나와 도시 외곽의 주거 구역을 통과하는 길로 렌터카를 몰았다. 저 멀리 정면으로는 상업 지구의 마천루들이 앙증맞게 보였다. 남쪽에 해당하는 왼쪽 멀리로는 전체가 공장들이었다. 일요일 오전이었기에 굴뚝들 중 하나만이 새파란 하늘로 연기를 뿜어 올리고 있었다.

주유소에 들러 가스를 넣고 전화번호부에서 얼 호프먼의 주소를 찾아보았다. 종업원에게 호프먼이 사는 체리 스트리트로 가는 길을 묻자, 남자는 공장들 방향을 대중없이 가리켰다.

체리 스트리트는 견고한 이층집이 늘어선 중산층 거리였다. 도심에서 외곽으로 번져 나오는 어두운 그림자에 영향을 받기는 했지만 아직 망가지진 않은 모습이었다. 호프먼의 집은 다른 집들과 마찬가지로 때 탄 흰 벽돌집이었는데, 정면 현관만큼은 오래지 않은 과거에 페인트칠을 한 것 같았다. 낡은 쉐보레 쿠페가 집 앞 길가에 대어져 있었다.

초인종은 작동하지 않았다. 나는 망이 쳐진 문을 두드렸다. 턱보다 코가 두드러지고 애늙은이 같은 인상의 남자가 안쪽 문을 열었다. 망 너머에서 슬픈 표정으로 나를 보았다.

"해거티 씨?"

"네."

나는 그에게 내 이름과 직업과 어디에서 왔는지를 말했다.

"당신의 부인이…… 전부인이 살해되기 전에 잠시 만난 적 있습니다."

"끔찍한 일입니다."

남자는 나를 들이는 것도 잊고 문간에 망연히 서 있었다. 밤을 거의 샌 듯 추레하고 잠이 부족한 몰골이었다. 머리카락은 세지 않았지만 하루 동안 자란 턱수염에는 흰 털이 몇 가닥 반짝거렸다. 작은 눈에는 고통을 의식하는 사람에게 으레 나타나는 백열 같은 빛이 있었다.

"들어가도 되겠습니까, 해거티 씨?"

"좋은 생각인지 모르겠습니다. 얼이 상당히 엉망이라서요."

"호프먼 씨는 딸과 오랫동안 척진 사이라고 들었습니다만."

"맞습니다. 그래서 더 힘들어하는 게 아닌가 싶습니다. 사랑하는 사람과 싸우면 그래도 마음 한구석에서는 언젠가 화해할 날이 있겠지 하고 기대하기 마련이죠. 하지만 이제 아무것도 없을 겁니다."

장인의 이야기를 하는 것이었지만 남자 자신의 이야기이기도 했다. 양옆으로 늘어진 빈손이 목적 없이 꼼지락거렸다. 오른손 손끝은 니코틴에 물들어 누런 얼룩이 짙게 져 있었다.

내가 말했다. "호프먼 씨 상태가 나쁘다니 유감이군요. 그래도 나는 그와 이야기를 나눠야 합니다. 캘리포니아에서 여기까지 재미 삼아 온 건 아니니까요."

"그럼요. 물론 그렇겠죠. 얼과 무슨 얘기를 하려는 겁니까?"

"딸의 죽음에 대해서요. 호프먼 씨가 사건을 이해하는 데 도움을 줄지도 모릅니다."

"벌써 해결된 줄 알았는데요."

"아닙니다."

"그 여학생의 혐의가 벗겨졌습니까?"

"벗겨지고 있는 중입니다." 나는 일부러 모호하게 말했다. "우리는 잠시 뒤에 얘기합시다. 일단 호프먼 씨를 꼭 만나야겠습니다."

"정 그러시다면. 당신이 얼의 말을 조금이라도 알아들을 수 있기를 바랍니다."

해거티를 따라 집안으로 들어가니 그가 '얼의 소굴'이라고 표현한 이유를 대번에 알 수 있었다. 방에는 뚜껑이 닫힌 책상, 안락의자, 침대 겸용 소파가 있었다. 위스키 증기와 담배 연기가 섞인 아지랑이 너머로 오렌지색 잠옷을 입은 덩치 큰 노인이 소파에 퍼지르고 있는 것이 보였다. 머리를 베개 여러 개로 받친 채였다. 강한 독서등 불빛이 노인의 어리벙벙한 얼굴을 비추었다. 비록 눈은 초점을 잃은 것 같았지만 노인의 손에는 잠옷 색과 맞춘 듯한 오렌지색 표지의 잡지가 쥐여 있었다. 뒤쪽 벽에는 소총과 산탄총과 권총들이 걸려 있었다.

"흘러간 나날의 상실을 회상하면서……."

노인이 쉰 목소리로 읊었다.

늙은 경찰들은 그런 식으로 말하지 않는 법이다. 얼 호프먼도 그 법칙에 예외가 아닐 것 같았다. 우람한 체구는 영락한 프로 미식축구 선수나 레슬링 선수의 몸이라고 할 만했다. 코는 부러진 적 있는 모양이었다. 흰 머리카락은 짧게 깎여 있었고 입은 휘어진 쇠막대기 같았다.

"아름다운 시야, 버트."

쇠막대기가 말했다.

"그런 것 같네요."

"네 친구는 누구시냐?"

"캘리포니아에서 온 아처 씨예요."

"캘리포니아라고? 우리 불쌍한 헬렌이 죽은 데가 거기 아니냐."

그가 한 번 훌쩍였다. 딸꾹질일지도 몰랐다. 그러더니 소파 가장자리로 몸을 돌려 맨발을 무겁게 바닥에 내려놓았다.

"당신은 우리 딸 헬렌을 압니까……. 알았습니까?"

"알았습니다."

"놀랍지 않소." 호프먼이 두 손으로 내 두 손을 거머쥐고는 나를 버팀대 삼아 휘청거리면서 일어났다. "헬렌은 비범한 아이였다오. 지금 그 애가 쓴 시를 읽고 또 읽고 있었지. 아직 십 대였을 때 시티 칼리지에 다니면서 쓴 시라오. 여기, 보여주리다."

그는 떨어뜨린 자리에 빤히 놓여 있는 오렌지색 잡지를 찾으려고 상당히 애를 썼다. 잡지 제호는《브리지턴 블레이저》였는데 학교에서 낸 출판물 같았다.

해거티가 그것을 집어 호프먼에게 건넸다.

"애쓰지 마세요, 얼. 헬렌이 쓴 것도 아닌걸요."

"헬렌이 쓴 게 아냐? 당연히 헬렌이 썼지. 여기 그 애 머리글자가 있다고." 호프먼이 책장을 펄럭펄럭 넘겼다. "봤어?"

"베를렌의 시를 번역한 것뿐이에요."

"그런 이름은 몰라." 호프먼은 내게로 몸을 돌려 잡지를 내 손에 찔러넣었다. "여기, 읽어보시오. 불쌍한 헬렌에게 얼마나 비범한 재주가 있었는지 보시오."

나는 읽었다.

가을바람의

바이올린이

한숨짓기 시작하면

쓸쓸한

단조로움에

내 마음은 찢어진다.

탑의 종소리가

시각을 알리면

나는 눈물을 흘린다.

흘러간 나날의

상실을

회상하면서.

그리고 나는

불어오는 바람과 함께 간다.

여기로 또 저기로

나를 실어나른다.

나무에서 떨어진

시들고 마른 잎사귀처럼. —H.H.

호프먼이 초점이 맞지 않는 두 눈 중 하나로 나를 보았다.

"아름다운 시 아닙니까, 아서 씨?"

"아름답습니다."

"내가 이해할 수 있으면 좋으련만. 당신은 이해가 됩니까?"

"그런 것 같습니다."

"그렇다면 가지시오. 불쌍한 헬렌에 대한 추억으로 간직하시오."

"그럴 순 없습니다."

"없기는 왜 없어. 가지시오."

호프먼이 얼굴에 위스키 냄새를 풍기면서 잡지를 낚아채어 둥글게 만 뒤 내 재킷 주머니에 찔러넣었다. 해거티가 어깨에서 속삭였다.

"가지세요. 얼과 틀어지기 싫다면."

"들었소? 나와 틀어지기는 싫겠지."

호프먼이 헐겁게 웃어 보였다. 그러고는 왼손을 주먹 쥐더니 주먹에 잘못된 데라도 있는지 살펴보다가 자기 가슴팍을 때렸다. 그리고 어정어정 책상으로 걸어가서 뚜껑을 열었다. 속에는 술병들과 온통 지문이 묻은 텀블러가 있었다. 그는 오분의 일쯤 남은 버번병으로 텀블러를 반쯤 채우고는 단숨에 거의 다 마셨다. 사위는 나지막이 뭐라고 중얼거렸지만 나서서 장인을 막지는 않았다.

묵직한 한 모금에 호프먼의 얼굴에서 땀이 배어나왔다. 그 덕분에 조금 정신이 드는 듯했다. 눈이 내게 초점을 맞췄다.

"한잔하겠소?"

"좋습니다. 저는 얼음물에 타주시면 고맙겠습니다."

나는 보통 오전에는 술을 마시지 않지만 지금은 보통 상황이 아니었다.

"가서 얼음하고 잔을 가져와라, 버트. 아서 씨가 한잔하신단다. 너는 너무 고상한 몸이라 나랑 안 마셔준다지만 아서 씨는 아니란다."

"아처입니다."

"가서 잔 두 개 가져와라." 호프먼이 바보처럼 싱글거렸다. "아처 씨도 한잔하신단다. 자, 앉으시오. 편히 앉아서, 불쌍한 헬렌에 대한 이야기를 들려주시오."

우리는 소파에 앉았다. 나는 살인의 정황을 짧게 알려주고 그전의 협박과 브리지턴이 자기를 쫓는 것 같다고 했던 헬렌의 말도 전달했다.

"그게 무슨 뜻이오?"

호프먼의 얼굴에는 웃음으로 졌던 주름이 광대의 주름살처럼 깊게 남아 있었지만 웃음은 벌써 일그러졌다.

"저는 선생님께서 그 질문에 대한 답을 알려주실까 해서 멀리서 왔습니다만."

"내가? 왜 나한테 왔소? 나는 헬렌의 생각을 안 적이 한 번도 없다오. 헬렌이 내게 알려주지 않았지. 나한테는 너무 똑똑한 애였어." 호프먼의 기분은 취기가 도는 무거운 자기 연민으로 바뀌었다. "내가 받지 못한 교육을 헬렌이 받게 하려고 피땀 흘려가며 일했는데 그 애는 불쌍한 아비와는 말도 섞지 않으려 했지."

"두 분이 크게 다툰 다음에 헬렌이 집을 나갔다고 들었습니다."

"헬렌이 말했구려?"

나는 고개를 끄덕였다. 호프먼 부인은 끌어들이지 않기로 마음먹었다. 이 남자는 어떤 일에서든 아내가 자기보다 앞서는 것을 좋아하지 않을 인물이었다.

"헬렌이 나한테 사기꾼이니 나치니 하고 욕했다는 말도 하던가? 나는 주어진 의무를 다한 것뿐인데 말이오. 당신도 경찰이니 가족이 자신을 음해할 때의 기분을 잘 알겠지요." 그가 나를 곁눈질했다. "당신도 경찰 아니오?"

"한때는 그랬습니다."

"지금은 무슨 일을 하시오?"

"사설탐정으로 조사하고 있습니다."

"누가 시켜서?"

"킨케이드 씨라고, 선생님은 모르는 사람입니다. 저는 따님과 약간 아는 사이였는데 개인적인 관심에서 헬렌을 죽인 범인을 알아내고 싶습니다. 저는 답이 브리지턴에 있을거라고 봅니다."

"통 모를 소리로군. 헬렌은 이십 년 동안 이 동네에 발을 들이지 않았소. 그러다가 지난봄에야 왔지. 그때도 제 엄마에게 이혼하겠다는 말을 하려고 온 것뿐이었소. 저 사람하고."

호프먼은 얼음 깨는 소리가 들려오는 집 뒤쪽을 몸짓으로 가리켰다.

"선생님과도 이야기 나눴습니까?"

"딱 한 번 봤을 뿐이오. 헬렌이 안녕하셨어요, 잘 지내셨어요, 그러고는 끝이었지. 헬렌은 제 엄마에게 버트와 끝났다고 말했고, 어미도 그 애 마음을 돌리지 못했다오. 버트는 헬렌을 리노까지 따라가서 설득했지만 소용없었소. 여자 하나 못 잡아두고. 사내답지 못한 놈."

호프먼은 술을 다 마시고 텀블러를 바닥에 놓았다. 그러고는 몸을 앞으로 숙인 채 일 분쯤 가만히 있었다. 그가 속이 뒤집혀서 기절이라도 할까 봐 걱정되었다. 그러나 곧 그는 똑바로 앉은 자세로 돌아와서 나를 돕고 싶다느니 어쩌니 하고 중얼거렸다.

"좋습니다. 루크 덜로니가 누굽니까?"

"내 친구라오. 전쟁 전에 이 동네 거물이었지. 헬렌이 그 사람 이야기도 했구려?"

"선생님께서 더 많이 해줄 수 있을 텐데요. 기억력이 코끼리처럼 비상하시다고 들었습니다."

"그것도 헬렌한테 들었소?"

"네."

손해 볼 것 없는 거짓말이었다. 양심의 가책조차 느껴지지 않았다.

"헬렌이 제 아비를 조금은 존경했구려?"

"상당히."

호프먼이 크나큰 안도의 숨을 내쉬었다. 그런 기분도 일시적일 것이다. 사람이 의식을 잊으려고 심각하게 술을 마셔댈 때는 모든 기분이 일시적일 뿐이다. 그러나 당장은 그가 기분이 좋았다. 그는 평생에 걸친 쓸쓸한 싸움에서 딸이 자신에게 한 걸음 양보했다고 믿었다.

"루크는 천구백삼 년에 스프링 스트리트에서 태어났소." 호프먼은 대단히 정성을 기울여서 말했다. "남쪽으로 한참 내려간 이천백 블록에서. 내가 어릴 때 살던 곳에서 두 블록 더 내려간 곳이었지. 나는 루크를 초등학교 때부터 알았소. 루크는 신문 배달로 번 돈을 모아서 같은 반 친구 전원에게 밸런타인데이 카드를 보내는 아이였소. 정말 그랬다니까. 교장은 루크를 데리고 이 반 저 반 돌면서 암산 실력을 선보이게 했지. 머리가 비상했는데, 그 점은 정말 인정해야 해. 루크는 두 학년을 월반했소. 유망주였지.

루크의 아버지는 시멘트 마무리공이었소. 세계대전이 끝난 뒤부터 건설업에서 시멘트가 많이 쓰이기 시작했지. 루크는 저축했던 돈으로 혼합기를 사서 직접 사업에 뛰어들었다오. 20년대에 사업을 정말 잘했어. 전성기에는 주 여기저기에서 오백 명을 넘게 고용했지. 공황도 루크의 스타일을 구기지는 못했다오. 그는 그냥 건축업자가 아니라 수완가였거든. 그 시절에는 올라가는 건물이라고는 공공건물밖에 없었기 때문에, 루크는 무진장 애를 써서 연방 계약이나 주 계약을 따냈지. 오즈번 상원 의원의 딸과 결혼한 것도 해가 될 리 없었고."

"덜로니 부인이 아직 살아 계시다고 들었습니다."

"물론이오. 천구백일 년에 북쪽 글렌뷰 애버뉴에 상원 의원이 지었던 그 집에 여태 살고 계시지. 백삼 번지라고 기억하는데."

호프먼은 백과사전이라는 평판에 부응하려고 안간힘을 썼다.

나는 머릿속에 주소를 메모했다. 짤랑거리는 소리를 앞세우며 버트 해거티가 얼음물이 든 잔들을 양철 쟁반에 얹어 들고 들어왔다. 내가 책상 위를 치우자 해거티가 쟁반을 내렸다. 원래 브리지턴 여관에 있던 쟁반이었다.

"오래도 걸렸구나."

호프먼이 퉁명스럽게 말했다.

해거티의 몸이 굳었다. 그의 두 눈이 코 양옆으로 좀더 가까이 모이는 듯했다.

"그런 식으로 말하지 마세요, 얼. 나는 하인이 아닙니다."

"싫으면 네 맘대로 하면 될 거 아냐."

"술 취한 줄은 알지만, 그래도 한계란 게……."

"누가 취했다고? 나는 안 취했어."

"스물네 시간 동안 마시고 있잖습니까."

"그래서? 사람에게는 술로 시름을 달랠 권리가 있어. 내 뇌는 종소리처럼 맑다고. 여기 아서 씨한테 물어봐라. 아처 씨."

해거티가 가성으로 억지웃음을 터뜨렸다. 아주 기묘한 소리였다. 나는 미사여구로 은근슬쩍 그 소리를 덮으려고 노력했다.

"부서장님이 오래된 역사에 대해 이야기해주시던 참입니다. 기억력이 코끼리처럼 비상하시네요."

그러나 호프먼은 더이상 기분이 좋지 않았다. 힘겹게 일어나서는 해거티와 내 쪽으로 다가왔다. 한 눈은 나를 보고 다른 눈은 해거티를 보았다. 나는 병든 곰과 사육사와 함께 우리에 갇힌 기분이었다.

"뭐가 웃기냐, 버트? 내 슬픔이 웃기냐? 네가 남자답게 집에 잡아두었다면 그 애는 죽지 않았을 거야. 왜 리노에서 그 애를 데리고 오지 못했냐?"

"모든 걸 내 탓으로 돌리지 마세요." 해거티가 약간 거칠게 대꾸했다. "나는 당신보다는 헬렌과 사이가 좋았습니다. 만일 헬렌에게 아버지에 대한 고착이 없었다면……."

"닥쳐, 짜증나는 지식인 같으니. 무능하고 무능한 지식인이지. 너만 거창한 말을 할 줄 아는 건 아니야. 그리고 나를 얼이라고 부르는 것도 관둬. 우리는 친척도 뭣도 아니야. 내가 그 문제에 발언

권이 있었다면 애초에 친척이 되지도 않았을 거다. 우리는 아무 사이도 아닌데 너는 내 집에 들어와서 내 개인적인 버릇이나 염탐하고 말이지. 네가 뭔데, 할망구냐?"

해거티는 말을 잃었다. 나를 무기력하게 바라볼 뿐이었다.

"목을 분질러놓을 테다."

해거티의 장인이 말했다.

내가 둘 사이에 끼었다.

"폭력은 쓰지 맙시다, 부서장님. 경찰 기록에 남으면 보기 흉할 겁니다."

"저 콩알만 한 새끼가 나를 비난하잖소. 나더러 술 취했다고 하고. 댁이 저놈에게 착각이라고 말해주시오. 사과하라고 하시오."

나는 해거티에게로 몸을 돌려 한 눈을 찡긋 감았다.

"호프먼 부서장님은 말짱합니다, 버트. 충분히 술을 감당하실 수 있어요. 자, 무슨 일이 벌어지기 전에 당신이 이 방에서 나가는 게 좋겠습니다."

해거티는 기꺼이 그랬다. 나도 그를 따라 복도로 나갔다.

"이런 소동이 세 번째인가 네 번째인가 그렇습니다." 해거티가 낮게 말했다. "또 열 올리게 만들려는 뜻은 아니었습니다."

"저분이 잠깐 머리를 식히게 둡시다. 내가 함께 있겠습니다. 당신하고는 나중에 이야기하고 싶습니다."

"바깥의 내 차에 가 있겠습니다."

나는 곰 우리로 돌아갔다. 호프먼은 두 손으로 머리를 받친 채 소파 끝에 앉아 있었다.

그가 말했다. "이것도 저것도 순식간에 다 망했어. 저 계집애 같은 버트 해거티 놈은 내 성미를 건드려. 무슨 생각으로 내 주변을 얼씬대는지 모르겠소." 그는 기분이 또 변했다. "그래도 당신은 나를 버리지 않았구려. 사양 말고 술 한잔하시오."

나는 하이볼을 묽게 타서 소파로 돌아왔다. 호프먼에게는 권하지 않았다. 와인 속에 진실이 있다는 말은 사실일지도 모르겠지만, 위스키는, 더구나 호프먼처럼 그렇게 꿀꺽꿀꺽 삼켜서야 쥐떼가 다리를 기어오르는 환상만 안길 뿐이다.

"루크 딜로니가 어떻게 자랐는지 말씀해주시던 참이었습니다."

호프먼이 실눈으로 나를 보았다. "그에게 왜 흥미를 보이는지 모르겠구려. 그는 죽은 지 이십이 년이나 됐소. 이십이 년 하고도 삼 개월. 총으로 자기 머리를 쐈지. 하지만 그것도 벌써 알 테지?" 호프먼의 눈동자에 순간적으로 매서운 지성이 번득이며 내 얼굴에 초점을 맞추었다.

나는 매서운 지성에게 물었다.

"헬렌과 딜로니 씨 사이에 관계가 있었습니까?"

"아니. 헬렌은 그에게는 관심 없었소. 헬렌은 엘리베이터를 몰던 남자애한테 반했었지. 조지라고. 내가 눈치챘어야 했는데. 헬렌이 그 남자애에게 일자리를 엮어줬거든. 당시에 내가 딜로니 아파트를 관리했다오. 루크 덜로니하고 나는 그런 사이였어."

호프먼은 중지를 검지 위에 포개려고 애썼지만 자꾸 미끄러졌다. 반대쪽 손이 거들고서야 작업이 완성되었다. 그의 손가락은 아침 식사로 나온 안 익힌 소시지처럼 두껍고 얼룩덜룩했다.

"루크 덜로니는 약간 바람둥이였지." 너그러운 말투였다. "하지만 친구들의 딸과 놀아나진 않았어. 영계한테 관심이 없기도 했고. 부인도 그보다 족히 열 살은 더 위였을걸. 아무튼 내 딸에게는 손대지 않았을 거요. 그랬다가는 내가 죽일 거라는 걸 잘 알았으니까."

"선생님이 죽였습니까?"

"비열한 질문이군, 선생. 당신이 맘에 들지 않았다면 한 대 갈겼을 거요."

"나쁜 뜻은 없습니다."

"나는 루크 덜로니에게 악감정이 전혀 없었소. 그는 나를 공정하게 대우했지. 아까 말했듯이 그는 자기 머리에 총을 쐈소."

"자살이었습니까?"

"아니. 그가 왜 자살하겠소? 모든 것을 가졌는데. 돈, 여자, 위스콘신의 사냥용 별장. 별장에 나를 개인적으로 데리고 간 적도 몇 번 있다오. 총이 나간 건 사고였소. 당시 기록에 그렇게 적혔고. 그 사실은 지금도 변함없소."

"어쩌다 벌어진 일이었습니까?"

"루크는 32구경 자동 권총을 소제하던 중이었소. 큰돈을 지니고 다닐 때가 많았으니까 총기 휴대 허가를 받았지. 내가 허가증을 따게 도와줬다네. 탄창은 확실히 뽑았지만 약실에 총알이 한 발 남은 건 잊었던 모양이야. 그게 발사되어서 얼굴에 맞았지."

"어디였습니까?"

"오른쪽 눈을 뚫고."

"사고가 어디에서 났느냐는 말입니다."

"자기 아파트의 방에서. 루크는 덜로니 건물의 펜트하우스를 개인 용도로 썼다오. 나도 몇 번 그리로 올라가서 함께 술을 마셨지. 전쟁 전의 그린리버를, 젊은이." 호프먼이 내 무릎을 철썩 쳤다. 그리고 내 손에 들린 잔이 그대로라는 걸 알아차렸다. "한잔 죽 들이켜시오."

나는 반쯤 마셔 넘겼다. 전쟁 전의 그린리버 위스키는 아니었다.

"덜로니 씨는 충격 당시에 술을 마셨습니까?"

"그래요, 그랬을 거요. 루크는 총에 밝았지. 정신이 말짱했다면 그런 실수는 안 했을 거요."

"펜트하우스에 그분 말고 다른 사람이 있었습니까?"

"아니."

"확실합니까?"

"확실하지. 내가 수사를 담당했는걸."

"펜트하우스에 그분 말고 다른 사람이 살지는 않았습니까?"

"영구적으로 거처한 사람은 없었다고 해야겠지. 루크 덜로니는 다양한 여자들을 거느리고 있었소. 내가 그 여자들을 확인해봤지만 사건 당시 현장에서 일 킬로미터 안에 있었던 사람은 아무도 없었소."

"어떤 여자들이었습니까?"

"걸레 같은 년부터 동네에서 존경받는 유부녀까지 가지각색이 었소. 여자들의 이름은 기록에 남지 않았고 앞으로도 그럴 일 없을 거요."

으르렁거리는 목소리였다. 나는 그 주제를 더 쫓지 않았다. 딱히 호프먼이 무서워서는 아니었다. 나는 호프먼보다 최소한 십오 년은 젊었고 몸속에 알코올도 적었다. 만일 내게 덤빈다면 별수 없이 그를 크게 다치게 할지도 몰랐다.

"덜로니 부인은요?"

내가 물었다.

"부인이 뭐?"

"그 일이 벌어졌을 때 부인은 어디에 있었습니까?"

"글렌뷰의 집에 있었소. 별거 비스무리한 상태였지. 부인은 이혼할 생각은 없었으니까."

"가끔 이혼할 생각이 없는 사람이라도 살인은 저지릅니다."

호프먼이 어깨를 호전적으로 들썩였다.

"내가 살인을 덮었다고 말하려는 거요?"

"부서장님을 비난하는 것은 전혀 아닙니다."

"아무렴 그래야지. 내가 한평생 경찰이었다는 걸 잊지 말라고."
그가 주먹을 들어 최면 장치처럼 자기 눈앞에서 빙빙 돌렸다. "나는
평생 훌륭한 경찰이었소. 한창때는 이 동네에서 제일 잘나가는 경
찰이었다고. 그걸 기념하면서 한잔해야겠소." 그가 자기 텀블러를
집었다. "당신도?"

나는 그러겠다고 대답했다. 우리는 바야흐로 충돌을 향해 나아
가고 있었다. 어쩌면 알코올이 충돌의 충격을 약화시킬지도 몰랐
다. 아니면 그를 침몰시키거나. 나는 술을 비우고 호프먼에게 내 잔
을 건넸다. 그는 내 잔을 위스키로만 끝까지 가득 채운 뒤 자기 잔
도 채웠다. 그리고 갈색 음료가 자기 인생이 빠진 우물인 양 뚫어져
라 바라보았다.

"다 비우는 거요."

"살살 하시죠, 부서장님. 죽으면 어쩌려고 그러십니까."

말하면서도 그가 그러고 싶어 할지도 모른다는 생각이 들었다.

"뭐야, 댁도 계집애 같은 겁보요? 다 비우시오."

그가 자기 잔을 싹 비우고 몸을 떨었다. 나는 잔을 들고만 있었
다. 한참 만에 그가 알아차렸다.

"술을 안 마셨구먼. 뭐하는 수작이오, 나를 속이려고? 내 말을
허슨…… 허슨토리라고 무시해?"

그는 입술이 무디어져 단어를 제대로 발음하지 못했다.

"무시할 마음은 없습니다. 부서장님, 저는 여기에 술 파티를 벌

GREEN RIVER
WHISKEY.

그린리버 위스키| Green River Whiskey
/
1885년 출시된 이후 전문가와 대중에게 사랑을 받았던 위스키의 한 종류.
네잎클로버와 함께 "후회 없는 위스키, 그린리버 위스키.
그린리버 위스키를 마실 수 있다니 행운이로군!"
이라는 문장이 새겨진 홍보용 토큰을 돌리곤 했다.

이려고 온 게 아닙니다. 저는 댁의 따님을 죽인 사람이 누구인지 진심으로 알고 싶습니다. 만약에 덜로니가 살해당했다고 가정하면……."

"아니었소."

"그렇게 가정한다면, 같은 사람이 헬렌도 죽였을지 모릅니다. 제가 헬렌과 다른 사람들에게 들은 바를 종합하면 그럴 가능성이 있습니다. 부서장님도 그렇게 생각하지 않습니까?"

나는 어떻게든 호프먼의 정신을 통제하려고 애썼다. 술기운에 질척한 감상에 빠진 부분도, 술기운에 폭력성을 띤 부분도, 그 핵심에 숨은 매섭고 지성적인 부분도.

"루크 덜로니의 죽음은 사고였소."

그가 또렷하고 고집스럽게 말했다.

"헬렌은 그렇게 생각하지 않았습니다. 헬렌은 살인이었다고 주장했고, 자기가 증인을 안다고 했습니다."

"그 애가 거짓말한 거요. 나를 나쁜 사람으로 만들려고. 그 애는 제 아빠를 나쁜 놈으로 만들려는 생각밖에 없었어!"

목소리가 갈수록 높아졌다. 우리는 가만히 앉아서 메아리를 들었다. 그가 떨어뜨린 잔이 러그에서 튀었다. 갑자기 그가 주먹을 쥐었다. 주먹은 그의 주된 표현 도구인 것 같았다. 나는 막을 태세를 갖췄지만 내게 휘두르는 것이 아니었다.

호프먼은 자기 얼굴을 때렸다. 몇 번이고 세게, 눈을, 뺨을, 입을, 턱을. 주먹이 찰흙색 피부에 불그스름한 멍을 남겼다. 아랫입술이 찢어졌다.

그가 피를 흘리며 말했다.

"불쌍한 딸을 내가 두들겨 팼어. 내가 그 애를 쫓아냈어. 그 애는 다시는 돌아오지 않았어."

순수하게 정제된 알코올 혹은 슬픔은 굵은 눈물방울이 되어 부어오른 눈에서 망가진 얼굴로 흘러내렸다. 그가 옆으로 쓰러졌다. 죽은 것은 아니었다. 심장은 거세게 뛰고 있었다. 나는 샌드백만큼 무거운 다리를 끌어올려 그를 반듯하게 눕히고 머리 밑에 베개를 받쳐주었다. 그는 아무것도 보지 않는 눈으로 머리 위 불빛을 똑바로 응시하다가 코를 골기 시작했다.

나는 책상 뚜껑을 닫았다. 그 안에 있던 열쇠로 자물쇠를 걸어 잠그고 불을 끈 뒤, 열쇠를 들고 나왔다.

버트 해거티는 진퇴양난에 빠진 표정을 하고서 쉐보레 쿠페에 앉아 있었다. 나는 옆 좌석에 앉아 열쇠를 넘겼다.

"이게 뭡니까?"

"술 넣어둔 곳 열쇠입니다. 당신이 갖고 있는 게 낫겠습니다. 호프먼 씨는 마실 만큼 마셨습니다."

"얼에게 쫓겨났습니까?"

"아니요. 그분은 기절했습니다. 자기 손으로 얼굴을 때리다가. 세게."

해거티가 길고 예민한 코를 내게 디밀었다.

"왜 그런 짓을 하지요?"

"오래전에 딸을 때렸던 것에 대해서 스스로를 벌주는 것 같습니다."

"헬렌한테 들었습니다. 헬렌이 집을 나오기 전에, 얼이 헬렌에게 폭력을 휘둘렀답니다. 내가 얼을 용서할 수 없는 이유 중 하나입니다."

"호프먼 씨도 자기 자신을 용서하지 못하고 있습니다. 부녀가 싸운 이유를 헬렌에게 들었습니까?"

"대충요. 브리지턴에서 있었던 살인 사건하고 관계있다고 했습니다. 헬렌은 자기 아버지가 살인자를 빠져나가게 해주었다고 믿었습니다. 아니면 믿는 척했거나."

"믿는 척했다는 건 무슨 말입니까?"

"내 사랑스러운 죽은 아내는……." 그가 자기 표현에 움찔했다. "연극적 재능이 꽤 있었답니다. 어릴 때는 더 그랬지요."

"헬렌이 브리지턴을 떠나기 전부터 서로 알았습니까?"

"몇 달쯤요. 내가 시카고에 있을 때 하이드파크에서 열린 파티에서 헬렌을 처음 만났습니다. 헬렌이 집을 나온 뒤에는 내가 수습 기자 자리를 얻어줬지요. 나는 그때 《시티 뉴스 뷰로》에서 일하고 있었습니다. 하지만 아까 말했듯이 헬렌은 연극적 재능이 있었는데 인생에서 그 재능을 발휘할 일이 생기지 않으면 직접 무슨 일을 벌이거나 무슨 일이 벌어진 척했습니다. 헬렌이 제일 좋아한 인물은 마타 하리였죠."

해거티가 반쯤 흐느끼는 듯 낄낄거렸다.

"그래서 그 살인도 헬렌이 지어낸 거라고 생각합니까?"

나도 한때는 그렇게 생각했던 것 같다. 분명 헬렌의 말을 진지하게 여기지 않았으니까.

"지금은 아무 생각 없습니다. 그게 중요합니까?"

"굉장히 중요할지도 모릅니다. 헬렌이 당신에게 루크 덜로니에 대해서 말한 적 있습니까?"

"누구요?"

"루크 덜로니. 죽은 남자입니다. 헬렌의 가족이 살았던 아파트 건물 주인이었는데, 펜트하우스를 본인이 썼답니다."

해거티는 대답하기 전에 담배에 불을 붙였다. 첫 몇 마디는 연기와 함께 뻐끔뻐끔 피어올랐다.

"그 이름은 기억나지 않습니다. 헬렌이 그에 대해 말했더라도 내가 별 인상을 못 받았던 모양입니다."

"헬렌의 어머니는 헬렌이 덜로니에게 반했었다고 생각하시더군요."

"호프먼 부인은 좋은 분이고 나는 그분을 친어머니처럼 사랑합니다만 황당한 생각을 하실 때가 있습니다."

"그게 황당한 생각이라는 걸 어떻게 압니까? 헬렌이 그때부터 당신을 사랑했었나요?"

해거티는 젖을 못 뗀 아이가 빈 우유병을 빨듯이 담배를 깊게 빨았다. 담배가 누런 손가락까지 타들어갔다. 그가 갑자기 성난 몸짓으로 꽁초를 길에 버렸다.

"헬렌은 한 번도 나를 사랑한 적 없습니다. 나는 한동안 헬렌에게 유용한 사람이었죠. 나중에는 어떤 의미에서 내가 헬렌의 마지막 기회였고요. 충실한 신자. 사막으로 가기 전 들른 마지막 주유소."

"사막?"

"사랑의 사막. 사랑 없음의 사막. 길고 지루한 우리 결혼의 연대기를 늘어놓을 마음은 없습니다. 결혼은 우리 둘에게 바람직한 선택이 아니었습니다. 나는 내가 할 수 있는 한 헬렌을 사랑했지만, 헬렌은 나를 사랑하지 않았습니다. 프루스트는 연애란 늘 그런 식이라고 말했죠. 올가을에 2학년 학생들에게 프루스트를 가르칠 겁니다. 내가 강의를 계속할 엘랑*을 낼 수 있다면 말이지만."

"헬렌은 누굴 사랑했습니까?"

"어느 해였느냐에 따라 다릅니다. 어느 해의 어느 달이었느냐에 따라."

해거티는 꼼짝 않고 앉아 있었지만 사실은 자기 자신을 때리고 있었다. 잔인한 말로 자기 얼굴을 때리고 있었다.

"제일 처음, 헬렌이 브리지턴을 떠나기 전에는요."

"그걸 사랑이라 불러야 할지는 모르겠지만 헬렌은 시티 칼리지의 동창생과 깊은 관계였습니다. 똑똑한 젊은이들이 자주 빠지는,

적어도 옛날에는 빠지곤 했던, 플라토닉한 관계였어요. 주로 자기가 쓴 글이나 남들의 글을 소리 내어 읽어주면서 노는 관계. 헬렌 말로는 잠자리를 같이하지는 않았답니다. 나를 만났을 때 헬렌이 처녀였다고 확신합니다."

"그 남자 이름은 뭡니까?"

"안타깝게도 기억이 안 납니다. 분명히 프로이트적 억압의 일환이겠지요."

"어떤 청년인지 묘사할 수 있습니까?"

"만난 적이 없습니다. 그는 내 인생에서 순전히 가공의 인물이에요. 하지만 당신이 찾는 정체 모를 살인자는 절대로 아닐 겁니다. 헬렌은 그가 붙잡히지 않은 것을 보았다면 오히려 기뻐했을 거예요." 해거티는 이제 고통스러운 기억에서 물러나 경박한 어조로 말했다. 연극의 등장인물들에 대해서나 치과 천장에서 상영되는 영화를 보고 있는 것처럼 말했다. "지금 주제가 살인인 것 같으니까 말인데, 내 전처의 죽음에 대해서 말해주기로 했잖습니까. 헬렌은 이제 완벽하게 전처가 되었네요. 안 그래요? 아예 죽어버렸잖아요."

나는 그의 실없는 소리를 끊고 현재 상황을 제법 자세하게 알려주었다. 안개 속에서 도망쳤던 리노 출신 남자에 대해서도 말했고, 내가 남자의 신원을 파악하려고 노력하고 있다는 것도 말했다.

"호프먼 씨가 그러는데, 당신이 여름에 헬렌을 만나러 리노로 갔었다더군요. 혹시 그곳에서 헬렌을 아는 사람들과 우연히 만나기도 했습니까?"

"우연히 만난 사람은 없었습니다. 헬렌이 아는 사람 두 명을 끌어들여서 나를 골탕 먹이기는 했지만. 나와 개인적으로 대화할 여지를 초장부터 차단하려는 속셈이었지요. 아무튼 우리는 딱 하룻밤 함께 보냈는데, 헬렌은 샐리 뭐라나 하는 여자와 그 남동생이라는 남자와 넷이서 놀자고 우겼습니다."

"샐리 버크?"

"그런 이름이었던 것 같습니다. 최악은 뭐였냐면, 헬렌이 나를 버크라는 여자와 짝지어줬다는 겁니다. 못생긴 여자는 아니었지만 대화가 통하지 않았어요. 그리고 내가 대화하고 싶은 건 헬렌이었습니다. 하지만 헬렌은 그날 밤 내내 남동생이라는 남자하고 춤만 췄습니다. 춤을 너무 잘 추는 남자는 수상해요."

"남동생에 대해서 더 말해보십시오. 그가 바로 우리가 찾는 남자일지도 모릅니다."

"글쎄, 행실이 추잡한 남자라는 인상이었습니다. 내 질투가 투사된 것일지도 모르겠지만. 나보다 어리고, 더 건강하고, 더 잘생겼습니다. 헬렌은 그 사람이 지껄이는 말을 재미있어하는 것 같았습니다. 내가 듣자니 죄 무의미한 말뿐이었는데도요. 자동차가 어떻고, 경주마가 어떻고, 도박 확률이 어떻고. 헬렌처럼 고등교육을 받은 여성이 어떻게 그런 남자에게 흥미를 느끼는지……."

해거티는 그 말에 싫증이 났는지 중간에 그만두었다.

"두 사람이 연인이었습니까?"

"내가 어떻게 알겠습니까? 헬렌은 내게 속을 보이지 않았는걸요."

"당신 아내잖습니까?"

해거티가 담배를 또 한 대 피워 물고 반쯤 태웠다.

"애인 사이는 아니었다고 봅니다. 단순한 놀이 친구였어요. 헬렌은 그를 이용해서 나를 공격하려는 것이었고."

"왜 공격합니까?"

"내가 자기 남편이라는 것, 자기 남편이었다는 것 때문이죠. 헬렌하고 나는 안 좋게 갈라졌습니다. 나는 리노에서 재결합을 해보려고 노력했지만 헬렌은 눈곱만큼도 관심이 없었습니다."

"결혼은 왜 깨졌습니까?"

"처음부터 균열이 크게 나 있었습니다." 해거티는 내 뒤로 시선을 던져, 얼 호프먼이 의식을 잃은 채 과거에 묻혀 있는 집을 바라보았다. "갈수록 나빠졌죠. 우리 둘 다의 잘못이었습니다. 나는 헬렌에게 잔소리를 멈추지 않았고, 헬렌은 그래도 멈추지 않고…… 하던 일을 계속했습니다."

나는 기다리고 들었다. 도시 곳곳에서 교회 종들이 울렸다.

이윽고 해거티가 말했다.

"헬렌은 창녀였습니다. 대학 창녀. 애초에 헬렌을 그렇게 만든 건 나였습니다. 헬렌이 열아홉 살 어린애였을 때 하이드파크의 숲

속에서. 그 뒤로 헬렌은 나 아닌 다른 남자들하고도 계속 그 짓을 하더군요. 나중에 가서는 돈까지 받았습니다."

"누구에게서?"

"당연히 돈 있는 남자들에게서요. 아내는 타락한 여자였습니다. 헬렌이 그렇게 된 데는 내 책임도 있기 때문에 나는 그녀를 재단할 자격이 없습니다."

해거티의 눈은 내면에서 나타났다 사라지는 고통스러운 진실로 반짝였다.

이 남자가 불쌍했다. 그래도 묻지 않을 수 없었다.

"금요일 밤에 어디 있었습니까?"

"메이플파크의 우리…… 내 집에 있었습니다. 리포트를 채점하면서."

"증명할 수 있습니까?"

"채점한 리포트들이 있으니까 증명할 수 있습니다. 학생들이 금요일에 제출한 리포트를 그날 밤에 채점했습니다. 내가 캘리포니아로 날아갔다가 돌아오는 환상적인 재주를 부렸다고 상상하는 게 아니면 좋겠습니다."

"여자가 살해되면 소원해진 남편에게 그 시각에 어디 있었는지 물어보는 게 관례입니다. 셰르셰 라 팜•의 원칙이죠."

"뭐, 대답은 들으셨으니 원한다면 확인해보십시오. 그냥 나를 믿는다면 시간과 품을 절약할 수 있을 겁니다. 나는 당신에게 정말 솔직히 말했습니다. 지나치게 솔직했죠."

"고맙습니다."

"그런데도 당신은 등을 돌려 나를 고발하려고……."

"질문은 고발이 아닙니다, 해거티 씨."

"속뜻은 그랬잖습니까." 불만스러워 살짝 쨍쨍대는 말투였다.
"리노의 남자가 용의자인 줄 알았는데요."

"용의자 중 한 명입니다."

"나도 그중 한 명이고요?"

"이 얘기는 그만합시다, 네?"

"당신이 먼저 꺼냈잖습니까."

"그럼 내가 그만하겠습니다. 리노의 남자 이야기로 돌아가서,
이름을 기억합니까?"

"소개를 받긴 했지만 성은 기억나지 않습니다. 그를 저드라고
부르더군요. 그게 이름인지 별명인지는 확실하지 않습니다."

"아까 왜 버크 부인의 남동생이라는 남자라고 표현했습니까?"

"내 눈에는 그들이 누나와 남동생처럼 보이지 않았거든요. 그들
이 서로에게 하는 행동을 보면 그보다는, 음…… 헬렌의 장난에 장
단을 맞춰주는 친한 친구 같았습니다. 두 사람이 서로 다 안다는 듯
한 눈짓을 주고받는 걸 내가 두어 번 중간에서 포착했습니다."

"그 남자를 자세히 묘사해보겠습니까?"

"노력해보지요. 나는 시각적 기억력이 그다지 좋지 않습니다.

● **셰르셰 라 팜** _ '여자를 찾아라'. 남자의 문제 뒤에는 늘 여자가 있다는 의미의 프랑스어 관용구.

전적으로 언어적인 타입이라서."

내가 반복해서 질문을 던지자 해거티는 남자의 모습을 그런대로 그려냈다. 나이는 서른둘이나 서른셋, 근육질에 활동적인 타입, 특출하지는 않지만 잘생겼음. 숱이 줄어가는 검은 머리카락, 갈색 눈, 흉터 없음. 연회색 실크 혹은 인견 양복을 입었고 이탈리아식 뾰족한 검은 구두를 신었음. 해거티가 주워듣기로 저드라는 그 남자는 리노—타호 지역의 어느 도박장에서 뭔지 모를 일을 하고 있다고 했다.

시계를 보니 11시가 다 되었다. 리노로 가야 할 때였다. 서쪽으로 비행하면 시간을 번다는 사실이 떠올랐다. 그렇다면 덜로니 부인과 이야기를 나누고도 적당한 시간에 리노에 도착할 수 있었다. 그녀가 시간을 내준다면 말이지만.

나는 해거티와 함께 집으로 들어가 오헤어 공항에 전화하여 늦은 오후 비행기를 예약했다. 덜로니 부인에게도 전화했다. 그녀는 집에 있었고, 나를 만나겠다고 했다.

버트 해거티가 덜로니 부인의 집까지 태워주겠다고 했지만 장인 곁에 있는 것이 좋겠다고 말했다. 호프먼이 코 고는 소리가 소리 죽인 한탄처럼 온 집에 울리고 있었지만 언제든 깨어나서 광란극을 펼칠 수도 있었다.

글렌뷰 애버뉴는 도시 북쪽에서도 제일 북쪽을 지나는 도로로, 시골이라고 불러도 될 정도로 넓은 사유지가 있는 동네였다. 길 양쪽에 늘어선 나무들이 이따금 머리 위에서 만났다. 차츰 색이 변해가는 나뭇잎을 통과하여 드넓은 잔디밭에 떨어진 햇빛은 돈의 빛깔을 고상하게 승화시킨 것 같았다.

103번지를 알리는 벽돌 기둥 사이로 차를 꺾어 들어가니, 오래되고 당당한 붉은 벽돌 저택이 눈에 들어왔다. 진입로 끝에 오른쪽으로 차를 댈 수 있는 포치가 있었다. 내가 차에서 내리기 무섭게 제복을 입은 흑인 하녀가 현관문을 열었다.

"아처 씨?"

"네."

"덜로니 부인께서 1층 거실에서 기다리고 계십니다."

그녀는 창가에 앉아 붉은 옻나무가 수수한 빛깔들 속에서 도드라지는 전원 풍경을 내다보고 있었다. 새하얀 머리카락은 짧은 단발이었다. 푸른 실크 정장이 꼭 릴리 다셰이*처럼 보였다. 얼굴에는 주름이 자글자글했지만 골격은 아름다움을 고스란히 간직하고 있었다. 골동품이 재료의 상태와는 무관하게 근사할 수 있는 것처럼 그녀도 근사했다. 부인은 과거에 흠뻑 빠진 모양이었다. 하녀가 말을 걸 때까지 우리를 알아차리지 못했다.

"아처 씨가 오셨습니다, 덜로니 부인."

노부인은 들고 있던 책을 내려놓으면서 젊은 여자처럼 거뜬하게 일어났다. 그리고 손을 내밀면서 나를 오래 응시했다. 부인의 눈은 푸른 실크 정장과 같은 색깔이었다. 퇴색되지 않았고 지적이었다.

"나를 만나려고 캘리포니아에서 여기까지 오셨다는 거지요. 실망했겠어요."

"그 반대입니다."

"입발림할 필요는 없습니다. 나는 스무 살이었을 때 남들처럼 보였죠. 일흔이 넘은 지금은 나 자신처럼 보이고요. 홀가분한 사실이랍니다. 어쨌든 앉으세요. 그게 가장 편한 의자예요. 우리 아버지셨던 오즈번 상원 의원은 어떤 의자보다도 그 의자를 좋아하셨죠."

부인이 반들반들하고 손을 타서 색이 짙어진 붉은 가죽 의자를 가리켰다. 자신은 사다리 같은 등받이에 낡은 방석들을 붙여놓은 흔들의자에 앉아 나를 마주보았다. 방안의 다른 가구들도 똑같이 오래되고 수수한 것들이었다. 부인이 이곳을 과거를 지키는 장소로 쓰는 게 아닌가 싶었다.

"먼길을 오셨지요." 부인이 스스로에게 상기시켰다. "드실 것이나 마실 것을 좀 드릴까요?"

"고맙습니다만 됐습니다."

부인이 하녀를 물렸다.

"이중으로 실망하실까 봐 걱정입니다. 나는 남편의 자살에 대한 공식 기록에서 더 추가할 말이 별로 없습니다. 루크와 나는 그 일이 벌어지기 한참 전부터 가깝게 지내지 않았어요."

"벌써 추가하셨습니다. 공식 기록에 따르면 사고라고 하던데요."

"그랬죠, 참. 잊고 있었군요. 공식 기록에는 자살이라고 적지 않는 것이 최선이라고 생각했었습니다."

"누가 그렇게 생각했습니까?"

"내가. 다른 사람들도요. 죽은 남편이 이 지역에서 차지하는 위치가 있었으니 자살은 사업 면에서나 정치 면에서나 큰 풍파를 일으켰을 겁니다. 개인적으로 보기 흉하게 되는 건 말할 것도 없고요."

"어떤 사람들은 사람의 죽음을 둘러싼 사실을 바꾸는 게 더 흉

● **릴리 다셰이** _ 프랑스 출신으로 미국에서 활동한 모자 및 의상 디자이너.

하다고 생각할 텐데요."

"그런 사람도 있을지 모르지만……" 부인은 귀부인다운 표정을 지었다. "내 면전에서 그렇게 말할 사람은 많지 않습니다. 그리고 사실은 바뀌지 않았어요. 기록만 바뀌었죠. 나는 남편의 자살이라는 사실을 평생 가슴에 품고 살아왔습니다."

"그게 사실이라고 굳게 믿으십니까?"

"전적으로."

"저는 방금 호프먼 부서장이라고, 사건을 처리했던 경찰과 이야기를 나누고 왔습니다. 그 사람은 부군께서 자동 권총을 소제하다가 사고로 자기 머리에 총을 쐈다고 하더군요."

"우리가 그렇게 합의하기로 했었죠. 호프먼 부서장은 자연히 그 이야기를 고수하는 것이고요. 시간이 이렇게나 흐른 지금에 와서 그걸 바꾸는 게 무슨 소용인지 모르겠군요."

"딜로니 씨가 살해된 게 아니라면 그렇겠죠. 그러나 살해된 것이라면, 소용 있습니다."

"그야 있다뿐이겠습니까만, 남편은 살해된 게 아닙니다."

부인이 나와 눈을 맞췄다. 부인의 눈은 조금 딱딱해졌을지는 모르겠지만 큰 변화는 없었다.

"저는 저멀리 캘리포니아에서 그게 살인이라는 소문을 들었습니다."

"누가 그런 헛소리를 퍼뜨렸나요?"

"호프먼 부서장의 딸 헬렌입니다. 헬렌은 살인의 증인을 안다고 주장했습니다. 헬렌 자신이 증인이었을지도 모릅니다."

부인의 얼굴에 언뜻 나타났던 불안한 기색이 싸늘한 분노로 바뀌었다.

"그녀는 그런 거짓말을 할 권리가 없습니다. 내가 그런 짓을 그만두게 하겠어요!"

"이미 그만두게 되었습니다. 금요일 밤에 누군가 총으로 헬렌의 입을 막았습니다. 제가 여기 온 것은 그 때문입니다."

"그렇군요. 그 여자는 캘리포니아 어디에서 죽었나요?"

"퍼시픽포인트입니다. 로스앤젤레스 남쪽 해변 도시입니다."

부인의 눈이 아주 살짝 움찔했다.

"처음 듣는 곳이군요. 아는 사람은 아니었지만 그 여자가 죽었다니 나도 안타깝습니다. 하지만 장담하건대 그 여자의 죽음은 루크와는 아무 관계도 없습니다. 당신이 잘못 짚은 겁니다, 아처 씨."

"그럴까요."

"애쓸 필요 없어요. 남편은 자살하기 전에 내게 유서를 남겼는데, 그걸 보면 사태가 분명합니다. 호프먼 형사가 그 쪽지를 내게 가져왔죠. 호프먼 형사와 상관들 외에는 아무도 유서가 있다는 걸 몰랐습니다. 사실 당신에게도 알릴 마음은 없었어요."

"왜요?"

"추악한 내용이니까요. 남편은 자기가 저지르려는 일에 대해서 나와 내 가족을 비난했습니다. 남편은 경제적 곤란에 처해 있었어요. 주식이니 뭐니 도박을 벌이고 있었던데다가 사업은 지나치게 확장한 상태였습니다. 우리는 그의 요청을 거절했습니다. 사적인 이유도 있었고 현실적인 이유도 있었어요. 남편은 자살로 우리에게 반격하려고 한 겁니다. 그리고 성공했죠. 당신의 표현을 빌리자면 우리가 사실을 바꾸기는 했지만……." 부인이 납작한 가슴에 손을 댔다. "나는 그의 계획대로 상처를 받았습니다."

"당시에 오즈번 상원 의원은 살아 계셨습니까?"

"당신은 우리 집안 역사를 모르는 것 같네요." 꾸짖는 말투였다. "아버지는 1936년 12년 14일에 돌아가셨습니다. 남편이 자살하기 삼 년 반 전이었죠. 아버지는 적어도 그런 모욕은 겪지 않아도 되셨어요."

"아까 가족이라고 말씀하셨기에."

"내 동생 티시와 지금은 돌아가셨지만 우리의 신탁 후견인이었던 스콧 삼촌을 말한 거였습니다. 루크에게 더이상 원조하지 않기로 한 것은 나와 삼촌의 결정이었습니다. 사실상 내 결정이었죠. 결혼은 이미 끝났었고요."

"왜요?"

"흔한 이유에서죠. 그 이야기는 하고 싶지 않습니다." 부인은 일어나서 창가로 가서는 병정처럼 꼿꼿하게 서서 밖을 보았다. "1940년에는 내 인생에서 많은 것이 끝났습니다. 결혼이, 다음에는 남편의 인생이, 그다음에는 내 동생의 인생이. 티시는 그해 여름에 죽었어요. 나는 가을 내내 동생을 생각하면서 울었답니다. 그런데 또 다시 가을이로군요." 부인은 한숨을 쉬었다. "가을이면 우리는 함께 말을 타곤 했어요. 동생이 다섯 살이고 내가 열 살일 때 내가 그 애에게 말 타는 법을 가르쳤지요. 세기가 바뀌기 전의 일입니다."

부인의 마음은 더 멀고 덜 고통스러웠던 시절로 떠나가고 있었다.

"델로니 부인, 자꾸 물어서 죄송합니다만 유서를 아직도 갖고 계신지 궁금합니다."

부인이 몸을 돌렸다. 그녀는 비통한 표정이 남긴 주름을 펴려고 애썼지만 주름은 사라지지 않았다.

"당연히 없습니다. 내가 태워버렸습니다. 내용에 관해서는 내 말을 믿어도 됩니다."

"제가 의심하는 것은 부인의 말씀이 아닙니다. 부군께서 손수 그 글을 썼다고 확신하십니까?"

"그럼요. 내가 남편의 필체를 못 알아봤을 리 없습니다."

"솜씨 좋은 위조자는 누구든 속일 수 있습니다."

"터무니없는 소리. 멜로드라마 같은 말을 하고 있군요."

"우리는 매일 멜로드라마처럼 살고 있습니다, 부인."

"누가 유서를 위조하겠어요?"

"그런 예는 많습니다. 많은 살인자가 그랬습니다."

부인이 흰머리를 홱 젖히고는 섬세하게 굽은 코밑으로 나를 내려다보았다. 그녀는 새처럼 보였다. 목소리도 새를 닮았다.

"남편은 살해당하지 않았습니다."

"제가 볼 때 부인은 위조일지도 모르는 손글씨 한 장에 지나치게 의존하고 있습니다."

"위조된 게 아니었습니다. 내용 면에서도 증거로 확실합니다. 루크와 나만 아는 비밀에 관해서 말하고 있었으니까요."

"예를 들면 어떤?"

"당신에게 말할 마음은 없습니다. 다른 누구에게도. 게다가 루크는 몇 달 전부터 자살하겠다고 말하곤 했어요. 술에 취하면 더 자주."

"아까는 오래전부터 부군과 가깝게 지내지 않았다고 하셨는데요."

"물론이죠. 같이 아는 친구들에게 이야기를 들었습니다."

"호프먼도 그중 한 명이었습니까?"

"설마. 나는 그를 친구로 여기지 않았습니다."

"그런데도 그가 당신을 위해서 부군의 자살을 덮어주었다는 거군요. 자살이라고들 하는 사건을."

"호프먼은 명령을 받았으니까요. 그에게는 선택의 여지가 없었습니다."

"누가 명령했습니까?"

"아마도 경찰청장이었겠죠. 경찰청장은 내 친구였고, 루크의 친구이기도 했습니다."

"친구면 기록을 거짓으로 작성하도록 명령해도 괜찮은 겁니까?"

"그런 일은 이 나라의 모든 도시에서 매일 벌어지고 있답니다. 내게 설교하지 마세요, 아처 씨. 로버트슨 청장은 오래전에 죽었습니다. 남편의 사건도 이미 끝난 일입니다."

"부인께는 그럴지도 모르지요. 호프먼의 마음에서는 아직도 생생합니다. 딸의 죽음이 그 사건을 되살렸습니다."

"둘 다 안됐군요. 하지만 나는 당신이 품고 있는 이론에 부합하기 위해서 과거를 바꿀 수는 없습니다. 대체 뭘 증명하려고 하나요, 아처 씨?"

"구체적인 건 없습니다. 죽은 여자는 브리지턴이 자기를 쫓아왔다고 말했습니다. 그게 무슨 뜻인지 알고 싶을 뿐입니다."

"틀림없이 무척 사적이고 개인적인 뜻이었겠지요. 여자들은 그렇답니다. 아까 말했듯이 나는 헬렌 호프먼을 전혀 모릅니다만."

"헬렌이 부군과 모종의 관계가 있었습니까?"

"아닙니다. 그녀는 남편과 그런 관계가 아니었습니다. 내가 그걸 어떻게 아느냐고 묻지는 마세요. 우리가 이미 루크의 무덤을 충분히 파헤쳤다고 생각하지 않나요? 거기에는 가엾은 자살 외에는 아무것도 숨어 있지 않아요. 게다가 나는 루크를 거기 눕히는 데 일조했습니다."

"자금을 끊어서요?"

"그렇죠. 설마 내가 루크를 쐈다고 자백할 줄 알았나요?"

"그건 아닙니다. 자백하시겠습니까?"

부인의 얼굴이 약간 야만적인 미소로 쭈글쭈글해졌다.

"좋아요. 내가 루크를 쐈어요. 이제 어쩔 작정인가요?"

"아무것도. 그 말씀 안 믿습니다."

"사실이 아니라면 내가 왜 그렇게 말하겠어요?"

그녀는 늙은 여인들이 때때로 그렇듯 소녀 시절로 돌아가 변덕스러운 게임을 벌이고 있었다.

"부군을 쏘고 싶어 하셨을 수는 있죠. 저는 부인이 그러셨을 거라고 믿어 의심치 않습니다. 하지만 정말로 실행에 옮기셨다면 절대로 그 일에 관해 말씀하시지 않았을 겁니다."

"왜요? 어차피 당신이 할 수 있는 일은 아무것도 없는걸요. 나는 이 동네에 친구가 아주 많답니다. 공직자도 있고 다른 방면의 사람들도 있죠. 말이 나온 김에 말하자면, 당신이 오래된 사건을 이렇게 계속 헤집는다면 그 사람들이 대단히 기분 나빠할 겁니다."

"그 말씀을 협박으로 받아들여도 되겠습니까?"

"아니요, 아처 씨." 부인이 딱딱한 미소를 지었다. "나는 당신에게 아무 감정도 없습니다. 당신은 자기 일에 미친 사람일 뿐이죠. 아니, 그것도 직업이라고 하나요? 사람들이 어떻게 죽었는지가 정말 그렇게 중요합니까? 그 사람들은 이미 죽었어요. 우리도 이르든

늦든 다 죽을 겁니다. 몇몇은 다른 사람보다 좀더 빨리 죽는 것뿐이
에요. 그리고 나는 내게 남은 시간을 당신에게 충분히 할애한 것 같
군요."

　부인은 벨을 울려 하녀를 불렀다.

시간이 남아서 얼 호프먼에게 다시 질문할 여유가 있을 것 같았다. 나는 안식일을 맞아 사람들이 모두 사라진 도심을 통과하여 호프먼의 집으로 돌아갔다. 덜로니 부인이 제기한 질문들, 아니, 답하지 않은 질문들이 낚싯바늘처럼 내 가슴에 박혀 있었다. 그 뒤로 늘어진 낚싯줄은 점선처럼 군데군데 끊어진 채 과거와 연결되어 있었다.

나는 사고든 고의든 덜로니가 스스로 총을 쏘지 않았다는 것을 확신했다. 누군가 다른 사람이 쐈다는 것도, 덜로니 부인은 그 사실을 알고 있다는 것도 확신했다. 유서로 말하자면 그것은 위조되었을 수도 있고, 지어낸 이야기일 수도 있고, 부인이 오독했거나 내용을 잘못 기억한 것일 수도 있었다. 호프먼은 아마 그중 어느 쪽인지 알 것이다.

체리 스트리트로 꺾어 들자 한 블록 앞에서 웬 남자가 내게서 멀어지는 방향으로 걸어가고 있었다. 푸른 제복을 입은 남자의 걸음걸이에는 나이든 경찰 특유의 묵직한 박력이 있었다. 이따금 휘청거리다가 다시 몸을 가누는 것만 빼고는. 다가가서 보니 호프먼이었다. 파란 바짓단 아래로 오렌지색 잠옷이 비져나와 있었다.

나는 호프먼이 앞에서 걸어가도록 내버려두었다. 남쪽으로 내려갈수록 거리는 점점 더 황량한 빈민가가 되었다. 우리는 흑인 거주 구역으로 들어섰다. 보도에 있는 성인 남녀들은 호프먼과 멀찍이 거리를 두었다. 그는 걸어 다니는 시한폭탄이었다.

심지어 호프먼은 제대로 걷지도 못했다. 그는 말뚝 울타리 옆에서 넘어지기도 했다. 울타리 뒤에서 아이 몇 명이 나와서 깡총거리고 놀려대며 그를 따르다가 그가 아이들에게 두 팔을 번쩍 쳐들고서야 그만두었다. 그는 다시 뒤로 돌아서 계속 걸었다.

우리는 흑인 거주 구역을 지나 셋집이나 사무 건물로 개조된 낡은 삼 층 목조 건물이 늘어선 구역으로 들어섰다. 군데군데 좀 최근에 지은 아파트 건물이 몇 채 있었는데, 호프먼의 목적지는 그중 한 곳이었다.

육 층짜리 콘크리트 건물은 약간 추레했다. 줄줄이 난 창문마다 누렇게 변색되고 꺾인 블라인드가 내려져 있었고, 그 아래 벽에는 물에 잠겼을 때 생긴 갈색 자국들이 남아 있었다. 호프먼은 정면 현

관으로 들어갔다. 현관 위 콘크리트 아치에 '딜로니 아파트, 1928'
이라고 새겨져 있었다. 나는 차를 세우고 호프먼을 따라 건물로 들
어갔다.

호프먼은 엘리베이터를 타고 올라간 것 같았다. 엘리베이터 문
위의 변색된 청동 화살표가 시계 방향으로 천천히 움직여 7을 가리
키고는 멎었다. 나는 한동안 단추를 눌러대다가 포기했다. 호프먼
이 문을 열어두고 내린 모양이었다. 대신 비상계단으로 올라갔다.
지붕으로 나가는 철문에 도달했을 때 나는 숨을 몰아쉬고 있었다.

문을 살짝 열어보았다. 이웃 건물 지붕에서 구구거리는 비둘기
들을 빼면 바깥은 아주 조용한 것 같았다. 지붕 한구석은 관목 화분
몇 개와 펜트하우스 벽에 직각으로 설치된 초록색 플렉시글라스 바
람막이로 테라스처럼 꾸며져 있었다.

어떤 남자와 여자가 그곳에서 햇볕을 쬐고 있었다. 여자는 비키
니 상의 끈을 끄른 채 에어 매트리스에 엎드려 있었다. 금발이고 몸
매가 근사했다. 남자는 접의자에 앉아 있었고, 옆 탁자에는 반쯤 남
은 콜라병이 놓여 있었다. 남자는 어깨가 넓고 피부색이 짙었으며
가슴과 어깨는 검고 굵은 털로 덮여 있었다. 왼손 새끼손가락에 다
이아몬드 반지를 꼈고, 희미한 그리스 억양이 있었다.

"그래서 식당 사업은 천박하다는 거야? 그게 얼마나 배은망덕
한 소리인 줄 알아? 당신 등에 밍크를 걸쳐주는 게 바로 식당 사업
이라고."

"내가 언제 그렇게 말했어. 그저 보험은 남자가 할 만한 점잖고 깨끗한 사업이라고 말했을 뿐이야."

"식당은 더럽고? 내 식당들은 안 그래. 변소에는 자외선 살균기도 설치했……."

"불결한 소리 하지 마."

여자가 말했다.

"변소는 불결한 단어가 아니야."

"우리 집안에서는 그래."

"당신네 집안 이야기에는 신물이 난다. 한량 같은 당신 동생 시어 이야기에도 신물이 나."

"한량?" 여자가 몸을 일으켰다. 비키니 상의 줄을 채우기 전에 잠깐 서양배 같은 가슴이 허옇게 드러났다. "시어는 작년에 백만 달러 마술사 협회에도 들었다고."

"시어가 정상에 오르도록 보험을 사준 사람이 누구지? 나야. 애초에 시어에게 보험 대리점을 차려준 사람이 누구지? 나야."

"하느님 맙소사." 여자의 얼굴은 아름답고 표정 없는 가면 같았다. 그 얼굴 그대로 여자가 말했다. "집안에서 누가 돌아다니는 거지? 로지는 아침 먹은 뒤에 돌려보냈는데."

"돌아왔나 보지."

"로지가 내는 소리 같지 않아. 남자 같아."

"시어가 나한테 올해의 마술사 협회 보험을 팔려고 왔나 보지."

"안 웃겨."

"나는 웃겨죽겠는데."

남자는 그 말을 입증하려고 웃어 젖혔다. 그러다가 플렉시글라스 바람막이 뒤에서 얼 호프먼이 나오는 것을 보고 웃음을 멈췄다. 호프먼의 얼굴에 난 멍들이 햇살 아래에서 하나하나 또렷하게 보였다. 오렌지색 잠옷이 신발을 덮고 있었다.

짙은 피부의 남자는 의자에서 일어나 두 손으로 휘이휘이 밀어내는 시늉을 했다.

"꺼져요. 여긴 개인 공간이에요."

"그럴 순 없습니다." 호프먼이 이성적인 말투로 대답했다. "시체가 있다는 신고를 받았습니다. 어디 있습니까?"

"지하실에요. 거기 가면 있을 겁니다."

남자가 여자에게 윙크를 했다.

"지하실? 펜트하우스라고 하던데요." 엉망이 된 호프먼의 입은 인형처럼 기계적으로 여닫혔다. 과거가 그의 몸을 빌려 복화술을 하는 것 같았다. "당신이 옮겼죠? 시체를 옮기는 건 법에 저촉됩니다."

"당신이야말로 몸을 옮겨 여기에서 나가요." 남자는 노란 테리천 가운으로 몸을 가린 여자에게 말했다. "들어가서 거시기한테 신고해."

"내가 거시기요." 호프먼이 말했다. "그리고 여자는 남으시오.

질문이 있으니까. 이름이 뭡니까?"

"당신이 알 바 아니잖아요."

여자가 대꾸했다.

"모두 내 일이오." 호프먼은 한 팔을 쭉 뻗다가 균형을 잃을 뻔했다. "나는 살인 사건을 수사하는 형사요."

"그럼 배지를 봅시다, 형사님."

남자는 손을 내밀었지만 호프먼 쪽으로 움직이지는 않았다. 아무도 움직이지 않았다. 여자는 무릎을 꿇고 앉은 채 아름답고 겁에 질린 얼굴을 호프먼 쪽으로 쳐들고 있었다.

호프먼은 옷을 더듬어 오십 센트짜리 동전 하나를 겨우 꺼냈다. 절망적인 표정으로 그것을 보다가 난간 너머로 휙 내던졌다. 동전이 육 층 아래 보도에 떨어지는 소리가 희미하게 울렸다.

"집에 놔두고 왔나 봅니다."

호프먼이 부드럽게 말했다.

여자가 용기를 내어 집을 향해 달려갔다. 그러나 호프먼이 엉성하면서도 신속한 동작으로 여자의 허리를 잡았다. 여자는 저항하지 않았다. 호프먼의 팔에 안긴 채 창백한 얼굴로 뻣뻣하게 서 있었다.

"그렇게 빨리는 안 되지, 요년아. 질문이 있다니까. 네가 딜로니와 동침한 계집인가?"

여자가 남자에게 말했다.

"이 사람이 나한테 이렇게 말하게 내버려둘 거야? 내 몸에서 손떼라고 말해줘."

"내 아내에게 손 떼요."

남자가 박력 없이 말했다.

"그러면 여자에게 앉아서 협조하라고 말하시오."

"앉아서 협조해."

"미쳤어? 이 사람은 증류소처럼 술냄새를 풍긴다고. 정신 나간 주정뱅이란 말야."

"나도 알아."

"그러면 어떻게든 해봐."

"나도 그러려는 거야. 저런 사람들은 맞장구를 쳐줘야 해."

호프먼은 부당한 비판에 진력이 난 공무원처럼 남자에게 미소 지었다. 망가진 입과 마음 때문에 미소는 기괴했다. 여자가 그에게서 벗어나려고 버둥거렸다. 호프먼은 여자의 옆구리에 자기 배를 밀어붙이면서 여자를 더 가까이 당겼다.

"너는 우리 딸 헬렌을 좀 닮았군. 우리 딸 헬렌을 아나?"

여자가 미친듯이 고개를 저었다. 머리카락이 흩어져 부풀었다.

"헬렌은 살인을 본 증인이 있다고 말하고 있어. 그 일이 벌어졌을 때 너도 거기에 있었나?"

"무슨 말인지 하나도 모르겠는데."

"모르긴 왜 몰라. 루크 딜로니. 누군가 그의 눈알을 총으로 쏘고는 자살처럼 보이게 하려고 했지."

"딜로니를 기억해요." 남자가 말했다. "우리 아버지의 햄버거 가게에 왔을 때 내가 한 번인가 두 번 시중을 들었지요. 그는 전쟁 전에 죽었어요."

"전쟁 전에?"

"그렇게 들었어요. 이십 년 동안 어디 있다 왔습니까, 형사님?"

호프먼은 답을 알지 못했다. 그가 낯선 장소를 보는 눈으로 자기 도시의 지붕들을 둘러보았다. 여자가 소리쳤다.

"놔, 이 뚱보야!"

호프먼은 여자의 목소리를 아주 멀리서 듣는 듯했다.

"아빠한테는 예의를 갖춰서 말해야지."

"네가 우리 아빠면 자살하는 게 낫지."

"더이상 건방진 소리 하지 마라. 네 건방진 소리는 들을 만큼 들었다. 내 말 똑똑히 들었지?"

"그래, 들었다. 미친 늙은이, 더러운 손을 나한테서 치워!"

여자가 손가락을 구부려 호프먼의 얼굴을 할퀴었다. 평행한 세 줄의 자국이 선명하게 났다. 호프먼이 여자의 뺨을 때렸다. 여자는 자갈이 깔린 바닥에 엎어졌다. 남자가 반쯤 남은 콜라병을 집었다. 남자가 그것을 치켜들고 호프먼에게 다가서자 갈색 내용물이 쏟아져 팔로 흘러내렸다.

호프먼이 코트 등판 밑으로 손을 넣어 허리춤에서 리볼버를 꺼냈다. 그리고 남자의 머리 위로 쏘았다. 이웃 지붕에 있던 비둘기들이 커다란 나선을 그리면서 날아올랐다. 남자는 병을 떨어뜨리고 두 손을 올린 채 꼼짝 않고 섰다. 훌쩍거리던 여자도 조용해졌다.

호프먼은 태양이 작열하는 하늘을 쏘아보았다. 비둘기들이 하늘로 사라졌다. 그는 다시 제 손에 들린 리볼버를 보았다. 나도 같은 물체에 시선을 고정시킨 채 햇빛 속으로 나갔다.

"얼, 증인들을 다루는 데 도움이 필요합니까?"

"아냐. 나 혼자 다룰 수 있소. 모든 것을 잘 통제하고 있다오." 그가 나를 실눈으로 보았다. "이름이 뭐였더라? 아서?"

"아처." 나는 울퉁불퉁한 자갈 바닥에 그려진 땅딸막한 내 그림자를 앞으로 밀어내면서 호프먼을 향해 걸어갔다. "이 일로 평판이 좋아지겠는데요, 얼. 덜로니 살인 사건을 혼자서 해결한 형사라고."

"물론이지." 호프먼의 눈은 혼란스러운 듯했다. 그는 내가 말이 안 되는 소리를 하고 있다는 것을 알았고, 자기가 말이 안 되는 행동을 했다는 것도 알았지만, 그 사실을 인정할 수 없었다. 스스로에게조차. "이 사람들이 시체를 지하실에 숨겼소."

"그렇다면 파내는 수밖에 없겠군요."

"다들 미쳤어요?"

남자가 팔을 치켜든 채로 말했다.

"당신은 조용히 해요." 나는 말했다. "얼, 지원을 요청하는 게 좋겠습니다. 내가 저 사람들한테 총을 겨누고 있겠습니다."

호프먼이 망설였다. 긴 순간이었다. 이윽고 호프먼은 내게 리볼버를 넘기고 문틀에 어깨를 세게 부딪히면서 실내로 들어갔다.

"당신들 누구요?"

남자가 물었다.

"나는 저 사람을 지키는 사람입니다. 긴장 푸십시오."

"저 사람 정신병원에서 도망친 겁니까?"

"아직 아닙니다."

남자의 눈은 반죽에 깊숙이 박힌 건포도 같았다. 남자는 아내가 일어나는 것을 도우면서, 어색한 몸짓으로 여자가 입은 가운의 엉덩이 부분을 털어주었다. 여자가 남자의 팔에 덥석 안기며 울음을 터뜨렸다. 남자는 다이아몬드 반지를 낀 손으로 여자의 등을 토닥이면서 그리스어로 뭔가 감정이 듬뿍 실린 말을 건넸다.

열린 문을 통해 호프먼이 전화기에 대고 말하는 소리가 들렸다.

"사람 여섯하고 삽하고 콘크리트 뚫을 드릴을 보내. 지하실 바닥에 여자의 시체가 묻혀 있으니까. 십 분 안에 도착하지 않으면 누구든 된통 혼날 줄 알아!"

수화기를 쾅 내린 뒤에도 그는 계속 중얼거렸다. 그의 목소리는 바람처럼 세졌다 잦아들었다 하면서 산산조각난 과거의 파편들을 모아 하나의 소용돌이로 휘몰아쳐 올렸다. "나는 그 애에게 절대로 손대지 않았어. 친구의 딸에게 그런 짓은 안 했을 거야. 그 애도 착한 애였지. 깨끗하고, 이 아빠의 말을 잘 듣는 딸이었지. 그 애가 아기였을 때가 기억이 나, 내가 그 애를 목욕시키곤 했지. 그 애는 토끼처럼 부드러웠어. 나는 그 애를 팔에 안았고, 그 애는 나한테 빠하고 불렀어." 그러다가 목소리가 갈라졌다. "무슨 일이지?"

그는 다시 조용해졌다. 그러다가 비명을 질렀다. 그가 쿵 하고 집이 흔들릴 만큼 세게 바닥에 쓰러지는 소리가 들렸다. 나는 안으로 들어갔다. 호프먼은 부엌 스토브에 등을 대고 앉아서 바지를 벗으려 하고 있었다. 그가 나에게 손사래를 쳤다.

"나한테서 떨어져. 내 몸에 거미가 있어!"

"거미는 한 마리도 안 보입니다."

"옷 속에 있어, 흑거미들이! 살인자가 거미로 나를 독살하려는 거야!"

"살인자가 누굽니까, 얼?"

호프먼의 얼굴이 동요했다. "누가 덜로니를 죽였는지는 결국 알아내지 못했지. 상부에서 지시가 내려왔어, 사건을 닫으라고. 내가 뭘 어떻게……?" 그의 목구멍에서 다시 비명이 솟구쳤다. "맙소사, 거미 수백 마리가 내 몸에 기어다니고 있어!"

그가 옷을 찢었다. 경찰이 도착할 무렵 그의 옷은 푸른색과 오렌지색이 뒤섞인 넝마가 되어 있었다. 왕년의 레슬링 선수 같은 그의 육체는 알몸으로 리놀륨 바닥에서 몸부림쳤다.

두 순경은 얼 호프먼을 알고 있었다. 나는 설명할 필요조차 없었다.

비행기가 산그림자 속으로 하강하는 동안 붉은 태양이 순식간에 가라앉았다. 월터스 사무소에 도착 예정 시간을 전보로 알려두었기에 필리스가 공항에 마중나와 있었다.

필리스는 나와 악수하며 뺨을 내밀었다. 그녀의 얼굴은 햇볕 때문에 조금 상하기는 했으나 복숭아와 크림 색깔이었고 말갛게 웃는 눈은 인도 에나멜 같은 옥색이었다.

"피곤해 보이네요, 루. 당신 실제로 존재하는 사람이었군요."

"말도 마요. 그렇게 이야기하니까 더 피곤하게 느껴집니다. 당신은 근사해 보이는군요."

"나이가 들수록 점점 더 어렵기는 해요. 하지만 점점 쉬워지는 일도 있죠." 필리스는 어떤 일이 그런지는 알려주지 않았다. 우리는 순식간에 내려앉은 어스름 속에서 그녀의 차로 갔다. "그런데 일리노이에는 왜 갔어요? 퍼시픽포인트 사건을 조사하고 있는 줄 알았는데."

"두 곳 모두와 관련이 있어요. 전쟁 전에 일리노이에서 벌어졌던 옛 살인 사건을 알게 되었는데, 그게 현재 사건과 밀접한 관련이 있는 것 같습니다. 어떤 관련이냐고는 묻지 마요. 그걸 설명하려면 밤을 새워도 모자라는데, 우리에게는 그보다 더 중요한 일이 있잖습니까."

"당신에게는 정말로 있죠, 중요한 일이. 당신은 8시 반에 샐리 버크 부인과 저녁 식사 데이트를 할 거니까요. 당신은 로스앤젤레스에서 온 내 오랜 친구이고, 직업은 미정. 거기서부터 시작하면 될 거예요."

"대체 어떻게 주선했습니까?"

"어렵지 않았어요. 샐리는 공짜 저녁이랑 미혼 남성에게 죽고 못 살거든요. 재혼하고 싶어 해요."

"어떻게 그녀를 알게 됐죠?"

"어젯밤에 내가 버크 부인이 자주 다니는 술집에 갔다가, 말하자면 우연히 그녀를 만나서, 함께 취했죠. 둘 중 한 사람은 확실히 취했어요. 저드슨이라는 동생 이야기를 하던데, 그가 당신이 찾는 남자일지도 몰라요."

"그 사람 맞습니다. 그는 어디 산답니까?"

"사우스쇼어 어디쯤. 당신도 알다시피 사람을 찾아내기 어려운 동네잖아요. 아니가 지금 찾아보고 있어요."

"나를 누이 쪽으로 데려다줘요."

"도살장으로 데려다달라고 말하는 새끼양 같군요. 사실 버크 부인은 꽤 괜찮은 여자랍니다." 필리스의 말에는 여자끼리의 연대감이 있었다. "똑똑하진 않지만 심성은 착해요. 동생을 아주 좋아하고요."

"루크레치아 보르자도 그랬죠."

필리스가 차문을 쾅 닫았다. 우리는 리노로 향했다. 좋은 일이라곤 한 번도 일어난 적 없는 도시였지만 나는 여전히 희망을 품고 있었다.

샐리 버크 부인은 라일리 스트리트에서 가까운 낡은 이층집 위층에 살았다. 필리스가 8시 29분에 건물 앞에 내려주며, 자기집으로 돌아와서 아니와 자기와 함께 밤을 보내겠다는 약속을 받아낸 뒤에 갔다. 버크 부인은 완벽하게 차려입은 채 2층으로 이어진 계단 위에서 기다리고 있었다. 몸에 딱 붙는 검은 드레스와 여우 모피, 진주 목걸이와 귀걸이, 십 센티미터 힐. 갈색과 금색이 섞인 머리카락은 여자의 복잡한 인간성을 표현하는 듯했다. 내가 위층으로 올라가는 동안 여자의 갈색 눈이 나를 감정하듯 보았다. 남북전쟁이전 농장주가 노예 경매대에 오른 건장한 노예를 살펴보는 눈 같았다.

어쨌든 여자에게는 좋은 향기가 났고, 여자는 보기 좋고 상냥하고 초조한 미소를 지어 보였다. 우리는 인사를 나누고 서로 소개를 했다. 나는 처음부터 그녀를 샐리라고 부르기로 했다.

"들어오시라고 할 수 없어서 죄송해요. 집이 엉망이라서요. 일요일에는 제대로 되는 일이 없어요. 〈글루미 선데이〉라는 옛날 노래 아시죠? 내가 그래요, 이혼한 뒤에는. 필리스가 당신도 이혼했다고 하던데요."

"필리스 말이 맞습니다."

"남자한테는 좀 다르죠." 희미한 적개심을 품은 말투였다. "하지만 당신은 여자의 손길이 필요해 보이네요."

그녀는 내가 만난 여자들 중에서 가장 빠르고 비효율적으로 수작을 거는 여자였다. 나는 의기소침해졌다. 그녀는 내 부츠와 비행기에서 자느라 구겨진 옷을 쳐다보았다. 그러나 적어도 나는 신체건강한 남자였다. 남의 도움 없이 계단을 올라오지 않았는가.

"어디서 저녁을 먹을까요?" 그녀가 말했다. "리버사이드 식당이 괜찮아요."

그곳은 괜찮고 비싼 식당이었다. 술이 두어 잔 들어간 뒤로 나는 앨릭스의 돈을 쓰는 것에 대한 걱정을 그만두었다. 샐리 버크와의 대화는 나름대로 재미있었다. 그녀의 말을 믿어도 좋다면, 그녀의 전남편은 드라큘라, 히틀러, 유라이어 힙을 합친 것 같은 사람이었다. 그 사람은 북서부에서 매년 이만오천 달러는 거뜬히 버는 세일즈맨이지만, 그녀는 한 달에 육백 달러밖에 안 되는 쥐꼬리만 한 이혼 수당을 받기 위해서 그의 봉급을 압류해야 한 적이 한두 번이 아니라고 했다. 그녀는 생활을 힘들게 꾸려가고 있다고 했다. 더욱이 지금은 남동생이 클럽의 일자리를 잃었기 때문에 더 어렵다고 했다.

나는 여자에게 술을 한 잔 더 주문해주고 은근히 동정을 표했다.

"저드는 좋은 아이예요." 여자는 누군가 그 사실을 부정하기라도 한 듯이 말했다. "워싱턴 주립대학에서 미식축구를 할 때는 팀을 승승장구시켰죠. 스포캔 사람들은 저드가 더 이름난 학교 출신이기만 해도 전미 대표팀에 뽑혔을 거라고 말했어요. 저드는 한 번도 제대로 인정받지 못했죠. 순전히 정치적인 문제 때문에 코치 자리도 잃었고요. 그쪽에서 저드에게 씌운 혐의는 죄다 헛소리였어요. 저드가 나한테 그렇게 말했어요."

"어떤 혐의였습니까?"

"별거 없어요. 죄다 헛소리였어요. 정말이에요." 여자는 네 잔째 마티니를 비운 뒤, 단순하고도 교활한 표정으로 빈 잔 너머 나를 응시했다. "루, 당신이 어떤 사업을 하는지 말해주지 않은 것 같은데요?"

"그러게, 안 했군요. 할리우드에서 작은 연예 기획사를 운영합니다."

"어머나, 신기해라! 저드는 늘 연기에 관심이 있었거든요. 아직까지 해본 적은 없지만 사람들은 다들 저드더러 아주 잘생겼다고 하죠. 저드는 지난주에 할리우드에 내려갔었어요."

"배우 일자리를 찾아보려고요?"

"뭐든요. 그 애는 기꺼이 일하려고 하는데 문제는 배워둔 기술이 아무것도 없다는 거예요. 교사 자격을 잃은 뒤에는 댄스 교습소도 망했죠. 당신이 할리우드에서 저드에게 일을 찾아줄 수 있을까요?"

"나도 꼭 동생분과 얘기해보고 싶군요."

정직한 심정이었다.

여자는 술이 오른데다 희망에 차 있었으므로, 내가 자기 동생에게 관심을 보이는 것을 이상하게 생각하지 않았다.

"당장 주선할 수 있어요. 사실은 저드가 지금 우리집에 있거든요. 전화를 걸어서 이리 오라고 할게요."

"식사부터 마칩시다."

"저드한테 밥을 사줘도 좋을 텐데." 여자는 자신이 전술상의 실수를 저질렀다는 것을 깨닫고 황급히 철회했다. "하지만 셋이어야 더 친해질 수 있다고 했죠? 아니, 둘이어야."

여자가 저녁을 먹으면서 동생 이야기를 얼마나 많이 했던지 그가 함께 있는 것처럼 느껴질 정도였다. 여자는 동생의 옛날 미식축구 성적을 읊었다. 마치 동생이 된 것마냥 신이 나서, 동생이 여자를 다루는 솜씨가 얼마나 좋은지를 자랑했다. 동생이 늘 머릿속에서 굴린다는 훌륭한 계획들을 설명했다. 그중에서 제일 내 마음에 들었던 것은 온 가족이 함께 읽을 수 있도록 성경에서 거슬리는 대목들을 삭제하여 축약본을 만든다는 계획이었다.

샐리는 술이 약했다. 식사를 마칠 즈음에는 몸을 가누지 못할 지경이었다. 그녀는 동생을 불러 클럽에 가서 한바탕 놀고 싶어 했지만 나는 내키지 않았다. 그녀를 집에 데려다주기로 했다. 택시에서 그녀는 내 어깨에 기대어 잤다. 그것은 나도 개의치 않았다.

라일리 스트리트에서 여자를 깨우고 현관으로 들어가 계단을 올랐다. 여자의 몸집이 아주 크고 헐겁게 조립되어 있는 것처럼 느껴졌다. 게다가 여우 털이 자꾸 미끄러졌다. 주말 내내 술 취한 사람들 뒤치다꺼리나 하고 있는 기분이었다.

셔츠 바람에 몸에 꼭 맞는 바지를 입은 남자가 샐리의 집 문을 열었다. 나는 샐리를 부축한 채로 남자를 재빨리 훑어보았다. 남자는 절반의 특징들을 갖고서 절반의 세상에서 살아가는 사람 같았다. 남자는 반쯤 잘생겼고, 반쯤 방황했고, 반쯤 응석받이였고, 반쯤 똑똑했고, 반쯤 위험했다. 코가 뾰족한 이탈리아풍 구두는 발가락 쪽에 흠이 나 있었다.

"도와줄까요?"

남자가 내게 물었다.

"웃기지 마." 샐리가 말했다. "나는 멀쩡해. 아처 씨, 내 동생 저드예요. 저드슨 폴리."

"안녕하세요." 남자가 인사했다. "누나한테 술을 먹이면 안 됩니다. 누나는 술이 약해요. 자, 내가 부축할게요."

남자는 진력이 난 듯 능숙하게 누나의 팔을 자기 어깨에 두르고 허리를 단단히 잡은 뒤 거실을 지나 불 켜진 침실로 그녀를 데려갔다. 그리고 할리우드식 침대에 여자를 눕히고는 불을 껐다.

내가 아직 거실에 있는 것을 보고 남자는 불쾌하게 놀랐다.

"안녕히 가세요, 아처 씨. 이름이 뭐가 되었든. 오늘밤은 이제 문을 닫습니다."

"당신은 불친절하군요."

"네. 친절한 사람은 누나죠." 그는 작은 방을 시큰둥하게 둘러보았다. 꽁초가 넘치는 재떨이, 희뿌연 유리잔, 여기저기 널린 신문들. "나는 당신을 만난 적도 없고 다시 만날 일도 없어요. 왜 친절해야 하죠?"

"만난 적 없는 게 확실합니까? 잘 생각해보시오."

그는 갈색 눈으로 먼저 내 얼굴을, 다음에 내 몸을 살폈다. 그리고 숱이 빠져가는 이마를 신경질적으로 긁고는 고개를 저었다.

"만난 적 있더라도 내가 취했었나 보죠. 내가 취했을 때 누나가 당신을 여기로 데리고 왔었나요?"

"아니. 지난 금요일 밤에 술을 마셨습니까?"

"보자, 그게 언제였지? 그때 이 동네에 없었던 것 같은데. 그래요. 토요일 아침에야 돌아왔으니까." 그는 별일 아니라는 말투로 신경도 안 쓰인다는 표정을 지으려고 애썼다. "다른 사람을 봤나 보네요."

"내 생각은 다른데, 저드. 나는 지난 금요일 밤 9시쯤에 퍼시픽 포인트에서 당신과 부딪혔지. 아니, 당신이 나랑 부딪혔지."

당황스러운 표정이 번갯불처럼 그의 얼굴을 밝혔다.

"당신 누구죠?"

"헬렌 해거티의 집 진입로에서 내가 당신을 쫓아 달려갔는데, 기억하나? 당신이 너무 빨랐지. 따라잡는 데 이틀이나 걸렸군."

그는 달리기를 마친 사람처럼 헐떡거렸다.

"당신 경찰입니까?"

"사설탐정이오."

그가 덴마크풍 의자에 앉았다. 약해 보이는 팔걸이를 하도 꽉 쥐어서 저러다 부러질지도 모르겠다 싶었다. 그가 숨죽여 웃었다. 흐느낌에 가까운 소리였다.

"이거 브래드쇼 생각이죠, 아니에요?"

나는 대답하지 않았다. 대신 의자 위를 치우고 앉았다.

"브래드쇼는 내 설명에 만족한다고 했어요. 그래놓고 이제 와서 당신을 보냈군요." 남자의 눈이 가늘어졌다. "당신, 누나한테서 내 얘기를 짜냈겠군요."

"그다지 힘들일 필요도 없었지."

그가 의자에서 몸을 틀어 침실 쪽으로 못된 눈길을 던졌다.

"누나가 제발 내 일에 입을 닥쳤으면 좋겠구먼."

"당신이 한 일을 갖고서 누나를 탓하지 말라고."

"하지만 속상한 건 내가 아무 짓도 안 했다는 거예요. 나는 브래드쇼에게 그렇게 말했고 브래드쇼는 내 말을 믿었어요. 적어도 믿는다고 말했어요."

"로이 브래드쇼 말인가?"

"아니면 누구겠어요? 브래드쇼가 그날 밤에 나를 알아봤어요. 혹은 나라고 짐작했든지. 나는 캄캄한 데서 부딪힌 사람이 누군지 몰랐어요. 어서 그곳을 떠나고 싶었을 뿐."

"왜?"

그는 두툼한 어깨를 으쓱 올려 머리를 어깨 사이에 끼운 채로 있었다.

"법적인 말썽에 휘말리고 싶지 않아서."

"헬렌의 집에서 뭐하고 있었나?"

"헬렌이 나한테 와달라고 부탁했어요. 제기랄, 나는 선한 사마리아인처럼 간 거였다고요. 헬렌이 내가 있던 샌타모니카 모텔로 전화해서는 자기집으로 와서 밤새 함께 있어달라고 애걸하다시피 했어요. 내 아름다운 파란 눈동자, 뭐 그딴 것 때문이 아니었어요. 헬렌은 무서워했어요. 누가 함께 있어주기를 바랐어요."

"헬렌이 몇 시에 당신에게 전화했지?"

"7시나 7시 반. 내가 저녁을 먹고 막 들어왔을 때니까." 그가 어깨를 떨어뜨렸다. "보세요, 당신 다 아는 얘기잖아요? 브래드쇼한테 다 들은 얘기 아니에요? 지금 뭐하는 거죠? 나를 실수하게 만들려는 거예요?"

"그것도 좋겠군. 어떤 실수를 염두에 두고 있나?"

남자가 고개를 저었다. 계속 저으면서 말했다.

"특별히 뭘 염두에 두고 한 말은 아니에요. 그저 나는 실수를 저지를 처지가 못 된다고 말한 거예요."

"당신은 이미 큰 실수를 저질렀지. 달아난 것."

"나도 압니다. 당황했어요." 그가 고개를 더욱 흔들었다. "헬렌은 머리통에 구멍이 난 채 누워 있었고, 내가 거기에 있으면 보나마나 누명을 쓸 상황이었으니까요. 그런데 당신들이 오는 소리가 들리는 바람에 당황했어요. 내 말을 믿어야 해요."

다들 언제나 이렇게 말한다.

"내가 왜 당신 말을 믿어야 하지?"

"진실을 말하고 있으니까요. 나는 아이처럼 결백하다고요."

"그것참 결백하기도 하겠군."

"내가 평생 그랬다는 말은 아니에요. 이 상황에서는 그렇다는 거지. 나는 귀찮은 걸 감수하고서까지 헬렌을 도우려고 했다고요. 내가 헬렌을 죽이려고 갔다는 건 말이 안 돼요. 나는 그 여자를 좋아했어요. 나랑 공통점이 많았어요."

둘 중 어느 쪽에게든 칭찬이라는 생각은 들지 않았다. 버트 해거티는 전처를 타락한 여자라고 묘사했다. 내 앞의 남자는 수상한 인간이었다. 잘생긴 가면 뒤의 진정한 그는 몰락한 인간인 것 같았다. 사회의 계단에서 몇 계단쯤 고통스럽게 굴러떨어진 사람 같았다. 그럼에도 나는 남자의 이야기를 절반쯤 믿었다. 다만 절반 이상은 절대로 믿지 않을 것이었다.

"당신과 헬렌의 공통점이 뭐였나?"

남자가 날카롭게 치뜬 눈으로 나를 흘긋 보았다. 내가 던진 것은 통상적인 질문이 아니었다. 그는 대답을 궁리했다.

"스포츠, 춤, 재미있게 노는 것. 우리는 정말 재미있게 같이 놀았어요. 요전날 밤에 헬렌이 죽은 걸 보고 나도 죽는 줄 알았다고요."

"헬렌을 어떻게 만났지?"

"다 아는 얘기 아닙니까. 당신, 브래드쇼를 위해서 일하는 사람이잖아요?"

그가 조바심을 냈다.

"그렇다고 해두지. 브래드쇼와 나는 같은 편이오." 로이 브래드쇼가 이 남자에게 왜 이렇게 중요한 인물인지 알고 싶었지만, 그보다 먼저 다른 질문들이 있었다. "그러니 어서 헬렌을 어떻게 알게 되었는지 말해서 나를 만족시켜보라고."

"간단합니다." 사형을 선언하는 퇴폐적인 황제처럼 그가 엄지를 아래로 찔렀다. "헬렌이 여름에 육 주 동안 여기에 살 때 아래층 집을 빌렸어요. 그러다가 우리 누나랑 어울리게 되었고, 나도 동참했죠. 셋이서 여기저기 함께 다녔어요."

"샐리의 차로?"

"그때는 나도 차가 있었어요. 62년형 갤럭시 500." 열성적인 어조였다. "팔월이니까 아직 직장에 다닐 때였는데, 나중에는 할부금을 못 내서."

"어쩌다 직장을 잃었나?"

"당신한테는 재미 없는 이야기일 겁니다. 헬렌 해거티와 관계없는 일이에요. 전혀 아무 관계도."

지나치게 그 점을 강조하는 것이 수상쩍었다.

"어디에서 일했나?"

"재미 없을 거라니까요."

"당신이 어디에서 일했는지 쉽게 알아낼 수 있다고. 순순히 말하는 게 나을걸."

그가 눈을 내리깔았다. "스테이트라인의 솔리테어라는 카지노에서 출납 일을 했어요. 그런데 너무 큰 실수를 저질렀나 봐요." 그가 튼튼하고 네모지고 꿈지럭거리고 있는 자기 손을 보았다.

"그래서 로스앤젤레스에서 일자리를 찾고 있었던 건가?"

"코렉토●." 그는 어쩌다 직장을 잃었는가 하는 주제에서 벗어나게 되어 안도하는 기색이었다. "취직은 잘 안 됐지만, 나는 아무튼

● **코렉토** _ '정확하다'는 뜻의 스페인어.

이곳을 벗어날 거예요."

"왜?"

그가 머리를 긁적였다. "누나한테 계속 얹혀살 수는 없어요. 초인종 소리만 기다리면서 사는 건 나를 좀먹어요. 로스앤젤레스로 다시 내려가서 한 번 더 알아보려고요."

"처음에 하던 이야기로 돌아가자고. 금요일 밤에 헬렌이 당신이 묵던 모텔로 전화했다고 했지. 당신이 거기에 있다는 걸 헬렌이 어떻게 알았지?"

"주중에 내가 헬렌한테 전화했었거든요."

"왜?"

"뭐 그냥. 만나서 재미있게 놀까 했죠." 그는 자꾸 재미있게 논다는 말을 썼지만 오랫동안 그러지 못한 것처럼 보였다. "헬렌은 그날 밤에 선약이 있었어요, 수요일 밤에. 브래드쇼하고의 약속이었죠. 둘이 공연을 보러 간댔나. 헬렌은 나중에 나한테 전화하겠다고 했어요. 그래서 금요일 밤에 전화한 거죠."

"헬렌이 전화로 뭐라고 했지?"

"누가 자기를 죽이겠다고 협박해서 무섭다고 했어요. 헬렌이 그런 말을 하는 건 처음 들었어요. 나 말고는 의지할 사람이 아무도 없다고 했는데, 내가 너무 늦었죠."

남자도 슬픔을 느끼는 것 같기는 했지만, 그조차 애매했다. 남자는 헬렌이 죽음으로써 자신을 속였다고 느끼는 것 같았다.

"헬렌과 브래드쇼는 친했나?"

남자의 대답은 조심스러웠다.

"그렇진 않다고 해야겠죠. 두 사람은 헬렌과 내가 알게 된 것처럼 여름에 우연히 알게 된 것 같았어요. 어쨌든 브래드쇼는 금요일 밤에 일이 있었어요. 무슨 큰 모임에서 연설했다고 했는데. 좌우간 오늘 아침에 나한테 말한 바로는 그래요."

"거짓말은 아니야. 브래드쇼와 헬렌은 여기 리노에서 만났나?"

"여기가 아니면 어디겠어요?"

"브래드쇼는 여름에 유럽에 있었던 걸로 아는데."

"당신이 잘못 알았어요. 브래드쇼는 팔월 내내 여기 있었는걸요."

"여기에서 뭘 했나?"

"언젠가 나한테 네바다 대학에서 무슨 연구인가를 한다고 했어요. 무슨 연구인지는 말하지 않았지만. 사실 나는 브래드쇼를 거의 몰라요. 두어 번 헬렌하고 같이 만난 게 전부예요. 그리고 오늘에서야 다시 본 거예요."

"그가 금요일 밤에 당신을 알아보고는 여기까지 찾아와서 물었다는 건가?"

"그래요. 오늘 아침에 브래드쇼가 여기로 찾아와서 꼬치꼬치 캐물었어요. 브래드쇼는 내가 죽이지 않았다는 말을 믿었어요. 당신은 왜 못 믿는지 모르겠네요."

"마음을 정하기 전에 브래드쇼와 얘기해봐야겠군. 그가 지금 어디에 있는지 아나?"

"노스쇼어의 레이크뷰 여관에 묵고 있다고 했어요. 아직도 거기 있는지 어떤지는 모르겠지만."

나는 일어나서 문을 열었다.

"내가 가서 봐야겠군."

나는 저드에게 집에 얌전히 있으라고 충고했다. 또 달아나면 더 수상해 보일 테니까. 그는 알았다고 끄덕였다. 그러나 연신 고개를 끄덕이는 와중에 다른 충동에 사로잡혀 갑자기 내게 돌진했다. 그의 우람한 어깨가 내 갈비뼈 밑으로 치고 들어와, 씩씩 바람 소리를 내는 문틀에 나를 처박았다.

그가 내 얼굴에 주먹을 날렸다. 나는 재빨리 머리를 치웠다. 그의 주먹이 회반죽 벽에 으드득 부딪혔다. 그가 아파서 끙끙거렸다. 그러면서 다른 손으로 내 배를 쳤다. 나는 문틀에 기대 스르르 미끄러졌다. 그가 나를 무릎으로 밀면서 턱 옆을 비스듬히 갈겼다.

나는 다시 일어섰다. 그가 또 한 번 몸을 숙이고 내게 돌진해왔다. 나는 옆으로 살짝 물러나며 그가 곁을 지나칠 때 손날로 목덜미를 내리쳤다. 그는 비틀거리면서도 쏜살같이 문을 통과하여 층계 아래로 굴렀다. 층계 밑바닥에 떨어진 그는 움직이지 않고 가만히 누워 있었다.

경찰이 도착했을 때는 그가 의식을 찾았다. 나는 그를 단단히

잡아두기 위해서 함께 경찰차를 타고 따라갔다. 경찰서에 도착한
지 오 분도 지나지 않아 아니가 나를 찾으러 왔다. 아니는 경찰들과
이야기를 잘 풀었다. 경찰은 폭행 관련 혐의로 폴리에 대한 조서를
작성하고, 그를 유치장에 잡아두겠다고 약속했다.

아니가 나를 레이크뷰 여관으로 데려다주었다. 산만하게 뻗은 캘리포니아 고딕식 건물은 세기 초에 지어진 것 같았다. 여러 세대를 거치는 동안 여름마다 손님들이 그곳 로비로 행군해 들어와서 한때 그 건물이 지니고 있었을지도 모르는 고풍스러운 매력을 깡그리 밟아 뭉갠 것 같았다. 로이 브래드쇼가 묵을 만한 장소 같지 않았다.

그러나 브래드쇼는 거기 있었다. 초로의 야간 데스크 직원이 그렇게 말했다. 직원은 조끼 주머니에서 회중시계를 꺼내 시간을 확인했다.

"하지만 벌써 꽤 늦었습니다. 두 분이 주무실지도 모릅니다."

"두 분?"

"그분하고 아내 되시는 분 말입니다. 원하신다면 제가 올라가서 불러드리겠습니다. 우리 객실에는 전화가 없습니다."

"내가 올라가겠습니다. 나는 브래드쇼 박사의 친구입니다."

"그분이 의사인 줄은 몰랐군요."

"철학 박사입니다. 방 번호가 어떻게 됩니까?"

"31호, 꼭대기 층입니다."

노인은 직접 계단을 오르지 않아도 된다는 사실에 안도하는 듯했다.

나는 아니를 직원과 함께 남겨두고 3층으로 올라갔다. 31호실 채광창에 빛이 비치더니 뭐라고 웅얼거리는 목소리들이 안에서 들려왔다. 나는 노크를 했다. 안이 조용해졌다. 이어 슬리퍼를 끄는 소리가 들렸다.

로이 브래드쇼가 문 너머에서 물었다.

"누구십니까?"

"아처입니다."

그는 망설였다. 복도 맞은편 방에서 자던 사람이 우리 목소리에 뒤척였는지 코를 골기 시작했다. 브래드쇼가 말했다.

"여기에서 뭐하는 겁니까?"

"당신을 만나야겠습니다."

"아침까지 기다리면 안 됩니까?"

조바심 내는 목소리였다. 평소의 하버드 억양이 일시적으로 사라졌다.

"아니요. 안 됩니다. 저드슨 폴리를 어떻게 할지 당신의 조언이 필요합니다."

"좋습니다. 옷 좀 입고 나가겠습니다."

나는 좁고 어둑한 복도에서 기다렸다. 오래된 건물이 밤마다 복도를 지나는 사람들에게서 빨아들인 듯 희미하게 시큼한 냄새가 풍겼다. 정처 없는 삶의 냄새. 코 고는 남자는 사이사이 끔찍한 신음을 냈다. 웬 여자 목소리가 남자에게 돌아누우라고 말했다. 그러자 남자는 잠잠해졌다.

브래드쇼의 방에서 두 목소리가 빠르게 대화를 나누는 것이 들렸다. 여자가 뭔가 요구하는 것 같았는데 브래드쇼가 거부했다. 여자의 목소리를 알 것 같았지만 확실하진 않았다.

이윽고 브래드쇼가 문을 열자 확실히 알게 되었다. 브래드쇼는 내가 안을 보지 못하도록 잽싸게 빠져나오려고 했지만 문틈으로 로라 서덜랜드가 살짝 보였다. 그녀는 가슴이 깊게 파인 페이즐리 무늬 가운을 입고 헝클어진 침대에 꼿꼿하게 앉아 있었다. 머리카락은 풀어져 어깨까지 내려왔다. 볼이 발그레했고 아름다웠다.

브래드쇼가 문을 야무지게 닫았다.

"이제 다 알게 되셨군요."

그는 바지와 검은 터틀넥 스웨터를 입었는데, 그 때문인지 어느

때보다도 더 대학생처럼 보였다. 그는 사뭇 긴장했으면서도 꽤 행복해 보였다.

"내가 뭘 안다는 건지 모르겠습니다."

나는 말했다.

"이건 부정한 밀회가 아닙니다. 믿어주세요. 로라하고 나는 얼마 전에 결혼했습니다. 현재는 결혼을 비밀에 부치고 있습니다. 당신도 그래줬으면 좋겠습니다."

나는 그러겠다 말겠다 대답하지 않았다.

"왜 비밀입니까?"

"여러 이유가 있습니다. 우선은 대학 규정에 따라 로라가 자리를 내놓아야 하기 때문입니다. 물론 그럴 계획이지만 당장은 아닙니다. 우리 어머니 문제도 있습니다. 어머니에게 어떻게 소식을 전해야 할지 모르겠습니다."

"그냥 말씀드리면 됩니다. 감당하실 겁니다."

"말은 쉽지요. 불가능합니다."

불가능한 것은 어머니의 돈 때문이겠지, 하고 나는 생각했다. 돈이 있다는 것, 그리고 더 많은 유산을 기대하는 것은 중년 초반의 남자에게 고치기 힘든 습관이다. 그러나 왠지 나는 브래드쇼에게 감탄하는 마음이 들었다. 그는 내 짐작보다도 더 사람 사는 것답게 살고 있었다.

우리는 아래층으로 내려가, 아니가 야간 직원과 카드 게임을 하고 있는 로비를 가로질렀다. 바는 종유석 대신 사슴뿔이 걸려 있고 석순 대신 손님들이 들어 있는 음침한 동굴 같았다. 손님 중에서 모자와 윈드브레이커를 걸치고 짐보따리를 든 동네 남자가 브래드쇼와 내게 술을 사려고 했다. 바텐더는 남자에게 그만 집에 갈 시간이라고 말했다. 놀랍게도 남자는 순순히 나갔다. 다른 손님들도 대부분 그 뒤를 따라 빠져나갔다.

우리는 바에 앉았다. 브래드쇼는 버번을 더블로 주문했다. 내가 필요 없다는데도 그는 한사코 내 것도 주문했다. 약간 공격적인 고집이었다. 그는 내가 자신의 비밀을 알게 된 데 대해, 혹은 아내가 있는 침대에서 자신을 끌어낸 데 대해 나를 용서하지 않았다.

"자……." 그가 말했다. "저드슨 폴리가 뭐 어쨌습니까?"

"폴리가 내게 말하기를, 금요일 밤에 당신이 그를 알아봤다고요."

"그 사람일 거라는 직감이 들었습니다."

브래드쇼는 다시 회복한 억양을 가면처럼 쓰고 있었다.

"왜 진작 말하지 않았습니까? 발품과 돈을 꽤 아낄 수 있었을 텐데요."

브래드쇼가 술잔 너머로 엄숙하게 나를 보았다.

"확신이 들어야 했는데, 전혀 그럴 수 없었습니다. 확신이 들지 않은 상태에서 누군가를 고발해 경찰에 쫓기게 만들 수는 없었습니다."

"확실하게 알려고 여기까지 온 겁니까?"

"어쩌다 보니 그렇게 됐습니다. 살다 보면 모든 일이 앞뒤가 착착 들어맞는 때가 있죠, 그렇지 않습니까?" 일순간 진지함을 뚫고 기쁨이 드러났다. "로라하고 나는 진작부터 여기에서 주말을 보낼 계획을 세우고 있었는데, 마침 회의가 열렸죠. 좋은 기회였습니다. 폴리는 부수적인 문제였습니다. 물론 대단히 중요한 문제이지만요. 오늘 아침에 그를 찾아가서 철저하게 물어보았습니다. 내가 볼 때 그는 전적으로 결백한 것 같습니다."

"무엇에 대해 결백하단 말입니까?"

"헬렌의 살인에 대해서요. 폴리는 제 능력껏 헬렌을 보호하려고 그녀의 집으로 갔지만, 그가 도착했을 때는 이미 보호가 필요 없는 상태였던 겁니다. 그는 겁이 나서 달아났고요."

"그가 왜 겁이 났을까요?"

"잘못된 고발에 걸릴까 봐, 그의 표현으로는 조작에 걸릴까 봐. 폴리는 과거에도 법적으로 말썽을 빚은 적이 있습니다. 미식축구 시합에서 이른바 짜고 져주기를 했다는 것 같습니다."

"당신이 그걸 어떻게 압니까?"

"폴리가 말해줬습니다. 나는⋯⋯." 브래드쇼는 허영심에 빙그레 웃으며 말했다. "그런 사람들, 그러니까⋯⋯ 친분 없는 사람들에게서 신뢰를 얻어내는 재주 같은 게 있습니다. 폴리는 내게 솔직하게 전부 말했고, 내가 고민해본 결과 그는 헬렌의 살인과 무관하니다.”

“아마 당신이 옳을 겁니다. 그래도 나는 폴리에 대해서 더 알고 싶습니다.”

“나도 아는 게 거의 없습니다. 폴리는 헬렌의 친구였지요. 나도 헬렌과 함께 한두 번 만났을 뿐입니다.”

“리노에서요.”

“네. 여름에 한동안 네바다에 있었습니다. 그것 또한 내가 공개하지 않는 또 다른 사적인 비밀이지요.” 브래드쇼는 좀 막연하게 말하면서 덧붙였다. “누구에게나 사생활을 누릴 권리가 있습니다, 분명히.”

“그 말은 로라와 함께 여기에 머물렀다는 뜻입니까?”

그가 시선을 떨어뜨렸다. “얼마 동안은 로라와 함께 있었습니다. 우리는 결혼에 대한 결정을 확실히 내리지 못했었습니다. 중대한 결정이었으니까요. 결혼은 로라의 경력이 끝난다는 것, 그리고 내…… 어머니와 함께하는 삶이 끝난다는 것을 의미했습니다.” 브래드쇼는 자신 없게 말을 맺었다.

“비밀로 숨기는 이유는 알겠습니다. 그래도 지난달에 리노에서 폴리와 헬렌을 만났다는 이야기를 해줬으면 좋았을 텐데요.”

“그 말은 했어야 했지요. 미안합니다. 비밀로 하는 것이 습관이 되어놔서.” 이어 브래드쇼는 전혀 다른 열정적인 목소리로 말을 이었다. “나는 로라를 무척 사랑합니다. 우리의 아늑한 관계를 방해하고 위협하는 것이라면 뭐든 경계하게 됩니다." 형식적이고 진부한 표현이었지만 감정은 진짜인 것 같았다.

"폴리와 헬렌의 관계는 어떤 것이었습니까?"

"친구였습니다. 그 이상은 아니었다고 봅니다. 솔직히 나는 헬렌이 그런 친구를 사귀었다는 데 약간 놀랐습니다. 하지만 폴리는 헬렌보다 젊으니 그게 매력이었겠지요. 리노에서는 사람들 앞에 내놓을 만한 동반자가 귀하니까요. 나부터도 이런저런 탐욕스러운 여성들의 공습을 물리치느라 진땀깨나 흘렸습니다."

"그 속에 헬렌도 포함됩니까?"

"그렇다고 해야겠죠." 어둠 속에서 브래드쇼의 뺨이 연하게 붉어지는 것 같았다. "물론 헬렌은 내가…… 내가 로라와 이렇다는 건 몰랐습니다. 모든 사람에게 비밀로 했으니까요."

"폴리가 잡혀서 신문받는 것을 원치 않는 이유는 그 때문입니까?"

"그렇게는 말하지 않았습니다."

"지금 내가 묻지 않습니까."

"부분적으로는 그 이유도 있다고 해야겠지요." 긴 침묵이 이어졌다. "하지만 당신이 꼭 필요하다고 판단한다면, 나도 반대하지 않겠습니다. 로라와 나는 부끄럽지 않습니다."

바텐더가 우리에게 말했다.

"마저 드시지요, 손님들. 문 닫을 시간입니다."

우리는 마저 다 마셨다. 로비에서 브래드쇼는 나와 짧고 초조하게 악수를 나눈 뒤, 아내에게 돌아가보겠다 어쩐다 하는 말을 중얼거렸다. 그리고 한 번에 두 칸씩 기운차게 계단을 올라갔다.

나는 아니가 카드 게임을 끝내기를 기다렸다. 아니가 일류 탐정인 한 가지 이유는 어떤 사람들에게나 녹아들고 어떤 상황에나 끼어들고 언제나 대화를 순조롭게 시작하는 능력에 있었다. 아니가 야간 직원과 악수를 하고 나서 우리는 호텔을 나왔다.

아니가 차에서 말했다.

"자네 친구와 함께 묵은 여자는 갈색머리 미녀인데, 가슴이 풍만하고 꼭 책을 읽는 것처럼 말한다는군."

"브래드쇼의 아내야."

"그가 결혼했다는 말은 나한테 안 하지 않았나."

좀 짜증스러운 말투였다.

"나도 방금 알았어. 비밀 결혼이라는군. 저 가엾은 남자의 배후에는 지배적인 어머니가 있다네. 아니, 전면에 있다고 해야겠지. 그 어머니가 부자야. 브래드쇼는 상속을 못 받을까 봐 걱정하는 것 같아."

"어머니에게 실토하고 운에 걸어보는 게 나을 텐데."

"나도 브래드쇼에게 그렇게 말했어."

아니가 기어를 넣었다. 호숫가를 따라 남서쪽으로 차를 모는 동안, 아니는 전쟁 전에 샌프란시스코에서 핑커턴 사무소에 다닐 때

처리했던 어느 의뢰인의 사연을 들려주었다. 의뢰인은 예순쯤 된 돈 많은 과부로 삼십 대의 아들과 함께 힐즈버러에 살았다. 아들은 매일 자정에 귀가했는데, 그보다 일찍 오는 일은 없었다. 어머니는 아들이 저녁에 무얼 하고 다니는지 궁금했다. 알고 보니 아들은 벌써 오 년 전에 전직 웨이트리스와 결혼하여 샌프란시스코 남부의 연립주택에서 그녀와 세 어린 자식을 부양하고 있었다.

아니는 그것이 이야기의 끝이라고 생각하는 것 같았다.

"그래서 그 사람들은 어떻게 됐는데?"

내가 물었다.

"부인이 손자들한테 푹 빠져서 며느리는 참아주게 되었지. 그리고 그들은 모두 행복하게 살았다네. 부인의 돈으로."

"브래드쇼가 진작 결혼해서 아이를 갖지 않은 게 안된 일이군."

우리는 한동안 묵묵히 있었다. 길은 호수를 벗어나서 터널 같은 나무 사이를 지나갔다. 마치 밤이 달콤하고 푸릇하게 농축되어 길을 감싸고 있는 것 같았다. 나는 자꾸만 브래드쇼에게서 본 뜻밖의 남성성이 떠올랐다.

"아니, 자네가 브래드쇼를 조사해줬으면 좋겠어."

"결혼 관련한 일 때문에 브래드쇼가 용의자로 격상되었나?"

"내 판단으로는 아니야. 적어도 지금은 아니야. 하지만 브래드쇼는 여름에 리노에서 헬렌 해거티를 만났다는 사실을 내게 숨겼어. 브래드쇼가 팔월에 여기에서 뭘 했는지 정확하게 알고 싶어. 저드슨 폴리한테는 네바다 대학에서 연구하는 중이라고 말했다는데, 그건 그럴싸하지 않아."

"왜?"

"브래드쇼는 하버드에서 박사 학위를 받았고 평소에는 거기 아니면 버클리나 스탠퍼드에서 연구했으니까. 그리고 자네가 폴리의 뒷조사도 해줬으면 해. 폴리가 왜 솔리테어 클럽에서 해고됐는지 이유를 알아봐줘."

"그건 어렵지 않겠군. 거기 보안 책임자가 내 오랜 친구지." 아니는 계기반의 불빛으로 시계를 확인했다. "지금 가볼 수도 있지만 그 친구가 일요일 밤에 이렇게 늦게까지 근무하지는 않을 거야."

"내일도 괜찮아."

필리스가 음식과 술을 차려놓고 우리를 기다리고 있었다. 우리는 어리석을 만큼 늦게까지 부엌에 앉아 맥주로 얼근하게 취하고, 추억과 피로를 함께 나누었다. 결국 대화는 한 바퀴 돌아 헬렌 해거티의 죽음으로 돌아왔다. 새벽 3시에 나는 《브리지턴 블레이저》에 실린 헬렌의 번역 시를 소리 내어 읽었다. 가을바람의 바이올린 어쩌고 하는 시였다.

"너무너무 슬프네." 필리스가 말했다. "헬렌은 비범한 학생이었던 모양이에요. 번역일 뿐이라도."

"헬렌의 아버지도 딸에 대해 같은 표현을 썼어요. 비범하다고. 그 아버지도 나름대로 비범하지."

나는 부부에게 헬렌을 낳은 거칠고 늙고 상심한 주정뱅이 경찰에 대해 이야기해주려고 했다. 그러다 보니 어느덧 3시 반이 넘었고, 필리스는 헝클어진 달리아꽃 같은 머리를 술병들 사이에 박고 잠들었다. 아니는 필리스를 필요 이상 일찍 깨우지 않도록 조심하면서 술병을 치웠다.

손님 방에 혼자 남았을 때 나는 가끔 매우 지치고 격정적인 상태일 때 가끔 찾아드는 직감을 느꼈다. 호프먼이 내게 《브리지턴 블레이저》를 준 데는 이유가 있을 것이라는 확신이었다. 호프먼은 내가 그 속의 무언가를 보기를 바란 것이었다.

상쾌한 냄새가 나는 침구를 열어젖힌 채, 나는 속옷 바람으로 침대 가에 앉아서 눈이 사시가 될 때까지 손바닥만 한 잡지를 읽었다. 그래서 이십이 년 전 브리지턴 시티 칼리지의 학내 활동에 관해 잔뜩 알게 되었지만, 내 사건과 분명히 관계있는 내용은 아무것도 없었다.

그래도 나는 마음에 드는 시를 또 하나 발견했다. G.R.B.라는 머리글자가 씌어 있었고, 이런 내용이었다.

빛이 어둠이고
어둠이 빛이라면,
밤의 광휘 속에서
달은 검은 구멍이겠지.

까마귀의 날개는

주석처럼 밝겠지.

그렇다면 내 사랑 당신은,

죄보다도 더 어두울 거야.

아침을 먹는 자리에서 나는 그 시를 소리 내어 읽었다. 필리스는 시를 받은 여자가 부럽다고 했다. 아니는 스크램블드에그가 촉촉하지 않다고 투덜거렸다. 아니는 필리스보다 연상이었고 그 사실에 과민했다.

우리는 식사 후에 의논하여, 저드슨 폴리를 당분간 그대로 놓아두기로 했다. 만에 하나 돌리 킨케이드가 체포되어 소환된다면 폴리는 변호 측에게 상당히 훌륭한 회심의 증인이 될 것이다. 아니가 나를 공항까지 태워주었다. 나는 그곳에서 로스앤젤레스로 가는 퍼시픽 항공 비행기를 탔다.

국제공항에서 로스앤젤레스 지역신문을 샀다. 안쪽의 남부 소식란에 해거티 살인 사건에 대한 간략한 기사가 있었다. 기사에 따르면 연초에 샌퀜틴 교도소에서 출소한 토머스 맥기라는 아내 살인자를 경찰이 수배중이라고 했다. 돌리 킨케이드의 이름은 언급되지 않았다.

정오 무렵에 나는 제리 마크스의 사무실 앞방으로 들어갔다. 비서가 월요일은 주간 소송 일람표가 나오는 날이라서 제리는 오전 내내 법원에 있다고 말해주었다. 지금은 아마 법원 근처 어딘가에서 점심을 먹고 있을 거라고 했다. 네, 킨케이드 씨가 일요일에 마크스 씨에게 연락하여 변호를 의뢰했습니다.

이 모든 소동이 시작되었던 날에 앨릭스와 내가 점심을 먹었던 식당에서 두 사람이 함께 있는 것을 발견했다. 앨릭스가 옆으로 비켜 내가 앉을 자리를 내주었다. 식당 정면을 바라보는 방향이었다. 손님이 많아 출입문 안쪽에 짧은 줄이 있었다.

내가 말했다.

"두 사람이 함께 있는 걸 보니 기쁘군요."

앨릭스가 보기 드문 미소를 띠웠다.

"저도 그렇습니다. 마크스 씨는 대단해요."

제리가 손사래를 치며 칭찬을 사양했다. "아직 아무것도 한 게 없습니다. 아침에 처리할 다른 사건이 있었거든요. 길 스티븐스의 두뇌를 이용하려고 해보았지만 그는 재판 기록을 보는 게 나을 거라고 말하더군요. 그래서 오후에 그럴 계획입니다. 킨케이드 부인은……." 제리가 앨릭스를 곁눈질하며 말했다. "스티븐스만큼이나 소통이 어려웠고요."

"돌리와 이야기해봤단 말입니까?"

제리가 목소리를 낮췄다.

"어제 시도했습니다. 경찰이 그녀에게 접촉하기 전에 우리 처지를 확실히 알아야 하니까요."

"경찰이 정말로 그렇게 할까요?"

제리가 주변의 법원 관련 사람들을 둘러본 뒤 목소리를 한층 더 낮췄다.

"소식통에 따르면 오늘 탄도 검사를 마친 뒤에 행동에 나설 계획이었답니다. 그런데 뭔가 일이 생겨서 늦어지고 있대요. 보안관하고 보안관이 불러들인 전문가들이 여태 법원 지하 사격장에 있답니다."

"총알이 조각난 모양이군요. 머리를 쏘면 자주 그렇게 됩니다.

아니면 그들의 관심이 다른 용의자에게 옮겨갔을지도 모르죠. 신문에서 경찰이 토머스 맥기에게 전국 지명수배를 내렸다는 기사를 봤습니다."

"네. 어제 내렸습니다. 맥기는 지금쯤 아마 멕시코 국경을 넘었을 겁니다."

"제리 당신이 보기에는 맥기가 주요 용의자 같습니까?"

"의견을 세우는 건 재판 기록을 읽은 뒤에 하고 싶습니다. 당신은 맥기가 주요 용의자라고 생각합니까?"

어려운 질문이었다. 때마침 주의를 돌릴 일이 생겨 구태여 대답하지 않아도 되었다. 나이든 여자 두 명이 유리로 된 가게 문을 들여다보고 있었다. 한쪽은 실용적인 검은 옷을 입었고, 다른 쪽은 세련된 초록 옷을 입었다. 두 사람은 대기 줄을 보고는 그냥 가버렸다. 검은 옷을 입은 여자는 호프먼 부인, 즉 헬렌의 어머니였다. 다른 쪽은 덜로니 부인이었다.

나는 제리와 앨릭스에게 양해를 구하고 밖으로 나가 여자들을 쫓았다. 블록 중앙에서 길을 건넌 여자들은 법원 부지를 둘러싼 유카나무 그늘로 들어갔다가 햇빛을 받았다가 하면서 시내 쪽으로 걸었다. 두 사람은 쉴 새 없이 대화하는 것 같았지만 서로 모르는 사람들인 양 걸었다. 보조도 맞지 않고 마음도 맞지 않았다. 덜로니 부인은 호프먼 부인보다 한참 연상인데도 승마하는 사람답게 성큼성큼 걸었다. 호프먼 부인은 지친 발부리를 길에 채어가면서 걸었다.

나는 길 건너편에서 거리를 두고 그들을 쫓았다. 심장이 쿵쾅거렸다. 덜로니 부인이 캘리포니아에 왔다는 것은 그녀 남편의 죽음과 헬렌의 죽음이 연관되어 있으며 부인이 그 사실을 알고 있다는 증거였다. 내 믿음이 힘을 얻고 있었다.

여자들은 중심가를 따라 두 블록을 걸어서 처음 마주친 식당에 들어갔다. 관광객을 상대하는 그저 그런 곳으로, 유리창 너머로 빈 탁자들이 보였다. 길 건너 대각선에 전면이 개방된 담배 가게가 있었다. 나는 가게에 진열된 문고판 책들을 훑어보고, 담배를 사고, 구식 가스불로 불을 붙여 서너 대를 태웠다. 결국 고대 그리스 철학에 관한 책을 한 권 샀다. 제논에 관한 장이 있기에 서서 읽었다. 두 노인은 점심을 오래 먹었다.

"아처는 할머니들을 영영 따라잡지 못하겠군."

내 중얼거림에 카운터 뒤의 남자가 귀에 손바닥을 갖다댔다.

"뭐라고요?"

"혼잣말이었습니다."

"자유 국가니까요. 나도 일이 끝나면 혼잣말하기를 좋아합니다. 가게에서는 적절하지 않은 행동이겠지만요."

남자가 말을 하면서 웃었다. 금니가 보석처럼 번쩍거렸다.

두 여자가 식당을 나와 헤어졌다. 호프먼 부인은 절룩거리면서 남쪽으로, 호텔 방향으로 걸어갔다. 덜로니 부인은 반대 방향으로 성큼성큼 걸었다. 거치적거리는 동행이 없으니 아까보다 더 빨리 걸었다. 멀리서 보면 알 수 없는 이유로 머리를 새하얗게 탈색한 젊은 아가씨로 착각할 만했다.

덜로니 부인이 중심가에서 법원 방향으로 꺾어 들어가더니 블록 중간쯤에서 콘크리트와 유리로 지어진 현대적인 건물로 들어갔다. 출입구 옆 동판에 '스티븐스 앤드 오길비 법률사무소'라고 씌어 있었다. 나는 다음 모퉁이까지 가서 버스 정류장 벤치에 앉아 새로 산 책에서 헤라클레이토스 부분을 읽었다. 헤라클레이토스는 만물이 강물처럼 흐른다고 말했다. 세상에 가만히 머무르는 것은 아무것도 없다는 것이다. 반면 파르메니데스는 세상 만물은 변하지 않으며 그저 우리에게 변하는 것처럼 보일 뿐이라고 말했다. 내게는 두 견해 모두 와 닿았다.

스티븐스 앤드 오길비 사무소 앞에 택시가 섰다. 덜로니 부인이 건물에서 나와 택시를 타고 사라졌다. 나는 차량 번호를 메모한 뒤 건물로 들어갔다.

크고 부산하게 돌아가는 사무실이었다. 대기실 뒤편에 한 줄로 놓인 칸막이들 속에서 타자기들이 딸각거렸다. 플란넬 양복을 입은 젊디젊은 변호사가 프론트를 보는 중년 여자에게 서면을 이렇게 저렇게 쳐달라고 주문하고 있었다.

남자가 사라졌다. 여자의 강철 같은 회색 눈동자가 나와 마주쳤고, 우리는 서로 미소를 지어 보였다. 여자가 말했다.

"나는 저 사람이 엄마 뱃속에 있을 때부터 서면을 쳐왔답니다.

뭘 도와드릴까요?"

"길 스티븐스 씨를 꼭 만나고 싶습니다. 아처라고 합니다."

여자가 수첩을 들여다보고는 자기 시계를 보았다.

"스티븐스 씨는 십 분 뒤에 점심을 드시러 나갑니다. 그리고 오늘은 사무실에 돌아오시지 않을 거예요. 미안합니다."

"살인 사건에 관한 용건입니다."

"알겠어요. 오 분 정도는 만나실 수 있을 겁니다. 그걸로도 괜찮으시다면."

"그걸로 될 겁니다."

여자가 전화로 스티븐스와 이야기하고는 내게 칸막이들을 지나 복도 끝에 있는 사무실로 가라고 손짓했다. 넓고 호화로운 방이었다. 스티븐스는 마호가니 책상 너머 가죽 의자에 앉아 있었다. 양옆에는 요트 경주 트로피들이 진열된 유리 캐비닛이 있었다. 그의 얼굴은 사자 같았다. 입은 크고 부드럽고 대가답게 보였고, 넓은 이마 위에는 노르스름한 백발 몇 뭉텅이가 날개처럼 튀어나와 있었고, 맑고 푸른 눈은 모든 것을 한 번 다 보았고 지금 두 번째 관찰하고 있다는 인상이었다. 그는 트위드 양복에 화려한 보타이를 맸다.

"문을 닫으십시오, 아처 씨. 그리고 앉으세요."

나는 가죽으로 된 긴 안락의자에 자리잡고 스티븐스에게 내가 왜 왔는지 설명하기 시작했다. 그의 묵직한 목소리가 내 말을 끊었다.

"시간이 몇 분밖에 없군요. 나는 당신이 누군지 압니다. 당신이 무슨 생각인지도 알 것 같습니다. 나와 맥기 사건을 의논하고 싶은 거지요."

나는 그에게 승부수를 던졌다.

"델로니 사건도요."

그의 눈썹이 치켜 올라가 이마의 살갗이 여러 겹으로 주름졌다. 가끔은 내 정보를 내주어야만 정보를 얻을 가능성을 노릴 수 있는 법이다. 나는 스티븐스에게 루크 델로니의 일을 말해주었다.

그가 앞으로 몸을 숙였다.

"그 사건이 해거티 살인과 모종의 관련이 있다는 말입니까?"

"그래야 말이 됩니다. 헬렌 해거티는 델로니가 소유한 건물에서 살았습니다. 헬렌은 델로니 살인을 목격한 증인을 안다고 말했습니다."

"그 여자는 왜 그 말을 안 했을까." 스티븐스는 내게 말하는 게 아니었다. 델로니 부인에 관해서 혼잣말한 것이었다. 그러다가 문득 내가 있다는 것을 떠올렸다. "당신은 왜 그 이야기를 갖고 나한테 왔습니까?"

"스티븐스 씨가 관심 있을 거라고 생각했습니다. 델로니 부인이 당신 의뢰인이니까요."

"델로니 부인이?"

"그럴 거라고 추측했습니다."

"추측은 얼마든지 마음대로 하시오. 내가 볼 때는 부인을 여기까지 미행한 모양이군요."

"부인이 이리로 들어오는 걸 우연히 봤습니다. 하지만 저는 이틀 전부터 당신을 만나려고 했습니다."

"왜?"

"당신은 톰 맥기를 변호했었지요. 맥기의 아내가 죽은 사건은 덜로니에서 시작하여 헬렌 해거티로 끝나는 연관된 세 살인 사건 중 두 번째에 해당합니다. 경찰은 지금 해거티의 죽음에 대한 책임을 맥기나 그 딸에게, 아니면 둘 다에게 전가하려고 합니다. 저는 맥기가 결백하다고 믿습니다. 과거에도 줄곧 결백했다고요."

"당시에는 다르게 생각한 사람이 열두 명 있었소."

"배심원들이 왜 그렇게 생각했습니까, 스티븐스 씨?"

"나는 지난 실수를 논하는 걸 즐기지 않소."

"현재에 아주 유효한 사건일지도 모릅니다. 맥기의 딸이 자기가 증인석에서 거짓말했다고 실토했습니다. 자기가 한 거짓말 때문에 아버지가 감옥에 갔다고 말하고 있습니다."

"이제 와서 그렇게 말한다고? 자백이 늦었구려. 내가 반대 신문에서 그녀를 압박했어야 하는 건데 맥기가 그러지 말라고 했지요. 맥기의 바람을 존중한 게 내 실수였소."

"맥기가 그렇게 요청한 동기는 무엇이었습니까?"

"난들 알겠소? 부성애였거나, 아이가 벌써 충분히 고통을 겪었다는 생각 때문이었겠지. 감옥에서 십 년을 산다는 건 그런 섬세한 감정의 대가치고는 너무나 크지만."

"당신은 맥기가 결백했다고 믿습니까?"

"아, 그럼요. 딸이 거짓말했다고 털어놓았다니 남았던 의구심도 싹 사라졌습니다." 스티븐스는 유리 관에서 얼룩덜룩한 초록색 시가를 꺼내어 클립에 쥔 뒤 불을 붙였다. "이건 극비로 해야 할 정보겠군요."

"오히려 반대입니다. 저는 이 이야기를 널리 퍼뜨리고 싶습니다. 그러면 맥기를 불러들이는 데 도움이 될지도 모릅니다. 맥기는 도주중입니다. 당신도 알겠지만."

스티븐스는 인정하지도 부인하지도 않았다. 푸르스름하게 피어오른 연기 뒤에서 산처럼 버티고 앉아 있을 뿐이었다.

"저는 맥기에게 몇 가지 물어보고 싶습니다."

"어떤 것을?"

"다른 남자에 대해서. 콘스턴스 맥기가 사귀고 있었다는 다른 남자 말입니다. 당신의 변론에서도 그 남자가 모종의 역할을 했을 것 같습니다만."

"그 남자는 내 가상의 대안이었지요." 스티븐스의 얼굴이 애석한 미소로 구겨졌다. "판사는 내가 약술에서 언급하는 것 외에는 그 남자를 끌어들이는 걸 허락하지 않았습니다. 맥기를 증인석에 세우는 조건으로 허락하겠다고 했지만 그건 바람직하지 않은 것 같았지. 그 남자는 양날의 칼이었소. 대안의 용의자였지만 동시에 맥기에게는 살인 동기였으니까. 내가 완벽한 방면을 노린 것이 실수였습니다."

"말씀을 못 쫓아가겠습니다."

"상관없습니다. 지난 일일 뿐입니다."

스티븐스가 손을 내저었다. 연기가 노인의 기억 속 시간의 지층처럼 그의 주위로 움직였다.

"그 남자는 누구였습니까?"

"이봐요, 아처 씨. 길 가다가 불쑥 들어와서 정보를 샅샅이 캐내려고 해서야 되겠습니까. 나는 사십 년 동안 법조계에 있었소."

"왜 맥기의 변호를 맡았습니까?"

"톰은 곧잘 우리 보트에서 일했습니다. 나는 그를 썩 좋아했지요."

"그의 혐의를 벗기는 데 흥미가 없습니까?"

"다른 무고한 사람을 대가로 치러야 한다면, 없소."

"그 다른 남자가 누군지 아십니까?"

"톰의 말을 믿어도 좋다면, 나도 알고 있소." 스티븐스는 의자에 굳건히 앉아 있었지만, 마술사가 거울을 통해서 모습을 감추듯이 내게서 멀어지고 있었다. "나는 내게 들어온 비밀을 누설하지 않습니다. 죽을 때까지 묻고 갑니다. 비밀들이 나를 찾아오는 건 그 때문이오."

"저 사람들이 맥기를 다시 샌퀜틴으로 보내 종신형을 살게 하거나 사형을 시킨다면 얼마나 끔찍하겠습니까."

"그야 그렇지요. 하지만 당신은 톰을 위해서가 아니라 자신의 목적을 위해서 나를 끌어들이려고 하는 것 같소."

"당신은 분명 우리에게 도움이 될 겁니다."

"'우리'가 누구요?"

"맥기의 딸 돌리와 그 남편 앨릭스 킨케이드, 제리 마크스, 그리고 저."

"그렇다면 당신들의 목적은 대체 뭐요?"

"세 살인 사건을 해결하는 겁니다."

"참 간단하고 깔끔하게도 말하는구려. 인생은 그렇지 않소. 인생에는 늘 허술한 부분이 있고, 때로는 그렇게 풀어진 채 내버려두는 게 최선이오."

"델로니 부인이 원하는 게 그겁니까?"

"델로니 부인을 대신해서 말한 게 아니오. 그럴 맘도 없고." 스티븐스가 혀를 움직여서 담배 알갱이를 혀끝에 얹은 다음 퉤하고 뱉었다.

"부인은 맥기 사건에 대한 정보를 구하려고 당신을 찾아왔습니까?"

"답하지 않겠소."

"그렇다는 뜻이겠군요. 그렇다면 맥기 사건과 델로니 살인이 연결되어 있다는 또 다른 증거입니다."

"그 이야기는 하지 맙시다." 스티븐스가 잘라 말했다. "내가 당신들에게 합류하면 좋겠다는 제안에 대해서는, 아침에 제리 마크스도 같은 말을 하더군요. 제리에게도 대답했듯이 내 생각해보겠소. 그동안 당신과 제리는 이런 생각을 해봤으면 싶소. 톰 맥기와 그 딸이 이 문제에서 서로 반대편일지도 모른다는 것을. 십 년 전에는 두 사람이 틀림없이 그랬소."

"그때 딸은 어린애였고 어른들에게 휘둘렸습니다."

"나도 알아요." 스티븐스가 자리에서 일어섰다. 얇은 트위드 양복에 감싸인 몸집이 크게 부풀었다. "대화는 흥미로웠소만, 나는 벌써 오찬에 늦었습니다." 그가 나를 지나쳐 문으로 가서 시가로 가리켰다. "갑시다."

26

나는 중심가를 걸어 내려가 퍼시픽 호텔에서 호프먼 부인을 찾았다. 직원이 부인은 방금 체크아웃을 했고 연락 가능한 주소는 남기지 않았다고 말했다. 부인의 가방을 들어주었던 사환은 그녀가 초록 코트를 입은 다른 노부인과 함께 택시를 타고 갔다고 했다. 나는 사환에게 오 달러와 내가 묵고 있는 모텔 주소를 주며 여자들이 어디로 갔는지를 알아낸다면 오 달러를 더 벌 수 있을 거라고 말했다.

오후 2시가 넘었다. 오늘이 결정적인 날일 거라는 직감이 들었다. 법원의 개인 사무실에서, 탄도 검사가 수행되는 사격장과 실험실에서, 요양소의 잠긴 문 뒤에서 벌어지는 일들로부터 나만 배제된 느낌이었다. 내가 노부인들의 변덕을 확인하는 동안 시간은 헤라클레이토스의 강물처럼 나를 지나쳐 흐르고 있었다.

호텔 로비 뒤편의 전화 부스로 가서 고드윈의 사무실에 연락해 보았다. 고드윈은 환자를 만나고 있고 2시 50분쯤 되어야 연락 가능하다고 했다. 이번엔 제리 마크스에게 걸었다. 비서가 마크스는 아직 돌아오지 않았다고 대답했다.

나는 리노의 월터스 사무소로 수신자 부담 전화를 걸었다. 아니가 받았다.

"훌륭한 타이밍이야, 루. 방금 자네가 쫓는 사내에 대한 정보를 입수했어."

"어느 쪽? 브래드쇼, 아니면 폴리?"

"둘 다와 관계있다고 할 수 있어. 폴리가 솔리테어 클럽에서 왜 쫓겨났는지 알고 싶다고 했지. 답은 폴리가 출납원이라는 위치를 이용해서 브래드쇼의 금전적 가치를 확인했기 때문이야."

"폴리가 어떻게?"

"자네도 클럽들이 새로 장부를 트려는 고객들을 뒷조사한다는 건 알고 있겠지. 고객의 거래 은행에 문의를 넣어서 잔고를 대략적으로 확인한 뒤, 그에 맞게 신용 제한선을 정하는 거야. 은행이 '낮은 세 자리'라고 하면 잔고가 세 자릿수 초반이라는 뜻이고, 그러면 제한선은 이백 달러쯤 되겠지. '높은 네 자리'라고 하면 칠팔천 달러쯤 될 테고, '낮은 다섯 자리'라고 하면 이삼만 달러쯤 되는 거야. 말이 나왔으니 말인데, 브래드쇼의 등급이 바로 그거라네."

"브래드쇼가 도박을 하나?"

"아니. 그게 핵심이야. 브래드쇼는 솔리테어에 장부를 연 적이 없어. 내가 아는 한 다른 어디에서도. 그런데도 폴리가 브래드쇼에 대한 조회를 신청했다는 거지. 클럽이 그 사실을 알고 폴리의 자백을 받아낸 뒤 당장 쫓아냈어."

"공갈 협박의 냄새가 나는데, 아니."

"냄새만이 아니야. 폴리는 그쪽으로 전과가 있다고 실토했어."

"폴리가 또 뭘 실토했나?"

"아직 다른 건 없어. 그 정보는 친구를 위해서 입수했다고 주장하더군."

"헬렌 해거티?"

"그 부분은 아직 입을 닫고 있어. 거래할 수 있을까 해서 아껴두는 거지."

"가서 거래하도록 해. 나보단 그가 더 다쳤어. 기꺼이 고발을 취하하지."

"꼭 그럴 필요는 없어, 루."

"거래하도록 해. 공갈 협박이라고 가정하면, 문제는 브래드쇼의 어떤 면이 협박할 만한가 하는 거야."

"이혼 사실일지도 모르지." 아니가 매끄럽게 받았다. "브래드쇼가 칠월 중순에서 팔월 말까지 리노에서 뭐했는지 궁금하다고 했지? 답은 법원 기록에 나와 있었어. 브래드쇼는 러티샤 O. 머크리디라는 여자하고 이혼하기 위해서 이곳에 주거를 확정하려고 머문 거야."

"러티샤 뭐?"

"머크리디." 아니가 철자를 불러주었다. "이 여자에 대해서는 더 알아내지 못했어. 이혼을 담당했던 변호사 말로는 브래드쇼도 여자가 어디에 사는지 모른다고 했대. 마지막 주소는 보스턴이야. 그쪽으로 보낸 공식 소송절차 안내문은 '부재—지정인 없음' 도장이 찍힌 채 되돌아왔다더군."

"브래드쇼는 아직 타호에 있나?"

"새 아내와 함께 아침에 체크아웃했어. 퍼시픽포인트로 돌아간다고. 그러니 이제 그이는 자네 품에 있네."

"그이라는 표현은 브래드쇼에게 썩 어울리지 않는군. 그의 어머니가 첫 결혼에 대해서 아는지 모르겠어."

"직접 물어보면 되잖나."

나는 먼저 브래드쇼와 이야기를 나누기로 결정했다. 법원 주차장에 세워두었던 차를 꺼내 대학으로 갔다. 가로수 길이나 회랑을 오가는 학생들은, 특히 여학생들은, 다들 표정이 가라앉아 있었다. 죽음과 심판의 위협이 캠퍼스를 침입한 것 같았다. 마치 내가 그 대리인 같다는 기분이 좀 들었다.

학생처장 사무실의 금발 비서는 자신의 의지로만 본인과 학교 전체를 지탱할 수 있다는 듯 잔뜩 긴장한 모습이었다.

"브래드쇼 처장님은 안 계십니다."

"주말 여행에서 아직 안 돌아왔습니까?"

"돌아오셨죠." 비서는 방어적으로 덧붙였다. "처장님은 오늘 아침에 한 시간 넘게 여기 계셨어요."

"지금은 어디 있습니까?"

"저도 모릅니다. 댁에 계시겠지요."

"당신도 그를 걱정하는 것 같군요."

여자는 기관총을 난사하듯 타자기를 치는 것으로 대답을 대신했다. 나는 그곳에서 물러나 복도 건너편에 있는 로라 서덜랜드의 사무실로 갔다. 서덜랜드의 비서는 그녀가 오늘 출근하지 않았다고 말했다. 오전에 전화를 걸어서 어쩐지 몸이 안 좋다고 했다는 것이다. 나는 죽음이나 심판 같은 심각한 일이 아니기를 빌었다.

다시 풋힐을 달려서 브래드쇼 저택으로 갔다. 바람이 나무를 살랑살랑 흔들었다. 안개가 완전히 걷혀 오후의 하늘은 눈이 아플 만큼 새파랗고 아름다웠다. 하늘로 솟은 산들은 홈 하나하나 주름 하나하나 전부 또렷하게 보였다.

나는 이런 것들을 평소보다 더 또렷하게 의식하고 있었지만, 나 자신은 그것들로부터 차단된 것처럼 느꼈다. 나는 로이 브래드쇼와 그의 새 아내에게 약간 연민을 느끼고 있었던 모양이고, 그 때문에 내가 상처 입을까 봐 두려워하고 있었다. 집 입구를 못 보고 지나치는 바람에 옆집 진입로에서 차를 돌려 브래드쇼 저택으로 돌아왔다. 문을 열어준 스페인계 여자 마리아가 브래드쇼는 집에 없고 하루 종일 없었다고 말했을 때, 나는 얼마간 안도감을 느꼈다.

위층에서 브래드쇼 부인이 갈라지고 날카로운 목소리로 불렀다.

"아처 씨? 할말이 있어요."

부인은 퀼트 실내복과 천 슬리퍼 차림으로 계단을 내려왔다. 주말 동안 팍 늙은 것 같았다. 아주 늙고 초췌해 보였다.

"아들이 사흘 동안 집을 비웠어요." 부인이 불평했다. "전화도 한 통 안 했어요. 로이에게 무슨 일이 생겼을까요?"

"그 문제로 긴히 드리고 싶은 말씀이 있습니다. 둘이서만."

온몸으로 엿듣던 마리아가 엉덩이를 씰룩거리면서 분연히 자리를 떴다. 브래드쇼 부인은 내가 처음 가보는 방으로 안내했다. 집 측면의 안뜰로 통하는 작은 거실이었다. 방은 구식으로 소탈하게 꾸며져 있었다. 어쩐지 델로니 부인을 면담했던 방을 떠올리게 했다.

이 방을 압도하는 것은 벽난로 위에 걸린 유화였다. 실물 크기에 가까운 전신 초상으로, 멋지게 휜 흰 콧수염에 모닝코트 차림의 잘생긴 신사가 그려져 있었다. 신사의 검은 눈이 내가 방을 가로질러 브래드쇼 부인이 가리킨 안락의자에 앉는 동안 계속 따라왔다. 부인은 바닥에 고정대가 있고 천을 씌운 흔들의자에 앉아 슬리퍼를 신은 발을 프티푸앵 자수가 놓인 작은 방석에 얹었다.

"내가 이기적인 할망구였어요." 부인이 뜻밖의 말을 꺼냈다. "계속 생각해봤는데, 당신의 경비를 내가 대기로 결정했습니다. 그 여자애가 겪고 있는 일이 마음에 들지 않아요."

"부인은 그 일에 대해서 저보다 많이 아시겠지요."

"그럴지도. 나는 이 동네에 좋은 친구들이 좀 있답니다."

부인은 그 이상 설명하지 않았다.

"제안은 감사합니다만 경비는 해결되었습니다. 돌리의 남편이 돌아왔습니다."

"정말인가요? 너무 잘됐네요." 부인은 그 생각으로 마음을 덥히려고 노력했지만 실패했다. "나는 로이가 너무 걱정스러워요."

"저도 그렇습니다, 브래드쇼 부인." 나는 부인에게 내가 아는 것을 일부만이라도 말해주기로 결심했다. 어차피 부인도 아들의 결혼, 아니 결혼들에 대해 조만간 알게 될 것이다. "아드님의 신체적 안전에 대해서는 걱정하지 않으셔도 됩니다. 제가 어젯밤에 리노에서 만났는데 건강히 잘 있었습니다. 오늘 학교에도 들렀다는군요."

"그렇다면 비서가 나한테 거짓말했군요. 여기 떨어져 있는 나한테 무슨 장난을 치려는 건지, 아니면 무슨 일에 정신이 팔린 건지 모르겠어요. 그 애가 리노에서 대체 뭘 하고 있던가요?"

"말했던 것처럼 회의에 참석했습니다. 덤으로 그곳에서 헬렌 해거티 사건의 용의자를 만나보려는 용건이 있었습니다."

"그러니까 로이는 그 여자를 무척 좋아했던 게로군요. 그렇게까지 애쓰다니."

"아드님이 해거티 양과 관계가 있긴 했습니다. 낭만적인 관계는 아니었다고 봅니다만."

"그럼 무슨 관계인가요?"

"금전적인 관계입니다. 아드님은 헬렌 해거티에게 돈을 주고 있었던 것 같습니다. 로라 서덜랜드를 통해서 학교에 일자리도 얻어주었습니다. 거칠게 표현하자면, 해거티라는 여자가 아드님을 공갈협박하고 있었던 겁니다. 해거티 본인은 전혀 다른 말로 표현했겠지만 말입니다. 좌우간 그녀는 이곳에 오기 전에 리노에 있는 사기꾼 친구를 통해서 아드님의 은행 잔고를 확인했습니다. 그 친구가바로 아드님이 리노에 가서 이야기를 나눈 남자입니다."

브래드쇼 부인은 내가 우려했던 것처럼 경기를 일으키지는 않았다. 대신 엄중한 어조로 물었다.

"그게 전부 사실인가요, 아처 씨? 아니면 당신의 상상인가요?"

"상상이라면 좋겠지만 아닙니다."

"로이가 왜 협박을 당하지요? 그 애는 흠 잡을 데가 없어요. 헌신하면서 살았습니다. 나는 그 애 엄마예요. 내가 압니다."

"그러시겠죠. 하지만 사람마다 기준이 다른 법입니다. 상승일로의 대학 행정가는 백합처럼 깨끗해야 하지요. 가령 부적절한 결혼의 전력이라도 있었다가는 부인이 말했던 대학 총장 자리 같은 걸차지할 기회를 놓칠지도 모릅니다."

"부적절한 결혼? 로이는 한 번도 결혼하지 않았는데요."

"안타깝지만 했었습니다. 러티샤 머크리디라는 이름을 아십니까?"

"모릅니다."

부인은 거짓말하고 있었다. 이름을 듣자마자 얼굴 주름이 잡아당긴 그물처럼 오므라들어, 두 눈은 선명하고 검은 점으로 줄어들었고 입은 끈을 당긴 주머니처럼 쪼그라졌다. 부인은 그 이름을 알고 있으며 미워하는 것 같았다. 심지어 러티샤 머크리디를 두려워하는 것일지도 모른다는 생각이 들었다.

"그 이름을 아실 텐데요, 부인. 머크리디라는 여자가 부인의 며느리였으니까요."

"정신 나갔군요. 우리 아들은 한 번도 결혼한 적 없습니다."

부인이 워낙 단호하고 단정적으로 말해서 나도 잠깐 의심이 들었다. 아니가 실수했을 리는 없다. 아니는 좀처럼 그러지 않는다. 하지만 로이 브래드쇼가 두 명일 가능성은 있다. 그러나 아니다. 아니는 리노에서 브래드쇼의 변호사와 이야기를 나누었으니 당연히 신원을 확인했을 것이다.

나는 말했다.

"일단 결혼을 해야 이혼을 할 수 있습니다. 아드님은 몇 주 전에 리노에서 이혼 수속을 밟았습니다. 그것 때문에 주소지를 확정하느라고 칠월 중순부터 팔월 말까지 네바다에 있었습니다."

"이제 보니 당신 정말 정신이 나갔군요. 로이는 그때 계속 유럽에 있었어요. 증명할 수 있습니다." 부인은 내키지 않아 하는 팔다리로 삐걱거리며 일어나 한쪽 벽에 선 18세기풍 책상으로 갔다. 그리고 떨리는 손에 편지와 엽서 뭉치를 쥐고 돌아왔다. "로이가 보낸 겁니다. 당신이 직접 보면 로이가 유럽에 있었다는 걸 알 거예요."

나는 엽서들을 넘겨보았다. 열다섯 장쯤이었고, 날짜순으로 정리되어 있었다. 런던탑(소인은 7월 18일 런던), 보들리언 도서관(7월 21일 옥스퍼드), 요크 대성당(7월 25일 요크), 에든버러 성(7월 29일 에든버러), 자이언츠 코즈웨이(8월 3일 런던데리), 애비 극장(8월 6일 더블린), 랜즈엔드(8월 8일 세인트아이브스), 개선문(8월 12일 파리), 그리고 스위스와 이탈리아와 독일로 이어졌다. 뮌헨에서 온 엽서를 읽어 보았다(영국식 정원 사진이 실린 엽서로, 소인은 8월 25일이었다).

사랑하는 어머니

어제는 베르히테스가덴의 히틀러 둥지를 방문했습니다. 아름다운 곳이지만 연상되는 생각들 때문에 으스스하더군요. 오늘은 어제와는 대조적인 분위기로, 버스를 타고 오버아메르가우에 다녀왔습니다. 수난극이 공연되는 곳이지요. 마을 사람들이 성서적인 소박함을 지키고 사는 모습에 깊은 인상을 받았습니다. 바이에른 시골에서는 어딜 가나 너무나도 멋진 작은 교회들을 볼 수 있답니다. 함께 그 풍경을 즐길 수 있다면 좋을 텐데요! 여름에 고용한 말벗이 성질이 까다로운 사람이라니 안타깝습니다. 그래도 여름은 곧 끝날 테고, 저로 말하자면 유럽의 장관에 등을 돌리고 행복한 마음으로 돌아가겠습니다. 사랑을 담아.

로이

나는 브래드쇼 부인에게 물었다.

"아드님의 필적입니까?"

"그래요. 잘못 알아볼 리 없습니다. 로이가 그 엽서들을 썼고 이 편지들도 쓴 게 확실해요."

부인이 편지 몇 장을 내 코밑에서 흔들어댔다. 나는 소인을 살폈다. 7월 19일 런던, 8월 7일 더블린, 8월 15일 제네바, 8월 20일 로마, 8월 27일 베를린, 8월 30일 암스테르담. 내가 마지막 것을 읽기 시작했는데('사랑하는 어머니, 급하게 이 글을 씁니다. 편지가 저보다 늦게 도착하겠지만요. 검은 새에 관한 편지를 잘 읽었다고 말씀드리려고……'), 부인이 얼른 낚아챘다.

"읽지는 마세요. 아들과 나는 아주 가까운 사이이고, 로이는 우리 편지를 남에게 보여주는 걸 좋아하지 않을 겁니다." 부인은 편지와 엽서를 죄다 모아서 책상 서랍에 넣고 닫아버렸다. "이만하면 충분하겠죠. 로이는 당신이 말한 기간에 네바다에 있지 않았습니다."

호언장담하면서도 의문이 담긴 목소리였다. 내가 물었다.

"로이가 나가 있었을 때 부인도 그에게 편지를 썼습니까?"

"썼습니다. 정확히 말하자면, 이름도 기억 안 나는 여자애한테 받아쓰게 했지요. 관절염이 좀 나아져서 내가 직접 썼던 한두 번을 제외하면. 여름 동안 간호사 겸 말벗을 두었는데, 워들리 양, 그래요, 그런 이름이었어요. 요즘 여자애들이 그렇듯이 정말 자기중심적인 애였는데…….”

내가 끼어들었다.

“검은 새에 대한 편지도 쓰셨습니까?”

“그래요. 지난달에 우리집에 검은 새가 잔뜩 몰려들었거든요. 사실 편지라기보다는 짧고 짓궂은 이야기 같은 걸 적었죠. 검은 새로 파이를 굽는 내용의.”

“검은 새 편지를 어디로 보내셨습니까?”

“어디로? 로마였던 것 같은데요. 아메리칸 엑스프레스를 써서 로마로. 로이가 여행을 떠나기 전에 일정을 다 알려줬거든요.”

“그가 로마에 있었던 것은 8월 20일인가 그랬지요. 검은 새 편지에 답장을 보낸 것은 8월 30일 암스테르담에서였고요.”

“기억력이 대단하군요, 아처 씨. 하지만 무슨 말을 하려는 건지 모르겠네요.”

“들어보십시오. 편지를 받은 때와 답장한 때 사이에 적어도 열흘의 여유가 있었습니다. 공모자가 로마에서 편지를 받아 항공우편으로 리노의 로이에게 보내고, 로이의 답장을 다시 항공우편으로 암스테르담에서 받아서 부인에게 재발송하기에 충분한 시간입니다.”

“그 말은 믿지 않아요.” 그러나 이미 그녀는 반쯤 믿고 있었다.

"그 애가 왜 그렇게까지 엄마를 속이려고 애쓰겠어요?"

"왜냐하면 그가 실제로 하고 있는 일이, 그러니까 머크리디라는 여자와 리노에서 이혼하는 일이 부끄러웠기 때문입니다. 그 사실을 부인에게든 다른 누구에게든 알리고 싶지 않았기 때문입니다. 로이가 전에도 유럽에 간 적이 있습니까?"

"물론이죠. 전쟁 후에, 로이가 하버드에서 대학원에 다닐 때 내가 데려갔습니다."

"그때 두 분은 여기 나온 장소들을 다니셨습니까?"

"그래요. 그랬어요. 독일은 아니지만 다른 곳은 많이."

"그렇다면 그가 가짜 편지를 쓰는 게 어렵지 않았을 겁니다. 엽서는 공모자가 유럽에서 사서 그에게 부쳤겠지요."

"내 아들과 관련해서 '공모자'라는 단어를 쓰다니 마음에 들지 않는군요. 누가 뭐래도 이…… 이 속임수는 범죄가 아니니까요. 순전히 개인적인 문제죠."

"저도 그랬으면 좋겠습니다, 부인."

부인은 내 말뜻을 이해한 것 같았다. 그녀의 얼굴이 고통을 삼키려는 움직임으로 일그러졌다. 그녀가 등을 돌려 창가로 갔다. 안뜰 바닥 타일에서 눈가가 흰 검은 새 몇 마리가 돌아다니고 있었다. 부인이 새들을 보고 있는 것 같지는 않았다. 그녀가 한 손으로 머리카락을 거칠게 쓸어 올렸다. 연거푸 쓸다 보니 머리카락이 털 빠진 엉겅퀴처럼 비죽 섰다. 마침내 그녀가 몸을 돌렸다. 눈은 반쯤 감겨 있었고 얼굴에 와 닿는 빛이 괴로운 듯한 표정이었다.

"이 이야기를 모두 비밀로 해주길 부탁합니다, 아처 씨."

로이 브래드쇼도 어젯밤에 로라와의 결혼에 관해서 비슷한 표현을 썼었다.

"노력은 하겠습니다."

"부디 그래주세요. 치기 어린 방종 때문에 로이의 경력이 망가진다면 너무나 비극일 겁니다. 치기 어린 방종, 그것뿐이었답니다. 만일 로이의 아버지가 살아 있어서 그 애에게 아버지의 가르침을 줄 수 있었다면 그런 일은 절대로 벌어지지 않았을 거예요."

부인은 몸짓으로 벽난로 위 초상을 가리켰다.

"'그런 일'이란 머크리디라는 여자를 말씀하시는 겁니까?"

"네."

"그렇다면 그녀를 아시는군요?"

"그 여자를 압니다."

이 고백으로 지쳐버렸는지 부인이 흔들의자에 푹 내려앉아 높은 등받이의 쿠션에 머리를 기댔다. 늘어진 목이 몹시 연약해 보였다.

"머크리디 양이 나를 한 번 찾아왔었습니다. 우리가 보스턴을 떠나기 전이니 전쟁이 한창인 때였죠. 그녀는 돈을 원했습니다."

"공갈 협박인가요?"

"그렇다고 봐야겠죠. 그녀는 네바다에서 이혼을 하겠으니 내게 비용을 대라고 요구했습니다. 그 여자는 스컬리 광장에서 우연히 로이를 알게 되어 아직 아이였던 로이를 꾀어 결혼했죠. 로이의 미래를 침몰시킬 위인이었어요. 나는 그녀에게 이천 달러를 줬습니다. 보아하니 돈은 다 써버리고 이혼 따위는 신경도 안 썼던 모양이로군요." 부인이 한숨을 쉬었다. "불쌍한 로이."

"부인께서 그녀에 대해 안다는 걸 로이도 압니까?"

"로이에게는 말하지 않았습니다. 그 여자에게 돈을 줬으니 위협을 막았다고 생각했지요. 얼른 그 일이 끝나서 잊히고 아들과 나 사이에 아무런 앙금도 남지 않기를 바랐습니다. 하지만 이제 보니 그여자가 줄곧 로이를 따라다니고 있었군요."

"실제로 로이를 쫓아다녔다는 말입니까?"

"누가 알겠어요? 나는 아들을 이해한다고 여겼고 아들의 인생을 속속들이 안다고 여겼습니다. 그러나 그렇지 않았군요."

"그녀는 어떤 여자입니까?"

"나도 한 번밖에 못 봤습니다. 그녀가 벨몬트의 우리집으로 찾아왔을 때였죠. 대단히 나쁜 인상을 받았어요. 그녀는 자기가 배우라고 주장했고 당시에는 일이 없었다고 했지만, 옷차림과 말투는 배우라기보다는 더 오래된 직종의 여성처럼 보였어요." 부인이 귀에 거슬리는 목소리로 비꼬았다. "그 빨강머리 계집이 예뻤다는 점은 인정해야겠군요. 조잡한 미모였지만요. 그녀는 로이에게 전혀 어울리지 않았고, 그녀도 당연히 그 사실을 알았습니다. 로이는 십대를 갓 벗어난 순진무구한 청년이었어요. 그 여자는 명백히 노련한 여우였고요."

"그녀는 몇 살이었습니까?"

"로이보다 훨씬 많았어요. 적어도 서른 살."

"지금은 쉰 살에 가깝겠군요."

"그렇겠죠."

"캘리포니아에서 그 여자를 본 적이 있습니까?"

부인은 얼굴 살이 덜렁거릴 정도로 세게 고개를 흔들었다.

"로이는?"

"로이는 그 여자에 대해서 나한테 한마디도 한 적이 없습니다. 우리는 머크리디라는 여자가 아예 존재하지 않았다는 듯이 살아왔죠. 그리고 부탁하는데, 내가 방금 한 이야기를 로이에게는 하지 마세요. 우리 사이의 신뢰가 모두 깨질 겁니다."

"그보다 더 중요하게 고려해야 할 문제가 있을지도 모릅니다, 브래드쇼 부인."

"그보다 더 중요한 일이 뭐가 있겠어요?"

"그의 목입니다."

부인은 두꺼운 발목을 꼰 채, 무표정하다기보다 어리벙벙한 표정으로 가만히 앉아 있었다. 딱 바라지고 무성적인 그녀의 몸은 피폐해진 부치의 몸처럼 보였다. 그녀가 숨죽여 물었다.

"우리 아들이 살인을 저질렀다고 의심하는 건 아니겠지요?"

나는 막연하게 안심시키는 말을 되는대로 뱉었다. 방을 나서는

데 초상 속 신사의 눈동자가 나를 쫓아왔다. 내가 앞으로 로이에게 하게 될지도 모르는 일을 고려할 때, 그의 아버지가 살아 있지 않아서 다행이라는 생각이 들었다.

아침 식사 이후로 아무것도 먹지 못한 터라 시내로 들어가는 길에 드라이브인 식당에 들렀다. 샌드위치가 나오기를 기다리는 동안 가게 밖 공중전화에서 아니 월터스에게 다시 전화를 걸었다.

아니는 저드슨 폴리와 거래를 마쳤다고 했다. 폴리에게 브래드쇼의 재정 상태를 알아봐달라고 부탁한 사람은 과연 헬렌 해거티였다. 폴리는 헬렌이 공갈을 노렸다는 사실을 추호도 몰랐다고 맹세했다. 혹은 맹세하는 척했거나. 그러나 자기가 헬렌에게 정보를 판 직후에 헬렌이 갑자기 부자가 되었다고는 말했다. 그의 기준에서 그렇다는 말이지만.

"헬렌이 폴리에게 얼마를 치렀대?"

"녀석의 말로는 오십 달러. 이제 와서 속은 기분인가 봐."

"평생 그러고 살 인간이지. 헬렌이 폴리에게 브래드쇼의 어떤 약점을 쥐고 있는지 말했다나?"

"아니. 그녀는 그 말을 꺼내지 않도록 대단히 조심했던 모양이야. 하지만 소극적 증거는 있어. 그녀가 폴리에게 브래드쇼가 결혼했다는 사실, 또는 이혼하려 한다는 사실을 말하지 않았다는 점. 그건 곧 그 정보가 그녀에게 금전적 가치가 있었다는 뜻이니까."

"그렇겠군."

"한 가지 더 있어, 루. 해거티라는 여자와 브래드쇼는 리노에서 만나기 전부터 서로 아는 사이였다는군."

"어디에서? 어떻게?"

"폴리도 그건 모른다는데, 나는 녀석의 말을 믿네. 폴리에게 더 확실한 정보가 있으면 사례하겠다고 제안했어. 아마도 당장 거래하지 못해서 가슴이 찢어졌을걸."

나는 법원 2층의 법률 도서관에서 제리 마크스를 찾아냈다. 그는 장정한 재판 기록 몇 묶음을 책상 앞에 쌓아놓고 있었다. 손은 먼지투성이였고 코 옆에도 얼룩이 묻었다.

"뭐라도 찾아냈습니까, 제리?"

"한 가지 결론에 도달했습니다. 맥기에 대한 혐의가 약했다는 것. 주로 두 가지 주장에 근거했어요. 그가 과거에 아내를 학대했다는 사실, 그리고 어린 딸의 증언. 판사에 따라서는 아예 기각해버릴 만한 근거들이죠. 나는 돌리의 증언에 집중해서 보고 있습니다. 펜토탈 주사를 맞은 돌리에게 질문할 수 있는 기회를 얻었거든요."

"언제?"

"오늘 저녁 8시, 요양소에서. 고드윈 박사가 그때야 시간이 난답니다."

"나도 참석하고 싶소."

"나는 괜찮습니다만 고드윈을 설득할 수 있을지 모르겠군요. 나도 겨우 초대장을 받아냈어요. 내가 그녀의 변호사인데도."

"고드윈은 뭔가 감추고 있는 것 같군요. 좌우간, 지금부터 8시까지 할 일이 좀 있습니다. 엄밀히 따지자면 내 일이지만, 여기는 당신 동네이니까 당신이 더 빨리 처리할 수 있을 겁니다. 헬렌 해거티가 살해되던 시점에 로이 브래드쇼의 알리바이가 물 샐 틈 없고 먼지 샐 틈 없고 자기장에도 움직이지 않을 만큼 탄탄한지 알아봐주시오."

제리는 등을 죽 펴면서 검지로 코에 먼지를 더 묻혔다.

"어떻게 알아보면 될까요?"

"브래드쇼는 금요일 저녁에 동창 모임에서 연설했습니다. 그가 남들의 연설 도중에 살짝 빠져나올 수 있었는지, 정확히는 헬렌을 죽일 수 있는 시각에 빠져나올 수 있었는지 알고 싶어요. 당신은 보안관 사무실 사람들에게 어떤 사실이라도 요구할 권리가 있고, 병리학자에게 물으면 사망 시각도 알려줄 겁니다."

"최선을 다하죠."

제리가 의자를 뒤로 밀었다.

"하나 더 있습니다, 제리. 탄도 검사에 대해서는 아직 말이 없습니까?"

"소문에 따르면 아직도 진행중이랍니다. 소문이 그 이유까지는 말하지 않았지만요. 왜요, 그들이 날조할 거라고 봅니까?"

"아니, 그건 아닙니다. 탄도 전문가들은 날조하지 않아요."

나는 재판 기록을 챙기는 제리를 뒤로하고, 시내를 걸어 퍼시픽 호텔로 갔다. 아까 만났던 사환은 그새 델로니 부인의 택시 운전사와 접촉했다면서, 오 달러짜리 지폐를 또 한 장 받는 대가로 두 노부인이 서프하우스에 방을 잡았다는 정보를 알려주었다. 나는 다림질이 필요 없는 셔츠와 속옷과 양말을 사서 모텔로 돌아와, 샤워를 하고 옷을 갈아입었다. 델로니 부인과 다시 씨름하기 위해서는 그럴 필요가 있었다.

샤워를 마치고 나오는데 누가 방문을 두드렸다. 문이 약해서 망가질까 봐 염려하는 듯이 아주 살살 두드렸다.

"누구요?"

"매지 게어하디예요. 열어주세요."

"옷만 입고 열겠소."

시간이 좀 걸렸다. 새 셔츠에서 옷핀들을 뽑아야 했는데 손이 자꾸만 미끄러졌다.

"제발 열어주세요." 여자가 문에 대고 말했다. "누가 보면 안 돼요."

나는 바지를 꿰고 맨발로 문으로 갔다. 여자는 등뒤에서 폭풍이 몰아치기라도 하는 양 얼른 나를 밀고 들어왔다. 화려한 금발이 바람에 날려 엉망이었다. 내 손을 붙잡는 여자의 두 손이 축축했다.

"경찰이 우리집을 감시하고 있어요. 그들이 여기까지 쫓아왔는지 어떤지는 모르겠어요. 해변 길로 왔어요."

"앉아요." 나는 의자를 놓아주었다. "경찰이 당신을 쫓진 않을 겁니다. 경찰이 찾는 건 당신 친구 베글리, 그러니까 맥기예요."

"그이를 그렇게 부르지 마세요. 꼭 놀리는 것 같잖아요."

사랑의 고백이었다.

"그럼 뭐라고 부르면 좋겠습니까?"

"나는 여전히 척이라고 불러요. 사람은 자기 이름을 바꿀 권리가 있는 거예요. 경찰한테 그런 일을 당했고, 지금도 당하고 있으니까요. 게다가 그이는 작가예요. 작가들은 원래 필명을 쓰잖아요."

"좋아요. 나도 척이라고 부르겠습니다. 그런데 나하고 이름으로 입씨름하자고 찾아온 건 아닐 텐데요."

여자는 손가락으로 입을 만지작거리면서 아랫입술을 양옆으로 잡아당겼다. 여자는 립스틱도 다른 어떤 화장도 하지 않았다. 화장을 안 하니 더 어리고 순수해 보였다.

내가 물었다.

"척에게서 연락이 왔습니까?"

여자가 가까스로 눈에 띌 만큼 고개를 끄덕였다. 너무 크게 움직이면 그가 위험해지기라도 하는 듯이.

"그는 어디 있습니까, 매지?"

"안전한 곳에. 당신이 경찰에게 알리지 않겠다고 약속하지 않으면 말 안 할 거예요."

"약속합니다."

여자의 옅은 눈동자가 밝아졌다.

"그이는 당신과 얘기하고 싶대요."

"무슨 용건인지도 말했습니까?"

"내가 직접 그이와 통화한 건 아니에요. 항구에 있는 그이 친구가 전화로 메시지를 전달해줬어요."

"척도 항구 어디쯤 있다는 뜻이겠군요."

여자가 가까스로 눈에 띄는 고갯짓을 또 한 번 했다.

"이만큼 말했으니 나머지도 다 말하는 게 좋을 겁니다. 나는 척을 꼭 만나고 싶습니다."

"그이가 있는 곳으로 경찰을 몰고 가지 않을 거죠?"

"피할 수 있는 한 그러지 않겠습니다. 척은 어디 있습니까, 매지?"

여자가 얼굴을 찡그리며 과감히 말을 뱉었다.

"스티븐스 씨의 요트예요. 레버넌트 호."

"척이 어떻게 그 배에 탔지요?"

"확실히는 몰라요. 그이는 스티븐스 씨가 주말에 발보아에서 요트를 탄다는 걸 알고 있었어요. 아마도 그리로 찾아가서 스티븐스 씨에게 몸을 맡긴 게 아닐까요?"

나는 매지를 방에 남겨두었다. 매지는 혼자서 다시 밖으로 나올 마음이 없었고, 나와 함께 차를 타고 가는 것도 싫다고 했다. 나는 부둣가를 따라 항구로 갔다. 먼바다에 예인선과 참치 어선 몇 척이 있긴 했지만, 부두에 밧줄로 매여 있거나 기다란 방파제 안쪽에 닻을 내린 배들은 대부분 주말에만 선원이 되는 사람들의 개인 요트나 크루저였다.

월요일이라 바다로 나간 배는 많지 않았다. 그래도 수평선에 흰 돛이 몇 개 보였다. 돛들은 집으로 돌아오는 꿈처럼 해안으로 오고 있었다.

항만 관리소의 유리 망루에 있던 남자가 스티븐스의 요트를 손으로 찍어주었다. 그 배는 정박지에서 가장 먼 쪽에 대어져 있었지만, 우뚝 솟은 돛대 덕분에 알아보기 쉬웠다. 나는 부선거浮船渠를 걸어 배로 다가갔다.

레버넌트 호는 길고 날씬했다. 나지막한 유선형 선실과 조타실이 갖춰져 있었다. 칠은 매끄럽고 깨끗했으며 놋쇠는 반짝거렸다. 갇힌 물 위에서 배가 살짝살짝 흔들렸다. 금방이라도 뛰쳐나갈 기세인 동물 같았다.

나는 요트로 올라서서 해치를 두드렸다. 답이 없었다. 밀어보니 열렸다. 짧은 사다리를 타고 내려가, 단파 라디오가 있고 탄 커피 냄새가 나는 비좁은 주방을 지나 선실로 들어갔다. 현창에서 들어온 타원형 햇빛이 살아 있는 환한 영혼처럼 선실 벽에서 펄럭거렸다. 나는 거기에 대고 말했다.

"맥기?"

이층 침상에서 무언가 부스럭거렸다. 눈앞에 얼굴이 나타났다. 레버넌트*라는 이름의 보트 선원으로 적합한 얼굴이었다. 맥기는 턱수염을 민 터라 얼굴 아랫부분만 턱수염 모양으로 희멀겠다. 그는 더 늙고 수척해 보였고, 자신감이 부쩍 준 듯했다.

"혼자서 왔소?"

그가 속삭였다.

"당연히."

"그렇다면 당신도 내가 죄가 없다고 생각하는군요."

그는 덧없는 희망에 매달릴 만큼 약해져 있었다.

"나 말고 또 누가 당신에게 죄가 없다고 생각합니까?"

"스티븐스 씨."

"이건 그의 생각이었습니까?"

나는 맥기와 나를 포함하는 원을 그리며 물었다.

"그분은 나더러 당신과 이야기해서는 안 된다는 말은 하지 않았소."

"좋습니다, 맥기. 무슨 말을 하고 싶습니까?"

그는 여전히 누운 채 나를 보았다. 입이 씰룩거렸고, 눈이 간청하는 빛을 띠었다.

"어디서부터 말해야 할지 모르겠군요. 나는 십 년 동안 혼자만의 생각에 빠져 살았소. 너무 오래된 일이라 이젠 현실처럼 느껴지지도 않아요. 내게 어떤 일이 일어났는지는 알겠지만 이유를 모르겠소. 나는 십 년이나 감방에 있었고, 가석방 기회도 없었어요. 내가 죄를 인정하지 않았기 때문에. 하지만 어떻게 인정하겠소? 나는 죄가 없는걸. 그런데 그들이 다시 그 짓을 하려고 합니다."

맥기가 반들반들 연마된 마호가니 침상의 모서리를 움켜잡았다.

"이봐요, 나는 빌어먹을 샌퀜틴으로 돌아갈 수는 없어요. 거기 있었던 십 년 동안 정말로 힘들었소. 남이 저지른 실수 때문에 감옥살이를 하는 것만큼 힘든 게 있을까. 맙소사, 시간은 또 어찌나 느리게 가던지. 별 할 일도 없어서 그곳에서 보낸 시간의 절반쯤은 아무것도 안 하고 가만히 앉아 생각만 하면서 지냈다오."

그가 이어 말했다.

"거길 다시 가야 한다면, 그전에 자살할 거요."

맥기는 진심이었다. 내가 대답으로 한 말도 진심이었다.

"그런 일은 없을 겁니다, 맥기. 약속합니다."

"당신을 믿을 수 있으면 좋을 텐데. 사람을 믿는 습관도 사라집디다. 남들이 나를 안 믿으면 나도 남들을 못 믿게 되는 거요."

"누가 당신 아내를 죽였습니까?"

"모릅니다."

"당신은 누가 죽였다고 생각합니까?"

"말하지 않을 거요."

"나를 데려오기 위해서 애를 쓰고 위험까지 감수해놓고서는 말을 안 할 거라니. 맨 처음으로 돌아갑시다, 맥기. 아내가 왜 당신을 떠났습니까?"

"내가 떠났소. 우리는 콘스턴스가 살해되기 몇 달 전부터 따로 살았어요. 나는 그날 밤에 인디언스프링스에 있지도 않았소. 여기 퍼시픽포인트에 있었소."

"왜 아내를 떠났습니까?"

"콘스턴스가 그러라고 해서. 우리는 사이가 안 좋았어요. 내가 제대하고서는 한 번도 좋은 적이 없었지. 콘스턴스하고 애는 전쟁 중에 처형하고 같이 살았는데, 그 뒤 다시 나하고 사는 데 적응하지 못했습니다. 내가 한동안 거칠게 굴었다는 건 인정해요. 하지만 처형이 우리 둘 사이에서 다툼을 부추겼어요."

"왜요?"

"처형은 우리 결혼이 실수라고 생각했습니다. 처형은 콘스턴스를 독차지하고 싶었던 것 같아요. 그런데 내가 끼어든 거죠."

"또 끼어든 사람이 있었습니까?"

"처형이 막을 수 있는 한은 없었소."

나는 좀더 구체적으로 물었다.

"콘스턴스에게 다른 남자가 있었습니까?"

"그래요. 있었소." 맥기는 자신의 부정인 양 부끄러워했다. "그동안 그 문제에 대해서 생각을 많이 해봤는데, 이제 와서 그걸 다시 헤집을 필요는 없다고 봅니다. 그 남자는 아내의 죽음과는 관계없어요. 분명합니다. 그 남자는 콘스턴스에게 미쳐 있었으니까요. 콘스턴스를 해치진 않았을 겁니다."

"당신이 어떻게 압니까?"

"콘스턴스가 죽기 얼마 전에 내가 그와 직접 이야기를 나눴으니까요. 꼬마가 남자와 아내 사이의 일을 나한테 말해줬거든요."

"꼬마라면 돌리 말입니까?"

"맞아요. 콘스턴스는 토요일마다 돌리를 의사에게 보이러 가면서 그 남자를 만났습니다. 꼬마가 나한테 와 있던 날, 사실은 그게 우리가 함께 보낸 마지막 날입니다만, 그 만남에 대해서 말해줬어요. 꼬마는 열한 살 아니면 열두 살이었기 때문에 의미를 제대로 알지는 못했지만 뭔가 수상한 일이 진행되고 있다는 건 눈치챘지요.

콘스턴스와 남자는 토요일 오후마다 돌리를 동시 상영 영화관에 놔두고 자기들끼리 다른 데로 갔답니다. 아마 모텔에 갔겠죠. 콘스턴스는 애한테 그 사실을 덮어달라고 부탁했고, 애는 그렇게 했죠. 남자가 애한테 돈도 줬답니다. 이모에게 엄마랑 함께 영화관에 갔다고 말해달라면서 말이죠. 그건 비열한 속임수 아닙니까?"

맥기는 오래된 분노에 불을 붙이려고 노력했지만, 그러기에는 이미 너무나도 많이 괴로워했고 너무나도 많이 생각했다. 그의 얼굴은 싸늘한 달처럼 침상 모서리에 걸려 있었다.

"남자를 이름으로 부르는 편이 낫겠습니다." 내가 말했다. "고드윈입니까?"

"천만에, 그럴 리가. 로이 브래드쇼였습니다. 그때 대학 교수였지요." 맥기는 다소 애조를 띤 자부심을 담아 덧붙였다. "지금은 거기 학생처장이고요."

오래 그렇지는 못하리라, 나는 생각했다. 브래드쇼의 전망은 자업자득의 업보로 어두웠다.

"브래드쇼는 고드윈 박사의 환자였죠." 맥기가 계속 말했다. "고드윈의 대기실에서 그와 코니가 만난 겁니다. 나는 의사가 둘의 관계를 부추겼다고 생각해요."

"왜 그렇게 생각합니까?"

"브래드쇼가 나한테 그러더라고요. 의사도 둘의 관계가 정신적 건강 면에서 서로에게 좋다고 말했다고요. 웃기죠. 나는 코니에게서 손떼라고 말할 작정으로 브래드쇼의 집에 찾아갔습니다. 때려서라도 그렇게 만들 생각이었죠. 그런데 브래드쇼가 말을 마치고 나니까, 그와 코니가 옳고 내가 틀렸다고 반쯤 믿게 됐지 뭡니까. 아직도 누가 옳고 그른지 모르겠소. 내가 첫해를 빼고는 코니를 행복하게 해주지 못했다는 건 압니다. 브래드쇼는 행복하게 해줬을지도 모르죠."

"재판에 그를 끌어들이지 않은 건 그 때문이었습니까?"

"그것도 한 이유였죠. 그리고 사태를 더 더럽혀봐야 무슨 소용이었겠소? 나만 나쁜 놈으로 보였겠지." 맥기가 말을 멎었다가 내면의 좀더 깊은 곳에서 우러난 좀더 깊은 어조로 말을 이었다. "게다가 나는 아내를 사랑했어요. 코니를 사랑했습니다. 그건 내가 코니를 사랑한다는 걸 증명하는 한 방법이었습니다."

"브래드쇼가 딴 여자와 결혼한 상태였다는 건 알고 있었습니까?"

"언제 결혼을 했다고요?"

"지난 이십 년 동안 줄곧. 브래드쇼는 불과 몇 주 전에 이혼했습니다."

맥기는 충격을 받은 표정이었다. 그는 오랫동안 망상을 생명줄처럼 잡고 살아왔는데, 내가 그 생명줄을 위협한 셈이었다. 맥기가 몸을 침대에 눕혀 내 눈에서 사라졌다.

"여자의 이름은 러티샤 머크리디, 러티샤 머크리디 브래드쇼입니다. 들어본 이름입니까?"

"아니요. 그가 어떻게 결혼했을 수가 있죠? 자기 어머니와 함께 살고 있었는데."

"세상에는 별의별 결혼이 다 있습니다. 어쩌면 브래드쇼는 오랫동안 아내를 만나지 않다가 재결합했을지도 모릅니다. 아니면 어머니나 다른 친구들 모르게 이 동네에 따로 아내의 집을 두었을지도 모르죠. 후자의 경우가 아닐까 싶습니다. 그가 이혼을 숨기려고 그렇게 애쓴 걸 보면."

맥기가 혼란스럽고 떨리는 목소리로 말했다.

"그 일이 나와 무슨 상관인지 모르겠군요."

"대단히 중요한 관계일지도 모릅니다. 만약 머크리디라는 여자가 십 년 전에 이 도시에 있었다면, 그 여자에게는 당신 아내를 죽일 동기가 있었습니다. 당신만큼이나 강한 동기가."

맥기는 여자에 대해서 생각하고 싶어 하지 않았다. 그는 자신에 대해서만 생각하는 데 너무 익숙했다.

"나는 동기가 없었소. 나는 코니의 머리카락 한 올도 해치지 않았을 거요."

"하지만 실제로 한두 번 그러지 않았습니까."

맥기는 말이 없었다. 내게 보이는 것은 먼지투성이 가발 같은 희끗희끗한 곱슬머리와 정직하게 보이려고 노력하는 부정직한 큰 눈동자뿐이었다.

"내가 아내를 두어 번 때린 건 인정합니다. 그런 뒤에는 나도 몹쓸 짓을 저질렀다고 괴로워했소. 당신이 이해할지는 모르겠지만, 나는 술에 취하면 사나워지곤 했습니다. 코니가 나더러 나가라고 한 건 그 때문이었죠. 코니를 탓하진 않습니다. 코니에게는 아무 원망도 없습니다. 다 내 탓이오."

맥기가 길게 숨을 마시고 천천히 뱉었다.

내가 담배를 권했지만 그는 거절했다. 나는 내 것에만 불을 붙였다. 바르르 떨리는 환한 햇빛 조각이 선실 벽을 기어오르고 있었다. 곧 저녁이 올 것이다.

"그래서 브래드쇼는 아내가 있었다는 거죠." 맥기가 말했다. 마침내 정보를 흡수한 것 같았다. "그런데도 나한테는 코니와 결혼할 거라고 말했다는 거죠."

"정말 그럴 맘이었을지도 모릅니다. 그렇다면 그 여자의 동기가 강해지겠죠."

"당신은 진심으로 그 여자 짓이라고 생각합니까?"

"그녀가 제일가는 용의자입니다. 그다음은 브래드쇼이고요. 당신 딸도 브래드쇼를 용의자로 여겼을지 모릅니다. 그걸 확인하기 위해서 그가 다니는 대학에 등록하고 그의 집에 일자리를 얻은 거죠. 혹시 그게 당신 계획이었습니까, 맥기?"

그가 고개를 저었다.

"솔직히 이 사건에서 따님의 역할이 뭔지 모르겠습니다. 따님 자신도 사태 설명에 그다지 도움을 주지 않고요."

"압니다. 돌리는 옛날 그때부터 거짓말을 많이 했지요. 하지만 어린아이가 거짓말할 때는 어른이 거짓말할 때와 똑같이 해석해서는 안 됩니다."

"당신은 너그러운 사람이군요."

"천만에, 아닙니다. 요전 일요일에, 나는 신문에서 돌리가 남편과 함께 있는 사진을 보고는 화를 잔뜩 품은 채 그 애를 만나러 갔어요. 나한테 그런 짓을 해놓고선 어떻게 자기는 행복한 결혼을 할 권리가 있지? 그런 분통을 느끼고 있었죠."

"속내를 돌리에게 말했습니까?"

"그럼요. 하지만 화가 오래가지 않았어요. 돌리의 외모는 제 엄마를 빼닮았더군요. 꼭 이십 년 전 행복한 시절로, 우리가 막 결혼했던 때로 되돌아간 것 같았소. 내가 해군에 있고 코니가 그 애를 임신했을 때. 그 일 년은 정말로 좋았지."

맥기의 마음이 현재의 곤란으로부터 자꾸 멀어졌다. 그를 나무랄 수는 없었지만, 어쨌든 나는 그를 다그쳐 현재의 곤란으로 돌아오게 했다.

"그 일요일에 돌리에게 심하게 굴었죠? 아닙니까?"

"처음에는 그랬습니다. 인정해요. 왜 법정에서 나에 대해 거짓말을 했느냐고 물었습니다. 정당한 질문 아닙니까?"

"그렇다고 해야겠지요. 돌리의 반응은 어땠습니까?"

"히스테리를 있는 대로 부리면서, 자기는 거짓말하지 않았다고 말합디다. 자기는 총을 봤고 다른 것도 다 봤고 내가 제 엄마와 다투는 소리도 들었다고요. 그건 사실이 아니라고 말해줬습니다. 나는 그날 밤에 인디언스프링스에 있지도 않았다고요. 그랬더니 그 애가 딱 굳어버리더군요."

"그다음에는?"

"그 애에게 왜 나에 대해 거짓말했느냐고 물었습니다." 맥기가 입술을 핥으면서 숨죽여 말했다. "그 애에게 네 엄마를 쐈느냐고 물었습니다. 사고로 그럴 수 있으니까요. 처형이 리볼버를 아무렇게나 방치했던 걸 보면. 끔찍한 질문이었지만 물어야만 했어요. 오랫동안 내 마음속에 있었던 의문이니까."

"재판 때부터?"

"그래요. 그전부터."

"스티븐스가 돌리를 반대 신문하겠다는 걸 막은 건 그 때문입니까?"

"맞아요. 그때 스티븐스 씨에게 허락했어야 했는데. 결국 십 년 후에 내가 직접 그 애를 신문하고 말았소."

"결과는 어땠습니까?"

"또 히스테리를 부리더군요. 웃다가 울다가 막 그럽디다. 나는 누가 그렇게 안됐다고 느낀 건 처음이었소. 돌리의 얼굴이 백지장처럼 창백해졌고 눈에서 눈물이 뿜어져 나와 얼굴에 막 흘렀어요. 그 눈물은 너무나 순수해 보였습니다."

"돌리는 뭐라고 대답했습니까?"

"자기가 하지 않았다고 했죠, 당연히."

"돌리가 쏠 수도 있었을까요? 돌리는 총을 다룰 줄 알았습니까?"

"조금. 내가 약간 가르쳤고, 처형도 가르쳤습니다. 방아쇠를 당기는 데 대단한 실력이 있어야 하는 건 아니니까요. 특히 사고라면."

"당신은 아직도 그게 사고였을지도 모른다고 생각합니까?"

"모르겠소. 내가 댁에게 얘기하고 싶은 게 주로 그 문제였소."

그 말이 맥기를 보이지 않는 족쇄에서 풀어준 것 같았다. 그가 이층 침상에서 내려와 좁은 통로에서 나를 마주보고 섰다. 그는 선원들이 입는 검은 터틀넥, 청바지, 고무 밑창이 달린 갑판용 신발을 신고 있었다.

"당신은 돌리에게 가서 물어볼 수 있는 처지니까. 나는 안 되지만. 스티븐스 씨도 안 되고. 하지만 당신은 그 애에게 가서 실제로 어떤 일이 벌어졌는지를 물어볼 수 있잖습니까."

"돌리도 모를지 모릅니다."

"그건 이해합니다. 일요일에도 그 애는 꽤 뒤죽박죽이었어요. 그 애를 혼란스럽게 만들려고 그랬던 건 맹세코 아닙니다. 나는 질문을 좀 했을 뿐이에요. 하지만 그 애는 실제로 벌어졌던 일과 자기가 법정에서 말했던 내용의 차이를 모르는 것 같더군요."

"돌리가 법정 진술은 자기가 지어낸 내용이었다고 정확하게 인정했습니까?"

"처형의 도움으로 그 애가 지어냈겠지요. 어떻게 굴러간 상황인지 뻔히 상상됩니다. 처형은 이렇게 말했겠죠. '일이 이렇게 된 거야, 그렇지? 너희 아빠가 총을 쥐고 있는 걸 봤지, 안 그래?' 그 후로 꼬마는 자기한테 제시된 이야기를 믿어버린 겁니다."

"앨리스 젱크스 양이 고의로 당신을 모함하려고 했을까요?"

"본인은 그렇게 표현하지 않을 겁니다. 처형은 내가 유죄라는 걸 엄연한 사실로 생각할 테니까요. 자기는 단지 내가 확실히 벌을 받도록 만들었을 뿐이라고 여기겠죠. 자기가 증거를 조작하고 있다는 것도 모른 채 꼬마에게 대사를 주입했을 겁니다. 우리 친애하는 처형은 늘 나를 못 잡아먹어 안달이었으니까요."

"젱크스 양이 동생도 잡아먹으려고 했습니까?"

"코니? 처형은 코니를 애지중지했죠. 코니에게 처형은 언니라기보다 엄마 같았습니다. 나이 차이가 열네다섯 살 났죠."

"아까 젱크스 양이 동생을 독차지하고 싶어 했다고 말했지요. 그런데 젱크스 양이 브래드쇼에 대해서 알게 되었다면 동생에 대한 감정이 바뀌지 않았을까요."

"그 정도는 아니었을 겁니다. 게다가 누가 처형에게 알려줬겠습니까?"

"당신 딸이 알렸을지도 모르죠. 당신에게 말했다면 이모에게도 말했을지 모릅니다."

맥기가 고개를 저었다.

생각이 지나치군요."

"그럴 수밖에 없습니다. 이 사건은 아주 깊어서 아직도 바닥이 안 보입니다. 혹시 젱크스 양이 보스턴에서 산 적이 있습니까?"

"내가 알기로는 죽 여기 살았습니다. 처형은 '이 땅의 딸'이지요. 나도 이 땅의 아들이지만 아무도 내게는 메달을 주지 않더군요."

"'이 땅의 딸'이라고 보스턴에 가지 말라는 법은 없죠. 젱크스 양이 연극을 한 적 있습니까? 아니면 머크리디라는 남자와 결혼한 적은? 머리를 붉게 염색한 적은?"

"어느 것도 처형다운 행동이 아닙니다."

나는 그녀의 환상적인 분홍빛 침실을 떠올리며 과연 그럴까 하고 생각했다.

"그건 차라리⋯⋯." 맥기가 말을 하려다가 멈추고는 나를 보며 잠자코 있었다. "아까 권했던 담배 받겠습니다."

나는 그에게 담배를 건네고 불을 붙여주었다.

"무슨 말을 하려고 했습니까?"

"아무것도. 생각이 불쑥 튀어나왔나 봅니다."

"누구를 생각하고 있었습니까?"

"댁이 모르는 사람이오. 관둡시다, 네?"

"어서요, 맥기. 내게는 허심탄회하게 털어놓기로 했잖습니까."

"그래도 개인적인 생각을 품을 권리는 있소. 감옥에서도 그 덕분에 살았는걸."

"이제 감옥을 나왔잖습니까. 계속 밖에 있고 싶지 않습니까?"

"나 대신 딴 사람이 들어가야 한다면, 아니오."

"이런 어수룩한 사람을 봤나. 이번에는 또 누굴 감싸려는 겁니까?"

"아무도."

"매지 게어하디?"

"당신 정신이 나갔구려."

나는 그에게서 더이상 아무것도 알아낼 수 없었다. 오랫동안 서서히 가해지는 감옥의 무게는 사람을 특이한 형상으로 바꿔놓고는 한다. 맥기는 뒤틀린 성자가 되어 있었다.

028

맥기에게 또다시 시련이 닥치려 했다. 내가 선실에서 올라와 조타실로 나왔을 때, 세 남자가 부선거에서 이쪽으로 다가오고 있었다. 남자들의 몸과 모자를 쓴 머리통이 타오르는 석양을 배경으로 어두운 쇠처럼 보였다.

한 명이 내게 보안관보 배지와 총을 보여주었다. 그가 내게 총을 겨누고 있는 동안 나머지 둘이 아래로 내려갔다. 맥기가 소리지르는 것이 단 한 번 들렸다. 그러고는 손목에 시퍼런 수갑을 차고 등에 시퍼런 총구를 붙인 채 밀치락달치락하면서 해치를 열고 올라왔다. 맥기가 내게 던진 눈길은 두려움과 혐오로 가득차 있었다.

그들은 내게는 수갑을 채우지 않았지만, 앞좌석과 칸막이로 차단된 보안관 차 뒷좌석에서 맥기와 함께 타고 법원으로 가도록 요구했다. 나는 맥기에게 말을 붙이려고 했다. 그러나 그는 내게 말을 하지도, 내 쪽을 보지도 않았다. 그는 내가 자신을 고발했다고 믿고 있었다. 어쩌면 정말로 내가 그랬을지도 몰랐다.

나는 취조실 밖에서 감시를 받으며 앉아 있었다. 안에서는 사람들이 목청을 높였다가 낮췄다가 으르렁댔다가 알랑거렸다가 윽박질렀다가 협박했다가 약속했다가 거절했다가 구슬렸다가 하면서 맥기를 신문했다. 크레인 보안관이 도착했다. 보안관은 지친 기색이었지만 거드름을 피우고 있었다. 그가 내 앞에 배를 쑥 내밀고 서서 웃었다.

"당신 친구는 지금 대단히 곤란한 처지요."

"맥기는 십 년 동안 대단히 곤란한 처지였소. 당신도 알 거 아니오. 당신이 맥기에게 누명을 씌우는 데 일조했으니까."

보안관의 뺨에 있는 핏줄들이 적외선 튜브 속 정교한 그물망처럼 빛을 발했다. 보안관이 내게 몸을 숙여 마티니 냄새 나는 말을 내뱉었다.

"그렇게 함부로 지껄였다가는 당장 감옥에 처넣는 수가 있어. 당신 친구가 어떻게 될지 아나? 이번에는 샌퀜틴의 사형실 끝까지 갈 거라고."

"죄가 없으면서도 사형당하는 사람이 그가 처음은 아닐 테지요."

"죄가 없어? 맥기는 대량 살인자야. 우리한테는 그걸 증명할 증거도 있어. 우리 전문가들이 하루 종일 작업해서 결정적인 증거를 확보했단 말이야. 해거티의 시체에 박힌 총알은 맥기의 아내에게서 나왔던 총알과 같은 총에서 나온 거라고. 맥기가 인디언스프링스에서 앨리스 젱크스한테 훔쳤던 그 총 말이야."

보안관을 도발하여 비밀을 누설시키는 데 성공했다. 나는 한 번 더 시도했다.

"그걸 맥기가 훔쳤다는 증거가 어디 있소? 게다가 어떤 경우이든 맥기가 그걸 쐈다는 증거도 없소. 맥기가 십 년 동안 총을 어디다 뒀단 말이오?"

"어딘가 은닉해뒀겠지. 스티븐스의 보트 같은 데. 공범이 대신 보관했을 수도 있고."

"그러고 나서 맥기가 자기 딸에게 누명을 씌우려고 딸의 침대에 숨겼단 말이오?"

"그러고도 남을 놈이야."

"돌았군!"

"나한테 그딴 식으로 지껄이지 마!"

보안관이 배를 포탄처럼 불쑥 내밀며 위협했다.

"보안관님께 그런 식으로 말하면 안 됩니다."

나를 지키던 감시원이 거들었다.

"'돌았다'는 말을 쓰면 안 된다는 법은 없는 걸로 압니다만. 그리고 말이 나왔으니 말인데, 내가 요트로 가서 맥기와 대화한 것도 캘리포니아 법에 전혀 위배되지 않습니다. 나는 변호사를 도와 사건을 조사하고 있고, 어디서든 정보를 얻어서 비밀로 간직할 권리가 있습니다."

"맥기가 거기 있다는 걸 어떻게 알았지?"

"제보를 받았죠."

"스티븐스에게서?"

"스티븐스 씨는 아닙니다. 보안관, 당신하고 나하고 정보를 교환할 수도 있겠는데요. 그러는 당신은 맥기가 거기 있다는 걸 어떻게 알았습니까?"

"나는 용의자하고는 거래하지 않아."

"내가 무슨 일로 용의자입니까? '돌았다'는 말을 써서 법을 어긴 죄?"

"웃기지도 않는군. 당신은 맥기와 함께 잡혀 왔소. 나는 당신을 잡아둘 권리가 있다고."

"나는 변호사에게 전화할 권리가 있습니다. 내 권리를 함부로 무시했다가 어떻게 되는지 보시든가. 나는 새크라멘토에 친구들이 있소."

그 친구들에는 주 법무장관이나 그와 조금이라도 가까운 사람은 포함되지 않았지만, 그냥 그 말의 느낌이 좋았다. 그러나 크레인 보안관은 좋지 않은 듯했다. 보안관은 반쯤 정치인이었다. 그런 사람들이 대개 그렇듯이 그도 불안한 인간이었다. 보안관은 잠시 고민하다가 말했다.

"전화를 써도 좋소."

보안관은 취조실로 들어갔다. 문틈으로 잿빛 얼굴의 맥기가 불빛 밑에서 구부정하게 앉아 있는 모습이 언뜻 보였다. 보안관은 조화롭지 않은 화음에 목소리를 가세했다. 감시원은 나를 작은 곁방으로 안내한 뒤, 전화와 나만 남겨두고 자리를 비켰다. 나는 제리 마크스에게 걸었다. 제리는 고드윈과 돌리와의 약속에 대려고 막 나서는 참이었지만 당장 이쪽으로 오겠다고 했다. 길 스티븐스와 연락이 되면 그도 데리고 오겠다고 했다.

두 사람은 십오 분도 안 되어 함께 나타났다. 스티븐스가 이마 위로 뻗어 나온 흰 머리카락 밑에서 내게 눈길을 쏘아 보냈다. 우리는 공식적으로 모르는 사이라고 장담해두는 듯한, 은밀하고 복잡한 시선이었다. 저 노회한 변호사가 맥기에게 나와 이야기하도록 충고했을 것이라는 짐작이 들었다. 나아가 중간에서 연락을 주선했을지도 모른다. 나는 스티븐스에게는 불가능한 방식으로 맥기가 아는 사실을 이용할 수 있는 입장이니까.

제리 마크스는 인신보호영장 절차를 진행하겠다는 부드러운 협박으로 나를 꺼내는 데 성공했다. 스티븐스는 보안관과 지방 검사보와 함께 그곳에 남았다. 그의 의뢰인을 꺼내는 데는 시간이 더 걸릴 것이다.

중력을 거스르고 하늘로 떨어진 과일 같은 달이 지붕들 위에 높이 걸려 있었다. 달은 거대했고 약간 찌그러져 있었다.

"예쁜데요."

제리가 주차장에서 말했다.

"썩은 오렌지처럼 보이는데."

"추함은 보는 사람의 눈에 있는 거죠. 유명한 정치인의 말마따나, 나는 그걸 엄마 무릎을 비롯한 여러 낮은 관절들에 앉았을 때 배웠답니다." 제리는 로스쿨에서 배운 것을 써먹을 때면 늘 기분이 좋았다. 이번에도 그랬다. 제리는 발뒤꿈치를 든 채 종종걸음으로 차로 가서 시동을 걸었다. "고드윈과의 약속에 늦었습니다."

"브래드쇼의 알리바이를 확인할 시간은 있었습니까?"

"그럼요. 철벽같던데요." 제리가 시내를 통과해 가면서 자세히 설명해주었다. "체온 하강, 혈액 응고 속도 등으로 판단할 때, 검시관보는 해거티 양의 사망 시각이 8시 30분 이후는 아닐 거라고 추정합니다. 브래드쇼 처장은 대략 7시에서 대략 9시 30분까지 백 명이 넘는 증인들 앞에서 앉아 있거나 일어나서 연설했답니다. 내가 그중 세 명에게 확인해봤는데, 동창들 중에서 거의 무작위로 아무나 골랐습니다만, 모두 브래드쇼가 그동안 연사 탁자를 떠나지 않았다고 대답했습니다. 그러니 브래드쇼는 제외됩니다."

"그런 모양이군요."

"실망한 기색인데요, 루."

"조금은 그렇고, 조금은 안도감도 듭니다. 나는 브래드쇼를 좋아하는 편이에요. 그렇지만 그가 범인일 거라고 꽤 확신하고 있었습니다."

요양소에 도착하기까지 남은 몇 분 동안, 나는 제리에게 맥기의 이야기를 간략하게 전달했다. 보안관에게서 들은 말도 전달했다. 제리는 휘파람을 불었을 뿐 별다른 언급은 하지 않았다.

고드윈 박사가 문을 열어주었다. 깨끗한 흰 가운을 걸친 그는 기분 상한 표정이었다.

"늦었군요, 마크스 씨. 막 취소하려던 참이었습니다."

"비상사태가 좀 있었습니다. 저녁 7시쯤 토머스 맥기가 체포되었습니다. 아처 씨가 맥기와 함께 있었던 터라 함께 체포되었거든요."

고드윈이 내게 물었다.

"당신이 맥기와 함께 있었다고요?"

"맥기가 사람을 보내서 나를 불렀습니다. 내게 이것저것 말해주더군요. 어서 맥기의 이야기를 딸의 이야기와 대조해보고 싶습니다."

"미안합니다만, 당신은 이 회합에, 어…… 초대할 수 없습니다." 고드윈은 약간 당황한 듯했다. "전에도 말했듯이, 당신에게는 전문가로서의 면책특권이 없습니다."

"내가 마크스 씨의 지시에 따라 행동한다면 그런 권리가 있습니

● **엄마 무릎을 비롯한 여러 낮은 관절들에 앉았을 때** _ 미국 국무장관 딘 애치슨이 '엄마 무릎에 앉았을 때'라는 관용구를 비틀어서 농담했던 것을 다시 써먹은 것이다.

다. 나는 마크스 씨를 위해 일합니다."

"아처 씨의 말씀이 전부 옳습니다."

제리가 말했다.

고드윈은 마지못해 우리를 들였다. 우리는 외부인이었다. 고드윈의 으슥한 왕국에 끼어든 침입자였다. 나는 이미 그의 자애로운 독재에 대한 신뢰를 잃었지만, 당장은 그 생각을 마음속에 감춰두었다.

고드윈은 돌리가 기다리는 검사실로 우리를 데려갔다. 돌리는 소매 없는 흰 병원복을 입고 푹신한 검사대 한쪽 끝에 앉아 있었다. 앨릭스는 그 앞에서 돌리의 두 손을 잡고 서 있었다. 앨릭스의 눈은 돌리의 얼굴에 못 박혀 있었다. 갈망하고 숭배하는 시선이었다. 돌리는 신자가 한 명뿐인 기묘한 종교의 여사제나 여신 같았다.

돌리의 머리카락은 윤이 흐르고 반드러웠다. 얼굴은 침착했다. 두 눈에서만 시무룩한 초조함과 내면의 빛이 드러났다. 그 눈이 나를 훑었지만, 알아보는 기색은 비치지 않았다.

고드윈이 그녀의 어깨를 건드렸다.

"준비됐니, 돌리?"

"그런 것 같아요."

돌리는 푹신한 검사대에 등을 대고 누웠다. 앨릭스는 계속 그녀의 한쪽 손을 쥐고 있었다.

"킨케이드 씨, 당신은 원한다면 남아도 좋습니다. 당신이 없으면 더 쉬울지도 모르겠지만."

"나는 아니에요." 돌리가 말했다. "앨릭스가 함께 있어야 더 안전한 기분이에요. 앨릭스가 전부 다 알았으면 좋겠어요."

"응. 나도 있고 싶어."

고드윈이 피하주사기를 채우고, 그것을 돌리의 팔에 꽂은 뒤, 흰 살갗에 테이프로 고정시켰다. 그리고 그녀에게 백부터 거꾸로 세라고 했다. 구십육에서 긴장이 돌리의 몸을 빠져나갔고 내면의 빛이 얼굴을 빠져나갔다. 의사가 말을 걸자 산란한 형태로나마 얼굴에 총기가 돌아왔다.

"내 말 들리니, 돌리?"

"들려요."

웅얼거리는 목소리였다.

"크게 말하렴. 안 들리는구나."

"들려요."

돌리가 반복했다. 발음이 약간 흐트러졌다.

"내가 누구지?"

"고드윈 박사님."

"네가 어린아이였을 때 내 사무실에 자주 왔던 걸 기억하니?"

"기억해요."

"누가 널 데리고 왔지?"

"엄마가. 엄마가 앨리스 이모 차로 나를 데려왔어요."

"그때 너희는 어디 살았니?"

"인디언스프링스. 앨리스 이모네 집."

"엄마도 거기에 살았니?"

"엄마도 거기에 살았어요. 엄마도 거기 살았어요."

돌리는 약간 상기되어 술 취한 아이처럼 말했다. 의사가 제리 마크스에게 몸을 돌리며 넘기겠다는 몸짓을 했다. 제리의 검은 눈은 슬퍼 보였다.

제리가 물었다.

"엄마가 죽던 날 밤을 기억합니까?"

"기억해요. 누구세요?"

"제리 마크스예요. 당신 변호사입니다. 나한테는 다 말해도 괜찮아요."

"괜찮아."

앨릭스가 거들었다.

돌리는 잠에 취한 상태에서 제리를 올려다보았다.

"내가 뭘 말하기를 원하세요?"

"그냥 진실을. 나나 다른 사람들이 뭘 원하느냐는 중요하지 않아요. 그냥 기억하는 것을 내게 말해요."

"노력할게요."

"총이 발사되는 소리를 들었나요?"

"들었어요." 돌리는 지금 그 소리를 듣는 것처럼 얼굴을 구겼다.

"나는…… 그 소리가 무서웠어요."

"다른 사람을 봤습니까?"

"곧바로 아래층으로 내려가지는 않았어요. 겁이 났어요."

"창문 밖으로 누군가를 봤습니까?"

"아뇨. 차가 떠나는 소리를 들었어요. 그전에는 그 여자가 달려가는 소리를 들었어요."

"누가 달려가는 소리를 들었다고요?"

제리가 물었다.

"처음에는 앨리스 이모인 줄 알았어요. 그 여자가 엄마랑 문에서 얘기할 때는. 하지만 앨리스 이모일 리는 없어요. 이모는 엄마를 쏘지 않을 테니까. 그리고 이모의 총은 없어졌으니까."

"그걸 어떻게 알지요?"

"이모가 나한테 자기 방에서 가져갔느냐고 물었어요. 내가 총을 훔쳤다면서 빗으로 엉덩이를 때렸어요."

"이모가 언제 당신을 때렸나요?"

"일요일 밤에. 이모가 교회에 갔다 와서요. 엄마가 이모한테 나를 때릴 권리는 없다고 말했어요. 앨리스 이모는 엄마한테 '그럼 네가 총을 가져갔니?' 하고 물었어요."

"어머니가 가져갔습니까?"

"엄마가 그렇게 대답하지는 않았어요. 내가 있을 때는. 엄마랑 이모가 나한테 자러 가라고 했어요."

"당신이 총을 가져간 겁니까?"

"아뇨. 나는 절대로 안 만졌어요. 나는 그게 무서웠어요."

"왜요?"

"앨리스 이모가 무서워서요."

돌리는 뺨이 붉었고 땀을 흘렸다. 돌리가 팔꿈치를 대고 몸을 세우려고 했다. 의사가 달래어 도로 눕히며 주삿바늘을 조정했다. 돌리는 다시 긴장을 풀었다. 제리가 물었다.

"문에서 엄마와 얘기하던 사람이 앨리스 이모였나요?"

"처음에는 그런 줄 알았어요. 이모 목소리 같았어요. 시끄럽고 무시무시한 목소리였거든요. 하지만 앨리스 이모였을 리는 없어요."

"왜 그럴 리 없죠?"

"그냥 그럴 리 없어요."

돌리가 고개를 돌려 귀를 기울이는 자세를 취했다. 반쯤 감긴 눈으로 머리카락이 한 가닥 떨어졌다. 앨릭스가 다정한 손길로 그것을 걷어냈다.

"문에 있던 여자는 엄마와 브래드쇼 씨의 일이 분명한 사실이라고 말했어요. 여자는 우리 아빠한테 직접 들었다고 말했는데, 아빠는 나한테 들은 거에요. 그다음에 여자가 엄마를 쏘고 가버렸어요."

방안에 침묵이 흘렀다. 돌리의 가쁜 숨소리가 들릴 뿐이었다.

꿀처럼 천천히 스며나온 눈물이 관자놀이로 떨어졌다. 핏줄이 푸르게 도드라지고 옴폭 들어간 부분을 앨릭스가 자기 손수건으로 닦아주었다. 제리가 검사대 반대쪽에서 돌리 위로 몸을 숙였다.

"당신은 왜 아빠가 엄마를 쐈다고 말했나요?"

"앨리스 이모가 그러기를 바랐어요. 그러라고 말한 건 아니었지만 알 수 있었어요. 그리고 이모가 내가 한 짓이라고 생각할까 봐 무서웠어요. 이모는 내가 총을 가져가지 않았는데도 총을 가져갔다면서 나를 때렸잖아요. 나는 이모한테 그 사람이 아빠였다고 말했어요. 이모는 나한테 그 말을 시키고 시키고 또 시켰어요."

이제 눈물이 더 많이 흘렀다. 겁먹어 거짓말했던 어린 시절의 자신을 위한 눈물이었고, 고통스럽게 어른이 되고 있는 지금의 자신을 위한 눈물이었다. 앨릭스가 돌리의 두 눈을 닦아주었다. 그도 울음을 터뜨릴 것만 같았다.

내가 물었다.

"그러면 왜 우리한테 당신이 엄마를 죽였다고 말했습니까?"

"누구세요?"

"앨릭스의 친구 루 아처입니다."

"맞아."

앨릭스가 말했다.

돌리가 고개를 들었다가 도로 떨어뜨렸다.

"질문을 잊었어요."

"왜 당신이 엄마를 죽였다고 말했습니까?"

"왜냐하면 다 내 탓이니까요. 내가 아빠한테 엄마와 브래드쇼 씨에 대해서 말했고, 그래서 모든 일이 시작된 거예요."

"그걸 어떻게 알죠?"

"문에 있던 여자가 그렇게 말했어요. 아빠가 여자한테 말한 이야기 때문에 여자가 엄마를 쏘러 온 거예요."

"그 여자가 누구인지 압니까?"

"아니요."

"앨리스 이모였습니까?"

"아니요."

"당신이 아는 사람이었습니까?"

"아니요."

"어머니는 그 여자를 알았나요?"

"모르겠어요. 어쩌면 알았을지도 몰라요."

"어머니가 그 여자를 아는 것처럼 얘기하던가요?"

"이름을 불렀어요."

"뭐라고?"

"티시. 티시라고 불렀어요. 하지만 엄마는 그 여자를 좋아하지 않는 것 같았어요. 엄마도 그 여자를 무서워했어요."

"왜 이 이야기를 지금까지 아무한테도 안 했습니까?"

"왜냐하면 다 내 잘못이니까요."

"그렇지 않아." 앨릭스가 말했다. "너는 어린애였을 뿐이야. 너는 어른들의 일에 책임이 없었어."

고드윈이 손가락을 자기 입술에 대며 앨릭스를 조용히 시켰다. 돌리가 고개를 옆으로 이리저리 굴렸다.

"다 내 잘못이야."

"충분히 오래했습니다." 고드윈이 제리에게 속삭였다. "돌리는 진전을 보였어요. 나는 이 기회에 그걸 굳히고 싶습니다."

"하지만 해거티 사건은 꺼내지도 못했습니다."

"그러면 짧게 하십시오." 고드윈이 돌리에게 말했다. "돌리, 지난 금요일 밤에 대해서 말할 수 있겠니?"

"그녀를 발견한 것에 대해서는 싫어요."

돌리가 눈이 안 보일 때까지 얼굴을 찡그렸다.

"시신을 발견한 정황을 자세히 말할 필요는 없어요. 하지만 왜 거기 갔었나요?"

제리가 물었다.

"헬렌하고 이야기하고 싶었어요. 나는 가끔 언덕을 걸어 올라가서 헬렌하고 이야기하곤 했어요. 우리는 친구였어요."

"어떻게 친구가 됐죠?"

"내가 헬렌의 비위를 맞춰서." 기이할 정도로 순진한 솔직함이었다. "처음에는 헬렌이 그 여자인지도 모른다고 생각했어요. 우리 엄마를 쏜 여자. 학교에는 헬렌이 브래드쇼 처장과 가까운 사이라는 소문이 돌았거든요.”

“당신이 학교에 들어간 건 그 여자를 찾기 위해서였나요?”

“네. 하지만 헬렌은 그 여자가 아니었어요. 알고 보니 헬렌은 이 도시에 처음 온 거였어요. 헬렌은 브래드쇼와 아무 관계도 아니라고 말했어요. 나는 헬렌을 이 일에 끌어들일 자격이 없었어요.”

“어떻게 그녀를 끌어들였는데요?”

“헬렌에게 모든 것을 다 말했어요. 우리 엄마하고 브래드쇼하고 살인하고 현관에 찾아온 여자까지. 헬렌은 너무 많이 알았기 때문에 살해된 거예요.”

내가 말했다.

“그럴지도 모르지만, 헬렌은 그 이야기를 당신에게 들어서 안 게 아니었습니다.”

“아니에요! 내가 헬렌에게 모든 걸 다 말했다고요!”

고드윈이 내 소매를 당겼다.

“돌리와 논쟁하지 마세요. 돌리는 빠르게 벗어나고 있지만, 마음은 아직도 무의식 차원에서 작동하고 있습니다.”

“헬렌이 당신에게 이것저것 물었습니까?”

내가 돌리에게 물었다.

“네. 헬렌이 나한테 이것저것 물었어요.”

“그렇다면 당신이 헬렌에게 억지로 정보를 맡긴 건 아니군요.”

“네. 헬렌이 알고 싶어 했어요.”

"헬렌은 뭘 알고 싶어 했습니까?"

"브래드쇼 처장과 우리 엄마에 관한 모든 것을."

"왜 궁금하다고 하던가요?"

"헬렌은 내 성전聖戰을 돕고 싶어 했어요. 나는 호텔에서 아빠하고 이야기한 다음에 일종의 성전에 나섰거든요. 어린애들의 성전." 돌리의 킥킥거리는 웃음은 목을 빠져나오기도 전에 흐느낌으로 바뀌었다. "그래서 얻은 건 좋은 친구였던 헬렌의 죽음밖에 없어요. 헬렌의 시체를 발견했을 때……."

돌리의 눈이 번쩍 커졌다. 입도 번쩍 벌어졌다. 몸이 딱딱해졌다. 죽은 사람의 강직을 흉내내는 것처럼. 돌리는 십오 초나 이십 초쯤 그 상태로 있었다.

"엄마를 다시 발견한 것 같았어요." 돌리는 작게 말한 뒤 완전히 깨어났다. "됐어요?"

"됐어."

앨릭스가 대답했다.

앨릭스가 돌리를 도와 앉혔다. 돌리가 앨릭스에게 기대면서 머리카락이 그의 어깨를 덮었다. 몇 분 뒤에 그녀는 여전히 그에게 기댄 채 복도를 걸어 자기 방으로 갔다. 두 사람은 남편과 아내처럼 걸어갔다.

고드윈이 검사실 문을 닫았다. "두 분이 원하던 것을 얻었기를 바랍니다." 약간 넌더리 내는 말투였다.

"돌리는 아주 거리낌 없이 말하더군요."

제리가 말했다. 제리는 이 경험으로 진이 빠진 모습이었다.

"우연이 아닙니다. 내가 사흘 동안 준비시켰습니다. 당신에게 요전에도 말했듯이, 펜토탈은 진실을 보장하는 약물이 아닙니다. 환자가 거짓말하기로 마음먹으면 최면제도 막을 수 없습니다."

"돌리가 진실을 말하지 않았다는 뜻입니까?"

"아니요. 나는 돌리가 진실을 말했다고 믿습니다. 자기가 아는 한에서는. 이제 내 숙제는 돌리의 의식을 더 확장시켜서 완전히 깨치도록 만드는 겁니다. 두 분은 이만 가주시겠습니까?"

"잠깐만." 내가 붙잡았다. "잠깐은 시간을 내줄 수 있겠지요, 박사. 나는 당신이 수중에 갖고 있던 사실들을 캐내느라고 사흘이라는 시간과 킨케이드 씨의 돈을 꽤 많이 허비했습니다."

"그랬습니까?"

고드윈이 차갑게 대답했다.

"그랬습니다. 브래드쇼와 콘스턴스 맥기가 사귀었다는 사실을 알려주기만 했어도 일이 크게 덜어졌을 겁니다."

"미안하지만 나는 탐정들의 일을 덜어주려고 있는 사람이 아닙니다. 이것은 윤리가 결부된 문제이지만, 당신은 아마 이해를 못 하겠지요. 마크스 씨는 이해할 것 같습니다만."

"나는 모르는 내용입니다." 제리는 이렇게 말하면서도 분쟁을 예상하는 듯이 우리 사이에 끼어들어 내 어깨를 건드렸다. "갑시다. 루. 박사님은 자기 일을 하게 내버려둡시다. 박사님이 훌륭하게 협조해주지 않았습니까."

"누구한테? 브래드쇼한테?"

고드윈의 얼굴이 창백하게 질렸다.

"내 최우선 의무는 환자들입니다."

"그들이 사람을 죽여도 말입니까?"

"그렇습니다. 하지만 내가 로이 브래드쇼를 친밀하게 아는 사람으로서 장담하는데, 그는 누구를 죽일 위인이 못 됩니다. 그가 콘스턴스 맥기를 죽이지 않은 것은 확실합니다. 그는 그녀를 열렬히 사랑하고 있었습니다."

"열정은 좋을 수도 나쁠 수도 있는 겁니다."

"그는 그녀를 죽이지 않았습니다."

"이틀 전에 당신은 맥기가 죽였다고 장담했지요. 당신도 틀릴 수 있습니다, 박사."

"나도 압니다. 하지만 로이 브래드쇼에 대해서는 아닙니다. 그 남자는 비극적인 인생을 산 사람입니다."

"뭐가 그리 비극적인지 이야기해보십시오."

"그가 직접 당신에게 말해야 합니다. 나는 풋내기 수사관이 아닙니다, 아처 씨. 나는 의사입니다."

"브래드쇼가 최근에 이혼한 여자, 티시 아니면 러티샤라는 여자는 어떻습니까? 그녀를 압니까?"

고드윈은 묵묵히 나를 보았다. 눈동자에 슬픈 이해가 깃들어 있었다. 이윽고 그가 입을 열었다.

"그녀에 대해서는 로이에게 물어봐야 할 겁니다."

029

제리는 맥기에게 질문하기 위해서 법원으로 간다고 했다. 도중에 내가 차를 세워놓은 항구에 나를 내려주었다. 이제 높이 떠 있는 달은 제대로 된 형태와 색깔을 되찾았다. 달빛 때문에 정박지의 요트들이 유령 함대처럼 보였다.

나는 매지 게어하디와 이야기를 나누기 위해서 모텔로 돌아갔다. 여자는 사라지고 없었다. 파인트 병에 든 내 위스키와 함께. 침대에 앉아 여자의 집으로 전화를 걸었지만 받지 않았다.

나는 브래드쇼 저택으로 걸었다. 늙은 브래드쇼 부인은 전화기 옆에 아주 진을 치고 앉은 것 같았다. 벨이 울리자마자 부인이 수화기를 들고 떨리는 목소리로 말했다.

"여보세요?"

"아처입니다. 아드님이 집에 안 왔군요?"

"맞아요. 너무너무 걱정스러워요. 토요일 아침 일찍 이후로 그 애 얼굴을 보지도 목소리를 듣지도 못했어요. 그 애 친구들에게 전화를 돌렸는데…….."

"저라면 그렇게 안 하겠습니다, 부인."

"뭐라도 해야죠."

"아무것도 안 하는 게 더 나을 때도 있습니다. 가만히 기다리세요."

"그럴 수 없어요. 당신 말은 지금 뭔가 나쁜 일이 벌어졌다는 건가요?"

"부인도 알지 않습니까."

"그게 그 끔찍한 여자, 머크리디와 상관있나요?"

"그렇습니다. 그 여자가 어디 있는지 알아내야 합니다. 제 생각에 아드님이 틀림없이 알 것 같습니다만, 아드님은 연락이 안 되는군요. 아드님이 보스턴을 떠난 뒤로 그 여자를 만나지 않은 게 확실합니까?"

"그럴 거예요. 나는 여자를 딱 한 번 봤을 뿐이에요. 나한테 돈을 뜯어내러 왔을 때."

"여자의 외모를 묘사해보시겠습니까?"

"이미 했었는데요."

"더 자세하게 부탁합니다. 아주 중요합니다."

브래드쇼 부인은 잠자코 생각했다. 전화선을 통해 숨소리가 들렸다. 희미하고 규칙적이고 쉰 듯한 숨소리였다.

"그게, 몸집이 꽤 컸어요. 키가 나보다 컸고, 빨강머리였습니다. 머리카락은 단발이었어요. 몸매가 꽤 좋았고, 육감적으로요. 이목구비도 꽤 예뻤어요. 야하게 예쁘다고 할까요. 눈은 초록색이었어요. 탁한 초록색인데 내 맘에는 전혀 안 들었어요. 화장을 아주 진하게 했고요, 그냥 나다니는 것보다 무대에 서는 게 더 어울릴 만큼. 그리고 흉측할 정도로 꾸며 입었어요."

"어떤 옷을 입었습니까?"

"이십 년이나 지났는데 그게 의미가 있을까요. 아무튼 표범 가죽, 물론 인조 표범 무늬 코트를 입었고, 보자, 그 밑에는 뭔가 줄무늬 옷을 입었던 것 같아요. 속이 다 비치는 스타킹은 올도 나갔고. 우스꽝스럽게 높은 힐. 모조 보석도 잔뜩."

"말투는 어땠습니까?"

"거리의 여자 같았죠. 탐욕스럽고 나대고 색정적인 여자."

브래드쇼 부인의 목소리에 담긴 도덕적 의분에 나는 조금도 놀라지 않았다. 부인은 그 여자에게 로이를 빼앗길 뻔했던 것이다. 어쩌면 아직도.

"여자를 다시 보면 알아보시겠습니까? 다른 옷을 입고, 머리카락을 다른 색깔로 바꿨더라도?"

"알아볼 것 같군요. 찬찬히 뜯어볼 기회가 있다면."

"그녀를 찾고 나면 기회가 있을 겁니다."

눈동자 색은 머리카락 색보다 바꾸기 어려울 것 같았다. 사건에 관련된 여자들 중에서 눈동자가 초록색인 여자는 로라 서덜랜드뿐이었다. 서덜랜드는 눈에 띄게 훌륭한 몸매와 얼굴도 가졌다. 그러나 다른 점들은 머크리디에 대한 묘사와 맞지 않는 것 같았다. 어쩌면 그동안 변한 것일지도 모른다. 나는 그 절반도 안 되는 시간 만에 못 알아볼 정도로 변한 여자들을 많이 보았다.

"브래드쇼 부인, 로라 서덜랜드를 아십니까?"

"약간 알아요."

"서덜랜드 양이 머크리디라는 여자와 닮았나요?"

"그걸 왜 묻죠?" 말꼬리가 올라갔다. "로라를 의심하나요?"

"그렇게까지 비약하진 않겠습니다. 하지만 제 질문에 아직 대답하지 않으셨습니다."

"같은 여자일 리 없어요. 전혀 다른 타입이에요."

"기본적인 신체적 특징은 어떻습니까?"

"조금 비슷한 것도 같네요." 부인은 미심쩍은 듯 말했다. "로이는 언제나 뻔히 포유류인 것이 드러나는 여자한테 끌렸지요."

그리고 뻔히 엄마 같은 타입들에게.

"질문이 하나 더 있습니다. 좀 개인적인 질문입니다."

"뭔가요?"

부인은 타격을 받을 것에 대비해 마음을 다잡는 듯했다.

"로이가 고드윈 박사의 환자였다는 사실을 부인도 아마 아시겠죠."

"고드윈 박사의 환자? 믿기지 않는군요. 로이는 나 몰래 그러지 않아요."

부인은 냉소적이라 할 만한 시선으로 아들의 성격을 꿰뚫어 보았으나 아들의 일에 관해선 까막눈이나 다름없는 듯했다.

"고드윈 박사가 그렇게 말했습니다. 몇 년 동안 다닌 모양입니다."

"착오가 있었을 거예요. 로이는 정신에 아무 문제가 없습니다." 떨리는 침묵이 느껴졌다. "혹시 있을까요?"

"저는 부인에게 그걸 물으려고 했습니다만, 이렇게 이야기를 꺼낸 꼴이 되어 죄송합니다. 가볍게 받아들이십시오, 부인."

"어떻게 그러겠어요, 우리 애가 위험에 처했는데?"

부인은 겁먹은 늙은 귀에 담을 위로를 뽑아내면서 나를 계속 전화에 묶어두려 했지만, 나는 안녕히 주무시라고 인사하고 끊었다. 용의자가 한 명 지워졌다. 매지 게어하디. 매지 게어하디에게는 묘사가 맞지 않았다. 사실 애초에 맞을 가능성도 없었다. 로라는 아직 가망이 있었다.

물론 브래드쇼가 로라와 이혼하고 곧바로 로라와 재혼한다는 것은 말이 되지 않았다. 그러나 브래드쇼가 최근에 로라와 결혼했다는 사실을 나는 브래드쇼의 입으로 들었을 뿐이다. 그의 말이 고무줄처럼 잘 늘어나는 동시에 쉽게 끊어진다는 것을 차츰 깨닫는 중이었다. 로라의 주소를 찾아보았다. 그녀는 칼리지하이츠에 살고 있었다. 주소를 수첩에 베껴 적고 있을 때 전화가 울렸다.

제리 마크스였다. 제리에 따르면 맥기는 자기 아내와 브래드쇼 사이의 정분을 티시라는 여자에게든 다른 누구에게든 알려준 적 없다고 주장하고 있었다. 맥기가 그 문제를 의논한 사람은 오로지 브래드쇼뿐이라고 했다.

"브래드쇼가 여자에게 말했을 수도 있습니다." 내가 말했다. "아니면 여자가 브래드쇼와 맥기의 대화를 엿들었을 수도 있고."

"가능성은 있지만 그럴 것 같진 않은데요. 맥기는 브래드쇼의 집에서 이야기를 나눴답니다."

"어머니가 집을 비운 동안 여자를 불러들였을지도 모르죠."

"여자가 이 근처에 살까요?"

"적어도 캘리포니아 남부에 살 겁니다. 나는 브래드쇼가 그 여자와 이중생활을 꾸려왔다고 보고, 그 여자가 맥기와 해거티 살인을 둘 다 저질렀다고 믿습니다. 브래드쇼의 어머니로부터 여자에 대한 상세한 인상착의를 들었어요. 경찰에 전달하는 편이 좋겠습니다. 옆에 적을 것 있습니까?"

"네. 지금 보안관 책상에 앉아 있어요."

나는 러티샤 머크리디의 인상착의를 읊어주었다. 그러나 로라

서덜랜드에 대해서는 언급하지 않았다. 로라와는 직접 이야기해보고 싶었다.

칼리지하이츠는 캠퍼스에서 시내 반대쪽으로 좀더 가야 있는 외딴 교외 지역이었다. 규격형 주택단지와 남학생 회관, 두 세대용 주택과 아파트가 두서없이 섞여 있었다. 그 틈틈이 '팝니다' 표지판이 꽂힌 공터가 산재해 있었다. 불 켜진 남학생 회관에서 기타를 치는 남학생이 이 땅은 그대와 나의 것이라고 노래하고 있었다.

로라는 그중 괜찮은 축에 드는 아파트에 살았다. 수영장을 포함한 개방형 안뜰을 둘러싸고 있는 아파트였다. 수영장 가에 놓인 접의자에 앉아 모기를 때려잡던 셔츠 차림의 남자가 그녀의 집 대문을 가리키면서, 은근히 만족스러운 투로 자기가 아파트 주인이라고 말했다.

"지금 저 집에 누가 와 있습니까?"

"아닐걸요. 손님이 있기는 했는데, 그 사람은 집에 갔습니다."

"누구였습니까?"

남자가 내 얼굴을 빤히 올려다보았다.

"형씨, 그건 저 여자 사생활이오."

"대학의 브래드쇼 처장이었겠지요."

"알면서 왜 물으쇼?"

나는 뜰 안쪽으로 걸어가서 로라의 집 대문을 두드렸다. 로라가 사슬을 건 채 문을 열었다. 장밋빛 아름다움이 많이 사라진 얼굴이었다. 상중인 사람처럼 검은 정장을 입고 있었다.

"왜 그러시죠? 시간이 늦었습니다."

"잠시 이야기를 나누기에도 너무 늦었습니까, 브래드쇼 부인?"

"나는 브래드쇼 부인이 아닙니다. 결혼하지도 않았어요."

그다지 설득력 없는 말투였다.

"어젯밤에 로이는 두 분이 결혼했다고 말했습니다. 둘 중 누가 거짓말을 하는 겁니까?"

"제발, 집주인이 밖에 있어요." 로라는 사슬을 풀고 문을 열어 쐐기 모양의 불빛을 넓히면서 그늘로 물러났다. "꼭 그래야겠다면 들어오세요."

내가 들어간 뒤 그녀는 문을 닫고 사슬을 채웠다. 나는 방이 아니라 그녀를 응시하고 있었지만, 취향 좋게 꾸며진 공간이라는 느낌이 들었다. 갓을 씌운 불빛들이 나무와 도자기로 된 물건들을 평화롭게 비추고 있었다. 나는 로라의 얼굴에서 현재와는 전혀 다른 과거의 흔적을 찾아보았다. 눈에 보이는 흔적은 없었다. 잔인한 주름도, 방탕으로 처진 살도 없었다. 그러나 그녀의 마음에는 평온함이 없었다. 그녀는 나를 도둑 보듯이 보고 있었다.

"뭘 겁내고 있습니까?"

"겁내는 것 없어요." 그녀는 겁내는 목소리로 대답했다. 그러고는 한 손을 목에 대어 목소리를 통제하려고 했다. "당신이 내 집에 난입해서 사적인 발언을 하는 게 싫을 뿐입니다."

"당신이 나를 초대하지 않았습니까, 굳이 따지자면."

"당신이 자꾸 부적절한 말을 하니까 그런 것뿐이에요."

"결혼한 이름으로 부른 것뿐입니다. 거기에 무슨 이의 있습니까?"

"전혀 이의 없습니다." 그녀가 힘없이 미소 지었다. "아주 자랑스럽습니다. 하지만 남편과 나는 그 사실을 비밀로 하고 있어요."

"러티샤 머크리디한테 비밀로 하는 겁니까?"

로라는 이 이름에 이렇다 할 반응을 보이지 않았다. 로라가 머크리디일지도 모른다는 생각은 벌써 접었다. 제아무리 몸매와 피부를 잘 보전했다고 하더라도 로라는 너무 젊었다. 브래드쇼가 러티샤를 만났을 때 로라는 기껏해야 십 대 소녀였을 것이다.

"러티샤 누구요?"

"러티샤 머크리디. 티시라고도 합니다."

"누굴 말하는 건지 모르겠습니다."

"정말로 듣고 싶다면 말해드리겠습니다. 앉아도 될까요?"

"그러세요."

그다지 따뜻하지 않은 말투였다. 나는 나쁜 소식을 갖고 온 전령이었다. 옛날이라면 사람들 손에 죽었을 것이다.

나는 부드러운 가죽 의자에 앉아 벽에 등을 기댔다. 로라는 계속 서 있었다.

"당신은 로이 브래드쇼를 사랑하지요?"

"그러니까 결혼했죠."

"정확히 언제 했습니까?"

"지난 토요일에서 이 주 전, 9월 10일." 그날의 기억과 함께 그녀의 뺨에 화색이 약간 돌아왔다. "로이가 유럽 여행에서 막 돌아왔을 때예요. 우리는 즉흥적으로 리노에 가기로 결정했죠."

"그전에 여름에도 리노에서 로이와 함께 잠시 지냈습니까?"

로라는 혼란스러운 듯 찌푸린 얼굴을 흔들었다.

"리노에 가자는 건 누구 생각이었습니까?"

"로이 생각이었지만 나는 기꺼이 그럴 마음이었어요. 그럴 마음이 든 지 한참 되었지요."

로라가 불쑥 솔직하게 덧붙였다.

"무엇이 결혼을 막고 있었지요?"

"정확히 말하면 결혼을 막은 건 없었습니다. 여러 이유 때문에 연기했을 뿐이에요. 브래드쇼 부인은 집착이 강한 분이고, 로이는 봉급 외에 가진 게 없습니다. 돈 얘기처럼 들리겠지만……."

로라는 약간 당황하면서 말을 멎고 더 나은 표현을 생각하려 애썼다.

"로이의 어머니는 몇 살입니까?"

"육십 대일 겁니다. 왜요?"

"그분은 병약하다고는 해도 정정합니다. 앞으로도 오래 사실 겁니다."

로라의 눈에 아름답고 오래된 빙산의 불꽃이 튀었다. "우리는 그분이 죽길 기다리는 게 아닙니다. 그런 게 아니냐고 말하고 싶은 거죠? 우리는 심리적으로 적당한 순간을 기다리는 겁니다. 로이는 어머니를 설득해서 보다 이성적인 견해를 가지시게 하려는 거예요. 그러니까…… 나에 대해서요. 그동안은……." 로라가 말을 자르고 불신의 눈길로 나를 보았다. "하지만 이건 당신과는 무관한 일이에요. 당신은 머크리디라는 여자에 대해 알려주겠다고 했지요. 그게 누군지는 모르겠지만, 티시 머크리디? 가짜 이름처럼 들리는군요."

"그 여자의 존재가 가짜가 아니라는 사실만큼은 분명합니다. 당신 남편은 당신과 결혼하기 직전에 리노에서 그 여자와 이혼했습니다."

로라가 갑자기 다리 힘이 풀린 듯 의자로 가서 털썩 앉았다.

"믿을 수 없어요. 로이는 결혼한 적 없어요."

"있습니다. 로이의 어머니도 한참 버티다가 결국 인정했죠. 로이가 하버드에 다닐 때 맺어졌던 부적절한 결혼이었답니다. 하지만 로이는 올해 여름까지 기다려서야 이혼했습니다. 그러려고 칠월에 잠깐, 이어서 팔월 내내 네바다에 있으면서 주거를 확정했지요."

"당신이 착각했군요. 로이는 그동안 유럽에 있었습니다."

"그걸 증명할 편지와 엽서를 갖고 있겠죠?"

"네, 그럼요."

로라는 근심을 던 미소로 대답했다.

로라가 다른 방에서 붉은 리본으로 묶인 우편물을 한 줌 가지고 돌아왔다. 나는 엽서를 뒤적여 시간순으로 정렬했다. 런던탑(소인은 7월 18일 런던), 보들리언 도서관(7월 21일 옥스퍼드), 죽 나가다가 영국식 정원의 경치가 실린 엽서까지(8월 25일 뮌헨). 브래드쇼는 마지막 엽서의 뒷면에 이렇게 썼다.

사랑하는 로라

어제는 베르히테스가덴의 히틀러 둥지를 방문했습니다. 아름다운 곳이지만 연상되는 생각들 때문에 으스스하더군요. 오늘은 어제와는 대조적인 분위기로, 버스를 타고 오버아메르가우에 다녀왔습니다. 수난극이 공연되는 곳이지요. 마을 사람들이 성서적인 소박함을 지키고 사는 모습에 깊은 인상을 받았습니다. 바이에른 시골에서는 어딜 가나 너무나도 멋진 작은 교회들을 볼 수 있답니다. 함께 그 풍경을 즐길 수 있다면 좋을 텐데요! 여름을 외롭게 보내고 있다니 안타깝습니다. 그래도 여름은 곧 끝날 테고, 나로 말하자면 유럽의 장관에 등을 돌리고 행복한 마음으로 돌아가겠습니다. 사랑을 담아.

로이

나는 믿기지 않는 내용을 거듭 읽어보았다. 브래드쇼 부인이 보여주었던 엽서와 거의 단어 하나까지 똑같았다. 브래드쇼의 처지에 이입해보려고 노력했다. 그의 동기를 헤아려보려고 노력했다. 그러나 인간이 대체 얼마나 속수무책으로 분열되어 있으면, 혹은 자기 자신을 조롱하거나 이용하는 데 대체 얼마나 익숙하면 이처럼 어머니와 약혼녀에게 똑같은 말로 거짓말하는 엽서를 보낼 수 있는지, 나로서는 도저히 상상할 수 없었다.

"뭐가 문제인가요?"

로라가 물었다.

"모든 것이."

나는 로라에게 우편물을 돌려주었다. 그녀는 그것들을 사랑스럽다는 듯이 다루었다.

"로이가 쓴 게 아니라는 말은 하지 마요. 로이의 필체와 문장이니까."

"로이는 리노에서 그걸 썼습니다. 그리고 유럽을 여행하는 친구나 공모자에게 보내서 재발송시켰습니다."

"당신 지금, 뭘 알고 하는 말인가요?"

"안타깝지만 그렇습니다. 혹시 로이를 도왔을 만한 친구를 압니까?"

로라가 아랫입술을 깨물었다.

"고드윈 박사가 여름에 유럽 여행을 했습니다. 박사와 로이는 아주 친하죠. 사실 로이는 오랫동안 그의 환자였어요."

"로이는 어떤 문제로 고드윈의 치료를 받았습니까?"

"이야기를 제대로 나눈 적은 없어요. 하지만 내가 짐작하기로는 로이의 지나친…… 지나친 어머니 의존과 관계있었던 것 같습니다." 로라의 목에서 광대뼈로 서서히 성난 열기가 피어올랐다. 그러나 그 주제를 외면했다. "하지만 왜 다 큰 남자 둘이 힘을 합쳐서 한심한 편지 쓰기 놀이를 했죠?"

"확실히는 모르겠습니다. 아마도 당신 남편의 직업적 야망이 작용했을 겁니다. 로이는 잘못된 옛 결혼과 이혼에 대해 남들이 알기를 원치 않았고, 매사를 비밀로 하기 위해서 대단한 노력을 기울였습니다. 로이는 당신에게 보낸 엽서와 편지를 자기 어머니에게도 보냈습니다. 아마 러티샤에게도 똑같은 엽서들을 보냈을 겁니다."

"그녀는 누구죠? 어디에 살죠?"

"이 동네에 살 거라고 봅니다. 적어도 지난 금요일 밤까지는 이 동네에 살았을 겁니다. 그 여자가 십 년 동안 여기 살았을 가능성이 높습니다. 남편이 당신처럼 가까운 사람에게도 그 사실을 누설하지 않았다는 게 놀랍군요."

로라는 여태 내 앞에 서 있었다. 나는 고개를 들어 그녀의 얼굴을 보았다. 눈빛이 무거웠다. 그녀가 고개를 저었다.

"어떻게 보면 놀라운 일이 아닐 수도 있겠군요. 당신 남편은 남들을 기만하고 여러 차원에서 살아가는 데 능숙합니다. 어쩌면 자기 자신노 어느 정도 기만하고 있을 겁니다. 엄마 품을 벗어나지 못하는 남자들이 가끔 그렇습니다. 온실에서 벗어날 작은 탈출구를 필요로 하는 것이지요."

로라의 가슴이 울렁였다. "로이는 엄마 품에 싸인 소년이 아닙니다. 어렸을 때는 문제가 있었을지 몰라도 지금은 남자다운 남자예요. 나는 로이가 나를 사랑한다는 걸 압니다. 여기에는 이유가 있을 거예요." 그녀는 손에 들린 엽서와 편지를 내려다보았다.

"이유야 있겠지요. 나는 그 이유가 두 건의 살인과 관계있을 거라고 추측합니다. 티시 머크리디는 두 살인의 유력한 용의자입니다."

"두 건의 살인?"

"사실은 세 건입니다. 이십이 년의 간격을 두고 벌어졌지요. 지난 금요일 밤의 헬렌 해거티, 십 년 전의 콘스턴스 맥기, 전쟁 전에 일리노이에서 살해된 루크 델로니."

"델로니?"

"루크 델로니. 당신은 모르는 사람이겠지만 티시 머크리디는 알 겁니다."

"서프하우스의 델로니 부인과 관계있는 사람인가요?"

"부인이 그의 아내였죠. 부인을 압니까?"

"개인적으로는 몰라요. 하지만 로이가 우리집에서 나서기 직전에 부인과 통화했습니다."

"로이가 뭐라고 말하던가요?"

"그냥 그쪽으로 부인을 만나러 가겠다고요. 내가 누구냐고 물었지만, 로이가 너무 서둘러서 설명할 시간이 없었어요."

나는 자리에서 일어났다.

"자 그럼, 나는 호텔로 그를 찾으러 가보겠습니다. 하루 종일 그를 찾아다녔습니다."

"로이는 여기에서 나와 함께 있었어요." 로라는 자기도 모르게 살짝 미소 지었지만 눈동자는 여전히 혼란스러웠다. "로이에게 내가 알려줬다고 말하지 마세요. 내가 당신에게 모두 다 말했다고도 하지 마세요."

"노력은 하겠지만 말이 나올지도 모릅니다."

나는 현관으로 가서 문을 열려고 했다. 사슬 때문에 잠시 시간이 걸렸다.

로라가 뒤에서 말했다.

"잠깐만요, 뭔가 기억났어요⋯⋯. 로이가 빌려준 시집에 그이가 적어둔 말이 있었는데."

"뭐라고 적었는데요?"

"그 여자 이름을."

로라는 옆방으로 갔다. 문에 엉덩이가 부딪혀 브래드쇼의 엽서와 편지가 손에서 떨어졌지만, 멈춰서 줍지 않았다.

돌아온 로라는 책장을 펼쳐 무턱대고 내게 들이밀었다. 낡은 책은 예이츠의 『시선집』으로, 「어린 학생들 사이에서」라는 시 부분이 펼쳐져 있었다. 넷째 연에서 첫 네 행에 연필로 밑줄이 그어져 있었고, 그 옆에 브래드쇼의 필치로 달랑 한 단어가 적혀 있었다. '티시'.

나는 네 행을 속으로 읽었다.

그녀의 현재 모습이 마음에 떠오른다……

15세기의 손가락들이 그것을 만들었나

바람을 마시고 고기 대신 그림자를 잔뜩 먹은 것처럼

홀쭉하게 꺼진 뺨을?

무슨 뜻인지 확실하게 알 수 없어 대강 "그렇군요" 하고 말했다. 로라가 씁쓸하게 대꾸했다.

"로이가 아직 그녀를 사랑한다는 뜻이지요. 예이츠가 모드 곤에 대해서 쓴 시입니다. 예이츠가 평생 사랑했던 여자죠. 로이는 내게 티시에 대해서 알려주려고 예이츠를 빌려줬을지도 몰라요. 아주 섬세한 사람이니까요."

"그는 아마 오래전에 이름을 적어놓고는 잊어버렸을 겁니다. 그가 아직도 그녀를 사랑한다면 그녀와 이혼하고 당신과 결혼하지는 않았을 테니까요. 하지만 당신들의 결혼이 법적으로 유효하지 않을지도 모릅니다."

"법적으로 유효하지 않다고요?" 로라는 관습적인 사람이라 그 가능성에 불쾌해했다. "하지만 우리는 리노에서 판사를 모시고 결혼했는데요."

"티시와의 이혼이 무효화될지도 모릅니다. 내가 듣기로 그녀는 브래드쇼의 행동에 대해 제대로 고지받지 못했습니다. 그러니까 캘리포니아 법률에 따르면, 그녀가 계속 결혼을 유지하길 바랄 경우에 로이는 여전히 그녀와 혼인중인 겁니다."

로라는 고개를 저으면서 내 손에서 시집을 가져가 의자에 내던졌다. 그 통에 책갈피에서 종이 한 장이 나풀거리며 떨어졌다. 나는 바닥에 떨어진 종이를 주웠다.

그것도 시였다. 브래드쇼가 손으로 쓴 시였다.

로라에게

빛이 어둠이고
어둠이 빛이라면,
밤의 광휘 속에서
달은 검은 구멍이겠지.

까마귀의 날개는
주석처럼 밝겠지.
그렇다면 내 사랑 당신은,
죄보다도 더 어두울 거야.

나는 똑같은 시를 아침 식사 자리에서 아니와 필리스에게 소리

내어 읽어준 일이 있었다. 그것은 이십몇 년 전에 브리지턴의 《브리지턴 블레이저》에 실렸던 시였고, G.R.B.라는 머리글자가 서명되어 있었다. 순간 머릿속에서 부유하던 단어들이 서로 연결되는 것을 느꼈다. 브리지턴과 퍼시픽포인트가 노호하는 시간의 흐름을 거쳐 하나로 이어졌다. G.R.B. 조지 로이 브래드쇼.

"로이가 언제 이 시를 당신에게 써줬습니까, 로라?"

"봄에요. 예이츠를 빌려줬을 때."

로라는 조용히 시를 읽으면서 지난봄을 되살리려 애썼다. 나는 그녀를 남겨두고 나왔다.

서프하우스의 로비를 지나는데 헬렌의 어머니가 저멀리 구석에 혼자 앉아 있는 것이 보였다. 그녀는 생각에 푹 빠져 있어서 내가 말을 걸 때까지 올려다보지도 않았다.

"늦게까지 안 자고 계시는군요, 호프먼 부인."

"선택의 여지가 없답니다." 분개하는 말투였다. "덜로니 부인과 별채를 같이 쓰기로 했는데, 그건 전적으로 그녀의 의견이었거든요. 그런데 이제 와서 사적으로 접대할 친구가 있다면서 나를 내쫓지 뭐예요."

"로이 브래드쇼 말입니까?"

"지금은 그 이름을 쓰더군요. 나는 조지 브래드쇼가 따끈한 식사 한 끼를 감지덕지하던 때부터 알고 있었죠. 내 부엌에서 밥을 먹인 적도 여러 번이고요."

나는 호프먼 부인 곁에 의자를 놓았다.

"모든 게 흥미로운 우연의 일치를 이루는군요."

"나도 그렇게 생각해요. 하지만 이 말을 하면 안 된다고 했는데."

"누가요?"

"덜로니 부인이요."

"그녀가 당신에게 지시를 내립니까?"

"아니에요, 하지만 퍼시픽 호텔의 그 구저분한 방에서 나를 꺼내준 건 친절한 일이고……."

부인은 생각을 해보느라고 말을 멈췄다.

"그러고는 여기 로비에 처박아둡니까?"

"잠깐이에요."

"인생도 잠깐입니다. 부인과 남편되시는 분은 죽을 때까지 덜로니 집안 같은 사람들의 명령을 받을 겁니까? 아시다시피 그래봐야 얻을 것도 없습니다. 이리저리 휘둘리는 특권 외에는."

"아무도 남편을 휘두르지 못해요." 방어적인 말투였다. "남편은 빼세요."

"부군 소식은 들었습니까?"

"못 들었어요. 그래서 걱정이에요. 이틀 밤 연달아 전화를 해봤

지만 아무도 안 받았어요. 남편이 술을 마시고 있을까 봐 걱정이에
요."

"부군은 병원에 계십니다."

"아픈가요?"

"위스키를 너무 많이 드셔서 탈이 났습니다."

"당신이 어떻게 알죠?"

"제가 부군을 병원으로 모셔 가도록 했습니다. 어제 아침에 브
리지턴으로 찾아갔었거든요. 끝에 가서는 제게 꽤 편하게 이것저것
말씀해주셨습니다. 루크 딜로니 사건은 사실 살인이었지만 상부에
서 사고로 처리하고 넘어가라는 지시가 내려왔다고, 부군께서 인정
하셨습니다."

호프먼 부인이 두렵고 수치스러운 기색으로 로비를 휙 둘러보
았다. 부부처럼 보이지 않는 남녀가 야간 직원에게 방을 빌리려고
하고 있을 뿐 다른 사람은 없었다. 그래도 부인은 사람들로 붐비는
바닥에 놓인 귀뚜라미처럼 과민했다.

"부인이 아는 내용을 제게 말씀해주시는 편이 나을 겁니다. 제
가 커피 한잔 사드리죠."

"커피는 잠이 안 올 텐데."

"그러면 코코아라도."

"코코아는 좋아요."

우리는 커피숍으로 갔다. 엷은 자주색 재킷을 입은 오케스트라

단원 여러 명이 카운터에서 커피를 마시고 있었다. 자기네 은어로 급료에 대해 불평하는 중이었다. 나는 호프먼 부인과 유리문을 모두 마주보는 방향으로 부스 안에 앉았다. 그래야 브래드쇼가 로비를 지나가면 볼 수 있을 것이다.

"브래드쇼를 어떻게 알게 되셨습니까?"

"헬렌이 시티 칼리지에서 만난 그를 집으로 데려왔어요. 헬렌은 한동안 그에게 빠져있었지만, 그는 헬렌에게 빠지지 않았다는 걸 나는 알겠더군요. 둘은 친구에 가까웠어요. 공통의 취미가 있었죠."

"시 쓰기 같은?"

"시 쓰기나 연극 같은. 헬렌은 그가 또래 남자애치고는 소질이 뛰어나다고 했죠. 하지만 그는 대학에 계속 다니기가 힘들어서 애먹고 있었어요. 우리가 그에게 시간제로 아파트 엘리베이터를 운전하는 일을 구해줬죠. 보수는 일주일에 겨우 오 달러였지만 그는 그걸로도 좋아했어요. 우리가 알고 지냈을 때 그는 갈퀴처럼 깡마르고 욥의 칠면조처럼 가난했죠. 자기 말로는 보스턴의 부잣집 출신이고 하버드에서 한 학년을 다니다가 자립하려고 뛰쳐나왔다는데, 당시에는 그의 말을 진심으로 믿진 않았답니다. 자기 가족이 남부끄러워서 괜히 허세 부리는 거라고 생각했어요. 하지만 결국 사실이었나 보네요. 사람들 말이 그의 어머니가 부자라고."

부인이 내게 캐묻는 눈길을 던졌다.

"맞습니다. 저도 그 어머니를 압니다."

"젊은이가 왜 돈에서 벗어나려고 할까요? 나는 평생 조금이라도 돈을 쥐려고 애쓰면서 살았는데."

"돈에는 그에 따르는 부대조건이 있기 마련이죠."

더 자세한 설명은 하지 않았다. 여종업원이 호프먼 부인의 코코아와 내 커피를 가져왔다. 종업원이 카운터 뒤로 물러나기를 기다려 물었다.

"혹시 머크리디라는 여자를 알고 지낸 적이 있습니까? 러티샤 O. 머크리디?"

호프먼 부인의 손이 컵을 더듬다가 갈색 액체를 잔 받침에 조금 쏟았다. 나는 호프먼 부인의 머리가 가짜 같은 빨간색으로 염색되어 있다는 사실을 순간적으로 의식하면서, 이 부인도 한때 근사한 몸매와 야한 옷 취향을 가진 멋진 여성이었을지도 모른다고 생각해보았다. 그러나 호프먼 부인이 티시 머크리디일 리는 없었다. 부인은 사십 년 동안 얼 호프먼과 결혼 생활을 했다.

부인이 종이 냅킨을 컵 밑에 끼워 엎지른 것을 빨아들였다.

"인사 정도 하는 사이였어요."

"브리지턴에서?"

"러티샤에 관한 말은 하면 안 되는데. 덜로니 부인이……."

"따님은 냉장 보관 서랍에 누워 있는데 부인은 덜로니 부인 이야기만 하시는군요."

호프먼 부인이 반들거리는 포마이카 탁자 위로 고개를 숙였다.

"그녀가 남편에게 무슨 짓을 할까 봐 걱정스러워요."

"그녀가 이미 부군에게 저지른 짓을 걱정하십시오. 딜로니 부인과 정치가 친구들이 부군께 딜로니 사건을 묻으라고 압박했고, 그때부터 부군의 마음은 좀먹기 시작했습니다."

"나도 알아요. 남편이 고의로 일에서 손을 뗀 건 그게 처음이었어요."

"부인도 사실을 인정하는 겁니까?"

"인정해야겠죠. 남편이 가타부타 말한 적은 없어도, 나는 알고 있었어요. 헬렌도 알았죠. 그게 헬렌이 우리를 떠난 이유예요."

또한 장기적으로 헬렌이 정직함을 지키지 못한 이유이기도 했으리라.

"남편은 루크 딜로니를 대단히 존경했어요." 부인이 말을 이었다. "루크에게도 인간적인 약점은 있었지만요. 루크의 성공은 우리 모두를 위한 거였다고 말할 수도 있겠죠. 그가 죽은 건 남편에게 심한 타격이었고, 남편은 그 뒤로 술을 마시기 시작했어요. 그러니까 그때부터 심각하게 마셨다는 거예요. 남편이 걱정이에요." 부인이 탁자 위로 팔을 뻗어 메마른 손가락 끝으로 내 손등을 건드렸다. "그이가 괜찮을까요?"

"계속 술을 드신다면 괜찮지 않을 겁니다. 우선은 이번 병치레를 이겨내야겠지요. 부군은 지금 제대로 된 보살핌을 받고 있습니다. 하지만 헬렌은 그렇지 않습니다."

"헬렌? 헬렌에게 누가 뭘 해줄 수 있겠어요?"

"부인이 진실을 말씀하시면 헬렌에게 뭔가 해주는 겁니다. 헬렌의 죽음도 제대로 된 설명을 들을 자격은 있잖습니까."

"하지만 나는 누가 헬렌을 죽였는지 모르는걸요. 안다면야, 사방에 소리쳐 알리겠지요. 경찰이 자기 아내를 죽였던 맥기라는 남자를 쫓고 있다고 들었는데."

"맥기의 혐의는 풀렸습니다. 맥기의 아내를 죽인 건 티시 머크리디였습니다. 아마 그녀가 당신 딸도 죽였을 겁니다."

호프먼 부인은 엄숙하게 고개를 가로저었다.

"댁이 잘못 아셨군요. 그건 불가능한 일이랍니다. 티시 머크리디, 원래 이름으로 티시 오즈번은 오래전에 죽었어요. 두 비극적인 사건 중 어느 쪽보다도 먼저. 루크 델로니가 죽었을 때 티시에 대한 소문이 돌았던 건 맞아요. 하지만 이내 그녀도 비극을 맞았죠, 불쌍한 사람."

"방금 '원래 이름으로 티시 오즈번'이라고 하셨습니까."

"맞아요. 그녀는 오즈번 상원 의원의 딸이에요. 델로니 부인의 동생이죠. 요전날 밤에 공항에서 차를 타고 이리로 올 때 내가 그분들 얘기를 했잖아요. 개를 데리고 사냥하곤 했다고."

호프먼 부인은 유년기의 붉은 코트들을 언뜻 다시 본 것처럼 엷게 향수 어린 미소를 지었다.

"소문은 어떤 내용이었습니까, 호프먼 부인?"

"루크 델로니가 죽기 전에 그녀와 바람이 났었다는 얘기였죠. 어떤 사람들은 그녀가 루크를 쐈다고도 했지만, 나는 안 믿었어요."

"그녀가 루크 델로니와 불륜을 저질렀습니까?"

"루크의 아파트에 자주 출입한 건 사실이에요. 그건 비밀도 아니었는걸요. 루크가 부인과 별거하는 동안 티시가 비공식적인 안주인이었으니까요. 나는 그걸 딱히 못마땅하게 보지는 않았답니다. 티시는 밸 머크리디와는 진작 이혼한 상태였어요. 그리고 누가 뭐래도 루크의 처제니까, 그의 펜트하우스에 드나들 자격이 있었죠."

"티시는 빨강머리였나요?"

"적갈색에 가깝다고 봐야겠죠. 아름다운 적갈색 머리카락을 갖고 있었어요." 호프먼 부인은 자신의 염색한 곱슬머리를 망연히 어루만졌다. "티시 오즈번은 인생을 즐길 줄 아는 여자였어요. 죽었다는 소식을 듣고 정말 딱했죠."

"어쩌다가 죽은 겁니까?"

"정확히는 몰라요. 나치가 프랑스를 침략했을 때 유럽에서 죽었대요. 델로니 부인은 아직도 그 일을 극복하지 못했답니다. 오늘도 동생의 죽음에 대해 이야기하더군요."

거미의 축축한 발 같은 것이 내 복덜미를 타고 올라와, 짧은 머리카락이 곤두섰다. 그렇다면 티시, 혹은 티시의 이름을 쓰는 웬 여자(아니면 남자?)의 유령이 십 년 전 인디언스프링스의 현관에 나타났다는 게 아닌가. 독일이 프랑스를 침공한 지 십 년도 더 지난 뒤에.

"호프먼 부인, 그녀가 죽었다는 게 확실합니까?"

부인은 고개를 끄덕였다.

"신문에 기사도 꽤 크게 났던걸요. 시카고 신문들에도. 티시 오즈번은 한창때 브리지턴에서 제일가는 미인이었죠. 내 기억으로 20년대 초에는 그녀의 파티가 꽤 유명했어요. 그녀와 결혼했던 남자, 밸 머크리디는 외가 쪽이 정육업으로 부자였죠."

"그 남자는 아직 살아 있습니까?"

"마지막으로 들은 소식은 전쟁중에 웬 영국 여자하고 결혼해서 영국에서 산다는 거였어요. 그 사람은 브리지턴 출신이 아니라서 알고 지낸 적은 없어요. 그냥 신문 사회면이랑 부고를 읽은 정도죠."

호프먼 부인은 코코아를 홀짝거렸다. 부인의 모습, 부인의 자기 폐쇄적인 태도는 그녀가 생존자라는 사실을 웅변하는 듯했다. 딸 헬렌은 그녀보다 더 똑똑했다. 티시 오즈번은 그녀보다 더 부유했다. 그러나 살아남은 것은 그녀였다. 그녀는 남편보다도 오래 살 것이다. 그리고 아마 남편이 뚜껑 달린 책상에 술을 숨겼던 서재를 사당으로 만들 것이다.

뭐, 좋다. 나는 노부인 중에서 한 명은 붙잡았다. 그러나 다른 한 명은 만만하지 않을 것이다.

"델로니 부인은 왜 여기로 왔답니까?"

"돈 많은 여자의 변덕 아니겠어요. 내가 힘든 처지니까 돕고 싶다고 하던데요."

"두 분은 친하게 지냈었나요?"

"나는 델로니 부인을 잘 몰라요. 남편이 더 잘 알죠."

"헬렌은 델로니 부인과 친했습니까?"

"아니요. 혹시 두 사람이 만난 적 있더라도 나는 모르는 일이에요."

"델로니 부인이 생판 남에 가까운 사람을 도우려고 수고를 자처했다는 말이군요. 호텔을 바꿔준 것 외에 특별히 도움을 제공한 것이 있습니까?"

"점심하고 저녁을 사줬어요. 나는 부인이 지불하는 것을 바라지 않았지만, 그쪽이 고집해서."

"부인은 공짜 숙식의 대가로 뭘 해줘야 합니까?"

"아무것도."

"동생 티시에 대해 아무 말도 하지 말라고 이르지 않던가요?"

"맞아요, 그건 그랬어요. 나더러 티시와 루크 델로니가 관계있었다는 이야기, 아니면 루크의 죽음에 관해 떠돌았던 소문에 대해서 아무 말도 하지 말라고 했어요. 그녀는 동생의 평판에 아주 민감하거든요."

"비정상적으로 민감하죠. 티시가 이십여 년 전에 죽은 게 사실이라면. 그런 이야기를 누구한테 하지 말라고 하던가요?"

"누구한테든. 특히 당신에게는."

호프먼 부인의 신경질적이고 나지막한 웃음 소리가 남은 코코아에 녹아들었다.

나는 호텔 부지로 나갔다. 높은 달이 하늘에, 그리고 스페인풍 정원의 장식용 연못 속에 흔들림 없이 떠 있었다. 덜로니 부인의 별채 덧창에서는 달보다 더 노란 빛이 새어나왔다. 너무 나지막해서 엿들을 수 없는 대화 소리도 흘러나왔다.

문을 두드렸다.

"뭐죠?"

덜로니 부인이 물었다.

"룸서비스입니다."

탐정 서비스.

"아무것도 주문하지 않았는데."

그러면서도 부인은 문을 열었다. 나는 그녀 옆으로 미끄러져 들어가서 벽에 기대어 섰다. 브래드쇼는 맞은편 벽난롯가에 놓인 영국풍 소파에 앉아 있었다. 쇠살대 속에서 난롯불이 뭉근히 타면서 놋쇠 부품들을 비추고 있었다.

"안녕하십니까."

브래드쇼가 말했다.

"안녕하십니까, 조지."

그가 눈에 띄게 펄쩍 뛰었다.

덜로니 부인이 말했다. "나가주세요." 완벽하게 네모진 흰 얼굴과 완벽하게 둥근 푸른 눈동자는 뼈와 의지로만 이루어진 듯했다. "호텔 경비를 부르겠어요."

"좋을 대로 하십시오. 추문을 널리 퍼뜨리고 싶다면."

부인이 문을 닫았다.

브래드쇼가 말했다.

"저 사람에게는 이야기하는 게 좋겠습니다. 누구에게든 말해야 합니다."

부인은 부정의 뜻으로 휙 머리를 젖힌다는 것이 그만 너무 격렬한 동작이 되어 균형을 잃었다. 그녀는 두어 걸음 뒤로 물러났다가 몸을 가다듬은 뒤, 브래드쇼와 내가 둘 다 자신의 적인 것처럼 우리를 번갈아 보았다.

그리고 브래드쇼에게 말했다.

"나는 절대로 용납하지 않겠습니다. 아무것도 말해서는 안 됩니다."

"어떻게든 말이 나올 겁니다. 차라리 우리가 직접 말을 꺼내는 게 낫습니다."

"말이 나올 일은 없습니다. 왜 말이 나오겠어요?"

"한 가지 이유는……." 내가 말했다. "부인께서 이곳으로 오는 실수를 저질렀기 때문입니다. 여기는 당신 동네가 아닙니다, 델로니 부인. 여기에서는 브리지턴에서 하는 것처럼 사건을 덮을 수 없습니다."

그녀가 내게 곧추세운 등을 보이며 몸을 돌렸다.

"이 사람 말에 신경쓰지 마요, 조지."

"내 이름은 로이입니다."

"로이." 그녀가 바로잡았다. "이 사람은 어제 브리지턴에서 내게 엄포를 놓으려고 했지만 사실은 아무것도 몰라요. 우리는 그냥 입 닫고 있으면 돼요."

"그래서 우리가 얻는 게 뭐죠?"

"평화."

"그런 평화라면 물리도록 겪었습니다. 저는 지난 세월 동안 그것과 아주 가까이서 살아왔습니다. 당신은 그것과 접촉하지 않고 살았지만요. 당신은 내가 어떤 일을 겪었는지 전혀 모릅니다."

브래드쇼는 소파 등받이에 머리를 기대고 시선을 천장으로 향했다.

"지금 입을 놀렸다가는 더 비참해질걸."

부인이 거칠게 말했다.

"적어도 달라지기는 하겠죠."

"줏대 없는 멍청이 같으니. 내 남은 인생을 당신이 망치도록 놔두진 않을 거예요. 만약 그랬다가는 나한테서 금전적 지원은 더 이상 못 받을 겁니다."

"그것도 필요 없습니다."

브래드쇼는 내가 알고 싶은 것은 한마디도 하지 않도록 주의하고 있었다. 그는 너무 오랫동안 가면을 쓰고 살아왔기 때문에 이제는 가면이 얼굴에 붙어서 그의 말을 통제하고 있었다. 어쩌면 생각까지도. 나를 등지고 선 늙은 여자도 내가 청중인 양 연극을 하고 있었다.

내가 말했다.

"이 논쟁은 여러 의미에서 학술적이군요. 뼈대는 이미 드러났습니다. 덜로니 부인, 저는 당신 동생 러티샤가 당신 남편을 쐈다는 걸 압니다. 그녀가 나중에 보스턴에서 브래드쇼와 결혼한 것도 압니다. 그건 브래드쇼의 어머니가 확인해준 사실이고……."

"어머니?"

브래드쇼가 똑바로 앉았다. "왜요, 나도 어머니가 있습니다." 그는 덜로니 부인의 눈을 똑바로 쳐다보면서 진심 어리고 교양 있는 목소리로 덧붙였다. "나는 아직 어머니와 함께 살고 있습니다. 이 문제에서 그분도 고려해야 합니다."

"당신은 대단히 복잡한 인생을 사는군요."

부인이 말했다.

"나는 대단히 복잡한 인간이니까요."

"좋아요, 젊고 복잡한 양반. 당신에게 공을 넘길 테니 알아서 해요." 부인은 방의 중립 코너●에 놓인 2인용 안락의자로 가서 앉았다.

내가 말했다.

"내 차례인 줄 알았습니다만. 브래드쇼 당신에게 기꺼이 넘기지요. 모든 일이 시작된 시점부터, 딜로니 살인부터 이야기합시다. 헬렌이 말한 증인은 당신이었지요?"

그가 한 번 고개를 끄덕였다.

"나는 그렇게 무거운 비밀을 헬렌에게 갖고 가면 안 되는 거였습니다. 하지만 나는 몹시 혼란스러운 상태였고, 헬렌은 내 유일한 친구였습니다."

"러티샤를 제외하고."

"네, 러티샤를 제외하고."

"살인에서 당신은 어떤 역할을 했습니까?"

"나는 그냥 그 장소에 있었을 뿐입니다. 그리고 그건 살인이 아니었습니다. 엄밀히 말하자면 그녀가 딜로니 씨를 쏜 것은 정당방

● **중립 코너** _ 권투에서 양쪽 선수가 아무도 쓰지 않는 빈 코너.

위였고 사실상 사고였습니다."

"어디서 많이 본 장면 같군요."

"맞습니다. 우리가 그의 펜트하우스에서 함께 누워 있는 걸 그가 본 겁니다."

"당신과 러티샤는 자주 침대에 들었습니까?"

"그게 처음이었습니다. 내가 그녀에 관해 쓴 시가 대학 잡지에 실려서, 그걸 엘리베이터에서 그녀에게 보여주었지요. 나는 그 봄 내내 그녀를 바라보고 찬미했습니다. 그녀는 나보다 나이가 훨씬 많았지만 그래도 매혹적이었습니다. 내 첫 여자였지요."

그녀를 말하는 브래드쇼의 목소리에는 아직도 경외감이 담겨 있었다.

"펜트하우스 침실에서 어떤 일이 벌어진 겁니까?"

"아까 말했듯이 우리는 그에게 발각되었습니다. 그가 서랍장에서 총을 꺼내 손잡이로 나를 쳤습니다. 티시가 그를 말리려고 했습니다. 그러자 그가 총으로 티시의 얼굴을 때렸습니다. 티시가 어찌어찌 총을 손에 넣었고, 그러다가 총알이 나가서 그가 죽었습니다."

브래드쇼는 손으로 오른쪽 눈꺼풀을 만진 뒤 노부인을 향해 고개를 끄덕였다. 부인은 구석에서, 자신이 겪어온 세월만큼 떨어진 거리에서 우리를 보고 있었다.

"델로니 부인이 사건을 덮었습니다. 아니, 덮도록 손을 썼습니다. 상황이 상황이었으니 당신은 부인을 비난할 수 없습니다. 우리를 비난할 수도 없을 겁니다. 우리는 보스턴으로 갔고, 티시는 그곳에서 몇 달 동안 병원을 들락거리며 얼굴을 바꾸었습니다. 그리고 우리는 결혼했지요. 나이 차가 있었지만 나는 그녀를 사랑했습니다. 아마도 내 어머니에 대한 감정이 티시를 쉽게 사랑하도록 만들지 않았나 싶습니다."

그의 눈동자 속에서 가려진 영혼이 너무나 밝게 타올라 반쯤 광기로 보였다. 그의 입이 일그러졌다.

"우리는 유럽으로 신혼여행을 갔습니다. 어머니가 우리에게 프랑스 탐정을 붙여 뒤를 쫓았죠. 나는 티시를 파리에 남겨두고 집으로 돌아와서 어머니와 화해한 뒤, 하버드에서 2학년으로 공부를 이어야 했습니다. 그런데 바로 그달에 유럽에서 전쟁이 터졌습니다. 티시를 다시는 보지 못했습니다. 티시는 내가 알기도 전에 병으로 죽었습니다."

"당신 말을 믿지 않습니다. 그렇게 많은 일이 일어날 만한 시간은 없었습니다."

"눈 깜박할 새 벌어진 일이었으니까요. 비극이 대개 그렇듯이."

"당신에게 해당되는 이야기는 아닙니다. 당신의 비극은 이십이 년 동안 질질 이어졌죠."

"아닙니다." 덜로니 부인이 끼어들었다. "그의 말은 사실입니다. 내가 증명할 수 있어요."

부인은 별채의 다른 방으로 건너갔다가 엄청나게 구겨진 문서 한 장을 가지고 돌아와서 내게 건넸다. 보르도에서 1940년 7월 16일자로 발행된 사망증명서였다. 사십오 세의 러티샤 오즈번 머크리디가 폐렴으로 죽었다고 프랑스어로 씌어 있었다.

나는 문서를 델로니 부인에게 돌려주었다.

"어딜 가나 이걸 갖고 다니십니까?"

"어쩌다 보니 갖고 온 것뿐이에요."

"왜요?"

부인은 대답할 말을 찾지 못했다.

"제가 이유를 말씀드리죠. 당신 동생이 생생하게 살아 있고, 당신은 동생이 그간 저지른 범죄로 처벌받을까 봐 걱정하고 있기 때문입니다."

"내 동생은 아무 범죄도 저지르지 않았습니다. 내 남편의 죽음은 정당한 살인이거나 사고였습니다. 경찰청장도 그렇게 봤어요. 아니면 사건을 무마하지도 않았겠지요."

"그건 그럴지도 모르죠. 하지만 콘스턴스 맥기와 헬렌 해거티는 사고로 총에 맞은 게 아닙니다."

"동생은 그 여자들보다 한참 더 전에 죽었습니다."

"당신의 행동이 사실에 대한 방증입니다. 그리고 그 행동이 가짜 사망증명서보다 더 의미심장합니다. 예를 들어, 부인은 오늘 길스티븐스를 방문해서 맥기 사건에 대한 정보를 캐려고 했지요."

"스티브스가 내 신뢰를 저버렸군요, 그렇죠?"

"저버리고 말고 할 것도 없습니다. 스티브스 씨의 의뢰인은 부인이 아니니까요. 그는 아직 맥기의 변호사입니다."

"나한테는 그런 말을 안 했는데."

"왜 하겠습니까? 여기는 부인의 동네가 아닙니다."

그녀는 혼란에 휩싸여 브래드쇼를 보았다. 브래드쇼가 고개를 저었다. 나는 방을 가로질러 그의 앞에 섰다.

"만일 티시가 안전하게 프랑스에 묻혀 있다면, 왜 당신은 그렇게까지 수고를 들여 그녀와 이혼했습니까?"

"이혼에 대해서도 안다는 거군요. 당신은 사실을 파헤치는 데 일가견이 있는데요. '파헤치는 인디언●'이라도 됩니까? 당신이 내 사생활에 관해서 모르는 일이 하나라도 있는지 궁금하군요."

브래드쇼는 그대로 앉은 채 명랑하면서도 경계를 풀지 않은 눈으로 나를 보았다. 나는 그의 방어가 무너졌다는 사실에 약간 휩쓸려 이렇게 말했다.

"당신의 사생활은, 혹은 사생활들은, 꽤나 특기할 만합니다. 거처를 두 군데 마련하고 어머니와 아내에게 시간을 반씩 할애하면서 살았습니까?"

"명백히 그랬을 것 같지 않습니까."

그가 무덤덤하게 대답했다.

"티시도 이 동네에 삽니까?"

● **파헤치는 인디언** _ 아메리카 원주민 파이우트 족을 가리키는 말.

"로스앤젤레스에 살았습니다. 어디인지 말해줄 마음은 없어요. 그리고 당신이 그 장소를 절대로 찾아내지 못할 것이라고 장담합니다. 찾아봐야 소용도 없습니다. 티시는 이제 거기에 없으니까."

"이번에는 어디에서 어떻게 죽었습니까?"

"죽지 않았어요. 저 프랑스 사망증명서는 당신 추측대로 가짜입니다. 티시는 지금 당신 손이 닿지 않는 곳에 있습니다. 내가 토요일에 그녀를 리우데자네이루로 가는 비행기에 태웠으니 지금쯤 거기 있을 겁니다."

덜로니 부인이 말했다.

"나한테는 말하지 않았으면서!"

"누구에게도 말할 마음이 없었습니다. 하지만 아처 씨에게 이 일을 더 압박해봐야 아무 소용도 없다는 걸 확실히 알려드려야 하니까요. 내 처는, 그러니까 전처는 늙었고, 병들었고, 범죄인 송환을 당할 일도 없습니다. 나는 남아메리카의 어느 도시에서 그녀가 의학적 보살핌과 정신의학적 보살핌을 받을 수 있도록 준비해두었습니다. 도시 이름은 절대로 밝히지 않을 겁니다."

"그녀가 헬렌 해거티를 죽였다는 사실을 인정하는 겁니까?"

"네. 내가 토요일 아침 일찍 로스앤젤레스로 그녀를 만나러 갔을 때 그녀가 내게 자백했습니다. 헬렌을 쏘고 총을 우리집 문간채에 숨겼다더군요. 내가 리노에서 폴리와 접촉한 것은 폴리가 뭘 목격하지나 않았나 확인하기 위해서였습니다. 폴리가 나를 공갈 협박하기를 바라지 않았기 때문에⋯⋯."

"그가 이미 그런 걸로 알고 있습니다만."

"헬렌이 그랬죠. 헬렌은 리노에서 내 이혼소송이 계류중이란 걸 알고는 티시가 아직 살아 있다는 것을 포함해서 여러 결론을 유추 해냈습니다. 나는 헬렌에게 돈을 적잖이 줬고, 여기에서 일자리도 구해줬습니다. 티시를 보호하기 위해서."

"당신 자신도."

"나 자신도요. 나는 보호해야 할 평판이 있습니다. 내가 불법적 인 짓을 한 건 전혀 없습니다만."

"아니요. 당신은 남들을 조종해서 더러운 일을 시키는 데 선수 이지요. 당신은 헬렌을 일종의 미끼로 삼아 데려온 것 아닙니까?"

"무슨 말인지 모르겠군요."

그러나 그는 불안하게 몸을 움직였다.

"당신은 헬렌과 몇 번 데이트를 했고, 헬렌이 당신 애인이라는 말도 흘렸습니다. 물론 사실은 아니었죠. 당신은 이미 로라와 결혼 한 상태였고, 헬렌을 미워했습니다. 정당한 이유에서."

"그건 아닙니다. 헬렌이 돈을 요구하긴 했지만, 그래도 우리는 꽤 우호적인 관계였습니다. 누가 뭐래도 헬렌은 오랜 친구였고, 헬 렌이 자신도 뭔가 가질 자격이 있다고 느끼는 데 공감하지 않을 수 없었습니다."

"그래서 헬렌이 뭘 얻었는지 나는 압니다. 머리에 총알을 얻었죠. 콘스턴스 맥기와 똑같이. 당신이 티시의 희생자로 로라 대신 헬렌을 내세우지 않았다면 로라도 똑같은 것을 얻었겠지요."

"당신은 너무 복잡하게 생각하는 것 같습니다."

"당신처럼 대단히 복잡한 인간에게도 이게 복잡합니까?"

브래드쇼는 방에 갇혔다고 느끼는 것처럼, 아니면 자신의 미로 같은 인간성에 갇혔다고 느끼는 것처럼 방을 둘러보았다.

"당신은 헬렌의 죽음에 내가 관여했다는 증거를 결코 못 찾을 겁니다. 헬렌의 죽음은 내게도 무시무시한 충격이었습니다. 러티샤의 자백도 또 다른 충격이었고요."

"왜요? 당신은 러티샤가 콘스턴스 맥기를 죽인 것도 알고 있었을 텐데요."

"토요일까지는 나도 몰랐습니다. 의혹을 품고 있었다는 건 인정하죠. 티시는 늘 사납도록 질투가 심했습니다. 나는 끔찍한 가능성을 십 년이나 마음에 품고 살았습니다. 내 의혹이 근거 없는 것이기를 바라고 기도하면서……."

"왜 그녀에게 묻지 않았습니까?"

"감당할 자신이 없었던 것 같습니다. 우리 관계는 그러잖아도 안 좋았습니다. 내가 그걸 물어보면 코니에 대한 사랑을 인정하는 꼴이잖습니까." 브래드쇼는 자기가 한 말을 듣고는 내면의 깊은 균열을 들여다보는 것처럼 눈을 내리깐 채 한참 잠자코 있었다. "나는 코니를 정말 사랑했습니다. 코니가 죽었을 때 나는 거의 끝난 거나 마찬가지였어요."

"하지만 당신은 살아남아서 다시 사랑에 빠졌잖소."

"남자는 다 그렇지 않습니까. 나는 사랑 없이 살 수 있는 인간이 아닙니다. 나는 티시조차도 최대한 오래, 최대한 깊이 사랑했습니다. 하지만 티시는 늙고 병들었습니다."

덜로니 부인이 뭔가 내뱉는 소리를 냈다. 브래드쇼가 부인에게 말했다.

"나는 아이를 낳아줄 수 있는 아내를 원했습니다."

"당신 자식들은 얼마나 불쌍할꼬. 보나마나 당신한테 버림받을 텐데. 당신은 내 동생에게 했던 약속도 몽땅 깨뜨린 인간이니까."

"누구나 약속을 깹니다. 나도 코니와 사랑에 빠질 마음은 없었어요. 그냥 그렇게 되어버린 겁니다. 우리는 병원 대기실에서 정말 우연히 만났습니다. 그렇다고 내가 당신 동생을 저버리진 않았습니다. 한 번도 그런 적 없습니다. 나는 티시가 내게 해준 것보다 더 많은 걸 티시에게 해줬습니다."

덜로니 부인이 귀족 2세대다운 거만한 태도로 그를 조소했다.

"내 동생이 당신을 시궁창에서 건져줬죠. 당신이 뭐였더라? 엘리베이터 보이?"

"나는 대학생이었습니다. 그리고 엘리베이터 보이는 내가 선택한 일이었습니다."

"퍽도 그렇겠군요."

브래드쇼가 덜로니 부인을 향해 몸을 숙이며 이글이글 빛나는 눈을 그녀에게 고정시켰다.

"나는 원한다면 우리 집안의 돈을 끌어 쓸 수도 있었습니다."

"아, 그래요. 댁의 그 소중한 어머니."

"내 어머니에 대해서 말조심하십시오."

브래드쇼의 말에는 날이 서 있었고 냉정한 위협의 기색이 있었다. 그것이 부인의 입을 다물게 했다. 나는 두 사람이 체스만큼 복잡한 게임을 하고 있다는 인상, 숨겨진 체스판에서 권력 다툼을 하고 있다는 인상을 여러 차례 받았고, 이 순간에도 바로 그런 인상을 받았다. 나는 이때 이 문제를 억지로라도 겉으로 끌어냈어야 했다. 그러나 나는 내 사건을 푸는 중이었으므로, 브래드쇼가 계속 이야기할 의향이 있는 한 지엽적인 문제로 보이는 사안에 관해서는 굳이 신경쓰지 않았다.

내가 말했다.

"총에 관한 걸 모르겠습니다. 경찰은 코니 맥기와 헬렌이 같은 총에 맞았다고 결론 내렸습니다. 원래 코니의 언니 앨리스가 갖고 있었던 리볼버죠. 티시가 어떻게 그 총을 손에 넣었습니까?"

"나도 정말 모릅니다."

"뭔가 생각이 있을 거 아닙니까. 앨리스 젱크스가 그걸 티시에게 줬을까요?"

"그랬을지도 모르죠."

"이봐요, 터무니없는 소리라는 걸 당신도 알잖습니까. 앨리스의 집에서 누군가 리볼버를 훔쳤습니다. 누가 훔쳤죠?"

브래드쇼는 양손가락 끝을 붙여 뾰족탑을 만들고는 대칭을 감상했다.

"덜로니 부인이 방에서 나간다면 당신에게 말할 의향이 있습니다."

"왜 내가 나가야 하죠?" 부인이 구석에서 말했다. "내 동생이 평생 감당했던 사실이라면 나도 충분히 감당할 수 있습니다."

"나는 당신의 감수성을 염려하는 게 아닙니다." 브래드쇼가 말했다. "내 자신을 염려하는 겁니다."

부인은 망설였다. 두 사람이 의지를 겨루는 꼴이 되고 말았다. 브래드쇼가 일어나서 안쪽 문을 열었다. 열린 문틈으로 따분하고 화려하게 꾸며진 침실이 엿보였다. 침대 옆 탁자에는 상아색 전화기가 있었고, 흰 콧수염을 기른 신사의 사진이 담긴 가죽 액자도 있었다. 막연히 눈에 익은 얼굴이라고 느껴졌다.

덜로니 부인은 명령에 따라 어쩔 수 없이 행군하는 고집스러운 군인처럼 침실로 갔다. 브래드쇼가 그녀의 등뒤에서 세게 문을 닫았다.

"늙은 여자들이 싫어지기 시작했습니다."

그가 말했다.

"총에 대해서 말해주기로 했죠."

"할 겁니다. 하고 있잖습니까?" 브래드쇼는 소파로 돌아갔다. "어느 한 구석도 듣기 좋은 이야기는 아닙니다. 내가 당신에게 이 이야기를 털어놓는 까닭은 당신이 완벽하게 만족하기를 바라기 때문입니다."

"그리고 경찰을 끌어들이지 말았으면 하는 거지요?"

"그 사람들을 끌어들여봐야 얻을 게 없다는 걸 당신도 알잖습니까? 그들이 낳을 결과라고는 온 도시가 술렁거리고, 내가 열심히 세워온 대학의 입지가 무너지고, 한 사람 이상의 인생이 망가지는 것뿐일 겁니다."

"특히 당신과 로라의 인생이?"

"특히 나와 로라의 인생이. 로라가 나를 얼마나 기다려줬는지, 세상에. 이런 나라도 지금까지와는 다른 것을 누릴 자격이 있습니다. 나는 단지 소년에 지나지 않았을 때 휘말렸던 신경증적인 사건 때문에 어른이 된 후로 평생 그 결과를 감당하며 살아왔습니다."

"고드윈에게 치료받은 것은 그 때문이었습니까?"

"나는 약간의 지지가 필요했습니다. 티시는 다루기 쉽지 않았습니다. 가끔 동물적인 폭력과 요구로 나를 반쯤 미치게 했죠. 하지만 이제 그것도 끝입니다."

브래드쇼의 눈이 진술을 질문 겸 호소로 바꾸었다.

내가 말했다.

"나는 아무것도 약속할 수 없습니다. 우선 이야기를 다 듣고 다음 단계를 생각해보죠. 티시가 어떻게 앨리스의 리볼버를 손에 넣었습니까?"

"코니가 언니 방에서 가져다 내게 줬습니다. 우리는 그걸로 고르디우스의 매듭을 끊자는 정신 나간 생각을 잠시 했습니다."

"그걸로 티시를 죽일 생각이었단 말입니까?"

"순전히 몽상일 뿐이었습니다. 폴리 아 두*. 코니하고 나는 아무리 절박해도 그걸 실행에 옮기진 못했을 겁니다. 두 아내, 두 애인 사이에서 나 자신이 반으로 나뉘면서 겪은 괴로움을 당신은 결코 모를 겁니다. 한 명은 늙고 탐욕스러웠고, 다른 한 명은 젊고 열정적이었지요. 짐 고드윈은 내게 정신적 죽음의 위기에 처했다고 경고했었습니다."

"거기에는 살인이 특효약이라고 알려져 있지요."

"나는 절대로 그러지 않았을 겁니다. 그러지 못했을 겁니다. 사실은 짐 덕분에 그 점을 깨우쳤습니다. 나는 폭력적인 사람이 아닙니다."

그러나 지금의 브래드쇼에게는 폭력성이 있었다. 평소에 코르셋처럼 그의 본성을 조여 그를 꼼짝 못하게, 딱딱해질 만큼 묶어두는 두려움을 폭력성이 밀어붙이고 있었다. 내 눈에는 그게 보였다. 나에 대한 살기 어린 증오가 느껴졌다. 아까 생각했던 것처럼, 나는 정말로 그의 모든 비밀을 억지로 끄집어내고 있었다.

"코니가 당신에게 훔쳐다 준 총은 어떻게 됐습니까?"

● **폴리 아 두** _ 타인의 정신병적 증세에 감응하여 나타나는 정신병적 증세. 가족 등 밀접한 관계에서 나타나기도 하지만 망상적인 생각을 공유하는 관계에서 나타나기도 한다.

"나는 그걸 안전하다고 생각하는 장소에 뒀습니다. 하지만 티시가 발견한 모양입니다."

"당신 집에서?"

"우리 어머니 집에서. 어머니가 안 계실 때 가끔 집으로 그녀를 데려오곤 했습니다."

"맥기가 당신을 찾아간 날도 그녀가 집에 있었습니까?"

"네." 브래드쇼가 나와 눈을 마주쳤다. "그날에 대해서도 알다니 놀라운데요. 당신은 철두철미하군요. 그날 모든 것이 곪아 터진 겁니다. 티시는 서재 금고에서 총을 찾아냈던 모양입니다. 내가 숨겨둔 곳이었지요. 분명 그 전에 맥기가 나한테 자기 아내에게 관심 두지 말라고 불평하는 소리를 엿들었겠지요. 티시는 총을 가지고 가서 콘스턴스에게 겨눴습니다. 그 행동에는 일말의 시적 정의가 있는 것 같아요."

브래드쇼는 딴 사람의 과거에 벌어진 사건을, 혹은 역사책이나 소설 속 인물의 죽음을 이야기하는 듯한 태도였다. 자기 인생의 의미에 대해서는 더이상 신경쓰지 않고 있었다. 이것이 고드윈이 말한 정신적 죽음일지도 모른다.

"당신은 지난 토요일에 티시가 고백할 때까지 그녀가 콘스턴스를 죽인 걸 몰랐다고 계속 주장할 겁니까?"

"아마도 나는 스스로가 깨닫지 못하도록 억눌렀던 것 같습니다. 사실 내가 아는 한에서는 총이 사라진 게 전부였으니까요. 맥기가 우리집에 왔을 때 서재에서 그걸 가져갔을 수도 있습니다. 검찰이 맥기에게 씌운 혐의는 아주 강력해 보였습니다."

"그건 허술한 단서들을 끼워 맞춘 것이었습니다. 당신도 알잖습니까. 내 주된 관심사는 맥기와 그의 딸입니다. 나는 그들이 완벽하게 혐의를 벗기 전에는 만족하지 않습니다."

"하지만 러티샤를 브라질에서 끌고 오지 않고도 분명 목적을 달성할 수 있을 겁니다."

"그녀가 브라질에 있다는 증거는 당신 말밖에 없습니다. 딜로니 부인조차 그 말을 듣고 놀라더군요."

"맙소사, 나를 못 믿습니까? 나는 말 그대로 내장까지 다 꺼내서 보여줬습니다."

"따로 이유가 있지 않고서는 안 그랬을 겁니다. 나는 당신이 거짓말쟁이라고 생각합니다, 브래드쇼. 당신은 진실된 사실과 감정을 사용해서 그럴싸한 이야기를 지어내는 데 대가입니다. 하지만 이번 이야기는 기본적으로 의심스러운 대목이 있습니다. 만약 티시가 브라질에 안전하게 있다면, 당신은 다른 건 다 말해도 그 사실만큼은 결코 내게 말하지 않을 겁니다. 나는 그녀가 캘리포니아에 숨어 있다고 생각합니다."

"당신이 잘못 생각했습니다."

브래드쇼가 고개를 들어 나와 눈을 마주쳤다. 배우만이 보여줄 수 있는 솔직하고 열렬한 눈이었다. 그때 침실 문 너머에서 전화벨이 따르릉 울려 우리의 눈싸움을 중단시켰다. 브래드쇼가 소리 나는 쪽으로 움직였다. 나는 서 있었기 때문에 그보다 잽싸게 움직일 수 있었다. 나는 어깨로 그를 밀치고 전화가 세 번째로 울리기 전에 수화기를 들었다.

"여보세요."

"로이, 당신이에요?" 로라의 목소리였다. "로이, 나 무서워요. 그녀가 우리 일을 알아요. 방금 전에 나한테 전화해서 이리로 오겠다고 했어요."

"문을 잠그고 사슬을 거십시오. 그리고 경찰을 부르는 게 좋을 겁니다."

"당신 로이가 아니군요."

로이는 내 뒤에 있었다. 나는 제때 몸을 돌려, 그의 손아귀에 잡힌 부지깽이가 내 머리로 내려오면서 번쩍 빛나는 것을 보았다.

032 1

　딜로니 부인이 젖은 수건으로 내 얼굴을 철썩철썩 때렸다. 나는 그만하라고 말했다. 내가 일어나서 처음 본 것은 전화기 옆에 놓인 가죽 액자 속 사진이었다. 뿌연 시야로 보니 브래드쇼 부인의 거실 벽난로 위에 걸려 있던 초상의 주인공, 잘생긴 검은 눈동자의 지긋한 신사를 찍은 사진처럼 보였다.

　"브래드쇼 아버지의 사진을 왜 갖고 계십니까?"

　"내 아버지랍니다. 오즈번 상원 의원."

　나는 말했다.

　"그렇다면 브래드쇼 부인도 대가로군요."

　딜로니 부인은 내가 부지깽이에 맞아 머리가 돈 게 아닌가 하는 눈길로 쳐다보았다. 다행히 살짝 빗나간 타격이었고, 내가 기절한 시간은 겨우 몇 초인 모양이었다. 호텔 주차장으로 나갔더니 브래드쇼의 차가 막 나서고 있었다.

브래드쇼의 작은 차는 바다에서 멀어지는 방향으로 올라갔다. 나는 뒤를 쫓아서 풋힐 드라이브로 갔다. 그의 집에 다다르기 한참 전에 그를 따라잡을 수 있었다. 그때 그가 갑자기 제동을 걸어서 내 수고를 덜어주었다. 그의 차가 옆으로 미끄러지더니 길을 가로막듯 가로로 멈춰 서서 부르르 떨었다.

브래드쇼가 막으려 한 것은 내가 아니었다. 저쪽에서 다른 차가 우리를 향해 내려오고 있었다. 나무 그늘 속에서 다가오는 차의 전조등은 크고 차분하고 광기 어린 눈동자 같았다. 불빛 속에서 브래드쇼의 실루엣이 보였다. 그는 안전벨트를 더듬고 있었다. 내가 브래드쇼 부인의 롤스로이스를 알아본 순간, 롤스로이스가 끼익 급제동을 걸면서 작은 차를 들이받았다.

나는 차를 길가에 대고, 빨간 깜빡이등을 켠 뒤, 언덕을 달려 올라 충돌 지점으로 갔다. 충돌 후의 적막함 속에서 내 발소리가 크게 울렸다. 롤스로이스의 구겨진 코가 브래드쇼의 차 옆면에 깊숙이 파고들어 있었다. 그는 운전석에서 축 늘어져 있었다. 이마와 코와 입가에서 피가 흘러 얼굴을 덮었다.

나는 망가지지 않은 문으로 들어가 그의 안전벨트를 풀었다. 그가 내 팔에 힘없이 거꾸러졌다. 그를 길에 눕혔다. 핏줄기가 얼굴에 그은 비뚤비뚤한 선들은 꼭 가면에 난 균열 같았다. 틈으로 살아 있는 조직이 들여다보이는 것만 같았다. 그러나 그는 죽었다. 나뭇가지들의 냉엄한 그림자 속에서 그는 맥박도 호흡도 없이 누워 있었다.

늙은 브래드쇼 부인이 높고 안전한 운전석에서 내려왔다. 그녀는 다친 데가 없는 듯했다. 순간 나는 생각했다. 그녀는 절대적인 힘이라고. 무엇도 그녀를 죽이지 못할 것이라고.

"로이죠? 로이는 괜찮나요?"

"어떤 의미로는. 그는 벗어나길 원했습니다. 이제 벗어났죠."

"무슨 뜻이죠?"

"당신이 로이도 죽인 것 같습니다."

"그 애를 해치려고 한 건 아니었어요. 내 아들을, 내 자궁으로 낳은 아이를 해칠 리 없잖아요."

그녀의 목소리는 모성적인 비통함으로 갈라졌다. 그녀는 자신이 정말 그의 어머니라고 반쯤 믿는 것 같았다. 너무나도 오래 그 역할을 해왔으니까. 달빛에 젖은 주변 풍경처럼 현실이 흐릿해졌다.

그녀는 죽은 남자를 바싹 껴안았다. 자신의 늙은 육신으로 그를 덮힘으로써 생명을 도로 불어넣을 수 있고, 마침내 자신에 대한 사랑을 다시 불붙일 수 있다는 듯이. 그의 귀에 대고 다정하게 타이르면서, 엄마를 겁주려고 아픈 척하다니 못된 아이라고 나무랐다.

그녀가 그를 흔들었다.

"일어나! 엄마야."

언젠가 그녀가 말했듯이 밤은 그녀에게 좋은 시간이 아니었다. 그러나 그녀에게는 로이에 필적하는 이중성이 있었기에, 그 발작적인 행동에는 배역을 연기하는 듯한 느낌이 있었다.

"그를 내버려두십시오." 내가 말했다. "그리고 그 엄마인 척하는 것은 관두십시오. 그러지 않아도 상황은 충분히 추악합니다."

그녀가 이상할 만큼 살그머니 몸을 돌려 나를 올려다보았다.

"엄마인 척?"

"로이 브래드쇼는 당신 아들이 아닙니다. 당신들 둘은 연기를 꽤나 잘했지요. 고드윈이라면 아마도 그것이 두 사람 모두의 신경증적 욕구를 만족시켰다고 말할 겁니다. 하지만 이제 끝났습니다."

치밀어 오른 분노에 그녀가 벌떡 일어섰다. 그녀의 몸이 내게 바싹 다가왔다. 나는 그녀의 라벤더 향을 맡을 수 있었고, 그녀의 힘을 느낄 수 있었다.

"내가 이 애 엄마예요. 출생증명서도 있어요."

"물론 그러시겠죠. 당신 언니는 내게 당신이 1940년에 프랑스에서 죽었다는 사실을 증명하는 사망증명서를 보여줬습니다. 당신들처럼 돈이 많으면 어떤 문서든 만들어낼 수 있죠. 하지만 종이에 적힌 것을 바꾼다고 사실까지 바꿀 순 없습니다. 로이는 보스턴에서 당신과 결혼했습니다. 당신이 델로니를 죽인 뒤에 말이죠. 그러다 로이는 콘스턴스 맥기와 사랑에 빠졌습니다. 당신은 그녀도 죽였죠. 로이는 그 뒤로도 십 년을 당신과 함께 살았습니다. 그걸 사는 거라고 할 수 있을지는 모르겠지만 말입니다. 자기가 또 다른 사람을 사랑하면 당신이 또 살인을 저지를 거라고 겁내면서요. 그러나 로이는 감히 또 사랑에 빠졌습니다. 로라 서덜랜드와. 로이는 당신에게 자기가 관심 있는 사람은 헬렌 해거티라고 믿게끔 만들었죠. 그래서 당신은 금요일 밤에 산길을 걸어가서 헬렌을 쏘아 죽였습니다. 이런 사실들은 당신도 바꿀 수 없습니다."

침묵이 내려앉았다. 달빛처럼 희박하고 음산한 침묵이었다. 그녀가 말했다.

"나는 내 권리를 지킨 것뿐이에요. 로이는 최소한 내게 충실해야 했어요. 나는 로이에게 돈과 배경을 주었고, 하버드에 보내주었고, 모든 꿈을 이루게 해줬어요."

우리는 이제 아무런 꿈 없이 도로에 누워 있는 남자를 내려다보았다.

"시내로 가서 그동안 당신이 권리를 어떻게 지켜왔는지에 대해 공식 진술서를 쓸 준비가 되셨습니까? 가엾은 톰 맥기는 아직도 당신 죄를 뒤집어쓴 채 구치소에서 고통스러워하고 있습니다."

그녀가 몸을 곧게 폈다.

"내게 그런 말을 쓰는 것은 허락할 수 없어요. 나는 범죄자가 아닙니다."

"당신은 로라 서덜랜드에게 가던 중 아니었습니까? 로라에게 무슨 짓을 할 계획이었죠, 할머니?"

그녀가 손으로 얼굴 아랫부분을 가렸다. 몸이 안 좋아졌거나 수치심을 느낀 걸까 싶었지만, 그녀는 이렇게 말했다.

"나를 그렇게 부르지 말아요. 나는 늙지 않았어요. 내 얼굴을 보지 말고 내 눈을 보세요. 그러면 내가 얼마나 젊은지 알 수 있을 거예요."

어떤 면에서는 사실이었다. 그녀의 눈이 똑똑히 보이지는 않았지만, 그 눈이 밝고 검고 생명력 가득하다는 것은 알 수 있었다. 그녀는 여전히 삶에 탐욕스러웠다. 자신을 지키기 위해 만들어낸 또하나의 자신, 인조 표범 가죽을 입은 러티샤처럼.

그녀가 손을 움직여 각진 턱에 가져다 대면서 말했다.

"돈을 드릴게요."

"로이는 당신 돈을 받았습니다. 그래서 그가 어떻게 됐는지 보십시오."

그녀가 난데없이 몸을 돌려 자기 차로 향했다. 나는 그녀가 무슨 생각을 할지 추측해보았다. 또 하나의 죽음, 자신이 영위할 또하나의 그림자. 나는 그녀보다 먼저 롤스로이스의 열린 문에 닿았다. 검은 가죽 가방이 충돌할 때 떨어졌던 모습 그대로 바닥에 놓여있었다. 가방에는 그녀가 로이의 새 아내에게 쓰려고 계획했던 새리볼버가 들어 있었다.

"이리 줘요."

그녀가 말했다. 상원 의원의 딸답게 권위를 실어. 두 여자와 두 남자를 죽인 여자답게 더욱 끔찍한 권위를 실어.

"더이상 총은 안 됩니다."

나는 말했다.

더이상은 아무것도, 러티샤.

작 가

정 보

로스 맥도널드

Ross Macdonald

본명은 케네스 밀러Kenneth Millar로, 로스 맥도널드라는 이름은 필명이다. 초기에는 존 맥도널드로 활동하다가 본명으로 활동하던 존 D. 맥도널 드가 항의하여 존 로스 맥도널드로 바꾸었고, 다시 로스 맥도널드로 바꾸어 정착했다. 로스 맥도널드는 대실 해밋에서 레이먼드 챈들러로 이어진 하드보일드 계보를 넘겨받아 훌륭하게 완성시킨 작가로 꼽힌 다. 그의 탐정 '루 아처'는 냉소적이고 전능한 탐정 캐릭터에 인간적 이 해와 심리학적 이해 능력을 부여받았고, 그의 작품들은 범죄소설이라 는 장르를 초월하여 미국 문학계에서 크게 인정받았다. 캘리포니아에 서는 그의 이름을 딴 '로스 맥도널드 문학상'을 제정하여 공로를 기리 고 있다.

로스 맥도널드는 1915년 미국 캘리포니아에서 태어나 캐나다 밴쿠버에서 성장했다. 세 살 때 아버지가 집을 나가 어머니와 둘이 친척집을 전전하며 살았는데, 숙모의 도움으로 겨우 학교에 다닐 수 있었다. 그러나 대공황이 터져 다니던 학교는 그만두어야 했다. 생활비를 대주던 친척을 따라 시골로 이사한 맥도널드는 키치너 고등학교에 입학한다. 당시 그는 성적만 우수할 뿐 품행은 불량한 학생이었다. 다만 꾸준히 책을 읽곤 하여 이때 대실 해밋의 『몰타의 매The Maltese Falcon』를 접하게 되었다. 또한 이 시기에 마거릿 스텀을 처음 만났고, 23세에 재회하여 결혼했다. 1940년에 딸 린다가 태어났다. 아내 마거릿 밀러는 1941년에 『보이지 않는 벌레The Invisible Worm』로 데뷔하여 추리소설 작가로 명성을 떨쳤다.

미국에 정착한 맥도널드는 대학에서 강의를 하며 학위 공부를 계속하다가 1944년에 첫 장편 『어두운 터널The Dark Tunnel』을 발표하고, 《엘러리 퀸 미스터리 매거진EQMM》의 제1회 단편 콘테스트에 응모했던 「여자를 찾아라Find the Woman」(1946)가 입상하며 서서히 이름을 알리기 시작했다.

로 스 맥 도 널 드 의 분 신 , 루 아 처

로스 맥도널드의 탐정 루 아처는 1949년 『움직이는 타깃The Moving Target』에서 처음 등장했다. 키는 190센티미터, 몸무게는 약 90킬로그램에 달하는 거구로, 짧게 깎은 머리카락에 나이는 사오십 대로 추정되는 사설탐정이다. 다른 탐정에 비해 루 아처는 밝혀진 것이 거의 없다. 사무실조

차도 나오지 않고 그저 캘리포니아를 중심으로 활동하고 있으며 한 번 결혼한 적이 있고 딸이 있었다는 것이 시리즈 전체를 통틀어 밝혀진 전부다. 캐릭터를 중심으로 하는 시리즈에서는 드문 경우다. 아처라는 이름은 대실 해밋의 『몰타의 매』에 등장하는 샘 스페이드의 동료 마일스 아처에서 따온 것이다.

이후 루 아처는 총 열여덟 편의 작품에 등장하며 로스 맥도널드를 대변한다. 기존의 하드보일드 탐정이 무력과 직감으로 무장하고 냉철한 태도로 문제를 해결했다면, 루 아처는 무심함으로 가장하고 인간에 대한 통찰과 이해, 사회에 대한 풍자로 사건을 조명한다. 특히 그가 지닌 심리학적 시각은 철학 박사 로스 맥도널드의 것이라고 해도 과언이 아니다.

루 아처는 사회의 문제가 비틀린 가정에서 기인하고 있음을 수차례 보여주고, 시리즈 후반에 가서는 루 아처 본인마저 비틀린 가정의 일원이라는 점을 숨기지 않고 있다. 이 이야기들이 작가 로스 맥도널드의 경험에서 비롯되었다는 점을 상기하면 작품은 더욱 비극적으로 다가온다.

1956년, 시리즈의 여섯 번째 작품 『잔혹한 해변The Barbarous Coast』이 나온 해였다. 열여섯 살의 외동딸 린다가 음주 운전을 하다가 열세 살의 멕시코 소년을 치고 달아난 사건이 발생했다. 소년은 그 자리에서 사망했다. 법원에서 린다와 로스 맥도널드는 변호사의 조언에 따라 입을 다물었고 린다는 보호관찰 처분만을 받았다. 주민들의 비난을 이기지 못해 세 식구는 샌타바버러에서 캘리포니아 북부로 이사해야 했다. 이때 린다는 물론 로스 맥도널드와 마거릿 밀러까지 정신적·육체적으로 무너져 의사의 도움이 필요한 시기였다. 이 경험이 시리즈 일곱 번째 작품인 『재판관들The Doomsters』(1958)에 반영되어 있다. 정신병원에서 도망친 청년이 등장해 루 아처에게 도움을 청한다. 그러나 아처는 청년을 병원에 돌려보내려 한다. 결국 청년은 아처를 공격해 차를 빼앗아 달아난다.

불행은 여기서 그치지 않았다. 1959년, 대학에 진학하여 안정적인 생활을 하던 린다가 갑자기 행방불명되었다. 학교 기숙사에 제출한 외출계의 내용은 거짓이었고 보호관찰 규정 위반으로 린다는 전국에 지명 수배되기에 이른다. 행방불명된 딸을 찾기 위해 로스 맥도널드는 언론에 호소해야만 했다. 열흘 뒤, 네바다 리노에서 발견된 린다는 극심한 우울증 증세로 정신과 치료가 불가피한 상태였다. 로스 맥도널드는 딸을 찾기 위해 고용한 탐정에게 많은 돈을 지불하고 경제적 어려움에 빠졌다. 이 경험은 1961년 발표한 『위철리가의 여인The Wycherly Woman』에 실려 있다. 바닷가에서 자취를 감춘 딸 피비를 찾아달라는 아버지의 의뢰를 받고 루 아처가 수사에 나섰다가 살인 사건에 맞닥뜨리는 이야기이다. 여기서 피비 역시 린다처럼 알코올중독에 빠진 상태로 발견된다.

로스 맥도널드가 "루 아처는 곧 나 자신이다"라고 공언한 것처럼, 루 아처가 겪는 사건들은 모두 맥도널드 자신의 것이다. 따라서 맥도널드는 루 아처를 새로운 캐릭터로 설정할 필요가 없었다. 아처는 맥도널드의 또다른 자아였고, 그에게 사건을 한 발자국 떨어져서 바라보게 함으로써 맥도널드는 힘든 경험에서 자신을 분리시킬 수 있었다. 내면을 돌보는 수단이었던 글쓰기가 소설로 세상에 나와 대중의 인기와 평단의 찬사를 받았다는 사실은 본인에게도 꽤 복잡한 기분을 안겨주었을 것이다. 그러나 작품 활동을 중단하지는 않았다.

1964년에 발표된 『소름』을 포함한 '루 아처' 시리즈는 에드거상, 골드 대거상, 실버 대거상을 휩쓸었다. 로스 맥도널드는 1965년에 미국 추리 작가협회의 회장직에 올랐고 1974년에는 '그랜드 마스터' 칭호를 수여받았다.

찬 사 들 ,   그 리 고   혹 평

로스 맥도널드가 활동을 시작한 1940년대는 2차세계대전 후 사회 비판 소설과 낭만 소설이 공존하던 시기였다. 청소년기의 대공황에 이어 경제 활동을 하던 시기엔 2차세계대전을 겪은 맥도널드는 번듯한 사회의 이면을 누구보다 잘 알고 있었다. 그의 사회 비판적 시각은 작품에 고스란히 녹아들었고, 지적 유희에 가까웠던 기존 탐정소설에 반해 대리 만족과 카타르시스를 제공하던 하드보일드 탐정소설과 만나며 대중과 평단에게서 폭발적인 반응을 이끌어냈다. 꿈과 이상을 잃어버린 젊은 세대를 그린다는 점에서 스콧 피츠제럴드의 영향도 발견된다. 연이은 '루 아처' 시리즈의 성공으로 맥도널드는 당대 하드보일드의 대가인 레이먼드 챈들러의 후계자로 주목받았다. 《뉴욕 타임스 북 리뷰》가 그를 가리켜 '미국의 대표 소설가'라 칭할 정도로 로스 맥도널드에게 쏟아진 찬사는 범죄소설이라는 장르를 초월하고 있었다. 그 사실에 챈들러조차 크나큰 위협을 느끼는 듯했다.

레이먼드 챈들러는 1933년 『빅 슬립』(박현주 옮김, 북하우스, 2004)으로 데뷔하여 『기나긴 이별』(박현주 옮김, 북하우스, 2005), 『안녕 내 사랑』(박현주 옮김, 북하우스, 2004)으로 큰 인기를 끈 작가이다. 그의 냉소적인 탐정 필립 말로는 탐정 캐릭터의 전형이 되었다. 로스 맥도널드가 1944년 『어두운 터널』로 데뷔하여 일 년에 한두 편씩 작품을 발표하고 스스로 작가의 목소리를 획득했다고 공언한 『갤턴 사건The Galton Case』(1959)이 나오기까지, 챈들러는 맥도널드의 작품과 그에게 쏟아지는 비평적 찬사들에 반㎫하여 그를 깎아내렸다. 1959년 챈들러가 사망한 후에 공개된 편지(『레이먼드 챈들러가 말하다Raymond Chandler Speaking』(1962)에 수록되었다)에서, 그는 로스 맥도널드를 가리켜 '문학적 내시 같은 놈'이며 문장은 '허세'에 찌들었다고 혹평했다. 그러나 로스 맥도널드는 챈들러가 '비극의 통합'에 부족했고 '부분이 전체보다 더 위대하다는 양, 좋은 플롯은 좋은 장면을 만들기 위한 수단이라고 생각'했다고 지적했다. 이에 존 코널리 역시 동감하며 "플롯과 캐릭터가 모두 적절하게 다뤄진다면, 플롯은 캐릭터로부터 자연스럽게 흘러나온다"(『죽이는 책』, 김용언 옮김, 책세상, 2015, 331~2쪽)고 덧붙였다. 맥도널드에게 플롯은 '의미를 전달하는 수단'이었다. 말하자면 하드보일드라는 장르 안에서 챈들러는 캐릭터에 집중했고, 맥도널드는 플롯에 집중했던 것이다. 맥도널드는 언제나 자신의 의도를 효과적으로 전달하기 위한 플롯을 고민했으며, 그 결과는 수상 경력과 평단의 찬사로 확인할 수 있다.

이후 로스 맥도널드는 『소름』과 『작별의 표정』(1969)을 출간하면서 작가적 입지를 굳혔다. 《뉴욕 타임스 북 리뷰》는 윌리엄 골드먼의 극찬이 담긴 서평과 함께 『작별의 표정』을 첫 페이지 기사로 실었다. 1971년에는 맥도널드의 얼굴이 《뉴스위크》지의 표지를 장식했다.

로스 맥도널드의 작가적 활동은 1976년 『푸른 망치The Blue Hammer』를 출간하는 것으로 마무리되었다. 알츠하이머로 판단력을 잃기 전까지 '루 아처' 시리즈의 마지막 작품을 구상하고 있었지만 결국 집필을 시작하지 못하고 1983년 샌타바버라에서 사망했다. 죽기 전, 전기 작가 톰 놀런이 방문했을 때 로스 맥도널드는 타자기로 무언가를 쓰려고 애쓰고 있었다. 그러나 종이에 찍힌 것은 '부서진broken'이라는 말뿐이었다.

/

작 품 목 록

루 아처 시리즈

The Moving Target (1949)

The Drowning Pool (1950)

The Way Some People Die (1951)

The Ivory Grin (1952)

Find a Victim (1954)

The Barbarous Coast (1956)

The Doomsters (1958)

The Galton Case (1959)

The Wycherly Woman (1961)

The Zebra-Striped Hearse (1962)

The Chill (1964) — 『소름』(엘릭시르, 2015, 미스터리 책장 시리즈)

The Far Side of the Dollar (1965)

Black Money (1966)

The Instant Enemy (1968)

The Goodbye Look (1969)

The Underground Man (1971)

Sleeping Beauty (1973)

The Blue Hammer (1976)

The Name is Archer (1955, 단편집)

Lew Archer: Private Investigator (1977, 단편집)

Strangers in Town (2001, 단편집)

The Archer Files (2007, 단편집)

그외

The Dark Tunnel (1944, 케네스 밀러)

Trouble Follows Me (1946, 케네스 밀러)

Blue City (1947, 케네스 밀러)

The Three Roads (1948, 케네스 밀러)

Meet Me at the Morgue (1953, 존 로스 맥도널드)

The Ferguson Affair (1960, 로스 맥도널드)

해 설

●

세상의 악이 태어나는 곳

세상의 악은 어디에서 오는 것일까? 악마는 공동체의 바깥에서 안으로 들어온다. 외부의 악을 막는 방법은 튼튼하게 벽을 쌓고 내부를 다지는 것이다. 공동체의 기반이 되는 것은 가정. 화목한 가정은 악이 침범하기 어려운 철옹성이었다. 하지만 절대적인 외부의 악을 두려워하는 공포는 2차세계대전 이후로 식상해졌다. 새로이 발견한 악은 인간의 내부에 있었다. 거대한 시스템을 만든 것도 인간이고, 포악한 연쇄살인마도 결국은 인간이었다. 전쟁의 직접적인 상처에서 벗어나 있던 미국은 풍요롭고 평화로운 1950년대를 거친 후 아이러니하게도 안에서부터, 화사하고 튼튼했던 가정부터 모래알처럼 흩어지며 붕괴하기 시작했다.

이처럼 인간과 세계를 불신하는 '하드보일드'가 태동된 것은 1차세계대전 이후였다. 전 세계가 휘말려 들어 엄청난 민간인 사상자가 발생한 미증유의 전쟁은, 인간이라는 존재에 대한 근본적인 의문을 제기할 수밖에 없도록 만들었다. 또한 장밋빛 미래가 약속되었던 자본주의의 모순이 격발하며 대공황이 휘몰아쳤고 그 여파로 희망은 점점 희박해졌다. 인간은 과연 행복한 미래를 건설할 수 있을까. 인간은 개선된 사회와 역사를 만들어갈 수 있을까. 인간에 대한 불신, 미래에 대한 절망은 하드보일드를 낳았고, 영화로 가서는 필름 누아르가 되었다.

문학에서의 하드보일드는 한 사건이나 테마를 감정에 흔들리지 않고 판단을 내리지도 않으면서 냉정하고 간결하게 사실만을 추구하는 기법, 스타일을 말한다. 어니스트 헤밍웨이, 더스패서스 등이 대표적인 작가다. 그리고 추리소설, 탐정소설에서는 수수께끼와 트릭보다 사건을 추적하며 행동에 중점을 두는 유형을 하드보일드라 부르게 되었다. 하드보일드의 '비정함'은 캐릭터나 사건이 비정하다는 것이 아니라 작가의 시선과 표현이 냉정하고 건조하다는 의미다. 섣불리 개입하지 않고 캐낸 사실들을 쌓아올려 구성된 현실만을 차갑게 바라본다는 뜻이다.

대중적인 펄프 잡지에 주로 실리던 선정적인 탐정소설을 하드보일드라는 형식으로 다시 세운 작가는 《뉴욕 타임스》가 '하드보일드 탐정소설 학파의 학장'이라 표현한 대실 해밋이었다. 『몰타의 매』의 샘 스페이드는 대실 해밋이 생각하는 사설탐정의 이상형이었다. 냉철하고 비정하며 어떤 상황에서도 감정적으로 흔들리지 않고 거대한 악과 싸우면서 실리를 챙긴다. 반면 레이먼드 챈들러의 『빅 슬립』, 『안녕 내 사랑』에 나오는 필립 말로는 터프함과 냉소를 가진, 상실감에 고뇌하는 우수 어린 탐정이다. 결코 거대한 세상을 바꿀 수는 없지만, 자신의 가치관과 규율을 지키면서 고고하게 작은 사건들의 이면을 쫓는 탐정. 자신의 한계를 알고 있지만 최선을 다해 자신의 임무를 완수하는 현대의 기사이다. 로버트 B. 파커의 말처럼 필립 말로는 "궁극의 미국 영웅이다. 현명하고 희망적이며 사려 깊고 모험적이고 감상적이며 냉소적이고 반항적인".

루 아처는 샘 스페이드와 필립 말로의 영향을 받아 창조된 탐정이다. 아처라는 성은, 대실 해밋의 『몰타의 매』에서 샘 스페이드의 죽은 파트너 마일스 아처에서 가져왔다. 하지만 로스 맥도널드의 작품은 대실 해밋보다는 레이먼드 챈들러의 영향이 더 많다고도 볼 수 있다. 주로 캘리포니아에서 활동하며 서정적이면서도 터프한 탐정의 면모를 보인다는 점에서. 그런데 로스 맥도널드의 소설이 발표되었을 때 챈들러는 비판적인 태도를 보였다. 하드보일드의 맹주인 자신의 지위에 위협적이라고 느꼈을 수도 있다. 1947년에 첫 장편을 출간한 로스 맥도널드는 챈들러를 잇는 최고의 범죄소설 작가로 명성을 날렸다. 1971년에는 《뉴스위크》의 표지 인물이 되었고, 《뉴욕 타임스 북 리뷰》에서는 미국의 대표 소설가로 꼽을 정도였다. 당시 로스 맥도널드는 범죄소설을 넘어 보편적인 작가로서 인정받게 되었다. 1983년 사후에는 약간 평가가 덜해졌지만 고전 미스터리에 심리적 깊이를 더한 로스 맥도널드의 소설은 여전히 걸작으로 칭송받고 있다.

'소름'끼치는 가정

1963년에 출간된 『소름』은 로스 맥도널드의 대표작으로 꼽힌다. 심리소설적 경향이 강해지는 후기의 작품들로 들어가기 전에 발표된 『소름』은 여느 하드보일드 소설처럼 가벼운 사건에서 출발한다. 캘리포니아의 작은 마을에 갔던 루 아처는 한 젊은이에게서 사건 의뢰를 받는다. 결혼을 한 아내가 사라졌다는 것이다. 아내의 행방을 찾는 것은 그리 어려운 일이 아니었지만 그녀가 얽힌 살인 사건이 벌어진다. 아처에게도 어느 정도 책임이 있는 사건을 수사하다 보니 과거에 벌어진 두 개의 살인 사건을 알게 된다. 그들 모두가 뒤죽박죽으로 뒤엉켜 있는, 사건을 직접 경험한 이들조차 진실과 거짓을 제대로 구별할 수 없을 정도로 엉망이 되어 있는 과거는 여전히 그들을 옭죄고 있었다.

로스 맥도널드의 소설은 주로 가정에서 시작된다. 부모와 자식, 형제와 자매, 사랑하는 남녀의 이야기. 평범하고 일상적인 관계에서 출발하지만 시간이 흐르고 감정이 쌓이면서 뒤틀리기 시작한다. 그리고 거대한 괴물을 낳는다. 하드보일드 탐정소설은 세상을 절망적으로 바라본다. 그들이 아무리 현실의 작은 사건을 해결해도 세상은 변하지 않는다. 무력감과 분노 때문에 사람들은 쉽게 변해간다. 순식간에 타락하고 자신을 돌아볼 죄의식마저 잃어버린 채 괴물이, 악마가 된다. 대실 해밋과 레이먼드 챈들러의 하드보일드 소설은 절망적인 세상에 맞서기 위한, 자신만은 결코 쓰러지지 않고 버티겠다는 의지의 표현이기도 했다.

그들의 뒤를 이은 루 아처는 내면으로 시선을 돌린다. 공동체의 가장 작은 단위인 남과 여, 그들이 만드는 가정으로 회귀한다. 로스 맥도널드의 관심은 바스러지는 공동체의 붕괴와 그 안에서 고통받는 개인이다. 루 아처라는 탐정의 개성은 그가 더이상 직업적인 냉정함을 견지하지 않고 의뢰인, 피해자들의 곁으로 다정하게 다가간다는 점이다. 샘 스페이드처럼 냉혹하지도 않고, 필립 말로처럼 신랄하거나 거리를 두지도 않는다. 그들의 안으로 깊이 들어가 일종의 유사 가족이나 부모가 되기도 한다. 사무실이라는 자신의 집 대신에, 그들의 영역 안에서 그들과 함께 사건을 파헤치고 그들의 고통을 어루만진다. 『소름』은 로스 맥도널드의 소설에서 일관된 주제인 '가족의 붕괴'와 부모 세대에 의해서 희생된 아이들을 그리고 있다. 부모가 철저하게 파괴했고, 그럼에도 보상은커녕 그들의 죗값을 대신 치러야만 하는 운명을 가진 아이들. 루 아처는 그들의 가족, 혹은 그들의 일부인 것처럼 아픔에 공감한다. 존 코널리에 의하면 로스 맥도널드는 "미스터리 장르 내에서 연민과 공감을 접목시킨 최초의 위대한 시인이자 사립탐정 루 아처를 창조한 작가"이며, "아처는 타인의 고통에 기꺼이 귀 기울이며 그로부터 차마 얼굴을 돌리지 못하는 사람이다"(『죽이는 책』, 김용언 옮김, 책세상, 2015, 331~2쪽).

가정 파괴자로서의 팜파탈

또한 『소름』에서 주목할 것은 여성의 캐릭터다. 특히나 팜파탈 혹은 악녀, 요부. 하드보일드의 팜파탈은 성적 욕망이 가득하고 남자를 유혹하는 사이렌으로 그려진다. 남자들의 세계에서 살아남기 위해, 남자를 이용하는 악녀인 것이다. 그런데 루 아처의 팜파탈은 조금 다르다. 초기작 『움직이는 타깃』에서는 "악은 여성에 속한 자질이며, 여성들이 비밀리에 만들어 질병처럼 남성들에게 옮기는 독"이라는 표현이 나온다. 로스 맥도널드의 악녀는 단지 남성을 유혹하는 것이 아니라 가정을 파괴하는 것으로 그려진다. 레너드 카수토는 『하드보일드 센티멘털리티』(김재성 옮김, 뮤진트리, 2012)에서 루 아처의 악녀는 "성적 욕망이 아니라 도덕관념을 상실하고 가족이라는 울타리를 박차고 나가 도덕적 암흑의 세계로 추락하는, 방향감을 잃은 어머니들"이라고 말한다. 가정이 붕괴한 1960년대의 타락한 어머니를 단죄하는 것이다. 가장 위대하고 신성한 존재로서의 어머니가 모든 것을 파괴하고 발기발기 찢어버리는 도살자가 되어버린 세상. 그것이 루 아처, 로스 맥도널드의 절망이다.

미리 이 해설을 읽는다면 스포일러가 되겠지만 『소름』은 알프레드 히치콕이 영화화한 로버트 블록의 〈사이코〉를 연상시킨다. 어머니의 환영에 사로잡혀 금발의 매력적인 여인들을 살해하는 심약한 남자. 강한 어머니, 모든 것을 조종하려는 어머니의 손아귀에서 결코 벗어나지 못하는 포악한 남자. 브래드쇼는 평생 그녀를 사랑했다. 그녀가 늙고 추해졌다는 것을 알기에 또 다른 여인을 찾아 헤매지만 결국은 불가능하다. 그것은 그저 연기일 뿐이었다. 브래드쇼의 첫사랑인 러티샤는 살인을 저지른다. 브래드쇼를 유혹하는 여자들, 방탕하고 천박한 여인들을 응징한다. 연인이자 아들인 그 남자를 철저하게 옭아맨다. 그것은 〈사이코〉의 모자 관계 이상으로 그로테스크한 이미지다. 아니, 더 이상하다. 겉으로 보기에는 너무나도 멀쩡하지만 어디에도 진실이라고는 없는 가공의 '가정'이다.

루 아처는 브래드쇼를 미워하지 않는다. "당신 남편은 남들을 기만하고 여러 차원에서 살아가는 데 능숙합니다. 어쩌면 자기 자신도 어느 정도 기만하고 있을 겁니다. 엄마 품을 벗어나지 못하는 남자들이 가끔 그렇습니다. 온실에서 벗어날 작은 탈출구를 필요로 하는 것이지요."(본문 458쪽) 브래드쇼 역시 희생자이기 때문이다. 거대한 거미줄에 잡혀 평생 벗어나지 못하는 가련한 존재. 하지만 희생자라고 해서 가해자가 되지 말라는 법은 없다. 오히려 희생자들이 자신의 지위를 이용하여 타인을 상처주고 파괴하는 경우도 많다. 브래드쇼의 기만과 회피는 결국 두 여인을 죽음으로 몰아넣었다. 명백한 살인에의 의지가 없었다고 해서 아무런 죄가 없는 것은 아니다. 그들 모두에게 책임은 있다. 심지어 루 아처에게도.

로스 맥도널드의 소설에서 루 아처는 사건을 파헤치고 범인이 누구인지 밝혀내면서 정의를 구현하는 존재가 아니라, 우리 모두가 피해자이면서 가해자라는 것을 말하는 집단적 죄의식의 도구로 쓰인다. 그것은 로스 맥도널드가 불행한 개인사를 통해서 얻은 결론이기도 하다. 누구도 무고하지 않다. 그래서 루 아처는 단지 관찰자일 뿐만 아니라 그들의 가족이자 대리 부모로서의 역할까지 수행한다. 그리고 이 세계의 아이들에게서 희망의 눈길을 결코 거두지 않는다. 앨릭스를 데려가려는 아버지에게 루 아처는 말한다.

"당신이 피도 눈물도 없는 개자식이라는 사실에는 불만 없습니다. 당신도 어쩔 수 없을 테니까요. 하지만 앨릭스까지 그런 사람으로 만들려는 것에는 반대합니다. 적어도 앨릭스가 선택하게 내버려둬요."(본문 213쪽)

로스 맥도널드는 온건한 휴머니즘을 견지한다. 좋다. 진정한 휴머니즘은 철저한 절망과 불신에서 출발한다. 모든 것이 무너져 내린 현실을 직시해야만 그다음을 내다볼 수 있는 것이다. 『소름』은 우리가 살아가는 세상이 이미 근본부터 내려앉았다는 것을 보여준다. 그리고 루 아처를 통해서 보여준다. 그 소름끼치는 현실은 결국 우리의 선택이었다고.

김봉석(문화 평론가)

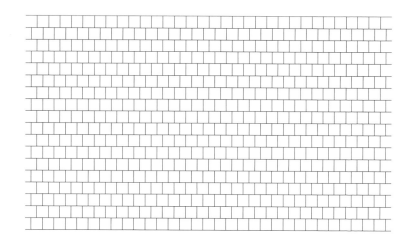

소름
The Chill
/

1판 1쇄 2015년 6월 19일 / **1판 4쇄** 2020년 11월 25일

지은이 로스 맥도널드 / **옮긴이** 김명남 / **펴낸이** 염현숙

책임편집 이송 / **편집** 임지호 / **아트디렉팅** 이혜경 / **본문조판** 이정민 / **그림** 김경희
저작권 한문숙 김지영 이영은 / **마케팅** 정민호 정진아 함유지 김혜연 김수현
홍보 김희숙 김상만 지문희 김현지 이소정 이미희
제작 강신은 김동욱 임현식 / **제작처** 영신사

펴낸곳 (주)문학동네 / **출판등록** 1993년 10월 22일 제406−2003−000045호 / **임프린트** 엘릭시르

주소 10881 경기도 파주시 회동길 210
문의 031−955−1918(편집) 031−955−8896(마케팅) 031−955−8855(팩스)
전자우편 editor@elmys.co.kr / **홈페이지** www.elmys.co.kr

ISBN 978−89−546−3577−6 (03840)

엘릭시르는 출판그룹 문학동네의 임프린트입니다.